真説 転職名人藤堂高虎の生涯

蔦は枯れず

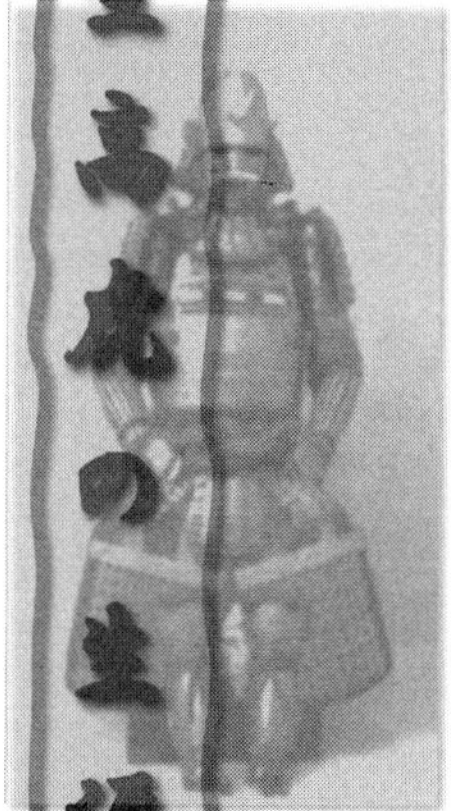

摂津守

藤堂高虎が関わった城・寺社一覧

1	出石城（1583年、天正11年）
2	大和郡山城（1585年、天正13年）
3	京都聚楽第（1586年、天正14年）※秀吉の命により縄張り
4	粉河城（1587年、天正15年）※秀吉から紀伊粉河1万石を与えられ、猿岡山に城を築く
5	赤木城（1589年、天正17年）
6	伏見城（1594年、文禄3年）※秀吉の命により助工
7	宇和島城（1596年、慶長元年）※宇和郡7万石の領主として起工
8	伊予大洲城（1597年、慶長2年）※大洲1万石の加増を受け、城を築く
9	順天倭城（1597年、慶長2年）※慶長の役で朝鮮に宇喜多秀家らと城を築く
10	膳所城（1601年、慶長6年）※家康の命により築城助工および縄張り
11	甘崎城（1601年、慶長6年）※大改修
12	灘城（1601年、慶長6年）※大改修
13	今治城（1602年、慶長7年）※伊予半国20万国の領主として起工
14	伏見城（1602年、慶長7年）※修理助役
15	江戸城（1606年、慶長11年）※幕府の命により江戸城大修理の縄張り
16	津城（1608年、慶長13年）※伊勢・伊賀22万石、津城の大改築を行う
17	伊賀上野城（1608年、慶長13年）※大改修
18	丹波篠山城（1609年、慶長14年）※家康の命により縄張り
19	丹波亀山城（1610年、慶長15年）※家康の命により普請の手伝い
20	二条城（1619年、元和5年）※幕府の命により縄張り
21	和歌山城（1619年、元和5年）※幕府の命により石垣工事
22	大坂城（1620年、元和6年）※修復
23	淀城（1623年、元和9年）※秀忠の命により普請の手伝い
24	日光東照宮の造営奉行（1617年、元和3年）
25	上野寛永寺の造営（1626年、寛永3年）
26	京都南禅寺に三門（楼門）を造営寄付（1626年、寛永3年）
27	大徳寺大光院　　　　　　　　等々

日光東照宮絵図（パンフレットより）

南禅寺三門

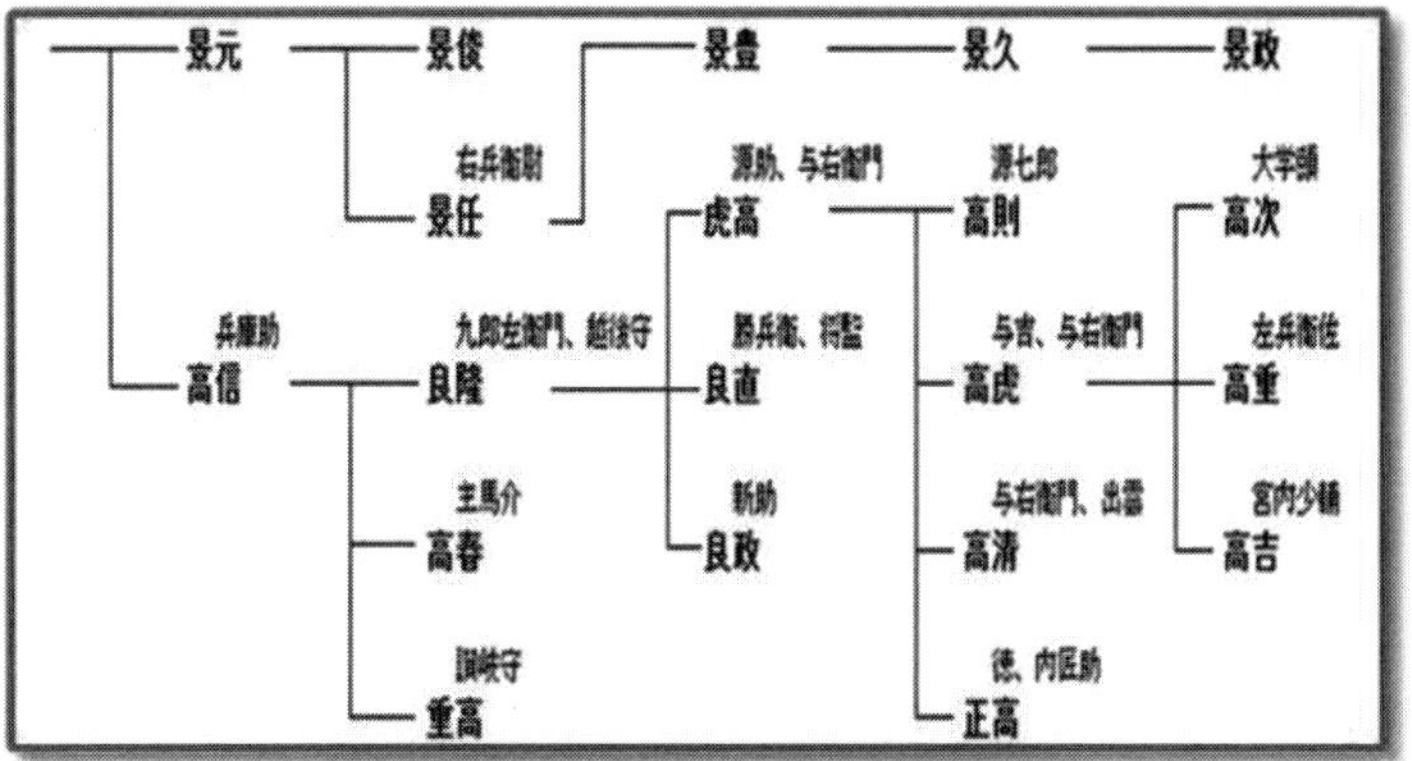

藤堂高虎家系略図

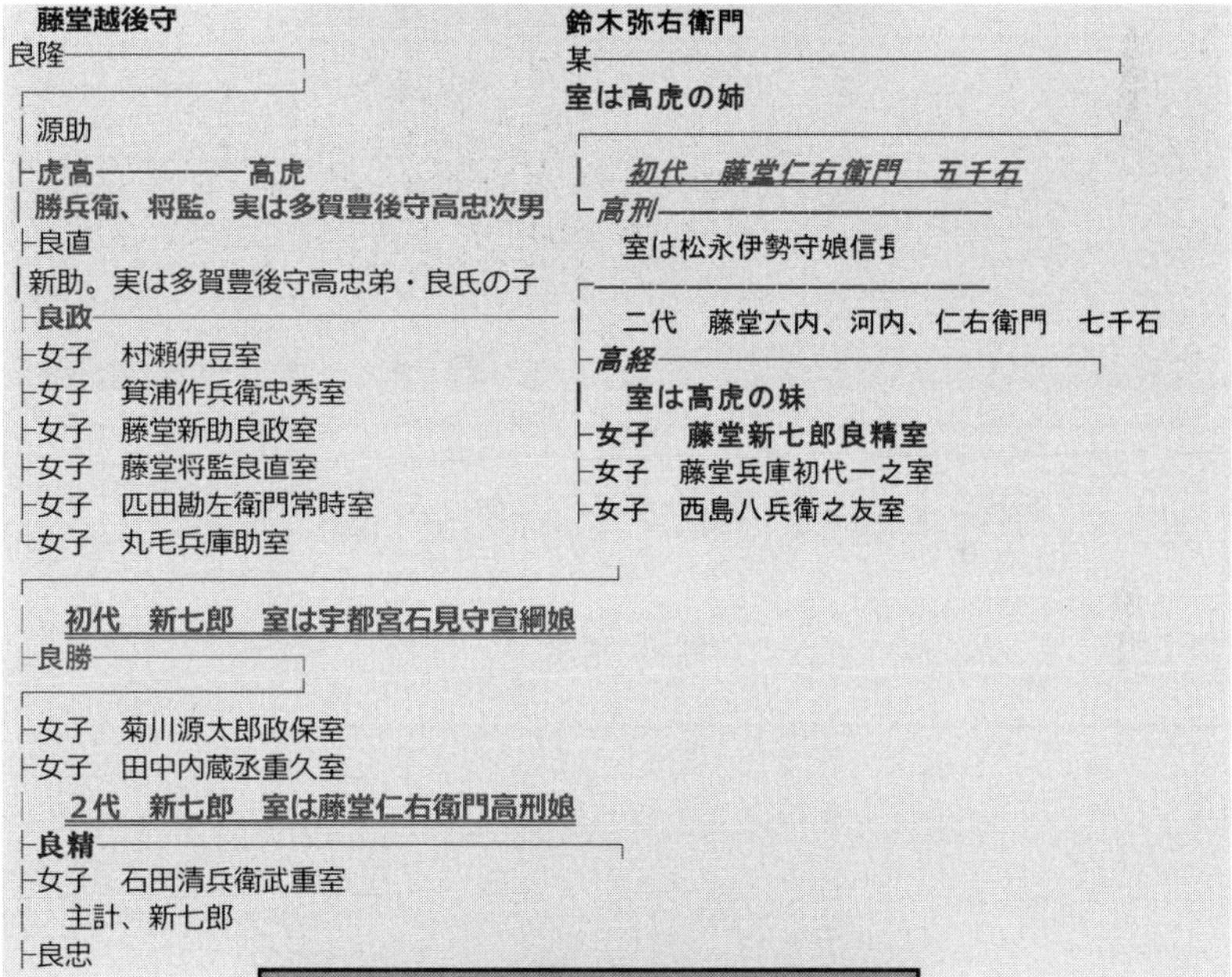

良勝・仁右衛門家　家系略図

伊賀上野城　高虎の代表的な「高石垣」

（筆者撮影）

【登場人物】

藤堂与吉　のちの与右衛門、高虎　本書の主人公
於兎羅（兎羅）　与吉の母
藤堂虎高　与吉の父隠居して白雲斎
藤堂源七郎高則　与吉の兄
大木長右衛門　藤堂家の家人
服部竹助　藤堂家の家人
藤堂新七郎良勝　与吉の従兄弟で幼馴染。高虎の良き相談相手となるが大坂夏の陣で討死
藤堂仁右衛門高刑　与吉の甥　与吉の姉の息子　大坂夏の陣で討死
居相孫作　但馬で栃尾祐善の斡旋で与右衛門の家臣となる
長井勘解由氏勝　天正十八年与右衛門の家臣　鳴梁海戦で藤堂姓を貰う
藤堂玄蕃良政　高虎の義理の従兄弟　関ケ原合戦で討死
藤堂采女元則　伊賀忍者頭領家保田の出　関ケ原以後高虎に仕え後、伊賀上野城代
渡辺金六　与右衛門の但馬時代に家臣となった源頼光四天王の渡辺綱の末裔

渡辺掃部　渡辺金六の弟で金六の死後渡辺家を継ぎ藤堂姓を貰う
阿閉貞征　高虎が二番目に仕えた主だが直ぐに出奔
磯野員昌　高虎の三番目の主だが信長の命で高野山へ追われる
磯野政長　磯野員昌嫡男
磯野行長　磯野員昌嫡男
吉田宿　与左衛門　餅屋の主　腹を空かした高虎に餅を与える
与左衛門妻女　高虎は母のような優しさを見る
赤尾清綱　浅井家家老
田部熊蔵　一揆勢の頭領

羽柴秀長	秀吉の異父弟　高虎は二十年仕え、高虎の師で心酔した主
豊臣秀吉	木下藤吉郎　後の豊臣秀吉　信長の後天下を治めるが、高虎は秀吉家臣となっても違和感を覚える
徳川家康	高虎が秀吉の死後逸早く主君と決めた江戸幕府開祖
徳川秀忠	二代将軍　高虎を相談相手に選び重用する
徳川家光	三代将軍　高虎を和泉の爺と呼び重用する
久	高虎の正室　久芳夫人　元丹後守護職一色家の姫　高虎の正室高虎より年上だった？
栃尾源左衛門祐善	但馬の土豪　高虎に久を斡旋
栃尾善次	栃尾祐善の嫡男
赤尾清綱	浅井家家老
織田信長	「天下布武」を謳い日本国の王となろうとした元は尾張半国の領、
明智光秀	斎藤道三家臣　道三死後流浪して信長に取り立てられ重臣となる
阿波屋周蔵	穴太の石工の頭領
市	信長の妹で浅井長政の正室
津田信澄	信長の弟信勝の嫡男で、員昌の後新庄城主となる。与吉の四番
前田利家	越前府中城城主　秀吉の盟友で勝家の与力
佐久間盛政	勝家の甥で鬼玄蕃と謳われた猛将
宮部継潤	元浅井家の重臣　高虎とは知己で側室を斡旋
まつ	丹後水甫城主　長連久の娘で継潤の側室　継潤死後高虎の側室
お寧	秀吉の正室　豊臣家の浮沈を陰で決めた女性
市松	後の福島正則　秀吉の子飼の家臣
佐吉	後の石田三成　秀吉の長浜時代からの家臣で家康に立ち向かう
黒田官兵衛	元姫路城城主　黒田職隆の嫡男で秀吉の参謀
虎之助	後の加藤清正　秀吉の小姓で熊本城主　高虎と並ぶ築城名人
安国寺恵瓊	毛利の使僧

小早川隆景
吉川元春
柴田勝家
桑原重晴
谷忠澄
江村親俊
箕浦忠光
磯崎金七
西島八兵衛
井上十右衛門

藤堂高吉

本多正信
井伊直政
井伊直孝
南光坊天海
真田信繁
毛利勝永
淀
豊臣秀頼
大蔵卿局
幸乃
さつき

毛利元就の三男で知恵者
毛利元就の次男で勇猛果敢
織田家筆頭家老　越前北ノ庄城主
秀長の参謀で与力
一宮城守の一人長曾我部元親の重臣
一宮城守の一人長曾我部元親の重臣
高虎の祖父の娘の嫡男　諱は作兵衛　後、藤堂の姓を貰う
高虎の旧主君浅井家の家臣で高虎とは旧知　後、藤堂の姓を貰う
父の代からの高虎の作事頭で土木技術者
後世の高虎の側近
丹羽長秀の三男で秀長の養子なり、その後高虎の養子で迎えら
れ、高次の誕生で高虎の家臣となる
徳川家康の謀臣
家康四天王一人で関ケ原の傷が元で病死
兄の代わりに井伊家を継いだ徳川の先駆け
家康のブレインの一人で天台宗寛永寺大僧正
真田昌幸の次男　大坂の陣で家康を苦しめたが討死
大坂の陣で信繁と共に大軍相手に見事な采配を見せるが自刃
浅井長政と市との間に出来た長女茶々で秀吉の側室　秀頼の母
淀の子で成長後豊臣の最後の後継者として自刃
淀の乳母　大野治長・治房の母
宮中取締沢野家の娘で女御　高虎の侍女となり高虎の子を産む
新七郎良勝の妻女　宇都宮宣綱の娘

【目次】

【目次】

項目	ページ
最終章	
⑥夏の陣—豊家の滅亡	P298
⑦家康と久　逝く	P314
⑧和子入内	P325
⑨蔦は枯れず—この世の仕上げ	P344
《あとがき》	P356

《あらすじ》

時は弘治二年（１５５６年）藤堂家に養子に入った父虎高と母兎羅との間に次男坊として与吉（のちの藤堂高虎）は生まれた。当時の次男坊は家を継げるわけでもないので、与吉は持って生まれた大きな身体を利して、近所の「悪ガキ」を集めて暴れまわっていた。そんな与吉に転機が訪れる。

兄の源七郎高則が信長の北畠攻めで討ち死にしてしまったのである。そこで父虎高は元々近江の小豪族の領主であった藤堂家の再興を与吉に託す為薫陶を始める。そうした折、主君小谷城主浅井長政が義兄の織田信長と手切れとなり、織田・徳川連合軍と越前朝倉義景の援軍を得た浅井長政が姉川で戦うことになった。

与吉は十五歳で浅井軍の一員として初陣を飾り、織田方の兜首を挙げるが、本人も体中に傷を受け、暫く寝たきりとなる。傷が癒えた与吉に父虎高は、意外にも「浅井は滅ぶ」ことを予言し出奔を勧める。ここから与吉の流浪生活が始まり、阿閉貞征・磯野員昌・津田信澄に仕えては出奔することを繰り返しながら、与吉が求める真の主君を見つける旅を続けていた。そんな時、比叡山の麓で野武せりに襲われていた秀吉の弟羽柴秀長を自慢の槍で退治し助けたことが「運命の出会い」となった。

以後探し求めた真の主君が羽柴秀長であると確信し、秀長の為に身を粉にして働き出す。その秀長から最初に教わったことが、その後の与吉に大きな途を開くきっかけとなった。その一つが安土城の築城に、石工に交じって城を一から築くことだった。これが後に城造り名人と言われた高虎の基礎となり、江戸時代初期までに「層塔型天守」と呼ばれる本丸天守閣や「高虎の高石垣」と謳われる日本一高い石垣が登場するのである。

与吉から与右衛門、高虎と自慢の武勇でも勲功を挙げるにつれ名を変え、高虎と秀長の主従関係は師と弟子の様に発展し、領主の在り方まで秀長から学んで行くが、その高虎に秀長との別れが訪れる。

身を挺して秀吉に「唐入り」―朝鮮征伐―を諫めた秀長に死が訪れ、秀長の養子秀保の後見を高虎は託されるが、その秀保も謎の死を遂げ、秀吉の本性を見た高虎は、真の主君を秀吉に求めず、秀長・秀保の菩提を弔うとして、豊臣家から去り、高野山に籠る。

だが、秀吉は再三高虎を直臣にすべく、高野山に遣いを立てるが、断り続けるも、伊予板島七万石と使者の死を引き換えに高虎を直臣にして、高虎を二度目の朝鮮の役に駆り出す。

高虎はこの頃から、秀吉に見切りをつけ、次の真の主君を探していたが、秀吉の死と共に、徳川家康の家臣として生きる途を選ぶ。

高虎は仕えた主君を戦さの途中で裏切るようなことはしていない。

仕えた主君が、高虎が求める主君ではない時、戦後にその主君を見限って出奔して来たのである。

秀吉が死を迎える前から豊臣家には天下を治められないと思っていた高虎は、秀吉の死後に早々に「内府こそ天下人に相応しい」と旗色を鮮明にして、家康の下に飛び込んだ。

関ケ原では、石田方に付いた旧近江衆の脇坂・朽木・小川らを懐柔し、小早川秀秋の裏切りと共に、石田方の総崩れのきっかけを作り、家康を天下人へと導いて行った。

その高虎には従弟の新七郎良勝という実の兄弟のような家臣や養子で後に家臣となる高吉、甥の高刑の他に、藤堂家の家人であった大木長右衛門や服部竹助、高虎の馬を牽く居合孫作など高虎の足らない部分を支える家臣団が在った。

そしてそこに正室となる久芳夫人こと久や母の兎羅が彩りを添えている。そんな高虎が外様にして、唯一家康の臨終に呼ばれる程、疑り深い家康からも信頼され、それは二代将軍秀忠、そして三代将軍家光へと引き継がれ、徳川幕府初期の礎に大きな存在となるほどのものとなって行ったのである。

序章——明治維新の津藩

慶応四年（一八六八）正月五日のことである。

当に戊辰戦争が始まった年に、外様にして徳川将軍家の先鋒を司って来た津藩は、西国街道山崎で、京から攻めて来る官軍に対しての備えとして、千余名で守備に付いていた。

総大将は伊賀上野城代家老藤堂采女元施（もとひろ）、副将は藩祖藤堂高虎の一族の末裔藤堂新七郎である。

この藤堂采女は、藩祖高虎が伊賀上野を領地とした際、伊賀忍者五大統領家の一つ保田家から初代采女を召し抱え、藤堂姓を与えて、以後伊賀上野城代を務めさせた末裔で、代々『采女』を名乗っている。また、新七郎は、高虎の従弟新七郎良勝が初代で、高虎が与右衛門と称した頃から、常に高虎と共に戦さに参陣した家柄で、良勝の戦死後『新七郎家』を継いだ末裔であった。

「総大将！総大将！」

と若き副将藤堂新七郎は、総指揮を執っていた恰幅の良い藤堂采女に賓客の来陣を告げるべく、陣中を駆け回った。

「何事じゃ？」と采女が陣幕から現れた。

「官軍参議、岩倉具視卿の勅書を持って、侍従四条隆平（たかとし）公が参られました！」

「何い！お公家さんがわざわざのご来陣か？」

「左様で。お通し申し上げまするが——」

「こんな折に参られるとは、用は聞かずとも解ろうに——。よし、お通し申せ！」

程なく、戦時中とも思えぬ公家然とした出で立ちで、四条隆平が現れ、用意された床几に腰を掛けた。

「こんな折にわざわざご来陣賜わり、恐れ入りまする。某（それがし）は津藩伊賀上野城代藤堂采女元施でござる。藩主高猷（たかゆき）に成り代わり、全軍の総指揮を仰せつかっておりまする」

と深々と頭を下げ、隆平の正面の床几に腰を掛けた。

「采女はん、岩倉卿からの命で帝から勅書を授かって参りましたのや。先ずはお読み頂きまするよう！」と恭しく勅書を差し出した。

『官軍に味方せい』との勅書に決まっておると思いながら、采女もまた恭しく勅書を受け取り、目を通して、

「当藩は、藩祖高山公（藤堂高虎）より将軍家の信頼厚く、代々徳川将軍家の先陣を司る家柄。徳川家に大恩ある家柄でござる。この期に及んで、徳川に弓引くことは許されませぬ！」

「ようよう解っておりまする。ただ慶喜公も大政を奉還なされ、今は将軍ではない。これからは、皆が天皇の民になりますのや。官軍に逆らえば、津藩は賊軍となりますが、それでよろしいのか！」

公家とはいえ、この四条隆平は肝が座っていた。

「しかしながら、当藩を左右する大事。これは藩主高猷とよくよく相談せずにはおられませぬ」

「そんな猶予はあらっしゃりません。今、畏まりましたというお答えが欲しいのや」

「それは無茶と申すもの。お家を左右する大事ですぞ！それを今答えろとは、度を超えておりまする」

「無茶を承知で参ったのや。何としても、津藩の方々を賊軍にしとうのうて、岩倉卿をはじめ宮中の方々が、新しい御代の一画に、藤堂の力を借りようと勅書を発しましたのや。それを断れば、その時から賊軍と見られ、藤堂の未来も潰えるということや。それよりも、これから出来る新しい御代を、天皇を押し戴いて、一緒に創ることの方が、どれだけ藤堂の為になると思わっしゃる？

こんな簡単なことは藩公にお伺い立てえでも、自明の理というもの。明日には京へ戻らねばならず、こんな簡単な返答を、これ以上待つわけには参りませぬ。明日の朝の帰りまでに、麿に吉報を持たせるようお頼み申します」と言って、さっさと席を立った。

完全に隆平に押し切られ、采女は唸った。そして逡巡した。

伊賀上野を発つ前に采女は藩主高猷から、

「今度の出兵は、藩の存亡を賭けた戦さになるが、退くも攻めるも伜（そち）に一任する。ただ、攻める相手を間違えると、藤堂が無くなる時かも知れぬ。徳川は将軍では無くなったのじゃ。無くなったのなら、藩祖高山公と同様、藤堂の為の新たな主人を探せば良い」

と、言われたことを思い出した。

（殿は見通しておられたのやも知れぬ。）病弱であまりものを言わぬ高猷が、その時は、眼がカッと開き、采女をじっと見つめながら諭すように言われたことを思い出した。そう気付いた時に、采女は吹っ切れたように、

「新七郎！新七郎は居らぬか？」と副将の新七郎を呼んだ。

「はっ。ここに控えております る！」

「決めたぞ！明朝橋本へ向け大砲を放て！」

「うん？では、官軍にお味方をするのでござりますか？」

「官軍ではない。新しい御代に味方をして、藤堂を残すのじゃ！」

当然、これは四条隆平にも伝えられ、隆平は意気揚々と京へ戻って行った。

明けて六日朝、一発の榴弾砲が、淀川西岸の山崎から、対岸で薩摩を相手に善戦していた会津見廻組中心の幕軍へ向け発射された。シュルシュルシュルという音と共に、土手を進む見廻組の真ん中で、大きな音を立て破裂した。別名ホイッスル砲と呼ばれる榴弾砲が、鳥羽伏見の戦いを

決したと言ってもよい。

見廻組隊長の佐々木只三郎は、始め何が起こったのか分からなかった。山崎で守備に付いていた筈の津藩からの砲撃とは、見廻組の誰もが思ってもいない。が、二発三発と榴弾が破裂し、それが対岸からの砲撃によるものだと、佐々木只三郎が気付いた時、彼の傍で爆弾が破裂し、腰に致命的な重傷を負った。

「ううっ、おのれ藤堂！流石藩祖の教えがいいわい。また、主（あるじ）替えかあっ！」

と皮肉を言うのが精一杯で、その場で倒れて部下に支えられながら、退却を余儀なくされた。

ここから、幕軍の悲劇が始まる。まず、親藩の稲葉家が守る淀城へ退いて行ったが、その淀城でも入城を拒否され、更に南下することになった。これで、劣勢であった官軍が勢い付き、一方会津を中心とする幕軍は思わぬ味方の反旗でバラバラとなり、大坂まで逃げ帰ることになった。

因みに佐々木只三郎は、今井信郎と共に『坂本龍馬』を斬った男とされた人物であるが、この怪我で和歌山まで逃げる途上、死を遂げている。

これからの話は、この佐々木只三郎に皮肉られた藤堂家津藩の藩祖の話である。戊辰戦争の時から三百年程時代を遡る。

第一章①藤堂の次男

与吉は近江の一揆勢が立て籠もる粗末な砦の裏口の草叢の中で身を潜めていた。

表では与吉の父の虎高と兄高則が、一揆勢を殲滅せんとする浅井長政勢の中に在って、一気に襲い掛かろうと、その時を待っている。

与吉は、まだ十三歳であることを理由に、この殲滅隊に加わることを赦して貰えず、父から留守居を申し付けられていたが、血が騒いで、父達の後を追い、裏口で一揆勢を討ち取ろうと、父の勘気を畏れ、身を潜めていたのである。

「父上は、お怒りになるかも知れぬが、首を挙げれば褒めて貰えるに違いない」

と与吉は父の言うことを聞かずに、付いてきたことを顧みず、改めて手製の竹槍を握り直した。

すると、表で「掛かれ！」と言う声がしたかと思うと、鉄砲の音が数発して、砦の表門が破られる音がした。

「ウオーッ！」

と浅井勢が一気に攻め落としに掛かり出し、あちこちで怒声や悲鳴が聞こえたかと思うと、裏門が開かれ、兜を付けた一揆勢の頭目田部熊蔵が現れた。与吉は、相手が一揆の頭目とも知らずに、草叢から飛び出して、熊蔵の前に立ちはだかった。

「何じゃ、お前は？」と熊蔵は些か驚いた様子であった。

「ここが己の墓場じゃ！」

与吉が応えると、

「何じゃ、まだ小童ではないか！可哀想じゃが、刀の錆にしてくれるわ！」

熊蔵は、身体は大きいが、相手は幼さの残る童べと知って、気を緩め、脅しに掛かった。

「小童と侮るな！」

と与吉が言うや否や、槍先を熊蔵の首を目掛けて目にも止まらぬ速さで突き上げた。熊蔵は、与吉の素早い突きを受けることが出来ず、首を突かれて、「ウッ！」と唸ったのが最後であった。与吉は素早く脇差を抜き、熊蔵の首を斬り落とし、

「獲ったぞ！兜首じゃ！」

与吉の大声が響いた。そこへ、父の虎高と兄の高則が駆けつけて来て、

「与吉、何をして居る？お前には留守居を命じた筈じゃ？」

この虎高の問いにも応えず、

「父上、兜首じゃ！」

と与吉が父に熊蔵の首を高々と掲げて見せると、

「戯け！」

虎高の声と共に鉄拳が与吉の頬を打った。与吉は吹っ飛び、傍らに蹲ったところで、

「虎高、赦してやれ！」

声を掛けたのは、長政軍の攻め手の大将で、長政の老将赤尾清綱であった。

「はっ、しかし赤尾様、倅めは儂の命に背き、元服もせぬまま、勝手な真似を致しよりましたので――」

「じゃが、頭目の熊蔵を、槍で一突きじゃ。これは褒めてやらねばなるまい？」

と清綱は、未だ十三歳にも拘らず、田部熊蔵を仕留めた与吉を庇った。

「父上、この首は一揆の頭であったのか？」

頬を擦りながら与吉は父に聞くが、虎高は無視して、

「なりませぬ、赤尾様。命に背き動けば、一軍を危うきに導くとも限りませぬ。その大事を、倅

に教えることこそ、肝要と存じまする」

「厳しい父御じゃの。じゃが、折檻はここまでに致せ。伜（そち）のいうことも一理ある故、ここは伜の顔を立てるが、殿には仔細を報告することに致す。早う伜の伜を元服させよ」

「は、仰せの通りに致しまする。これ、与吉、お前も赤尾様に礼を申せ」

与吉は、父の言う通りに、

「赤尾様、かたじけのうございます」

とばつが悪そうに礼を述べた。

「皆の者、ご苦労であった。一揆勢は残らず刈り取ることが出来たぞ！勝鬨を上げい！」清綱の掛け声で、一同は勝鬨を上げ、小谷城へと引き上げて行った。帰城の途中、

「与吉、父上は喜んで居られるのじゃ。儂もお前の様な弟を持って、頼もしい限りじゃ。十三歳で敵の大将を斃すとは、誰も真似は出来ぬ。これから与吉と戦さに出るのが楽しみじゃ」

と兄の源七郎高則は与吉に優しい言葉を掛けてくれた。

「兄者、儂は兎に角戦さに出たかっただけじゃ。手柄を立てて、立派な侍大将に早うなりたいのじゃが、父上は儂の手柄を褒めて下さらぬ」与吉は、兄には本音で話せた。

「与吉、父上は皆の手前、お前を殴ったのじゃ。子供のお前を連れて来て、万が一に、お前を死なせることにもなれば、殿の顔に泥を塗ることにもなる。それでは、この一揆殲滅のお役を仰せつかった赤尾様にも申し訳が立たぬと考えられたのじゃ」

「そうじゃ。与吉！」と二人の会話を聞いていた虎高が口を挟んだ。

「与吉。よう覚えて置け。戦さは一人でするものではない。お前一人が手柄を立てようとも、戦さは負けることもある。じゃから、軍規と云うものがある。規律を乱して己の手柄の為に動けば、敵の術中に嵌り、戦さに負けることもある。ばらばらに動いては戦さにならぬ。よいか、今日は

偶々運が良かったと思え。大将の命に随い兵は動く。そこには策がある。策を無視して動けば、皆が死に、戦さに負けることもある。それをしっかと腹に叩きこんで置け。よいな！」

と言った虎高の顔は優しい父の顔であった。これを見て、与吉は、

「分かった、父上。今日は父上のことを聞かず、済まぬことをした。赦して下され」

と素直に謝った。

小谷に戻ると、与吉にということで、長政から備前兼光の太刀を褒美として授かった。本来なら、登城して直々に授かるところであったが、父虎高の言を入れて、赤尾清綱が長政の代人で、届けてくれたのである。

それからの与吉は、剣術稽古に明け暮れた。この頃には、背も六尺に達し、尚も身体は鍛錬の賜物で、まだまだ大きくなりつつあった。


与吉ー後の藤堂高虎は、近江国甲良郡藤堂村で弘治二年（一五五六年）正月十八日、三井家から藤堂の養子となった虎高と多賀家の長女於兎羅（おとら）との間に大きな次男坊として生まれた。

与吉は於兎羅の乳をよく吸った。一度に両方の乳を飲み干し、乳母からも乳を貰うほどによく吸った。父の虎高も並みの男よりも上背があり、大きい方であったが、母の於兎羅 も並みの女子（おなご）より頭一つ上背があった。従って、与吉も赤子の時から大きく、並みの赤児の一日分の乳を一回で飲み干していたから、乳母が二人でも足らず、近所に乳飲み子を抱える女子（おなご）を探して、乳を貰わねばならない程であった。母の於兎羅もそれに応えるべく、琵琶湖で獲れる鯉や大豆をよく食べて乳が良く出るように励んだ。於兎羅は与吉が自分の乳房から唇を離し、満足そうに眠りに付く顔を見ては、床に寝かせ「父より強くなれ！」と願う日々が続いていた。

父の虎高は佐々木源氏の流れを汲む三井家に生まれ、若くして甲斐の武田信虎の家臣となった。

虎高は信虎の家臣として小山田、穴山等の国人衆との戦いで武功を立て、信虎から『虎』の字を貰い、この時から虎高と名乗ったが、信虎の家臣から妬まれ、また信虎の気性激しく、血を見なければ治らない偏執的なところを嫌い出奔。故郷の近江に還り、犬上郡藤堂村の藤堂家に養子に入り、北近江一帯を治める浅井久政(長政の父)に仕えることとなった。この頃、藤堂家は、没落しており、四つ違いの与吉の兄源七郎高則共々浅井家の家臣なのであるが、足軽の身分に近い扱いだった。

与吉が、剣の鍛錬から戻ると、北伊勢への出兵命令が浅井長政から下され、兄源七郎高則が、虎高の義弟良氏（良政ともいう以下良政）らと共に北畠征伐に向かった。父の虎高は、この頃から戦さには出ず、嫡男を代わりに出陣させるようになっていた。

「父上、儂も兄者と行きたい」

与吉は源七郎と出陣したくて何度も懇願したが、

「お前は儂と共に留守居じゃ。じっとして居れ！」

与吉は父に首を押さえられ、その上、

「与吉、儂らは織田の家臣滝川一益様の与力で参陣するのじゃ。殿様自ら戦さをされる訳ではない。お前は、それまで力を蓄えて置け」

と、兄の源七郎にもそう言われて、与吉は渋々出陣を諦めた。

藤堂家は虎高を筆頭に一族の結束が固い。それは、嘗て甲良郡一帯を治めた小領主の家柄が、没落して浅井の一兵卒に身分を落としていたので、藤堂家再興を果たそうと、一致団結していたからである。

虎高は長男の源七郎に藤堂家の再興を託し、幼い頃より薫陶を続けていたが、与吉には好きにさせていた。その為か、幼い頃より一際大柄な与吉は、「ガキ大将」で従兄弟の新七郎や家人の竹助達を連れて、剣術の稽古と称して、隣村の「ガキ大将」と喧嘩をしては相手を叩きのめしていた。お蔭で相対の喧嘩に負けたことは無かったし、譬え相手の人数が勝ろうとも、体力面で与吉に優るものは無く、大きな身体から発せられる力に、誰も打ち勝つ者は居なかった。

与吉は、根が真っすぐな所為か、策を弄することは好まず、真っ向勝負で立ち向かうのが性に合った。この性分は高虎となって、数倍の敵を相手にしようとも、常に正々堂々と闘い続けたことにも表れるのである。これは藤堂の『血』なのかも知れない。

永禄十二年八月、父の名代で北伊勢の北畠征伐へ出陣した兄の源七郎も、遮二無二戦い、大将首を挙げようと、滝川勢の中に在って、死をも恐れず戦い続けていた。

十月の半ばになって、源七郎や一族の良政と共に北伊勢に出陣した藤堂家の家人大木長右衛門がトボトボと帰参した。

「親爺様、長右衛門叔父が戻りましたぞ！」

とまだ幼さの残る家人の服部竹助が大声で虎高に告げた。

「長右衛門が戻ったか？」

虎高が長右衛門に声を掛けながら、土間に現れた。

「旦那様、只今戻りました」

涙ながらに長右衛門は帰参の挨拶をした。

それを見て、虎高は何もかも察した。良政と長男の源七郎高則が居ないことからも、容易に想像は付く。

「源七郎や良政は、見事な死であったか？」

何もかも察した虎高は、二人の最後が武士らしい死であったかを確認した。

「は、滝川様の御加勢で大河内城を攻めに掛かった折、滝川様の掛かれという合図と共に、一番槍を付けようと、誰よりも早く突き掛かられましたところ、敵の伏兵が現れ、一斉に鉄砲を撃ち掛けられ、先頭に居られました源七郎様、良政様は鉄砲数発を頭から身体に受け、敢え無く御最期を遂げられましてございます。某はお二方の後ろから駆けて居り、某の盾になるようにしてお斃れになったのでございます。お声を掛けましたが、既にお二方共に息は無く、見験だけ取って、立ち帰りました次第でございます」

と報告するや、長右衛門は懐から大事そうに二人の見験を取り出して、その場で泣き崩れた。

与吉は、長右衛門の話を聞いて、二人の髻（もとどり）に縋（すが）り付いて、

「兄者、叔父上！」と大きな声を出して泣いた。

「泣くでない与吉！戦さに死は付きものじゃ。二人は死を覚悟して戦さに臨み、見事に散ったのじゃ。今後、戦さで死んだ者を泣いてはならぬ。死んだ者へはよう死んだと褒めてやるのじゃ。褒めてやってこそ、何よりの手向け（たむけ）ぞ！」と虎高は諭した。

「分かった、父上。もう泣かぬ」

泣きべそをかきながら与吉は応えた。

「長右衛門、済まぬがその足で、良政の見験を多賀の家へ届けてくれぬか？」

虎高が長右衛門に命じると、

「畏まりました」

と長右衛門は涙を拭って、腰を上げた。

それからの与吉は、戦さで身内が討死することがあっても、人前では涙を見せるようなことが少なくなったのである。

ある日、虎高の家に訪ねて来た小童がいた。良政の嫡男新七郎である。

「おお、新七郎。今日も与吉と稽古か？」と虎高は新七郎を見つけると声を掛けた。

「いや、叔父上今日は頼みがあって来た」と新七郎。

「ほう、何じゃ？」

「これからは、叔父上の家に毎日通いたいと思うて来た。よきつぁんと共に戦さに出たいのじゃ」と新七郎は神妙に語った。新七郎は与吉の九歳下で、今で言うと小学校の一年生であったが、負けん気が強く、与吉とは一緒に隣村のガキ大将と喧嘩をしては傷を作るが、それでも小さいなりに相手に傷をつけるまで歯向かって行ったものである。そうこうしていると、必ず与吉が助けに来て、相手を捻じ伏せてくれる。息の合ったコンビであった。

「ほう、新七郎毎日来るのは良いが、お前は未だ小さい。儂がええと言うまで戦さには出さぬがそれでも良いか？」と虎高が諭すように言うと、

「叔父上の言うことをよく聞いて、叔父上の言う通りにせいと母者に言われた。それでよい」とまだ幼い新七郎がたどたどしく応えた。

そんなことがあって二年が過ぎた頃、いよいよ与吉が正式に初陣を飾る戦さが始まった。この二年間、長男源七郎高則を亡くした虎高は、次男与吉に藤堂家の再興を託し薫陶を続けていた。

与吉は身体も大きくなり、六尺を有に超える大きな身体となり、加えて日頃の鍛錬で逞しくなっていた。与吉らの主君浅井長政は、北近江攻めの後、信長との同盟を破り朝倉義景と共に信長を挟撃しようとしたが、見破られて、逆に信長は浅井・朝倉の討伐に動き出したのである。

「与吉、いよいよ戦さじゃ」

と虎高は、戦さ準備に余念がない与吉に声を掛けた。

「父上。先程から身体の震えが止まらぬ」

「頼もしいのう。与吉、それを武者震いと言うのじゃ！」

「この前の一揆征伐の時はこんな震えなど覚えたことはなかったぞ？」

与吉は頭形の兜の緒を締めながら父に問い返した。

「そんなもんじゃ。あの時は儂らに追い付くことしか頭に無かったじゃろう？じゃが、今度は最初から戦さじゃと言うのが頭にある。それがお前の身体を力ませておるのよ」

「そういうものか？」

「よいか、与吉。この度の戦さは、儂も嘗て覚えもせん大戦さ(おおいくさ)になろうと思う。死ぬることになるかも知れん。浅井の殿が、負けるかも知れん」

「織田に負けるのか？」と与吉は喰ってかかる様に尋ねた。

「戦さというものは、時の運じゃ。今川が信長に負けたのもそうじゃ。勝つと思えば、油断が生まれる。そこを信長は突いたのじゃ。負けると思えば遮二無二やるか、逃げるかじゃ。信長は遮二無二やったのじゃ。あの時の信長と同じで儂らは逃げられん。よいか、与吉。お前も十五歳(じゅうご)じゃ。軍人(いくさびと)の心得を教えておいてやる。目覚めた時から今日こそ死ぬると思え。死ぬると思って、今を遮二無二生きるのじゃ。さすれば、今日が開ける。死ぬる覚悟がなければ狼狽えて今日は開けぬものよ。死ぬる覚悟がない者は、無様な死に方をする。決して生きようと思って戦ってはならぬ。死ぬと思って戦うのじゃ。これが軍人(いくさびと)の極意じゃ。努々(ゆめゆめ)忘れるな！よいな？分かったか？」

　晩年高虎は遺訓を残すが、その第一条は、当にこの時虎高が与吉に言い聞かせたものである。

「父上、決して忘れぬ。今日で死ぬるぞ！」

と与吉は眦を決した。

「与吉、それとな、これからは長右衛門がお前の供をする」

「おお、長右衛門がついて来てくれるのか？」

「与吉様、儂が居りまする故、存分にお働きなされ！」

大木長右衛門は、戦さ慣れした家人で、色々と気が付く男である。

「長右衛門、此度の初陣で必ず兜首を獲るぞ！」

「ほほう、頼もしい。この長右衛門、お手伝いさせていただきまするぞ！」

長右衛門はこれ以後、与吉が高虎になってからも殆どの戦さを共にする。高虎にとっては良き戦友であり、相談相手でもあったが、それ故高虎にもずけずけとものの言える家臣でもあった。

「よきっつあん、なかなかの武者ぶりじゃ。叔父上、儂はまだ戦さに行けぬのか？」

傍らで羨ましそうに見ていた新七郎が虎高に尋ねた。

「ははは、新七郎。お前は未だ子供じゃ。いずれ与吉が組頭にもなれば、お前は与吉の家臣となって働いて貰う。それまで待て。鍛錬して身体を大きくしてからじゃ」と虎高が応えると
「そうじゃ、新七郎。それまでは私の握り飯を食べて大きくなるのじゃ」と兎羅が諭すように新七郎に語りかけた。

「儂は伯母上の作った握り飯を食べて、よきっつあんより剣の捌きでは負けぬ様に鍛錬するで、そうなればよきっつあんの一番の家臣じゃ」

新七郎は負けん気を顔に出して、与吉に向かって応じたのである。

そして、意気揚々と与吉は虎高以下が見送る中、侍長屋を後にした。

長政は一大決戦を控え、籠城戦を考えていたが、一方の同盟軍の総帥というべき朝倉義景が、自分の代わりに、一門の景健に八千の軍を預け、小谷に向かわせたことを知り、長政の心境は穏やかでなく、急遽野戦での奇襲戦で一挙に肩を付ける策に変えざるを得なかった。

一方、信長は陣を姉川の南へ移し、横山城から北東に当たる竜が鼻に陣を張った。そこへ同盟軍の家康が、兵5千を率いて合流し、信長軍の気勢が上がった。

長政は小谷城の南西大依山に朝倉軍と合流して、そこで、信長・家康軍を竜が鼻から西へ移動

させ、横山城とで挟撃にする策を立てた。

　時は元亀元年(一五七〇年)六月二七日夕刻、竜が鼻の信長の下へ大依山の浅井の紋所(『三盛亀甲花菱紋』)と朝倉の紋所(『三盛木瓜紋』)の旗が突如見えなくなったとの報が入った。

「さては、小谷城へ退いたか？」

　と思い、急ぎ追いかけるべく竜が鼻から姉川沿いに、家康軍を先鋒に西へ移動を開始した。

六月二八日早朝、家康軍が三田村辺りから渡河しようとする目前に、突如『朝倉の紋所―三盛木瓜紋』の幟が夥しく立ち並んだ。


それは、家康軍の後方の野村辺りにいた信長軍も同様で、突如として『浅井の紋所―三盛亀甲花菱紋』の幟が靡いているのを見て驚きを隠せなかった。が、家康軍は違っていた。本多・井伊の軍は突如として朝倉軍に鉄砲を撃ち掛け出した。それが合戦の合図となった。

　結果として家康は朝倉に、信長は浅井に当たることになったが、織田方の方が怯んだ分だけ対応が遅れた。長政が狙っていた奇襲は成功したかに見えた。

　この時、与吉は姉川の北岸に居て対岸の織田軍をじっと睨みつけていた。

「与吉様、姉川を渡り敵陣に突っ込むことになりまする。雑兵と渡り合ってはなりませぬぞ。渡り合えばその分兜首を獲るのが遅れまする」

　と長右衛門は、合戦が初めての与吉に適切に助言した。

「なるほどな。分かった、長右衛門！」

「そろそろ、掛かれの合図が出る頃じゃ。味方の鉄砲で、織田方の先陣が崩れて居りまする」長右衛門は戦局を見るにも長けていた。

「見て居れ、長右衛門。必ず兜首を挙げてやるわ！」

与吉は一つ武者震いをして、長右衛門に声を掛けた。

その時、進軍の合図の太鼓が「ドーン、ドーン」と二度なって、「掛かれ！」の声と共に浅井軍は、一斉に姉川を渡り出した。

真っ先に織田軍に突っかかったのは、猛将で鳴る磯野員昌であった。栗毛の馬に跨り、槍隊を前面に押し立て、織田の先陣を突き伏せて行く。その後を遅れてはなるまいと、「死ぬるぞ！」と叫びながら与吉が駆け出した。長右衛門も与吉の後を追い姉川を渡り出した。一際大柄な与吉は敵の的となり易い。足軽が長槍で与吉を突こうとするが、与吉は長右衛門に言われた通り、力に任せて、槍を揮うと足軽の槍は跳ね飛ばされて行く。長右衛門も逸早く与吉に兜首を獲らせようと、足軽相手に自らの槍をブンブン振り回し、与吉の行く手を開けて行く。川を渡り切ったところで、与吉は兜首を見つけ、一目散に突っかかって、「その首貰い受けたり！」と叫んだ。与吉は味方の優勢を駆って、眼の前の織田方の組頭と思しき兜首に、槍を握り直して、挑みかかった。

この兜首の主（ぬし）も、始めはギョッとしたものの、大男だが未だ子供だと見極め、

「小童、この首が獲れるか！」と怒鳴り返したその時である。

目にも止まらぬ速さで、与吉の槍が目の前に伸び、あっという間に首を突かれていた。「グワーッ！」と唸りながら、馬から落ちたところを、与吉はすかさず脇差を抜き、馬乗りになって相手の首を斬り落とした。

「浅井備前守長政が臣、藤堂与吉！兜首討ち取ったり！」と叫ぶと
「与吉様、お見事！」と長右衛門も応じた。

この時既に前を行く磯野員昌は、信長本陣の柴田勝家の陣まで切り崩していた。浅井や朝倉の兵は、剛の者が多い。戦力で優る筈の織田方は、信長も自ら討って出なければならないかと思われる程攻め込まれていたのである。が、浅井軍の優勢はこの時までであった。

浅井方は与吉のように渡河して敵陣深く入り込む者や、渡河し切れていない者等、縦に長く伸びきっていた。

そこへ早々に朝倉軍を退けた徳川軍の四天王の一人、榊原康正率いる部隊が、長く伸びた浅井方の横っ腹に襲い掛かったのである。

横から錐のように突かれたので、浅井軍は途端に崩れだした。これに加えて、稲葉・安藤・氏家等の美濃三人衆の信長供回り部隊が、長政が頼みとした横山城を懐柔するや参陣して、磯野隊を撥ね返し出したのである。これで織田軍が息を吹き返し、今度は浅井方を押し包もうとし出した。この時、猛将磯野員昌は、

「くそっ！今少しであったに！」と退き時を知り、「退け！」と自軍に触れを出した。

与吉の周りは、味方より敵の数が増えだし、相手の勢いに押されだした。鉄砲が何発か胴丸を掠めた。足軽の槍を払い続けたが、何度か突かれ出した。

味方が崩れだしたのを見た長政は、舌打ちをして、退き陣の触れを出さざるを得なかった。

「ここまでじゃ！退けえ！」

『退き陣』の太鼓が与吉にも聞こえた。

「与吉様、退きまするぞ！」長右衛門が怒鳴った。

「心得た！」

与吉は、今度は後ろに注意しながら、姉川を北へ渡り出した。

頭から腰の下まで、敵の血か自分の血か分からない程に真っ赤に濡れていた。

追ってくる織田方は、味方の鉄砲の餌食となって倒れて行く。

気づけば、先ほど渡った姉川の清流は、真っ赤な血の川に変わっていた。死体がプカプカと与吉の傍を流れて行く。与吉は、漸く本陣に合流し、小谷城へ戻る撤退の軍の中にいた。しかし負け

たとは思えぬ戦いであったと与吉は思う。思うと同時に痛みを覚えだした。

右手の小指の先がなくなっていたし、身体のあちこちから血が流れていたが、与吉は兜首を挙げたことに満足していた。

姉川の戦いは、浅井・朝倉軍の重臣遠藤直経・弓削家澄、真柄直隆・直澄ら猛将達が討死し、加えて千人以上の死者が出て、浅井・朝倉軍の負け戦さとなった。

与吉が、虎高の下へ傷ついた身体を引き摺りながら戻ると、大木長右衛門が
「与吉様が、兜首を挙げられましたぞ！」と報告してくれた。

虎高は「与吉！初陣見事！」と褒めたが、母の兎羅は、無事に与吉が戻ってきてくれたことに安堵したものの、身体中から血を流しているのを見て、直ぐに治療に取り掛かった。兎羅は、与吉の傷を見て涙が止まらず、それでも黙々と治療に専念してくれた。

与吉は「父上、兜首を取ったぞ！」と言ったまま暫く眠りについてしまった。

「叔父上、よきっつあん死んだのか？」

とまだ小さい新七郎が尋ねた。

「いや、死んではおらん。傷と疲れで眠っておるのじゃ」

「兎に角、奥で――。布団を敷け、新七郎、竹助」

と兎羅が叫ぶように二人に怒鳴った。あまりの珍しい兎羅の剣幕で慌てて、竹助と新七郎が奥へ消えた。

与吉は何日か床から出られない日々が続いたが、そこへ城から呼び出しが掛かった。

父と共に、長政の前に出向けというお達しで、手や身体を晒しでグルグル巻きにされ、翌々日、父と共に長政の前に出向いた。

与吉は初めて長政にまみえることとなった。父と共に主殿で平伏している頭上で長政の声がし

た。

「藤堂与吉。この度の初陣見事！よって、褒美を取らす。前に出でい！」澄んだ声がした。

「ははあっ！」

と言ったもののどうしてよいか分からない。傍らの父が小声で
「伏したまま前に進め！」

と教えてくれた。言われるがまま、平伏しながら恐る恐る前に進んだが、身体中に痛みが走った。

「虎高、伜はほんに頼もしい倅を持ち、羨ましいぞ。此度は見事兜首を挙げ見事じゃ！礼を言う！」

と長政は、金子（きんす）と共に感状を手渡した。

与吉は「有難うござりまする！」と晒しで巻いた両手で受け取り、そのまま平伏していた。

「よいよい。面を上げい！」と言われたので、与吉は長政の顔を見上げた。涼しい顔だと与吉は思い、思いやりのある殿様の様に感じた。

「齢十五にしては、良い体躯をしておる。傷は痛むか？十分に治し、また励んでくれ！」

それが、長政が与吉に掛けた最後の言葉であった。与吉は、この時以降二度と長政とは顔を合わす機会を失することになるのである。

父と共に平伏していると、長政が広間を出て行く足音がした。傍らに居た赤尾清綱から
「下がってよい！」

という声が聞こえ、二人は喜びを隠しながら主殿を後にした。

与吉は、暫くは傷んだ身体を癒さざるを得なかった。随分と体が癒えるのに時間が掛かり、与吉は暫く寝たきりとなった。母の兎羅がその間、晒しの交換や膏薬を塗りながら、看病してくれていたのである。

②初めての主替え

時が経ち、傷も癒えて琵琶湖の湖面をボーッと眺めていた与吉に、虎高が近づいて話し掛けてきた。

「よいか、与吉。源七郎が亡くなった今、この藤堂の家を再興させるのは、お前しか居らぬ。もう近所の子や新七郎達の大将ではないのじゃ。儂の実家はこの近江鯰江城の城主藤原三井家の流れを汲む家柄で、この藤堂家も甲良郡を治める主であった。お前には、一城の主となって、藤堂の家を再興させて、儂が出来なんだ一族郎党を食わせる役目を負うてもらわねばならぬ」虎高は、まず与吉に『ガキ大将』ではなく一家の主としての自覚を持たせることから諭し始めていた。

「父上、儂に何をせいと言うのじゃ?」

「与吉、今はどんな世じゃ?」

「どんな世じゃというて、戦乱の世じゃ。じゃから、儂は、何時でも戦さに出られるように、戦さの鍛錬をして居るつもりじゃ」

「何故、戦さの鍛錬が必要なのじゃ?」

こういう時の虎高の口調は優しい。

「それは、戦さで手柄を立てる為じゃ」

「手柄は誰の為じゃ?」

「父上、それは儂が手柄を立てれば、儂は偉うなる。偉うなれば、禄も増え、藤堂の家も豊かになるではないか。じゃから、儂の為、藤堂の家の為に鍛錬しておる」

「うむ。ちと尋ねるが、禄は誰から貰うのじゃ?」

「そんなもの決まって居る。浅井の殿様じゃ」

「浅井の殿様は強いか?」

「分からん。じゃが、朝倉の殿様も付いて居ったし強いと思う。じゃが、父上何故そのようなことを聞く?」

「良いか、お前も言うた通り戦乱の世じゃ。織田と争い、強い筈の浅井の殿様は、負けてしもうた。この近江一国がどうなるか分からん世になった。姉川の戦さのお前の褒美は、金子と感状だけじゃったじゃろう?負けてしまえば領地もなくなり、褒美も渡せぬようになるのじゃ」

「父上は何が言いたいのじゃ?」

「ふむ。浅井の殿様を主と思うなと言うておる」

「父上は、浅井の殿様を見限れと言うのか?」与吉は、家臣たるもの一生殿様に付き従わねばならないものと、思っていたので、父の言葉が意外であった。

「その通りじゃ」

「それは、不忠ではないか?」与吉は父に食って掛かった。

「与吉、今は戦乱の世じゃと言うたろう?領主様である浅井の殿様が領民を守れぬのじゃ。領民を守れぬ領主様は殿様では居れぬ。領民が安心して暮らせるようにするのが領主様、殿様じゃ。我等家臣は殿様の代わりになってその手伝いをする訳じゃが、この近江は恐らく信長の手に落ちる。儂らの行く末もどうなるか分からぬ。幾ら良い殿様も、戦さに負ければそれまでじゃ」

「父上は、信長の家臣となれと言うておるのか?」

「いや、藤堂の家の為に、相応しい主が信長かどうかは分からぬ。これからお前の眼で我等藤堂の家興しの為に、相応しい主を探せと申しておるのじゃ」

「じゃが、相応しいかどうか、儂の眼では分からぬ」

「そうじゃろうと思う。それが当り前じゃ。じゃから、相応しいと思えるまで、主替えを厭うな。

この主はいかんと思えば、出奔し替えればよい」

「構わぬか？」

「今はそれが許される世じゃ。構わぬ。主を替えて居るうちに、お前の眼も養われる。領民や儂らの安寧を考える領主を探すのじゃ。やってみい！」虎高は豪胆な面を見せた。

「じゃが、父上。儂は、どこへ行けば良いか判らぬ」

「ふふ、そうじゃな。手始めに山本山城の阿閉貞征様の処へ行け。良い手本と思わぬが、浅井殿様の家臣で織田方に早々に鞍替えしたと聞く。初めは我らが見知った方が良いじゃろう？そこで悪い手本を見るのも、お前の眼の肥やしじゃ」

「父上は、阿閉様は相応しい領主とは思わぬのか？」

「そうじゃ。儂らが知る方で、真に仕えたいと思えるのは磯野様じゃ。じゃが、磯野様は、まだ浅井方に忠義を尽くされておる故勧められぬ。まだまだこの戦乱の世は落ち着かぬ。剣や槍の鍛錬と同じで、焦らず、色々な方を見るのも修行と思えば良い」

「修行か――。分かった。必ず藤堂の家興しに相応しい殿様を探すことにするぞ！」

そんな親子の会話がなされた後、思いも寄らぬ事件が起きる。

小谷山中で剣の稽古をした帰り、小谷城下をぶらぶらしていた与吉の耳に、与吉のことを揶揄う(からかう)かのような声が聞こえてきた。

「柄が大きいだけで、取り柄はないわい。あんな小童を殿様が褒めそやすから、余計増長するのじゃ」

「そうよ、姉川の戦さも向こうから構えた槍に飛び込んで来たらしいぞ」

「それで、殿様から褒美を貰うたのか。ああ、肖り(あやかり)たいものよ」先に与吉を揶揄ったのは、与吉の上司に当たる山下嘉助という組頭であった。放って置こうと与吉は思ったが、殿様の見る眼がないとも聞こえた。与吉はカッとなり、右手は既に、太刀の束に手を掛けていた。この頃の与吉は、自分の感情をまだ抑えられないでいる。

「なんじゃ？小童」と嘉助が与吉に声を掛けたのが最後であった。与吉が抜いた兼光の太刀が一閃すると、嘉助の首がスパッと斬れて、胴から離れていたのである。

それを見た傍らの男は「ワーッ」と叫びながら逃げて行った。

とてつもない早業であった。与吉の剣は居合い抜きのように、一旦左へ重心が掛かったかと思われた途端、もう刀は抜かれて右に身体は移動していた。与吉は一言も声を発することがなかったので、余計に不気味であった。

「しまった！」と与吉が気づいた時は後の祭りである。

「えらいことをしでかした」と思いながら、取りあえず家に戻ると、虎高は
「良い機会じゃ。儂等に構わず直ぐに出奔せい！」と叱ることもなく言ってくれた。

母の兎羅は握り飯を与吉に持たせ、

「落ち着いたら便りをおくれ」

と背中を叩いて送り出してくれた。

与吉は父に言われたとおり、まず山本山城の阿閉貞征を頼ろうと小谷を後にした。

父の虎高は息子が組頭を殺してしまったので、自ら身を退き、謹慎の証として藤堂村に引き籠った。

一方信長は、元亀二年（一五七一）二月に横山城の秀吉に、孤立した佐和山城の磯野員昌に対して調略を掛けさせた。磯野員昌に、秀吉の客将竹中半兵衛が理を持って懐柔し、遂に佐和山城を開城させたのである。更に信長は、八月には三万の軍で岐阜を発って延暦寺を攻めるべく、明智光秀を延暦寺攻めの総大将に任じ、

「延暦寺を焼き討ちにし、坊主や女・子供を問わず根絶やしにせよ！」と命じた。

九月には延暦寺を囲み、光秀は命じられたとおり比叡山の麓の日吉神社から根本中堂まで火を掛け、逃げ出す僧侶・女・子供まで悉くなで斬りにしたのである。

その頃、与吉は既に阿閉貞征と謁見を済ませて、貞征の家臣となっていたが、貞征の顔付きや声が、浅井長政に初めて声を掛けて貰った時のような感覚とまるで違っていることに気づいた。

「この方は、父上が申されたとおり、儂が頼みとする殿さまではないな」

という思いが頭から離れない。

そんな時、与吉に貞征の二名の近習が貞征の命に背き、屋敷に立て籠もって出て来ようとしないので、この近習達を斬れとの命が下ったのである。

この近習は阿閉那多之助と広部徳平といい、近習を務めるだけに腕も立った。

与吉は、那多之助の屋敷に徳平共々立て籠もっていると聞き、討伐隊の中にいたが、

「待て、与吉。早まるでない」

と討伐の組頭が与吉を引き留めたにも拘らず、構わずにひょいと塀を乗り越え屋敷の庭に降り立った。

与吉が、屋敷に入ってしまったので、討伐隊も門を打ち破って屋敷に雪崩を打って突入した。与吉は、屋敷に入るなり、

「殿の命じゃ。那多之助、徳平、腹を斬れ！」と怒鳴った。

すると家人を連れた二人が素早く出てきて、

「お前が新参者の藤堂与吉か？」と那多之助が大声で返した。

「そうじゃ！」

与吉には那多之助や徳平の顔を知る由もなく、最初に声を掛けた方が、那多之助であろうと当た

りを付けた。

「徳平は、お前か？」与吉は、那多之助と思われる男の後ろで、じっと与吉を睨みつけている男を指さして問うと、

「一人で乗り込むとは、いい度胸じゃ。死出の土産に、道連れにしてくれるわ！」

と徳平が応えるや否や、与吉に斬りかかって来た。

　与吉は素早く身を躱すと、持っていた槍の台尻で、徳平の横腹を付くと、肋骨が折れたようで、徳平はその場で蹲ってしまった。

「おのれ！」と今度は那多之助が斬りかかろうと刀を上段に構えたところに、素早く与吉の槍が伸びてきて、那多之助の喉を突き抜けた。那多之助は声も上げられずに、その場で斃れた。

家人達は、「主の仇！」と言って斬りかかってきたが、与吉の槍の前では敵ではなく、二人の家人も敢無く与吉に討ち取られてしまった。

徳平は息を吹き返し、刀を構えたが、与吉の槍で叩かれて、刀を落としたところで、やはり喉元を付かれて、与吉に討ち取られたのである。

　そこへ表から、二十名近い討伐隊が現れ、四人の死体を見て皆一様に驚くと同時に、返り血を浴びた与吉を見て、恐ろしさを感じ、声を掛けるのも忘れていた程であった。

「組頭、家人もろとも那多之助、徳平を討ち取りましてございます」

与吉は、言葉をなくした組頭へ声を掛け、

「相手の血で身も穢れた故、清めねば殿の前には出られぬ。組頭から此度の事ご報告下され」

と言って、さっさと表から出て行ってしまった。

　だが、組頭から報告を受けた阿閉貞征は、与吉がたった一人で四人を始末したと聞き、褒美を与えねばならぬことを考えると、途端に頭が痛くなった。貞征は、天性「吝嗇」なのである。計

算高いと言えばそれまでだが、他人に「モノ」をやることに抵抗があった。自分のものがなくなることを惜しむ性格なのである。ましてや、戦さで領地が増えるわけではなく、身内の喧嘩のようなものだ。那多之助も徳平も、主のその性癖を嫌って造反しただけである。

　与吉は、貞征のところへ来て、一カ月が経ち、漸く出会った時の違和感が、貞征のその性格にあることに気がついた。そうなると、与吉は、貞征の下を離れたくなった。

「褒美も要らぬは！」と思うと、自分から貞征の下へ出向いていた。

「殿、お話がございまする」与吉は、貞征に対し、自分から話を切り出した。

「うむ。此度の褒美のことであろう？儂も考えて居ったところじゃ」徐に貞征も応じた。

「いえ、左様なことではござりませぬ」

「うん？では何事じゃ？」貞征は怪訝そうに尋ねた。

「は、此度のことで、家中に某の話が広まる一方で、阿閉や広部の縁者からは、恨まれる仕儀となり、このままでは、新たな争いが起こりそうな気がいたしまする。ついては、殿の御許しを得て、お暇を頂きとうござりまする」

まだ、与吉は十代であったが、一晩自分なりに考え抜いて、暇乞いの口実を見つけたのであった。

「何？暇乞いか？」貞征は驚いたが、同時に褒美をやらなくて済むという計算も働いた。

「確かに、伜（そち）の言う通りじゃの。これ以上、家臣同士の諍いは好まぬ。伜の言い分も尤もじゃ。分かった。伜の好きなように致せ。どこか当てはあるのか？」

と言った貞征の腹の中はほっとした思いであった。

「いえ、これという当てはござりませぬ。また仕官の途を探りまする」

「そうか…。では、儂から丹波守殿（磯野員昌）に伜を推挙してやろう」

「しめた！」と与吉は思った。磯野員昌を頼ろうと思っていたところに、貞征が推薦してくれるというのである。

「丹波守殿も、先頃織田方へ付かれ、今は佐和山を出られて、高島郡の新庄城を任されていると聞く。浅井の殿も重臣達が一人二人と抜け疑心暗鬼になられて、木下（藤吉郎）殿の懐柔で寝返ったと早合点なされて、丹波守殿が召し出された母御を誅殺なさったそうじゃ。実は違ったのじゃが、母御を殺された丹波守殿は、『これまで』と佐和山城を開城し、信長様に付かれたのじゃ。忠義一徹の丹波守殿迄織田方に付かれては、もう浅井も終わりじゃ」

と貞征は自分のことはさて置き、磯野員昌の消息を縷々教えてくれた。貞征は褒美に比べれば安くつき、その上、いい厄介払いが出来ると、進んで推挙状を認めてくれたのである。

「忝（かたじけ）のうござります」

与吉は上手くいったと内心ほくそ笑んだ。

こうして与吉は、磯野員昌への推挙状と当座の労い賃を貞征から貰い、山本城を後にしたのである。

与吉は、新庄城へ行く前に、父へ報告をすべく一旦実家へ寄ることにした。

（磯野員昌様は、猛将として聞こえた方だ。阿閉様よりは信頼のおけるお方であろう）と与吉は独り言ち（ごち）て道を急いだ。

父は何と言うだろうか？いろいろな思いが去来する。

浅井方に見つからないように、百姓姿に身を窶して城下を抜け、そっと藤堂の実家に入ると、母の兎羅が真っ先に見つけ、

「与吉、よう戻ったのう」と涙を浮かべて迎えてくれた。虎高が奥で
「阿閉様から出奔してきたか？」と声を掛けてきた。

「いや、暇乞いの御許しを頂いたのじゃ。やはり阿閉様は取るに足らぬ御仁じゃった。磯野様へ

の推挙状も貰うて来た」

「与吉、それはでかしたぞ」

「磯野様は、今は新庄城の城主になられたそうな」

「そうじゃ。既に佐和山城は、信長の宿老丹羽様の預かりとなっておる」

「父上、落ち着いたら、長右衛門達を呼ぼうと思うが、何時のことやらまだ分からぬ。兎に角、また便りを送る故、待っていて下され」

「ああ、分かって居る。まだ、戦乱は続くでな。世の中どうなるかまだ分からぬ。お前が侍大将になってからでよい」と虎高が言うと、

「その時は、儂も呼んで下されや」と竹助が声を上げた。

「おお、分かっておる。その頃は、竹助も大きゅうなって居ろう。うん？新七郎は実家か？」

と与吉は兎羅に尋ねると、

「いや、あの子は、一緒にこちらに移ってから、朝の暗いうちに家を出て、剣術の稽古を毎日欠かさずしてから、朝飯を食いにわが家へ戻って来る。今頃はどこかの森で剣術の稽古をしておるわ」と兎羅が応えた。

「へえ――。剣捌きに磨きを掛けておるのか――。儂は屹度手柄を立てて、立派な殿様を見つけて来る。それまで、待っていて下され」

そうして、新七郎を交え、父達と一晩語り明かした後、与吉は翌朝、朝が白む頃に、新庄へと急ぎ旅立ったが、新庄の城下に入る途中の堅田辺りまで来ると、石工の穴太衆が駆り出されるのに出会った。何でも明智光秀が坂本に城を構えるらしい。与吉は、石工衆が準備をしながら、そんな会話をしているのを聞いていた。

琵琶湖の西岸まで来たのは、生まれて初めてだったし、まだ延暦寺の焼け跡が残る周辺を見て、

如何に信長が残虐極まる所業をやってのけたかを、ここへ来て知ることが出来た。

そこへ
「おい、何もすることがないのか?」と石工の棟梁らしい親方が声を掛けてきた。

「いや、これから仕官しに行くのや」と応えると、

「儂らの出番が多なってなあ。人手が欲しかったんやがなあ。まあ、侍やったら仕方がないわい。ええ身体しとるから欲しかったんやがなあ――」と与吉の身体つきを見て、さも残念そうに言い残し、十数名の弟子と思われる男達を引き連れ、立ち去って行った。

与吉はこれだけ戦さが多いと、城や寺の修復も多くなるから、彼らのような石工職人の手も、必要なのだということをこの時初めて知った。与吉は京を見たかったが、早く磯野員昌に仕官したくなって、新庄へ向け道を急いだ。

新庄に着くと、城の改修が続けられていた。

その工事を眺めていると、そこへ馬に乗って、見回りに来ていた磯野員昌が与吉の前に現れた。

「磯野様じゃ!」と与吉の眼は、員昌を捉えて思わず
「磯野様!」と声を張り上げた。

「うん?」と員昌は与吉を見た。員昌は
「どこかで見た若者じゃ」と思った途端、

「藤堂与吉でござります!」と与吉が声を上げた。

「おお、与吉か!久しいのう?」

員昌は、わざわざ馬を降りて与吉に近づいて来た。それだけで与吉は嬉しかった。

「姉川の戦さ以来じゃのう?どうして居った?」

員昌は与吉を覚えていた。

員昌自身は、信長の本陣へ突きかかり、信長にもう一歩のところまで攻め立て、世に「磯野員昌十一段崩し」と言う呼び名まで貰う武勇の持ち主で、知らぬ者は居なかった。

与吉は員昌に何か言おうとしたが、員昌の方から、

「お前の十五歳の初陣は、見事なものじゃったぞ！」と却って与吉を褒めてくれた。粗方、こちらへ来た事情を与吉が話し、阿閉貞征からの推挙状を員昌に差し出した。員昌は推挙状に眼を通すと、

「今はお前も知っての通り、信長様に仕えたばかりの身じゃ。何もしてはやれぬと思うが、儂もお前が居てくれると心強い。是非頼む」

と員昌の方から言ってくれて、八十石で召し抱えられた。

与吉は飛び上がるほど嬉しかった。与吉は、阿閉貞征とは違い、もののふ（武士）の心が分かった主君に会えた気がした。

この頃、信玄が病で倒れ、四月には亡くなったという報せが、信長の下に届き、これで背後から襲われる不安が無くなった信長は、いよいよ小谷城攻めに取り掛かった。手始めに、子鼠のように画策に余念がない足利義昭を、京から追放し、次いで三万の軍を率い、先ず浅井方の援兵に来た朝倉義景を一乗谷まで追い詰め、義景を自刃に追いやった。

それから、その足で小谷に取って返し、小谷城の南の虎御前山に陣を構え、小谷城攻めを秀吉に命じた。秀吉は、小丸に居る久政と本丸の長政とを分断し、久政を自刃させ、長政はお市の方や万福丸・三姉妹の娘達の助命を条件に本丸で切腹して果てた。

しかし、信長は、秀吉の万福丸の助命嘆願を受け入れようとせず、万福丸は斬られ、お市の方と娘の三姉妹のみが赦されて、信長の下へ送り届けられたのである。

幾分秋風を感じる季節に、与吉は磯野員昌の守る新庄城で、嘗ての主君浅井長政が、信長に滅

ぼされたことを耳にした。

新庄城の物見櫓から東を臨めば、琵琶湖越しに小谷山が見える。与吉が物見櫓に向かうと、既に櫓の天辺で小谷城に向かって手を合わせている者を見つけた。員昌であった。猛将と謳われた員昌は、ただ勇猛なだけでなく、人の情を知る武将なのだと、与吉は員昌を改めて見直した。

与吉も、物見櫓の下で小谷山に向かって手を合わせていると、「与吉ではないか?」と員昌の声が与吉の頭上から聞こえた。

「は、嘗ては仕えた身にござります故、お赦し下され」

与吉は素直な気持ちを員昌に伝えた。

「なあに、儂もお前と同じ気持ちよ!」

員昌も櫓を下りながら素直に返した。

与吉は員昌を好きになった。(良い殿様じゃ。仕えて間違いのないお方じゃ)とこの時しみじみと思った。

この頃、磯野員昌は杉谷善住坊探しに躍起になっていた。

善住坊は、信長が金ケ崎の退き陣から京へ逃げ帰り、更に千種越えで岐阜まで戻る途中で、信長を狙撃した張本人だった。信長は幸い笠を割られただけで、危うく難を逃れた。

その善住坊が、新庄城付近の高島郡に隠れているという情報が員昌の耳に入り、城から少し離れた堀川村の阿弥陀寺に潜んでいることを員昌は知った。そこで、隠れ場所を一気に襲い捕縛に成功した。員昌は直ぐに岐阜へ知らせ、杉谷善住坊を岐阜へ護送したのである。

岐阜に送り届けると、信長は善住坊を生きたまま土中に埋め、鋸引きの刑に処するという残忍なやり方で亡き者にしたのである。

員昌は、信長に対する面目を保ったが、そこで困ったことに信長の甥の信澄を、養子にせよとの命をうけてしまったのである。

員昌には、既に二人の息子が居て跡継ぎにするつもりであったが、養子となれば行く行くは信澄を跡継ぎにしなくてはならない。

信長の命は絶対であることから、信澄を養子にすることを承諾するしかなかったが、員昌は新庄城で逡巡の日々が続いていた。

そこへ、忌まわしい話が新庄城へ届いた。

信長が、浅井朝倉との戦勝の宴を岐阜城で開き、白木の台に載せた朝倉義景・浅井久政・長政の箔濃(はくだみ)を見物しながら祝杯を挙げたという。その箔濃も漆を塗って金箔を貼ったものだったという。

員昌も与吉も、それを聞いて心穏やかであろう筈がなかった。と、同時に信長に狂気さえ感じていた。

員昌は、余計に跡継ぎを養子の信澄にすることをためらうようになって、悶々としていたが、とうとう信長がしびれを切らし、一方的に信澄を跡継ぎとして、新庄城を任せよとの命を下した。員昌は態よく追放同然の身になったのである。

与吉は、主が信澄に代わると聞き愕然とした。

折角良い殿様に恵まれたと思ったら、信長の命で代えられてしまう。

信澄という人物は口をきいたことも見かけたこともない。どうせぱっとしない御仁に違いないと思うと同時に、まして員昌の後継ができるとは到底思えなかった。

員昌も五十を超えたがまだまだ元気で、行信・政長という息子達も父の血をひいて、果敢なところもあり末頼もしい。

しかし、信長の命は絶対である。員昌は、隠居の身となり、後を津田姓に替えた信澄が継いで、新庄城へと向かっていた。

　与吉は、員昌に呼ばれた。

「与吉、出奔を考えて居るな？止めて置け。信澄も信長様の血族じゃから悪い領主ではない。まず仕えてみよ」

「殿、信長様の殿への仕打ちとしか思えぬではありませぬか？それも信長様の血族ならば、そのような方を殿として仕える気はありませぬ」

「まあ、そう怒るな。これは儂の願いとして聞いてくれ。まずは仕えてみよ。仕えて伜の眼に適わぬならば、出奔すればよい。それに儂と共に信澄から離れれば、家中一の剛の者を連れて行ったと思われ、息子達にも害が及ぶかも知れぬ。儂の願いは息子達に磯野の家を再興して貰うことじゃ。此度は儂の言うことを聞いてくれ！」

「殿に、そこまで言われて断れば不忠となり申す故、仰せの通りに致しまする。して殿はどちらへ参られる？」

「高野山にでも籠るつもりじゃ。信長様の勘気に触れたようでのう、信長様も高野山に籠った年寄には手もかけまい。まあ態の良い追放じゃ。ははは」

員昌は半ば自嘲気味に語った。

「何と、それは理不尽としか申しようもござりませぬ。善住坊を捕えた手柄は、何処へ行ったのでありましょうか？」与吉が思わず吐き捨てる様に言うと、

「もうよい、与吉。これで儂の話は終わりじゃ。兎に角、まず仕えてみることじゃ。よいな？」

員昌は、これ以上話を続けると、与吉が興奮するだけだと判断し、会話を切り上げてしまった。

　与吉は、員昌の顔を立てねばならず、言われた通り、津田信澄の家臣となった。

天正三年秋、信澄に丹波攻めの命が信長から下された。『第一次丹波攻め』の総大将明智光秀の与力として信澄が出兵するので、与吉も槍を担いで信澄軍の先鋒として参加したのである。

与吉は戦さになると、全てを忘れることが出来た。津田軍は途中の丹波の反信長の国人衆の出城を落とすなどで、高虎は武功を立てて、荻野直正が守る黒井城を包囲する明智軍の中に居た。だが、明くる天正四年一月、この黒井城への攻城戦で、敵の大将荻野直正の計略に掛かり、光秀方と思われた丹波八上城主波多野秀治兄弟の裏切りもあって、光秀軍は散々な目に遭う。

兵力で優る光秀軍が、荻野・波多野勢の挟撃で窮地に陥り、光秀は命からがら坂本へ逃げ戻り、信澄軍は、与吉が槍を振り回し、寄せ手の敵を斃しながら逃げ口を作って、やっとの思いで新庄城に帰城することが出来たのだった。

新庄城へ立ち帰った与吉は、褒美を貰えることになり、初めて信澄と対面することになった。

「与吉と申したか？この度の働き上々である。面を上げい！」

(若い声じゃ) と思い、与吉は言われるがまま面を上げた。

(儂と年恰好は同じぐらいじゃ) 事実与吉と二歳と違わないが、戦さ慣れしていない分、与吉よりかなり幼く見える。

「この度の働き、見事である。よって儂の太刀を遣わす」

と信澄は甲高い声で感状を読み上げ、腰に差した佩刀を与吉に下げ渡した。

「ははあ、有難く頂戴いたしまする」と与吉は応えたものの、どうした訳か不満を覚えた。

石高は員昌の時と同じ八十石の儘であった。そこで気付いたことがあった。

そう言えば、父が与吉に

「家来は決して褒美をやれば良いと思い使うてはならぬ。信じて使うのじゃ。お前が浅井の殿様を大事に思うたように、家来がお前を大事に思うてくれるよう、常に声をかけ、怪我をしたり、病に罹ったりすれば親身になって診てやることじゃ。それが主の心得と肝に銘じておけ」

と言った言葉を思い出した。

（儂は、信澄様が、付いて行きたいと思えるようなお方でないから、こんなことを思うのじゃ）

と思いながら、本丸を後にした。


三日は経ったであろうか、一人でいるとどうしても信澄の声と顔を思い出し、やり切れぬ思いが湧き出てくる。半面員昌への信長の仕打ちに怒りさえ覚えるようになった。

（信長は、最初から新庄城を員昌から取り上げるつもりだったのではないか）という疑念も湧いて来た。

それは、姉川の戦さで信長の本陣近くまで、突き崩した員昌に、信長が恨みを持っていたからではないかと思い至った為である。

（信長は表には出さないが、一度恨みに思うと、仕返しを完膚なきまでにする。それが延暦寺の焼き討ちであり、また長政・久政・義景の首を箔濃にして酒宴の肴にしたことの証左ではないか。信長は、常人では考えつかないことをする。そんなお方が果たして天下を治められようか）

と信長のことを『値踏み』していると、結局信澄の『値踏み』に行き着いて、

（そのような血筋の主には付いて行けぬ）

と、とうとう新庄城を出ることに決めた。当てはない。当ては無いが自分は近江から出たことがない。違う世界を見てみたい気持ちが大きい。

（そうだ！浜松の徳川家康という御仁がどんな方か見に行ってみるか。信長が弟のように可愛がっているらしい）

と与吉とは、一回り年上の青年武将に興味を持った。与吉は、何事も修行じゃと思い、信澄に挨拶することなく出奔し、（殿‐磯野員昌‐申し訳ござらぬ）と心で員昌に謝りながら、近江から鈴鹿

を越え、遠江を目指した。

与吉は大柄である為にかなり目立つ。しかもその大柄な体格故よく食べる。赤児の時から母の乳だけでは、足りないぐらいであったから、二十歳前の六尺を超える身体を維持させるには、常人の倍の食を必要とする。新庄を飛び出した時はそれ迄の蓄えが少々あったので、暫くは食い繋げられた。

しかし、鈴鹿を抜け尾張に入り、尾張の賑やかさに目を奪われながら、見物しているうちに蓄えは底を尽きた。

（腹が減った――。猪でも出てくれれば潰して食らうか――）と思いもしたが、尾張を抜け三河に入ったところで、

（人は腹が減るとこうも力が入らぬものか――）

と与吉は神社や寺に入り、供え物を物色する気になってしまった。

饅頭が備えてあるのを見つけるとつい手が出てしまい、（お許し下され）と祠に向かい手を合わせて一つしかない饅頭を口に入れた。

しかし、一つぐらいでは却って食べない方が良く、余計に腹が減って来た。

結局その祠で（動かねば腹も減るまい――）と寝ることに決めた。

まだ浜松までは遠い。次の日、昼近くまで祠で休むと、疲れが取れた所為か身体が動くようになったが、与吉は蒲郡を過ぎ、豊川を渡った吉田宿でとうとう力が尽きた。

（ああ、腹が減った）この二日間、口から出るのは「腹が減った」しかない。

ふと見ると、一丁も行かないところに、団子屋の幟（のぼり）が見える。

与吉は、幟に自然と足が向いた。もう団子のことしか頭にない。とにかく大柄のみすぼらしい若者が、立派な刀を差しており、それに加えて大身の槍を杖代わりにして、ヨロヨロと歩くのだか

ら、通り過ぎる旅人や近隣の百姓達は皆が皆、与吉を気味悪がって避けるようになっていた。

一方の与吉は、今やそんなことを気にする余裕もない。気が付けば、『だんご　吉田屋』の店先の桟敷に座り

「主(あるじ)殿、団子を頼む」ともう声を掛けていた。

「へい、お待ちを」という声が掛かり、程なく店の女将と思われる年増の女房が茶と、三つの団子を一つに串刺しにしたものを二本、皿に盛って与吉の前に置いてくれた。

「忝い」と言ったかどうか分からない程、あっという間に口に入れ、「もう一皿！」と次から次へと注文し二十皿程食べたところで、与吉は我に返った。

(しまった。どうするか？無一文で幾つ食べたかわからんが、尋常な値で収まる筈がない。ああ、腹が減るのは罪作りじゃあ――)と思ってはみたものの、なす術が無い。

(正直に言うしかあるまい)と与吉は店の主人に声を掛けた。

「主殿、実は――」と言ったところで、

「お侍、金子(きんす)をお持ちじゃないので？」と見透かしたように、主の方から問い返した。

「その通りじゃ。腹が減ってしもうて、幟に釣られてつい頼んでしもうた。銭の持ち合わせがない故、儂をここでお代の代わりに働かせてくれまいか？見ての通り、力仕事には自信がある」

「お侍のお国はどちらでございます？」と主は、まともに与吉の話に応じず問い返す。

「儂は近江じゃ。これから仕官の口を探しに浜松へ行く途中、もう腹が減ってどうしようもなかったのや」とつい近江訛で応えた。

「まあ、近江でございますか？」と奥から先程の女将が現れた。

「はは、実はこいつは近江の出でございます」と主が女将を指さして応えた。

「そうか、近江か。女将を見ると母者に会いとうなった――」

と与吉は、女将に母の面影をダブらせた。

与吉は、母が近江の甲良郡藤堂村の出であり、与吉自身が前の小谷城主浅井長政の家臣であったことも話した。

主の方は、名を与左衛門と言い、腹を空かさずともよい商売は団子屋しかないと思いこの商売を始めたと語ってくれた。

その間、代金の話は一切出なかった。やがて女将が奥から紙包みを持ち、

「お侍様、これで浜松に行くのは止めて、母さまの下に、一度お帰りなさいませ。きっと心配なさっておいでですよ」と言って、当座の路銀と団子を土産に与吉に渡してくれた。

店の主夫婦は、与吉が自分の息子の様に思え、まだ子供の面影を残す与吉に同情したのである。

与吉は目に涙を溜めて
「ありがたや。ほんまに忝い。これは儂の出世払いとして借りて置く。必ずこの恩はお返しする」

と、与吉は断ることもなく素直に受け取り、何度も何度も頭を下げ、先程渡った豊川をまた渡り返し、近江へ帰ることにした。与左衛門夫婦は豊川を渡りきる迄、与吉を見送ってくれた。

与吉は何度も何度も振り返り、その度にお辞儀をしながら、「この恩は忘れぬぞ！」と礼を繰り返し述べながら、近江への途を急いだ。

③出会い

吉田屋の女将に「母様の下へ帰れ」と言われたが、仕官も決まらないままで帰る訳には行かない。気分は晴れて近江に立ち戻った与吉は、仕官の途を探った。

信長に直接仕官する気はないが、信長の家臣に、これはと思う方が居らぬものかと、自然と足は京を目指し、琵琶湖の西岸に足が向いていた。

そんな時であった。前方の方で何やら怒号が聞こえた。

どうやら五人組の野武セリのような輩が、一人の侍を襲っているようであった。

与吉は身体が自然と動き、侍に切り掛からんとする野武セリに向かって走り出した。この辺りは、信長の延暦寺焼き討ちの後、かなり荒れており、金を持っていそうな町人や武士が通ると襲う輩が増えていた。

「お前ら何をするかあ！」と与吉は吠え、まずこちらを向いた頭風の野武セリにいきなり槍を突いた。

「ウギャー―！」と頭風の男は、与吉に首を見事に突かれ、仰向けに倒れた。これを見た残り四名の野武セリは怯むことなく、与吉に向かって

「この野郎！」と追剥をして、武士から奪い取ったと思われる刀を、与吉に向けて向かって来た。

与吉は、槍で刀を払うと与吉の力が勝ったのか、一人二人と野武セリの持っていた刀が面白いように弾き飛び、一人は与吉に首を貫かれた。二人目は返す槍の台座で顎を割られて、伸びてしまった。これを見て残る二人は「堪忍してくれえ！」と言いながら逃げ去った。

与吉は、これまでの戦場経験で、怖さは不思議と無かったし、普段の稽古の賜物で、息も上がらず、力も以前より遥かに付いたと思った。

そこへ襲われた旅支度風の侍が声を掛けた。

「危ういところをよくぞお助け戴いた。この通り礼を申す」

与吉が手助けしたこの侍も与吉ほど大きくはないが、並みの侍より明らかに大柄である。ただ、今襲われたのに恐怖すら感じて居ない眼であり、サッと右手を太刀の束に添え、身構えたまま与吉のなすことを、見物するという落ち着きがあった。

「お怪我は？」

「いや、貴殿のお蔭で、刀を合わせることもござらなんだ。助かり申した」

「それは何より――」

与吉は、自分を『貴殿』と呼ばれたことがなく、小ざっぱりしたこの武士の丁寧な物腰に、却って腰が引ける思いであった。

「某、右大臣織田信長様の家臣羽柴筑前守秀吉が弟、小一郎秀長と申す。お見掛けするところ、主君をお亡くしの方とお見受けいたしたが――」と秀長は与吉のことを『浪人』とは言わず、回りくどい言い回しをしたが、与吉への心遣いが感じ取れた。

「そのお見受け通りの流浪の身でござります」

「左様か。もしよろしければ、せめてお名前を、お教え願わしゅう存ずるが――」と丁寧な言い回しだが、どこか威圧される。

「もしや、羽柴秀吉様とは、木下と名乗って居られた方でござりまするか？」

与吉は木下藤吉郎秀吉が、この時まで羽柴と姓を変えたのを知らなかった。

秀吉は小谷城を陥とした後、長浜に城を築き、初めて城持ちとなったのを機に、筑前守の官名を貰うと同時に、信長の重臣丹羽長秀と柴田勝家から一字ずつ字を貰い『羽柴』姓に変えていたのである。

「左様。兄者は長浜で城持ちとなって――」と小一郎秀長は経緯を説明した。

そこで、与吉はこの侍が秀吉の弟で、信長が安土に城を構える為の普請を、兄秀吉が命じられ、兄に代わり、人が足りずに坂本の穴太衆に、石工の追加を頼みに行くところであったと知った。

「ところで、貴殿のお名前は？」秀長が再び問い返した。

与吉は信長の家臣で秀吉と名を聞いて、そちらに気を取られて、秀長の問いに応えるのを忘れていた。

「申し遅れました、某は、前（さき）の新庄城主、磯野丹波守員昌が家臣、藤堂与吉と申し、今は主君を失い浪々の身でございます」と与吉は、敢えて浅井長政に仕えていたことを隠した。小谷城を直接陥としたのが、羽柴秀吉であったので、長政の名を出すにはどこか気後れがしたのだ。

与吉は、若いがこの辺りの機転が利いた。

「何、磯野様のご家臣であったか――」と秀長は、半ば感心したように嘆じた。

「ご存じでござりましたか？」

「丹波守様(磯野員昌)を知らぬ者は、織田家中には居りませぬ。何しろ姉川では、敵ながらあっぱれな働きをお見せになったお方じゃ。そのご家臣なら先程の野武セリなど、相手にならないのも当然――」

磯野員昌の家臣と聞いて益々秀長は話に乗り出した。

与吉は拙いことになったと思ったが、根が真っ直ぐな為か隠しておけず、

「実は元々は、浅井備前守長政が家臣でございました。腰に差しておるこの太刀は、十三歳で、一揆の兜首を挙げた褒美に、主君長政より頂戴した備前兼光でございます。姉川では、浅井方で働いており申した」と正直に打ち明けた。

「いやあ、気になさらずとも良い。所が近江故、元は六角の方か浅井の方であろうと思うて居り

ました」と秀長も正直に話した。

　与吉は、この方とは妙に馬が合うと思った。自分を飾るところがない。戦さ慣れしている為か、野武セリに遭っても動じない腹の据わったところがある。今は、信長の家臣秀吉の、遣いのようなことをしているようだが、一城の主となったら名君になるに違いないと想像した。兎に角、人を逸らさない魅力がある。与吉は話せば話す程、秀長が「好ましい方だ」と思うようになった。

　秀長も、与吉の体躯が自分よりも大柄で頼もしく思え、戦さになれば、武功を立てる術を持ち合わせていることを目の当たりにし且つ、何より与吉の根が真っ直ぐであることが気に入った。

「差し出がましいことをお赦し願いたいが、どうであろう？浪々の身であるなら、某の家来になって戴けまいか？」と秀長の方から話を切り出した。

「はあ？」といきなりの話に、与吉は素っ頓狂な声を上げた。

「いや、驚かれるのも尤もなこと。実は兄者からいかい俸禄を貰うてはおらぬ。正直いうと万石にも満たぬ身じゃ。下人の一人や二人はおるし、兄者から預かった家臣もいない訳ではないが、貴殿が気に入り申した。初めてお会いした方に、不躾で甚だ失礼かと存ずるが、儂の家来になって下さるまいか？禄は儂の取り分から三百石で如何でござろう？」

秀長は、正直に自分の思いの丈を話した。与吉は感激した。

「いや、某の方からお願いいたしまする。是非にも秀長様のご家来にお加え下され」

と今度は与吉がその場で手を付き、平身低頭して願い出た。

「与吉殿、こんな儂でよいか？」

「何をお仰せられまするか。これからは秀長様を殿と呼ばせて下さりませ」

「では、只今から貴殿を与吉と呼ばせて戴く」

こうして二人は、主従の契りを結んだのである。秀長は与吉が供をするので、安心して坂本まで行けることが出来た。

坂本に着いて、更に北へ上った阿波屋という石工を秀長は尋ねた。棟梁らしき年配で風格のある五十絡みの親方が出てきた。

「あっ！」と与吉は、その親方を見て思わず叫びそうになった。磯野員昌に仕える前に、与吉に声を掛けた親方であった。

秀長は、丁寧に阿波屋に頼み込んでいる様子であった。与吉は、これから大工や石工の職人の出番が、多くなることをこの時予見して、彼らを大事に扱わねばならないことを知った。後に、この阿波屋は、与吉が高虎となってからの城造りを、度々手伝うようになる。その後、長浜に戻る秀長の供をしていると、秀長がこれからの『日ノ本』は変わると、与吉に言って聞かせた。

それをするのが信長で、これから築城する安土城が今迄に無い城になることを丁寧に話してくれた。その上で、

「与吉。じゃから、これからの世は、城造りに長けた侍が、必ず必要になると思うのじゃ。無闇に山の上に城を造っても人の行き来がない。そんな城は栄えん。岐阜の城も御屋形様は、御殿を山の上では不便じゃと言うて、わざわざ山の麓にお建てになり、そこで下知なさる。そんな考えを、今までの武士は持ち合わせなんだ。そこでじゃ、与吉は職人供と一緒になって、城造りを一から学んで欲しいのじゃ。城を中心とした街造りも学んで欲しいのじゃ。これからの武士に必ず役に立つと儂は思う」

と秀長は、与吉に城造りを学べと頼んだ。懇切丁寧に一から背景を説明されるので、与吉も納得して仕事に当たることが出来る。秀長と一緒にいると、与吉は人の使い方まで勉強になると思った。

秀長の言いたいことは、今でいう土木と建築を学び、都市計画の勉強をせよと言っているに等

しい。そうすると武士だけではどうしようもない。町人や職人達からも学ぶことが出てくるのである。

一見茫洋としたところのある秀長だが、先を読んで想像し、何が必要かを考える洞察力がある。与吉は、秀長を尊敬の眼で見るようになった。

（今までこんなお方に仕えたことがない。良い殿様に巡り会えた）

与吉は、心底から秀長に惚れ込んでしまった。

今まで武辺一辺倒で、兜首を取ることだけを考えていた与吉に、全く違う視点を持たせてくれたのが秀長である。与吉の人生は秀長との出会いで大きく変わろうとしていた。

それからの与吉は、直ぐに安土へ行き秀長の言われた通り、城造りの手伝いをすることになった。安土の現場で、与吉は職人達から、石垣がただ積み上げて出来るものではないことを知った。石の組み合わせで強度が全く違って来るし、その為に石を削ることも覚えた。

そんなことを教わりながら手伝っていると、秀長が赤い派手な陣羽織を着た小柄で顔が皺だらけの武士と二言三言何やら話しているのが見えた。すると、与吉を見つけた秀長が、与吉を手招きして呼んでいる。

与吉は、「ちょっと後を頼む」と穴太の石工職人に言って、走って秀長の下へ駆けつけた。

「兄者、この者が儂を坂本で、野武セリから救ってくれた藤堂与吉じゃ。戦さに出れば強いぞ。儂の一番の家来じゃ」と秀吉に紹介した。

「おお、お前が与吉か。小一郎からお前の話は、よく聞かされておるわい。儂がこいつの兄の秀吉じゃ。でかい身体じゃが、可愛い顔をしておるのう？」

皺だらけの顔が、更にクチャクチャになるぐらいニコニコして与吉を歓迎してくれた。

「儂は、この通りの男でキャッツキャッツキャッツキャッと煩い（うるさい）のが悪いのか、『猿！』時には『禿鼠』と御屋形様から呼ばれておる。偶には儂も名前で呼んで貰いたいと思うて居るが、尾張の百姓の出じゃからしようがないのだわ。ははは」と自ら笑ってお道化て見せた。

「藤堂与吉でござります。以後お見知り置き下さりませ」

と与吉は、その場で手を付いて挨拶をした。与吉は、初めて羽柴秀吉に出会い(秀吉様も今まで会ったことがない殿様じゃ。戦さ上手な方じゃと聞いてはいるが、気もよく回るお方のようじゃ)と思っていると、

「与吉。皆が待っておるぞ。早う行って手伝ってやれ」と秀長が言うので
「それでは、ご無礼仕る」と挨拶をして一目散に現場へ戻った。

秀吉は、走り去る与吉を見ながら
「小一郎。お前が、あ奴に惚れこむ訳が分かったぞ。あ奴は武辺でも名を馳せるであろうが、大きな身体に似ず、ちゃんと人を見る眼も持っておるで。あ奴がお前を主として居る限り、儂の家来に取り立てるつもりはにゃあが、末頼もしい若者を、持ったお前が羨ましいわい」

と与吉に見せた別の顔で、秀長に語り掛けた。

「兄者こそ市松や虎之助を持っておるでにゃあか」

秀長は尾張から連れて来た後の福島正則と加藤清正のことを言った。

「あ奴らは、武辺一辺倒なだけじゃ。これから手が掛かるわい。じゃが与吉はお前の教えが良いのか、何で石を運んでいるか、解ってやっておる。見てみい、石を運ぶにも、生き生きとして運んでおるでにゃあか。あんな重いものを運ぶのに、あんなに溌溂とした顔で、運んでおるのは与吉だけじゃ。市松や虎之助なら『何で儂が、こんなことをせにゃあならんのじゃ』と投げ出して文句を言うに決まっておるわ」

秀吉は与吉とは初対面ながら、与吉の心底を既に見抜いているようなことを秀長に話していた。

信長は、安土城造営にあたっては、大工の棟梁に熱田神宮の宮大工、岡部又右衛門を充てた。天守だけでなく、天守の真下に位置する場所には、御所の清涼殿に似た御殿も設けるよう、岡部又右衛門に命じたのである。こうしたことも、与吉はしっかりと見て学んだ。

与吉が後世に手掛けたものは、修復も入れると城や神社・仏閣の普請で二十を軽く超える。石垣は穴太衆の手によるものが多く、また建築仕事には甲良大工が多く使われた。甲良大工も、与吉と同郷の近江甲良郡の出で、藤堂村の隣の法養寺村の宮大工集団であった。この辺りは、丹羽長秀の領地となり、長秀が安土城の総普請奉行に任ぜられたので、光廣率いる甲良大工を引連れ、天守や屋敷の造営に当たらせていたのだった。ここで与吉は光廣とも顔なじみになり、後に光廣の孫で宗廣と懇意になって行くのである。

さて、天守台が出来つつある頃、与吉はその天守台の大きさに圧倒されながら天守台の石垣を眺めていた。茫然と眺めているだけでなく、眼は爛々と輝き、何かその先を眺めている風であった。そこへ秀長が与吉の傍に来て声を掛けた。

「お前の働きで、随分と工事も進んだのう？」

「は、これは殿様！」と天守台を見つめていた与吉は、自分の傍に秀長が近づいたことに気が付かず、直ぐに臣下の礼を執った。

「よいよい、眺めるのも勉強じゃ」と秀長は相変わらず優しい。

「天守は随分大きなものになりましょうなあ。これ程の天守台は初めてでござります」

「うむ、御屋形様がお考えになることは、儂らは到底及びもつかぬことばかりじゃ。じゃがのう、この城を造ることで、儂らもまた一つや二つ知恵が付こう。お前のように作事に付きながら、知恵を付ける奴は稀かも知れぬがのう――」と秀長はニヤリと笑い与吉を見た。

「ところでな、与吉。お前ももう二十歳(はたち)になった。初陣からも五年以上は経って居ろう？

もう立派な大人ではないか？子供の名前は返上して、大人らしい名前に変えてはどうじゃ？」

と与吉は考えもしなかったが、改めて秀長に言われればその通りだと思った。

「はあ、思いも付きませなんだ。急なことで、どのような名前に変えればよいか分かりませぬ」

「ハハハ与吉は正直じゃ。ではのう、与吉の親爺殿の諱は何と申す？」

「は、与右衛門でござります」

「ならば、親父殿の諱を貰って与右衛門としてはどうじゃ？」

「はあ、では与右衛門と名乗りますする」

秀長が付けてくれるのだから、与吉はどのような名でもよかった。

「ははは、よしでは今日からお前は藤堂与右衛門じゃ。与右衛門よいな？」

「は、有難き幸せにござります」

と主従の会話が一段落したところで、秀長に急ぎ長浜に戻れとの知らせが来た。

「与吉、いや与右衛門、儂は直ぐに長浜に戻らねばならぬ。能登に居た兄者が、長浜に帰参したようじゃ。何か起こったに相違ない。与右衛門はここで励んで居れ！」と与右衛門に言い残し、秀長は急ぎ長浜へ戻って行った。

この頃、越後の上杉謙信が越中から侵攻し、能登七尾城を包囲した為、信長は柴田勝家を総大将として、前田利家・佐々成政等の越前衆に加え、滝川一益・丹羽長秀・羽柴秀吉等を援軍に差し向けた。が、秀吉は勝家の采配が気に入らず、勝家と大喧嘩して、兵を長浜に引き上げて来たのだった。

　これに激怒した信長は、「追って沙汰する！」と取り敢えず秀吉に謹慎を命じた。

　しかし、これまでの信長にしては、甘い処分であった。それは石山本願寺に呼応して、播磨・但馬の国人衆や毛利が信長包囲網の動きを止めることなく続けていて、越前に兵を割きすぎて、畿内には兵力の余裕が無くなっていたから、秀吉の兵が戻ってくれたことに、内心ほっとしていたのである。

秀吉は、中国攻めの総大将に任命されていたことから、毛利勢に動きありとの情報が入っていたので、畿内が手薄と見た秀吉は、ワザと勝家と喧嘩をして、長浜に戻って来たのであった。

「じゃから、心配するな小一郎。御屋形様は儂に切腹をお命じにはならねえだわ。御屋形様も勝家からの度重なる援軍要請で、仕方なく、儂や丹羽様を差し向けられたのに、さっさと済ますこともせず、あの勝家はずっと睨み合うばかりで何もせん。時が経つばかりで、手薄になった播磨や畿内の動きを気にもせん。勝家は、目の前の謙信との戦さしか、頭ににゃあでよ。御屋形様は能登へ軍勢を割き過ぎたと後悔なさっておられたのだわ。じゃから儂は戻って来た迄のことだで」

と秀吉は長浜に戻った訳を小一郎に言って聞かせた。長浜に戻るなり、毎夜毎夜派手なドンチャン騒ぎで神妙なところを見せない秀吉に、秀長が
「兄者、もうちょっとおとなしゅうせにゃあ――」というので、真意を明かしたのである。

信長は、秀吉が大人しく謹慎しているかと思うとドンチャン騒ぎをしていると聞いて、

「猿め、小憎らしい程に儂の心を読んでおるわい」と怒るどころか、笑みを浮かべて
「以後猿に構いなし！」と謹慎処分を解いてしまったのである。

秀吉の言った通り、時を空けず、信長から播磨への出兵命令が出た。毛利が織田と毛利の緩衝地帯である播磨において、小寺正職ら姫路・御着の国人衆らが小寺官兵衛(以後黒田官兵衛)の働きで、信長に付いたというので、播磨への侵攻を始めたのである。

その黒田官兵衛は、自らの居城姫路城を前線基地として秀吉に明け渡した外、長男松寿丸を人質として差し出し、全面的な協力を見せた。

この松寿丸は長浜のお寧(秀吉の妻)が預かり育て、後に黒田長政となるのである。

天正五年（一五七七年）十月、秀長は、秀吉と共に姫路に入り、播磨の北方、但馬の平定に掛かった。

但馬は、隣国因幡と共に代々山名一族の所領であったが、一族でも毛利、織田と二派に別れる等安定していなかった。

秀長は三千の兵で、まず太田垣輝延が守る峻険な竹田城を攻めた。

与右衛門は秀長軍の先鋒として、三百の鉄砲隊を預かり、竹田城の麓の大手門の前に居た。中国攻めに出向く折から、実家から大木長右衛門が与右衛門の下へ馳せ参じ、唯一の直属の家臣として、与右衛門の傍らで付き従ってくれていた。

太田垣勢は、鉄砲の用意が少なく、与右衛門の鉄砲隊が一斉に火を放つと、腰が引けて大手門を捨てて籠城戦に変えた。

「掛かれ！」与右衛門が大手門を打ち破り、一気に城内に雪崩れ込むと、輝延軍や一揆勢が、岩や石を高所から投げ落とす等抵抗し出した。

しかし、与右衛門は、ものともせず、

「死ねや！死ねや！」と自ら味方を鼓舞しながら突き進んで攻め口を作った。

そうしておいて、鉄砲三百丁を一気に撃ち放った。

これに驚いた城方は、逃げ惑う者が多数出て、輝延は観念して秀長に下ったのである。

これで秀長は竹田城を手に入れ、竹田城の城代となって、ここを拠点に、周辺の毛利の息の掛かった国人衆の駆逐に取り掛かった。

秀吉は、秀長に前野将右衛門らを与力に付けると共に、宮部継潤、生駒親正らを援軍に出し、但馬の平定に力を貸した。これで秀長軍は但馬衆と合わせ六千五百程の軍勢となった。

竹田城を接収して、城の整備に汗を掻いていた与右衛門は秀長に呼ばれた。

「与右衛門、頼みがある」秀長は、神妙であった。

「は、何なりと仰せ下さりませ」

「うむ。この辺りはまだ落ち着かぬ故、まだまだ抑えて回らねばならぬ処が多い。そこでじゃ、伜に兵三百を預ける故、西の大屋庄の一揆を鎮めて来てくれぬか？」

「儂が、大将で行けと殿は仰せでござりますか？」与右衛門は驚いて問い返した。

「今更何を申すか。伜は立派に鉄砲隊の組頭ではないか。伜は十分に一隊を指揮する力がついておる。つべこべ言わずに、大屋庄へ行け。そこには、栃尾祐善が勢力を張って、我等に靡いて居るが、毛利方の尾崎新兵衛が地元の小代大膳と謀って、祐善に一揆を仕掛けておる。百程の兵力ながら、神出鬼没で、祐善も手を焼いて、我等に助けを求めて居るのじゃ。伜は祐善と共に尾崎新兵衛と小代大膳を討ち取って参れ。よいな？」

秀長から命ぜられては、返す言葉がなく
「は、承知仕りました」と応えるしかない与右衛門であった。

「与右衛門、何事も学びの種じゃ。己の才覚で兵を指揮して見よ。ただ、一揆と雖も侮るな。兵は少ないが向こうには地の利がある。心して行け！」

と秀長は話の最後に与右衛門を力付けた。与右衛門は秀長に感謝した。

秀長の最後の言葉で、与右衛門に指揮官としても学ばせようとして居るのだと知ったからである。

(このような家臣思いの殿様が居ようか）と与右衛門は勇んで、大屋庄に向かったのである。

大屋庄(おおやのしょう)へ入ると、栃尾館の栃尾祐善が出迎え、状況を与右衛門に説明した。

祐善は、与右衛門を見るなり、「若い！」と思い、些か不安を覚えたが、与右衛門に少しも驕りが無く、丁寧に祐善に応対するので、直ぐにその不安は消えた。

与右衛門は、祐善の説明を聞いて、

「祐善殿、ではまず横行砦を根城にしておる小代大膳（おじろだいぜん）一党を根絶やしにしてやりましょう！」と策を立てた。

「は、ただ大膳と新兵衛は必ず一緒に居りましょう。横行砦に居るかどうかも分かりませぬ故、砦を潰してしまうだけでも、根城を失くす効果はあると思えまする。どこから現れるか分かりませぬ故、十分に注意して兵を進めるのが必定。我等は、留守を狙われかねませぬ故、この館を守ろうと思いまするが、よろしゅうござるか？」祐善の対応も丁寧である。

「なるほど、それ程に手強い相手でござるか？」

「は、必ず我等を見張って居り、兵を伏せて襲い掛かりまする。我等は、何度も痛い目に遭うて居りまする」

与右衛門は秀長が言った通り兵は少ないが侮れない相手だとこの時、改めて認識した。

与右衛門は、自ら率いて来た兵で、横行砦に向かい、祐善の兵は栃尾館の守備に残し、狭い街道を西へと兵を進めた。しかし、途中で、街道の脇の草叢から、いきなり小代勢に討ち掛かられ、与右衛門隊は一挙に崩れた。自慢の鉄砲隊も構えることも出来ないまま乱戦となった。

「大膳！何処じゃ？」

と与右衛門は大膳を探したが、分からないどころか、与右衛門を大将と見て、いきなり長槍を突かれ自らも負傷した。

「与右衛門様！」

と大木長右衛門がすかさず援護に駆けつけ、与右衛門の馬を叩いて栃尾館へ走らせた。

与右衛門隊は、「退けえ！」と大木長右衛門が大声で叫び、這う這うの態で栃尾館まで逃げ戻った。

「大事に至らずようござった」

与右衛門が腹に受けた槍傷は、鎧が防いでくれて、深手とならずに済み、治療を受けている処へ祐善が声を掛けた。

「いや、祐善殿の申された通りでござった。我等の行動は彼奴らに筒抜けじゃ。恥ずかしながら、逃げ戻る仕儀となり申し訳ござらぬ」

与右衛門は、悔しさを噛み殺しながら、祐善に応えた。

それから、与右衛門は祐善と策を練り直して、再度、祐善兵と合わせ三百五十の兵で栃尾館を出、横行に向かったのである。

与右衛門は、神出鬼没に現れる一揆勢に対し一計を案じた。細い一本道の街道を進まざるを得ない状況では、寡勢の一揆勢は必ず横合いから攻めて来ると見た与右衛門は、三百五十の兵を三隊に分け、進めることにした。一揆勢が一隊に襲い掛かれば、残りの二隊でこれを助け、取り囲んで殲滅するというものである。これに斥候を頻繁に放ち、敵の動きを探らせることにしたのである。

すると「蔵垣辺りに、敵が集まって居ります」という斥候からの報告があり、当初の手筈通りに兵を進めた。

やがて、蔵垣に差し掛かると、突如、山と川の両側から与右衛門隊めがけ敵が突っ込んで来た。鉄砲隊は間に合わなかったが、与右衛門が、馬から降りて白兵戦に出て、槍を一振りして二人、三人と倒して行くと、それを見た敵は恐れ慄き逃げ出した。逃げ出す敵を見て、一気に味方が元気付き、二隊、三隊が尾崎新兵衛や小代巖堂（がんどう）大膳を一気に押し包み、一人一人討ち取り出した。中でも、尾崎新兵衛は、逃げようとする味方の兵を掴み、「ええい、逃げるな！戦え！」と与右衛門の兵に向かって投げ飛ばした。これで一層一揆勢は、我先にと戦うのを止めて逃げ出したから堪らない。与右衛門隊が面白いように討ち取り出したのである。

尾崎新兵衛は討ち取られ、小代大膳は血だらけとなり、蔵垣辺りまで逃げ戻って来たが、とうとう力尽きて、傍にあった石にもたれ掛かるようにして果てた。石には、夥しい小代大膳の血が与右衛門を恨むかのようにこびりついていた。今、ここを地元の人たちは『がんどう塚』として保存している。

与右衛門は、この小代一揆とも云われる一揆勢の平定で、初めて指揮を執ったが、一応の成果を得られたものの、反省しきりであった。まだまだ自分には、一軍の将たる力量が無いのではないかと思えたのである。

山と川しかない地での戦い方に、何の工夫もせず臨み、初戦では百人近い兵を失ってしまった。情けない。殿に申し訳ない。と馬の背で愚にも付かぬことを思いながら揺られているといつの間にか、栃尾館に到着していた。

「与右衛門様、浮かぬ顔をしていては、士気に影響いたしますぞ」大木長右衛門が諫めた。

「おお、それもそうじゃ」と、気分を切り替えた。

「与右衛門殿、此度の戦さ、誠にご苦労をお掛け申したが、大屋庄もこれで落着きを取り戻しましょう。まずはめでたしでござるが、残党がまだ居ります故、暫くこの地でご逗留願えまいか？」と祐善が願い出た。祐善は与右衛門より一回り年上で、恰幅の良い落着きある武者である。

「左様、今少し、後始末に時間を戴きとうござる故、この館をお借り出来れば嬉しゅうござる」と応え、与右衛門一行は、栃尾館に一月(ひとつき)以上滞在して、戦後処理をすることとなった。

この間に与右衛門は、加保から西に大杉城という廃城があり、その更に奥の小高い山にも屋敷跡があったので、これに手を入れて、反織田勢への拠点にしようと思った。ここなら街道が見渡せ、たとえ毛利が来ようとも、毛利全軍の様子が手に取るように分かる。これらを一体にすれば、堅固な山城となる。

長右衛門と共に、次の日から大杉城界隈を歩き回った。安土で大工の棟梁や石工の棟梁から教わった知識を活かし、栃尾祐善にも協力を仰いで、二つの山城を一つにするような城と言っても砦に近いものに造り替えることにしたのである。

「与右衛門殿、なかなか面白い仕事になりそうでござるな？」祐善は、まだ若い与右衛門を頼もしいと思える眼で言葉を掛けた。

与右衛門は見様見真似で書いた縄張り図を仕上げて、一生懸命に説明した。

「祐善殿、これなら二千の兵は置けまする。譬え吉川が因幡から攻め寄せても、二月（ふたつき）は持ちましょう」

「いやあ、十分持ち堪えられまする。それに今の廃城の遺構を使える故、山の木を伐採し、整地する程度で、仕上げられましょう」祐善は力強く応えた。

「与右衛門様、城造りも楽しゅうござる」

長右衛門もすぐにでも取り掛かりたくなったようである。

元々ある城を使えるので、工事期間はそれ程掛かるものではない。祐善の力を借りれば、二、三カ月で恰好がつく。

栃尾館でそのような話をしながら、酒を酌み交わしていると、時折どこかの姫様ではないかという、上品な色の着物を着た婦人を見かけるようになった。落ち着いた雰囲気の持ち主で、年恰好は与右衛門より上で、当時では年増に入る女性（にょしょう）であるが、高虎には惹かれるものがあった。

与右衛門はこの女性について、興味深げに思われることを嫌い、祐善にも問うことはなかったが、傍にいる大木長右衛門には、与右衛門が気に掛けていることが手に取るように分かり、微笑ましく思えた。その後、大屋庄に落ち着きが戻ったので、与右衛門はその女性のことを気に掛けながら竹田城の秀長の下へ戻って行った。

秀長は城代となった竹田城で、論功行賞を行い、与右衛門をこれまでの三百石から千三百石に加増した。

「与右衛門、ようやった。千石の加増は此度の働きからすれば、少ないかも知れぬが、一番の手柄じゃ。これからも頼りにしておる故、研鑽に励んでくれ！」と与右衛門にとっては思いも掛けなかったが、千石を超えたので秀長の補佐的な立場を任されることになったのである。

④第二次中国攻め

それから二、三日経って、与右衛門は秀長に再び呼ばれた。秀長は竹田城の庭にいて、取り囲む山々の景色を眺めていた。

「殿、お呼びでございましたか？」与右衛門は、秀長を見つけるなり小走りで秀長の傍に駆け寄った。

「うむ、お前に頼みが在ってのう――」と徐(おもむろ)に語りだしたが、秀長の眼は相変わらず景色を見ているようである。

「は、何なりと――」

「うむ与右衛門、お前も知っておろうが、太田垣の所領であった生野には銀山がある。あれにはまだ儂も手を付けておらぬ。そこでじゃ、まだまだ兄者は毛利相手に戦さをせねばならん。戦さには銭が要りようじゃ。生野の銀山を儂らが手に入れたのは、誠に大きい手柄じゃ。これを活かさねば、竹田城を手に入れた意味がないのじゃ。この銀山をお前に任せたいと思うがどうじゃ？」

「はあ――。某は武骨者故、銀のことは全く知りませぬが――」と全く予想していない秀長の申出に、与右衛門は戸惑った。

「ふふふ、お前らしいのう。じゃから、ちょっと儂と銀のことを学んでみようという訳じゃ」

「殿。銀というのは、掘れば出て参りますので？」

全く知識のない与右衛門は問い返す。

「ただ掘れば出ると云うものでもないらしい。そこは今まで銀山で、働いておる者達を使えばよかろうと思う。その使い方は儂よりも、お前の方が知っておろう？」

「はあ？」

「安土城の築城の折、石工や大工達から尋ねながらも、上手く使おうておったのはお前ではないか？」と秀長に言われて与右衛門は思い当たった。

銀山を掘り、銀を産出させるのは、今居る鉱夫達を使えば良いし、一緒に学べばよいと気が付いた。

「当座の金子(きんす)は、儂がこの通り用意する故後は任せたぞ」と秀長は、金子の入った袱紗袋を与右衛門の前に並べさせた。そこで、秀長は、話は終わったというように、庭から去りかけたところで、与右衛門は大事な話を忘れていることに気が付いた。

「殿、別にご相談したきことがございます」と秀長を呼び止めた。

与右衛門はそこで、大屋庄の大杉に城造りを提案し、絵図と縄張り図を秀長に差し出した。

「ちゃんと出来ておるではないか」

と絵図を見ながら手回しの良いことに秀長は感心した。

「なるほど、ここなら大屋川に沿った間道も見渡せるし、横合いからの攻撃も可能じゃ。また城を攻めるにも山登りに疲れ、城の本丸に到着する頃には戦意も失せていよう」

秀長はニヤリと笑い、

「あい、分かった。で、お前は既に手を付けておるのじゃろう？」

と何もかも見通していた。そして
「我らの為になることをやってくれておるのじゃ。好きにやってみい！」

秀長は笑顔を浮かべながら与右衛門に全てを任せた。

城を完成させるのもカネが要る。これは何としても銀山を活用せねばならぬ。まず早急に銀山のことを知らねば何も出来ぬと思い、その翌日、取り敢えず生野銀山に大木長右衛門を連れ視察に出掛けた。

生野銀山では、何十人もの鉱夫が休んでいた。与右衛門は、自分が新たな銀山の管理者である旨を大木長右衛門に告げさせ、与右衛門はそこで石見銀山から伝わった『灰吹法』と呼ばれる銀の精製方法を鉱夫から教わったのである。

鉱石を掘り出す者、鉱石を粉々に砕く者、粉々になった鉱石を鉛と一緒に溶かし込む者、溶かした鉛を灰に吸い込ませ、銀を浮かせる者などが居て、ただ掘って銀を取り出せると思っていた与右衛門にとって、簡単には行かないことにまず驚かされて、直ぐに不安に駆られたのであった。

(えらいことを引き受けてしまうたぞ)

と思ったがもう遅い。取り敢えず、鉱夫の長に金子の入った袱紗袋を手渡し、銀の生産を急ぐように頼むのが精一杯であった。

一方秀吉は、上月城の赤松政範を滅ぼし、政範の後には、尼子の残党でもある尼子勝久とその忠臣山中鹿之助幸盛を置いた。上月城攻めの前には、西播磨の赤松則房を調略していたので、十二月早々までに、織田と毛利の緩衝地帯であった播磨を十月から数えて二ケ月で平定し、年末には一旦近江へ引き上げることにしたのである。

秀長達も秀吉に少し遅れて、近江に一時的に戻ることになった。

安土城が完成し、家臣達は、信長が岐阜城から安土城へ居を移す前に、与えられた屋敷に移住しなければならず、秀長や与右衛門は秀吉の引っ越しの手伝いに、但馬を後にしたのである。

与右衛門は近江に戻って、秀長の屋敷で配下の大木長右衛門と但馬攻めでの成功と、銀の増産の成功を祈って、『鮒寿司(熟れ寿司)』を肴に盃を交わしていた。

そこへ、廊下を踏み鳴らす音も騒々しく、どこかで見かけた若者が飛び込んで来た。

「おお、竹助ではないか?」と長右衛門は藤堂の家に居た家人の名を呼んだ。

「おお、竹助！大きゅうなったのう」と与右衛門は懐かしそうに若者に声を掛けた。

「やっと、親父様のお許しが出たので、飛び出して来ましたのや」

と竹助と呼ばれた若者は応えた。竹助こと服部竹助は、元々伊賀忍者の出で、親の代から藤堂家の家人として育ち、子供の頃から与吉と共に村中を駆け回っていたのであった。

与右衛門は与吉から与右衛門と名を変えたことや、千三百石取りの組頭になったこと等、逐一実家へ知らせていた。その度に虎高は、竹助や新七郎に与右衛門の近況を伝えていたが、竹助も十五歳になったので、与右衛門の下へ行くのを許したらしい。

「与右衛門様、次の戦さは儂も供をさせて下されや！」

服部竹助は与右衛門の顔をみるなり、不躾に頼んだ。

「おお、連れていくとも」与右衛門は、久しぶりに会った幼なじみとも云える弟分の出現を喜び、

「竹助、まあ飲めや？」と竹助に酒を勧めた。

この大木長右衛門と服部竹助は与右衛門の後々まで、俸禄は少ない儘で仕え、与右衛門が高虎になってから高禄にすると言っても、断り続け、生涯高虎の傍について働く忠実な家臣となる。

「竹助、父上や母上は息災か？」

「はい、元気にしておられます」

「新七郎はどうして居る？」と与右衛門は幼馴染の弟分の消息を尋ねた。

「新七郎様は、儂が与右衛門様のところへ行くと聞いて、『儂も行く』と親父様に必死に懇願されましたが、親父様が『まだ早い。お前が元服を済ませるまでは、与右衛門の傍に行かせるわけには行かぬ』と申されて、それに兎羅様が、『竹助が居らぬ様になって、新七郎までいなくなると、私が寂しい故、新七郎は今少し私と居れ』と申されて、新七郎様も渋々聞かれたようでございますが、儂の出立には、見送ることもなく剣の修行に励んで居られました」

と竹助が詳細を語ると、

「新七郎も母上には頭が上がらぬようじゃのう？ははは」と与右衛門は新七郎の様子が手に取るように分かり思わず笑いが出た。

年が明けた天正六年(一五七八年)、完成した安土城へ信長は、岐阜から居を移した。

秀長も兄秀吉に従い安土城の屋敷に引っ越した。与右衛門、大木長右衛門、服部竹助も、秀長の引っ越しに汗を掻きながら手伝い、安土城への引っ越しを無事終えた。

だが、落ち着く間もなく播磨三木城の別所長治が信長に反旗を翻した上に、御着の小寺政職他近隣の国人衆の動きも怪しいという報せが届いた。

当然、背後には毛利からの調略が掛けられていたのである。

秀吉は、第二次とも云える中国攻めの準備に取り掛かった。秀長から

「与右衛門、此度は大戦さ(おおいくさ)になるぞ。心して掛からねばならぬ」

と与右衛門は安土城の秀吉屋敷で言われた。秀長の顔には余裕の表情が見られない。

秀吉は、一万の軍勢で播磨に向かうことになったが、その兵站を受け持っているらしい色白の利発そうな若者に、与右衛門は眼を留めた。

「殿、あれはどちらのご家来でございましょう？」

「お前は未だ知らなかったか。あれは、兄者が長浜で家来にした石田佐吉じゃ。『えらい気が回る子じゃ』と言うて、兄者が一遍で気に入り、家臣に取り立てた。何でも戦さの戦法や武辺には縁がなさそうじゃが、算術に長けており、これからの大戦さ(おおいくさ)には、佐吉の頭は使えると兄者は言うておる。じゃが、尾張から連れて来た虎(加藤清正)や市松(福島正則)とは反りが合わぬようでのう――会うと市松の方から喧嘩を吹っ掛けよる。お陰で姉様(秀吉の妻-お寧)が、いつも間に入って市松や虎を叱っておる。姉様には市松や虎も頭が上がらんでな、二人共叱られると、萎びた菜っ葉のようになっておるわ」と秀長は笑い飛ばした。

「殿、市松殿や虎之助殿なら、佐吉殿は苦手の部類に入ると存じまする。佐吉殿は、鼻の先から頭が良いぞという幟(のぼり)をぶら下げておるような若者でござります。そこが市松殿や虎之助殿の、気に入らぬところでございましょう」

と佐吉の姿を追いながら、与右衛門は率直に感じたことを口にした。

「ほほう、あまり他人のことを、言わぬお前にしては珍しいのう。一目見て見抜けたか？お前は虎や市松の方が好ましいと思って居るようじゃのう。じゃがな、領主にもなれば自分の好ましいと思う者ばかり集めては、立派な領主になれんぞ。戦さは不向きじゃが、計算が早いとか、時には主人に素直に意見を言う者が居ないと、真の話が入って来んようになるものじゃ。さすればどうなる？勝てる戦さにも負けよう。己の考えが及ばない者を、家臣に加えておけば、必ず己の気が付かぬところを補ってくれるものよ」と秀長が話し終ると、

「叔父上、叔父上、戦さ支度はお出来か？」と廊下で熊のような声がした。

噂をすれば影で、戦さ支度を整えた加藤虎之助の声であった。大柄な加藤虎之助の後ろに、隠れて見えなかったが、戦さ支度を整えた福島市松も居る。

与右衛門は、長浜でこの二人には会ったことがある。虎之助も市松も秀吉を父のように慕い、特に秀吉の妻お寧には、実の母以上に育てて貰っていることから、秀吉の弟にあたる秀長を『叔父上』と呼んでいる。この頃十歳にも満たない黒田官兵衛の長男松寿丸(後の長政)も、人質として秀吉が預かり、お寧が育てていた。お寧は彼らの育ての母なのである。後々この育ての親のお寧の影響力が天下を左右するとはこの時点では誰も予想をしていない。

「おお、虎に市松か。立派な身なりじゃ」秀長が声を掛けると
「此度は一緒に播磨に参りまする」と虎之助と市松が同時に秀長に応えた。

そこで、傍らに居た与右衛門を見て、

「これは、これは、与右衛門様でござりましたか。戦さ場で儂らの働きを見てて下され！」

市松が、与右衛門に敬意を込めて話し掛けた。

　虎之助も市松も与右衛門が十三歳で兜首を挙げた剛の者と、秀吉や秀長から聞いており、与右衛門を武辺者として一目置いていた。二人は与右衛門より、五、六歳年下であったから、兄貴分としての眼で与右衛門を見ている。

「これは、市松殿に虎之助殿。また少々見ぬ間に大きうなられましたのう。此度が初陣でござるな。これはめでとうござる。儂も御二方に負けぬ戦さ振りをお見せ致しましょうぞ」

高虎は秀吉の小姓としての礼を弁えた態で二人に対応した。

「いやあ、与右衛門様には背比べでは敵いませぬわ」と今度は、虎之助が冗談交じりに応えた。

　虎之助も与右衛門同様大柄であったが、与右衛門より背が二・三寸低く、二人が並ぶと、他の者は子供のようにしか見えなかった。

「此度は儂と兜首で競いましょうぞ！」と与右衛門が言うと
「これこれ、与右衛門、あまり嗾(けしか)けてくれるな。それぐらいにしておかぬと、こ奴らは、命知らずの腕白者じゃ故、本気で兜首を狙うに違いない。周りが見えぬから、兜首の前に足軽の槍に刺されるに決まっておる。怪我でもさせようものなら姉様に儂が叱られるわ」

秀長が与右衛門を嗜めると
「叔父上、儂らは長浜で毎日鍛えておりました故、そのような無様な真似は致しませぬぞ！」

とムキになって虎之助が言い返した。

「お二方、これは儂が悪うござった。儂もお二方と同じ年の頃、姉川の大戦さで兜首だけを狙って、川を渡ったことを思い出しまする。当時は、敵味方でございましたが、渡った頃には、既に数か所の傷を負うておりました。何とか兜首を挙げることは出来申したが、身体が動くようになるまで、数か月掛かり申した」

与右衛門は、虎之助の言を遮るように自分の経験談を二人に語り始めた。そうすると、市松と虎之助は与右衛門の話に耳を傾け、静かになって聞き入り出した。与右衛門は、

「戦さでは死ぬと思って戦え！」「朝起きた時から今日こそ死ぬ」と思え等、父虎高から教わったことを、二人に話して聞かせると、市松と虎之助は顔を見合わせ、

「与右衛門様の今のお話は腑に落ち申した。出立前に叔父上のところへ来た甲斐がございました。貴重なお話をお聞きして、嬉しゅうございました。叔父上、与右衛門様有難うございました」と二人は納得して部屋を出て行った。

「与右衛門、あの暴れん坊どもを納得させるとは恐れ入ったぞ。兄者や儂ではそうはいかん。ハハハ」秀長はカラカラと笑った。

福島市松と加藤虎之助は、この時から与右衛門に対しては、兄のように慕うようになる。二人とも秀吉の直属であるので、秀吉の陪臣であった与右衛門より早い出世を遂げるが、与右衛門共々槍の名手となる。

　播磨路から秀長達は、秀吉と別れ、信長の命で明智光秀の援軍として細川藤孝・宮部継潤と共に丹波・但馬の平定に向かった。与右衛門は、丹波・但馬と歴戦し、平定戦を終えると、竹田城に戻った秀長に呼ばれた。

「与右衛門、早々に三木城へ兄者の援軍に行かねばならぬ。休ませてやりたいが、三木の別所長治が暇を与えてくれぬ」

「秀吉様が苦戦なさっておるとお聞きしました」

「そうじゃ、毛利に囲まれた上月の尼子一党を見捨て、三木城を包囲したのじゃが、有岡城の荒木村重が、城に立て籠り、御屋形様に謀反を興した。説得に行かれた官兵衛殿は、行き方知れず

で、援軍に来られた信忠様が有岡城攻めの総大将として三木城から離れられた。兄者は、三木城の周りを柵で囲み、兵糧攻めにして居るが、今のままでは、兄者は三木城を落とせぬ」

「では、城方と兵の数では変わらぬではありませぬか？」

「じゃから、急ぎ三木へ行かねばならぬ」

「は、承知仕りました！」

この時、既に竹中半兵衛は病死しており、頼みの官兵衛がおそらく村重に捕えられたのではないかという情報が入り、窮した秀吉は、秀長に一刻も早く三木城攻めを手伝えと急使を送ったのである。

三木城に到着した与右衛門は、暫くの間、城の周りに張り巡らされた柵の警固に就く日々が続いた。

与右衛門が三木城の本丸の方に眼をやって、

(幾分、城から昇る炊き出しの煙が少なくなりつつあるようじゃ。もう少しじゃな)と兵糧攻めの効果が上がっていることを確認した。

この時、有岡城を陥としたという報が秀吉の下へ届き、官兵衛が、一年もの狭い幽閉生活で、足が不自由になりながらも耐え、無事救い出されたという報せが届いたのである。

秀吉は一番に喜び、官兵衛に暫くの間、有馬での湯治に専念するよう申し渡した。

俄然秀吉軍は勢いづいた。天正七年も明けようとする頃、三木城からは炊き出しの煙が一つも昇らなくなり、秀吉は年が明けた一月に総攻撃を命じた。

秀長軍は三木城北の鷹ノ尾丸（砦）から攻め上がる。与右衛門も秀長から預けられた三百名の兵と共に、一斉に柵を外して駆け出した。与右衛門の後を、大木長右衛門・服部竹助等も続く。

そこへ、城方の侍大将松井庄左衛門が討って出て迎え撃とうとするが、与右衛門等の勢いの方が増し、与右衛門は、手始めに松井庄左衛門を馬上からの一突きで、庄左衛門の首を挙げた。

これが一番首となった。

勢いに押された城方は、再び城中へ逃げ込み、固く門を閉ざし、攻めに掛かる秀吉軍を鉄砲で狙い撃つ。

そこで、暫し膠着状態が続いたが、その日の深夜、夜陰に紛れ城方の家老職にある賀古六郎右衛門が、動ける精鋭三百を引き連れ、密かに夜討ちを仕掛けて来た。

しかし、これを秀長軍は見抜いており、与右衛門率いる鉄砲隊の狙い撃ちの的となった。

「ダダダダーン」静寂を破り、鉄砲の轟音が鳴り響いた途端、馬が嘶き、城方の兵がバタバタと斃れて行く。

六郎右衛門は「読まれて居ったか！」と叫ぶと、「退けい！」と二百程に減った兵に、退き陣の命を下した。

六郎右衛門が、愛馬塩津黒の手綱を返し、城方の最後方から兵を城へ戻そうとしたその時である。

「待たれい！」と馬上の与右衛門が、鉄砲隊を引き連れ、大音声で六郎右衛門を呼び止めた。六郎右衛門は、呼び止められ、後ろを見せるは恥と思ったか、再び踵を返して振り返った。

「名のある武将とお見受けいたす。これは羽柴美濃守が家臣、藤堂与右衛門と申す。槍に些か覚えがござれば、お手合わせを所望いたす！」

闇の中で、馬に乗った黒い大男が、城方の篝火に映し出され、距離を三十間程に縮めて来て、大音声で名乗りを上げたので、敵も味方も息を呑んで、声のした方を見入った。

「おう！この儂に一騎打ちを所望するとは、囲むばかりで攻めて来ぬ弱腰の秀吉が家来にも、少しは骨のある奴が居ったと見ゆる。我こそは、中国一の太刀と謳われた賀古六郎衛門なり！可哀想じゃが、我が槍の錆にしてくれるわ！」と、六郎右衛門も応じた。

「おう！これは賀古六郎衛門殿！良い処で出会えた！相手に不足なし！見事その首頂戴いたす！一同手出し無用！参る！」と叫ぶや与右衛門は鐙を蹴った。

与右衛門は、右手を高々と伸ばして、槍を相手に向け、襲い掛からんばかりの構えで、六郎右衛門めがけて突き進んで行く。篝火で、槍先がキラキラと光りながら、城方に迫って来る。これを見た、六郎右衛門の後ろにいる別所の城兵達には、自分達に黒い大きな津波が押し寄せて来るように思え、恐怖に慄いた。

一方の六郎衛門は、たじろぐどころか「にやり」と笑みを浮かべ、槍を小脇に抱えて、切っ先を与右衛門に向け馬を走らせた。

そして、二頭の馬が交差する寸前「ガシーン」という腹に響くような重い音と火花が散った。与右衛門の振り下ろした渾身の槍を、六郎衛門が力負けせずに受けたので、槍同士がぶつかり合った音だった。

二人はお互いに馬を返した。与右衛門が、別所の城兵を背にして再び馬を走らせる。

今度は六郎衛門の首に狙いをつけ、真っすぐに槍を突き出して進む。

六郎衛門は、一合目と変わらぬ構えである。またもや六郎衛門が、与右衛門の槍を払う形で受けた。敵も味方も見守るばかりで、戦さを忘れたかのように静まり返っている。

また二人は向き直り、

「腰抜けの秀吉に、貴殿のような剛の者がいるとは見直したぞ！」と六郎衛門が息を整えながら、与右衛門に声を掛けた。

時代が四百年も遡った源平合戦のような光景に、敵・味方の鉄砲隊は鉄砲を構えることすら忘れている。

「貴殿こそ、滅ぶ別所には勿体なし！参る！」と与右衛門が応じ、今度は槍を小脇に構えて進みだした。六郎衛門の構えは変わらない。

　これを見ていた秀長が、長右衛門に思わず尋ねた。

「長右衛門、与右衛門は勝つかのう？」

　長右衛門は、突然の秀長の問いにやや驚いたが、

「殿様、与右衛門様は工夫なさる方じゃ。一合目で相手の力量が分かった。恐らく互角と読まれ申した。二合目で相手の隙を探された。恐らく無いと悟られた。次は捨て身で向かわれる」と落ち着いて応えたので、秀長は少々不安になって
「勝てるか？」と問い返したが
「分かりませぬ。じゃが、次で決まりまする。一瞬の差で勝敗は決まりまする」とそっけない長右衛門の声が帰って来たので、秀長はただ見守るしかなかった。

　そして二人がまたもやすれ違うかと、誰もが思った瞬間、六郎衛門の首が後ろに折れたようになり、すれ違ったところで首の無い六郎衛門の身体は馬から崩れ落ちた。

「賀古六郎衛門の首、藤堂与右衛門が討ち取ったり！」と槍を高々と上げた与右衛門の声が響き渡った。

　すれ違う瞬間、両者共にグイッと素早く腕を伸ばし、互いに首を突こうと狙ったが、与右衛門の槍が一瞬早く六郎衛門の首の中心を突き抜け、六郎衛門の首を落としたのであった。与右衛門は、間一髪で相手の槍を、首を僅かに左に傾け躱したので、六郎衛門の槍は与右衛門の首の右側を二寸程逸れて空を切った。「与右衛門、見事じゃ！」と思わず秀長は叫び、「時は今ぞ！掛かれい！」と大号令を掛けた。

「ウオーッ！」と地響きのような声と共に鉄砲の音が鳴り響き、鷹ノ尾丸（砦）の大手門めがけ

て怒涛の如く攻め寄せた。大手門が味方を引き入れるために開いていたのが別所軍には災いした。敵味方入り乱れて大手門に入って来た為、あっという間に大手門は、秀長軍の手に堕ち、それから時を置かずに、三木城の本丸へ秀長軍が進むと、城内は既に秀吉軍で満ちており、そこへ別所長治を始め重臣達が本丸で切腹しているのが確認された。

別所勢は最後とばかりに抵抗したが、戦える者が激減しており、秀吉勢とまともには戦えず、時を要せず城は落城したのだった。

突入した秀吉軍が、そこに見たものは、骨と皮になった死体がゴロゴロと転がった惨状である。所々壁や板塀も掻き毟るように削られている。食べるものに窮し、壁や板を食べていた跡であった。

与右衛門はこんな城攻めがあるのだと、ただ茫然と三木城の中で立ち尽くしていた。確かに味方の損害は少なくて済む。家臣を失わずに済む。しかし、賀古六郎衛門のように、武士なら武士らしく死に場所を与えてやるのも勝利する者の心得ではないのか。恐らく六郎衛門は、城内で餓死するのではなく、武士らしく戦って死ぬことを選び、討って出てきたのではないか。とつらつらと与右衛門は考えに耽っていたが、急に何かに思い立ったように

「殿、殿！」と秀長を探し求めた。その声に、戻り支度をしていた秀長が、

「与右衛門、ここじゃ、ここじゃ」と与右衛門を手招きした。こういう時は大柄な者は見つけ易いし、また見つけられ易い。

「殿、お願いがございます！」と秀長の前に手を付いた。

「どうした与右衛門、落ち着かんか」

「は、この度の褒美に、あの賀古六郎衛門の愛馬を、この与右衛門に頂戴しとうございまする！」

「ほう、なるほど眼の付け所が良いのぅ。立派な馬じゃ」

「は、是非にも欲しゅうございます」

「お前から褒美を強請る(ねだる)とは珍しい。兄者に頼んでおく」

「いや、出来れば直ぐにお頼み下され。どこぞの誰かが眼を付けぬ内に、手前のものにしとうござる。それが六郎衛門への手向けになるとも考えまする」

与右衛門の眼は、何かを訴えているような眼である。

「よし、分かった。お前の心根よく分かった。待って居れ！」

秀長は快く引き受け、秀吉の下へ消えて行った。

暫くして、秀長が戻って来た。秀長の後ろには背高のある黒光りした馬が供の者に牽かれてついて来ていた。

「兄者は、お前の気持ちがよう分かったらしい」と秀長は微笑みを浮かべて与右衛門に言った。

「有難うございまする。この与右衛門には、何よりの褒美でございまする」と与右衛門は、地に頭を擦り付けるようにして礼を言った。

秀長には、自分が百姓育ちで考え付かなかったが、与右衛門の今までにない必死な眼を見て、武家に生まれ、武家で育った与右衛門が、一騎打ちで見事に相手を斃した後に、城の惨状を見てどういう思いに駆られたのか理解出来たのである。

それなら、与右衛門の気持ちを大事にしてやるのも主人の務めと思い、兄秀吉が「褒美は儂が決める！」というのを無理に言って貰い受け、秀吉が良き理解者のように与右衛門に伝えたのである。

「殿、この馬に六郎衛門の名を取り『賀古黒』と名付けまする」と目には涙を浮かべて秀長に申し出た。

「うむ、立派な名じゃ。六郎衛門もさぞ喜んでおろう。大事に乗ってやれ」

秀長は与右衛門の眼を見ると、自分も涙を貰いそうになり、堪えるのに必死であった。

与右衛門は（主が家臣の為にこれ程動くものだろうか。当に父虎高が教えてくれた『家臣には褒美を与えれば良いと云うものではない。家臣を信じることから始めよ。家臣は主が信じてくれているると思えば、身を粉にして働いてくれる。家臣が病に罹れば、薬師の手配をしてやれ。家臣を一族同様に扱うのじゃ』という言葉どおりの主が秀長様じゃ）と思うようになった。

三木城攻めで、この主従の絆はより一層固くなったのである。

ただ秀吉や秀長には休息は与えられない。秀長は再び但馬平定の為、北へ進路を取った。与右衛門は颯爽と『賀古黒』に跨り、秀長が城代を務める竹田城を目指した。与右衛門は大屋庄大杉の小高い山の改修した城が気に掛かっていた。

竹田城に着くと栃尾祐善が与右衛門の下へ馳せ参じていた。

祐善は、与右衛門よりは、年上に見える武者を連れて来ていた。

「与右衛門殿、三木城でのお手柄はもう既に聞き及んでおります。誠におめでとうございます。ここに連れました者は、永年、我等と共に加保、大杉を治めて来た居相孫作政貞と申すものでございます。与右衛門殿の名馬に相応しい口取りとなりましょう程に、こうしてお連れ申した次第」

と祐善は、居相孫作を馬の口取りにでも、使ってくれと頼みに来たのである。

与右衛門としては、自分に家臣が出来るのは、願ってもないことだが、栃尾祐善と同様、但馬の一角の土豪を『賀古黒』の口取りにするのはさすがに気が引ける。

「祐善殿、誠に有難い話じゃ。家臣が増えるのは誠に有難いことながら、『賀古黒』の口取りには、さすがに勿体ない話じゃ。長右衛門や竹助と同様儂の供をお願いしたい」と与右衛門は、祐善の申出を一旦は断った。そこへ代わって、居相孫作政貞自身が
「居相孫作政貞と申しまする。以後末永う使うて下され。儂は馬が好きで馬の傍に居られるだけ

で十分でござる。是非漆黒の名馬の口取りにお使い下され」というので、

「そこまで、申すなら本日より『賀古黒』の口取りをお願いする。呼び名は『孫作』でよいか？」

と与右衛門は、この押し売りに応じた。加えて、祐善から大杉の城が完成したことを聞いて、直ぐにでも見に行きたかったが、

「儂も早う見たいが、与右衛門様、有子山へ行かねばなりませぬ」と横から大木長右衛門が口を挟んで、一行は有子山城攻めに向かった。

この居相孫作も、大木長右衛門・服部竹助と共に生涯与右衛門の傍に仕え、三人揃って低禄で、与右衛門(高虎)の手足となって働き続ける。

こうしていよいよ第二次とも云える、但馬平定の初戦に取り掛かった。

秀長は、宮部継潤らの兵と共に三千の兵を与右衛門に預け、有子山の麓の出石城を与右衛門指揮の下攻め掛からせた。秀長ならではの与右衛門への計らいであった。

この時から、与右衛門は、同じ近江浅井家出身の宮部継潤（善祥坊）を父のように慕い、また、継潤も一軍の大将である与右衛門を息子のように思い、付き従ったのである。

与右衛門はある程度の抵抗を覚悟したが、予想に反して山名祐豊は、この軍勢を見ただけで直ぐに降伏し、秀長の軍門に下った。

隣接する出石城もこれでは支えきれないと、秀長の手に落ちたのである。

しかし、祐豊の重臣であった垣屋豊続が、残兵を吸収し、二千弱の兵で水生山城に立て籠もり抵抗した。

与右衛門は、栃尾祐善・居相孫作等の力を借り、豊続勢を宵田表に誘い出し、宮部継潤勢と共に、散々に打ち破り、遂に豊続を降伏させ、既に有子山・出石で降伏した一族の垣屋光成と共に秀長の臣下として働かせることに成功した。

⑤但馬の与右衛門

与右衛門の活躍もあり、但馬の二十にも上る城塞は秀長の手に落ち、漸く但馬が落ち着くこととなった。

この功により、秀長は出石城を与えられた外、但馬七郡を秀吉から任され、知行は十万石超えとなり、また与右衛門は二千石の加増を受けた。

戦後、与右衛門は急ぎ大屋へ行き、完成した城と言っても、本丸は天守の代わりに、館を拵えた城塞であるが、具に(つぶさに)見て回った。急拵えとはいえ上々の出来栄えに、栃尾祐善に感謝した。これで、毛利・吉川が進行してきても、なんとかなる見込みは付いた。

その日のうちに、秀長に報告する為、出石城へ取って返して、秀長に謁見すると、

「出かしたぞ与右衛門。これで兄者は、因幡を攻め取ることが容易になる。少々留守になっても兵を置けば、暫くは持ち堪えられる」と喜んだ。その上で、

「その城は、お前に任せる。お前以外に誰がおる。城の隅から隅まで、知り尽くし、大屋の地勢にも明るい。お前しかおるまい」

思ってもみなかったが、与右衛門は秀長から城を預けられることになった。

「ところでな、与右衛門。善祥坊(宮部善祥坊継潤)が面白い話を持ってきよった」

と、にこりとして秀長が話し出した。

「お前、何か気に掛かる女性(にょしょう)を、祐善の屋敷で見かけたそうじゃな？」

「はあ？」と与右衛門は驚きと共に顔が赤らんで来るのが、自分でもわかった。

「あ、やはり居るのだな？顔が赤らんでおるぞ」と秀長は茶化しだした。

「いえ、殿。ちょっとお見掛けしただけでして――」

「何をうじうじと申して居る？お前のところの長右衛門も、あの方に間違いないと申しておるぞ！」と密かに秀長は、大木長右衛門からも栃尾館での女性の話を聞き取っていた。

「それは、栃尾館の品の良い女性のことでござりますか？」と長右衛門にも秀長が探りを入れたことを知り、漸く与右衛門は観念した。

「そうじゃ。お前が見初めた女性は、実は前(さき)の丹後守護職一色修理太夫のご息女じゃ。今は丹後を治めておる善祥坊が知っておっての、山名に追われ、御屋形様に追われて、大屋の中野に身を隠しているところを、同じ庄の祐善が、それとなく面倒を見て来たそうじゃ。自然にお前の眼に留まればと、お前が館に居るときに、祐善が呼んで置いたそうじゃ。与右衛門、観念せい！祐善が、お前の奥方にお似合いの方じゃと申して、先方の意向も確認した上で、善祥坊に相談して、善祥坊は、儂に何としてもお前が承知するようにと頼んで来たのじゃ。何しろ、儂の言うことなら、『与右衛門は何でも聞くであろう』と申してな？」

と面白そうに秀長が語った。

「あのう、殿？」

「何じゃ、まだ不服を申すか？」

「いえ、そうではありませぬ。実は、あのお方のお名も存じませぬ」

「え？知らぬのか？お前は名も知らず見初めたのか？」

「いえ、そのう、遠目で品のあるお方じゃと眺めて居っただけでございますので――」

「そんなことをしておるから、戦さでも失態を冒すのじゃ」と今度は窘めた。秀長も揶揄ったり窘めたりと、落ち着かないのは、自分のことのように嬉しいのだ。

「『久』と申されるそうじゃ。名前からも品があるのう？」

「久様と申されますか――」と与右衛門は栃尾館で見た久の姿を思い浮かべた。

「何をぼーっとして居る。善祥坊は、祐善が仲人をやるのが一番じゃと申して居る。儂もそう思うがどうじゃ？」

「この与右衛門に否やはございませぬ」

「よし、では決まりじゃ。直ぐにでも栃尾館へ行き祝言せい！ぐずぐずして居ると、兄者が因幡に取り掛かる故、早うせい！」と、秀長は最後に祝い金を持たせ、与右衛門を追い立てた。

何が何やら分からないまま、与右衛門は、大木長右衛門・服部竹助・居相孫作を連れ、栃尾館に向かい、栃尾館に着いて、栃尾祐善の仲人の下、与右衛門は久を妻にした。

久は後に『久芳夫人』と呼ばれようになるが、与右衛門は、久と夫婦になったのを機に、藤堂村から家族を呼ぶことにした。父や母の喜ぶ顔も見たいし、従兄弟や親族の面倒を看るだけの余裕も出来た。そこで一族を大杉の館に集め一緒に暮らすことに決めたのである。

近江から、昔の腕白仲間の従兄弟の新七郎も虎高達と大屋庄へやって来て、久々に藤堂家は大いに盛り上がった。新妻の久も新しい家族が増え、甲斐甲斐しく働きだしたのである。

大屋へ来て、何よりも喜んだのは父の虎高であった。預かりの館とは言っても、嫁も一緒に手に入ったのだ。

「与右衛門、出かした、出かした。早うに儂の夢を叶えてくれた。それにお前には、過ぎた嫁まで貰うとは、ほんに、ええ殿様に仕えたものじゃ」

口を開くと同じことを言い、母の兎羅は与右衛門の顔を見ては、嬉しさのあまり何も言えなくなり、涙を眼に一杯貯めて、ただ頷くばかりであった。そこに、新七郎が甲良から一緒に来て、元服して良勝と名乗り、与右衛門と戦さに出られることを何よりも喜んでいる顔があった。

「よきっつあん、いや与右衛門さん、きれいな嫁を貰って良かったのう。これからは儂も与右衛門さんの家臣として一緒に働くぞ」

「おお、そうじゃのう。随分腕を上げたのじゃろう？新七郎頼むぞ」と久々に会った幼馴染に与右衛門は懐かしさと喜びが一緒に胸に噴き上げて来るのを覚えていた。

「新七郎、与右衛門の家臣で居たいなら、さんではなく様で呼ぶのじゃ。いつまでもお前は子供じゃやなあ」と兎羅が親しみを込めて良勝を諫めると

「そうじゃった、伯母上。与右衛門様よろしくお頼み申します」と殊勝にも新七郎は与右衛門に改まって両手をついたのを見て、

「おおおお、昔の悪ガキが二人揃って立派になったものじゃ。いやあ、重ね重ねめでたいことじゃ」と虎高が笑い飛ばすと、屋敷中の皆が笑い出した。

しかし、与右衛門のこうした笑顔の絶えない日々はそう長くは続かなかった。秀長からの呼び出しが掛ったのである。

与右衛門は、新たに加わった良勝を始め十数名の家臣を連れて、急ぎ出石城へ向かうと、秀長が待ち受けていて

「与右衛門、銀が要る。此度はかなりの量が要ると思うてくれ」秀長の顔は何時になく厳しい。

「は、早速に生野から調達いたしまする」と与右衛門の顔も引き締まった。

「うむ、恐らく生野銀山の銀だけでは足らぬかも知れぬ。実は兄者が儂に『銭』を出してくれと言うて来たのじゃ。今兄者は既に若狭の商人達を使って、因幡の鳥取城周辺から米を買い付けておる。しかも言い値で買い付けさせておるのじゃ」

秀長はそう言って、次の鳥取城攻めを、兵糧攻めにする秀吉の策を説明した。

これが後に「鳥取の飢え(かつえ)殺し」と呼ばれる凄惨な城攻めとなるのである。

「そこでじゃ、銀山は生野だけではないのじゃ。この出石から南の明延という処に、閉山となった鉱山がある。昔は、銅や銀を掘り出していたそうじゃ。これは先年亡くなった半兵衛殿が、初

めての中国攻めで、姫路に来た折に見つけて居る。お前に預けて居る生野の銀山も半兵衛殿が知って、兄者に竹田城を陥とせば生野の銀が手に入ると、策を授けたそうじゃ。毛利と戦さになれば、生半可な銭では済まぬと思うて、下調べに但馬から丹波まで歩かれて居ったそうじゃ」

秀長は裏話を与右衛門に聞かせた。

与右衛門は、戦さとはその次の策まで読まねばならぬのかと、頭を殴られた思いである。

「そこでじゃ、その明延の鉱山を再開させようと思うのじゃ。もう銀や銅は出ぬかも知れぬし、まだあるかも知れぬ。これは儂にも分らぬが、応仁の折、山名や赤松一族も掘るより戦さが忙しゅうなって、それっきりとなったらしい。生野だけでは、毛利との本戦さ(ほんいくさ)を控え、到底、銭が足りぬのは目に見えて居る。当座の金子は、儂が用意する。骨が折れそうじゃが、やって見てくれぬか？」と秀長に頼まれては、やらない訳には行かない。

「畏まりました。何とかご期待に添えます様励みまする」と与右衛門は引き受けた。

与右衛門は秀長の下を辞した後、長右衛門・孫助・竹助それに従弟の新七郎を連れて、絵図を見ながら、明延鉱山跡を視察に行った。着いてみると、街道から鉱山迄の道が分からないぐらい、草や木が生い茂っている。絵図を頼りに草や木を、掻き分けながら辿り着いた先に、所々採掘の跡らしい穴が見える。

雑然としていて、ここで銅や銀が採れるとは到底思えない状況である。竹助は

「厳しいところでございますなあ？」とつい弱音を吐いた。

与右衛門も同感であったが、引き受けた限りはやるしかないと覚悟を決めている。

「与右衛門様、儂は戦さに来たのじゃが、まさか穴掘りをさせられるとは思いもせんかった」

と新七郎の口から不満とも愚痴とも取れる言葉が出た。

「新七郎、穴掘りは城攻めにも重要な策となる。愚痴を吐く前に、間道からここまでの草を刈れ」

与右衛門は新七郎に草刈りを命じたのである。

「は、与右衛門様。儂の剣捌きで見事に草を刈って御覧に入れまする」

冗談とも本気とも取れる言葉で良勝は返し、早速、刀を抜いて草を刈り始めた。

それを見ながら与右衛門は
「孫作、百人程で間道からここまでの道を造ってくれ。それから長右衛門、伜は儂とこれから生野に行って、指図できる鉱夫を五人ばかり連れて来る役目を負って貰う。竹助は新七郎を手伝って、草を刈り終われば、一緒にこの辺りで、人夫になる様な男手を出来うる限り掻き集めてくれ。多ければ多いほど良い。百人は欲しいが欠けても良い。手当は弾むと触れ回れ。良いな？」

と指示を出し、長右衛門を連れ、与右衛門は生野銀山へと向かった。

鉱夫の長(おさ)に秀長からの金子を渡し、生野からの銀の産出量を増やすよう頼むと同時に、明延鉱山を再開するのに、指導できる鉱夫を五人貸してくれと頼んだ。

するとと「明延を開くのでございますか？」と、さも知っているかのような口ぶりである。

「何か知っておるのか？」と与右衛門が問うと、

「恐らく、まだ銅や銀を掘れましょう。あそこは、途中で掘るのを止めたと聞いて居る処じゃから」

「そうか、掘り尽したのではないのか？」と与右衛門が身を乗り出して尋ねた。

「ああ、あそこは取ったり取られたりで、主が変わり、とうとう山名様がほっぽりだしたと聞いておりまする。確かなことではありませぬが、掘ってみたい処でございます」と応えた。

「そ、そうか。是非何とか掘り出してくれ。金子は心配するな。生い茂った草や木も、今刈り出しておるし、住む小屋も手配する。よろしく頼む」と言って、与右衛門は一縷の望みが出たことでほっとした。長右衛門は、早速、生野銀山の長（おさ）以下五人の鉱夫を連れて明延に向かった。

与右衛門は、明延で銅や銀の採掘にかなりの出費を要することになり、家計は火の車になるのだが、この時はまだその危機感はなかった。

こうして天正九年を迎え、鳥取城攻めが本格化しだした。

与右衛門は、鳥取城攻めでは、自ら工夫した画一的な砦造りを考え出したことで、造る時間が大幅に削減出来るようになり、短期間に十五の砦を造り上げ、鳥取城の包囲網を完成させたが、包囲網が出来上がると働きどころが無く、凄惨な攻城戦を終えた。

ところで秀長は、与右衛門が、生野銀山と明延鉱山の開鉱で、身銭を切っても足りず、借金までして銀や銅を調達してくれたことを、栃尾祐善から聞いて知っていて、秀吉に与右衛門へ『銭』を返してやるよう頼んでいた。

栃尾祐善は、領内の庄屋からすべてを聞いて知ったのであるが、庄屋からの話では、大杉館の米櫃が空になって、兎羅と久が連れ立ってお忍びで庄屋の下に訪れ、米を一俵貸してくれと頼まれたことから始まって、それが一俵が二俵になり、代金代わりとしてちりめんの小袖や着物まで、庄屋に預けるようになったという。

祐善は与右衛門が主秀長に何も言わず明延鉱山の開坑資金でかなりの借財を負い、館にある蓄えが空になったことを知り、急ぎ大杉館に金を集めて持って行ったが、虎高や兎羅を始め久まで出て来て、

「与右衛門の借財は与右衛門だけでなく我らの借財。この金は受け取るわけには参りませぬ。与右衛門もきっと受け取ることはいたしますまい。我等で何とかいたしまする。それにまた手柄を立てます故、あっという間に借財も無くなりまする」と虎高に断られた。加えて久が
「それに、栃尾様。久は楽しゅうござります。母上と庄屋様の下へ米を借りに行ったり、畑で大

根を植えたり、実った大根を引き抜くことも出来るようになりました。与右衛門様の嫁になってこんな楽しいことはございませぬ。母上と米櫃を開けたら、米が、米が一粒もないのです。それを見て母上と二人して大笑いいたしました。栃尾様、何もないというのはこんなに人を笑わせるものだと久は初めて知りました。ほほほほ――」と与右衛門一家が笑い飛ばして、却って祐善は肩身が狭くなる思いをしたという。

それにもまして、新妻久が楽しんでいるというのを聞いて、祐善は久という新妻を見直したとも秀長に語っていたのである。それを聞いて秀長は思わず目頭を押さえ、与右衛門と久に手を合わせていた。

このことを鳥取城攻めの後、秀長から聞いた秀吉は、与右衛門まで借金をしていることに驚き、直ぐに兵站担当の石田三成（佐吉）に、「与右衛門に『銭』を返してやれ」と話してくれた。

しかし、

「それは、秀長様や与右衛門殿が勝手に明延鉱山に手を付けられたこと。謂わば『私事』のご判断でございます。『私事』でなさったことに軍さ（いくさ）の銭を使えば、軍律の乱れに繋がりまする」と言って受け付けなかった。

秀吉も軍律の乱れに繋がると言われては、言葉が継げず、またこれからの戦さに銭が掛かることも知っていたので、三成の立場では出来ないとしか言えないのだろうと何も言えなくなってしまった。

三成には、こういうところがある。真面目で、考えが堅くて柔軟なところがない。道理や規則から逸脱する処がないのである。

道理に適っていれば『正義』であると考えるところがあって、その『正義』に納得出来ない者が居れば、『頭の悪い者』と考える。三成の得意な算盤には、必ず一つしか正解はない。その正解が『道理』と考えたのかも知れない。

この三成の敢えて情を入れない対応が、秀長の知れるところとなって、秀長は烈火の如く三成を叱ったが、三成は軍律を盾に、首を縦には振らなかった。

三成を理解出来る者は少ない。ただ、三成の立場を考えると、これから毛利相手にどれだけ銭が掛かるか分らない。与右衛門の借財の肩代わりなど出来る余裕はなかったのである。それを言わず紋切型で結論しか言わないので敵を作るのであるが、秀吉の死後、それが豊臣政権の瓦解に繋がるとは、当時誰も予想はしていなかった。

このことを聞いた与右衛門は、秀長が動いてくれたにも拘らず、応じない三成に対し、怒りに震えながら
「算盤で人は動かぬ。それが三成には分からないのだ。頭は良いかも知れぬが、人の情が計算出来ぬ。儂から言わせれば、人の情も計算出来ぬような奴は阿呆だ。あのような石頭で立派な領主になれようか。何で秀吉様が重宝して居られるのか分からぬ」と与右衛門は、誰に言うでもなく呟き、この時から三成を恨む新たな『敵』となったのである。

結果的に関ケ原では与右衛門の懐柔に理解を示した脇坂安治を始め、西軍から東軍への「寝返り」で、豊臣政権の瓦解が始まる訳であるが、その要因は、石田三成本人にあったと言っても過言ではない。


さて、鳥取城を落とした秀吉は、宮部継潤を城代として任せ、南下して備中攻めに取り掛かった。前年四月から織田方となった宇喜多勢を加え、総勢三万で北と東から備中に攻め入り、高松城の毛利の忠実な猛将清水宗治と相対した。

毛利方は備中の防衛線を、備中高松城を中心に北から宮路山城・冠山城・加茂城・日幡城・松

島城・庭瀬城を「境目七城」として強化し、秀吉軍に備えていた。

天正十年(一五八二)四月十五日、与右衛門は、秀長に随い、冠山城を人馬で取り囲んでいた。冠山城城主は、備中高松城の清水宗治の娘婿林重真で、毛利から祢屋七郎兵衛・松田左衛門尉らが応援部隊を引き連れ、三千名余で守っていた。

まず、杉原家次らと宇喜多勢合わせ八千で、城に取り掛かったが、甚大な死傷者を出したので、伊賀忍者を城中に忍び込ませ、城方の火薬庫や柴垣に火を点けさせて、城中のあちこちで火災を起こさせた。これで、城方は堪らず討って出てきたので、秀長はじめ諸将は一斉に「掛かれ!」と大号令を掛けた。

与右衛門率いる五百の鉄砲隊が一斉に撃ち放つとダダダーンという轟音が鳴り響き、敵兵がバタバタと斃れて行った。

そこへ、大槍を構えた大柄の若武者が敵の中に果敢に切り込んで行く。与右衛門は、加藤虎之助と分かり、

「一番槍はお譲り申そう」と呟いた。

「新七郎!儂らも続くぞ!」と叫ぶなり、『賀古黒』を駆って突き進んだ。

毛利方の竹井将監や難波惣四郎・竹本幸之助ら援軍の大将は、城から討って出て戦う途を選んだ。

真っ先に城に向かって行った虎之助は、竹井将監に狙いを定め突っかかる。

将監は、相手が大柄な若武者であったので、

「相手に不足なし。死に場所を見つけたり」と、虎之助の槍を一度は跳ね返すも、二度目の突きを避け切れず、敢え無く虎之助に一番首を差し出した。

「加藤虎之助、一番首!」と虎之助は叫びながら、なおも突き進む。

与右衛門は、味方の足軽を切り捨てている竹本幸之助を見つけ、「藤堂与右衛門が相手致す！」と叫ぶや否や、大身の槍で一突きすると、竹本幸之助の首に突き刺さり、幸之助は声も出せず、立ったまま息絶えた。

こうして、一気に秀長・宇喜多軍が燃え盛る城中に入り、冠山城は業火に包まれ落城した。守将の林三郎左衛門重真は、南櫓で自刃した外、重臣だけで百三十九名が果てたのである。

宮路山城から、僅か今にして２㎞と離れていない冠山城が焼け落ちるのを見て、「もはやこれまで」と乃美元信らは、和睦に応じ、宮路山城は秀吉の手に落ちた。

秀吉は、備中高松城を中心とした、こうした支城を攻め落とす一方で、高松城の包囲を続けていた。

しかし、この高松城は足守川の影響で、湿地帯の中にあり、攻めるには足を取られて難しく、むざむざ兵を失うばかりで手を拱いていた。秀吉は官兵衛の

「足守川を逆に利用いたしましょう」との進言を取り入れ、湿地帯の中の平城である高松城を、『水攻め』で攻略することにした。

築堤奉行には蜂須賀正勝が任命され、今の吉備線足守駅付近から蛙ヶ鼻までの四㎞を、高さ八ｍ、堤の底幅は二十四ｍ、上部は十二ｍの堰を築き、上部には常時兵を置いて監視できる壮大なもので、一挙に高松城の回りを湖にしてしまう土木工事であった。

工事には、兵は言うに及ばず、近隣の農民まで駆りだし、農民らには、土嚢一俵に付き銭百文と米一升という秀吉らしい報酬で吊り、五月八日から始めた工事が、なんと五月一九日には早くも完成し、二十日には高松城に向け堰き止められた足守川の河水が流れ込んだ。

旧暦の五月といえば梅雨時である。雨が降り続いた為、足守川が増水したのが秀吉に味方した。今で云う二百haの湖が高松城に一挙に出現し、高松城はあっという間に湖の中の浮島のようにな

ってしまった。

　高松城が湖水に浮かんだ翌日、毛利輝元率いる毛利軍本隊四万が高松城の西、猿掛城付近に到着した。一日違いで、輝元・吉川・小早川らは、今まで見た高松城とは全く違う光景を眼にすることになった。

　毛利軍は、舟を用意していなかったので、物資の補給も出来ず手を拱いていた時、信長が大軍を引き連れ、備中に向かうという報せが入る。輝元らは軍議を開き、備中・備後・美作・伯耆・出雲の五国割譲と城兵の命の保全を条件に、秀吉と和睦を結ぼうとした。

が、秀吉は清水宗治の切腹を譲らず、毛利側も忠臣の宗治の切腹は受け入れ難く、物別れとなった。ただこれには少々訳があった。高松城の清水宗治は
「城兵の命が助かるなら己の切腹はた易きこと」として、僧である兄の月清と弟の難波伝兵衛宗忠共々切腹することで、城兵の生命保全と引き換えに和睦して欲しいと逆に申し出ていて輝元・広家は受け入れようと傾いたが、宗治は小早川隆景の子飼の家臣である為、

「宗治を死なせる訳には参らぬ」と反対し、秀吉も宗治の切腹は信長の手前譲れぬと妥協しなかったので、進展しないままにらみ合いが続いていたのである。

⑥秀吉天下を狙う

そうして五月が過ぎ、六月二日未明、丹波亀山も雨が落ちていた。

光秀は信長の命で兵一万三千を率い、備中へ秀吉の援軍として亀山城を出立し、老ノ坂を越え沓掛に達していた。沓掛は西国への道と京への道の分岐点である。陽が薄らぎ始めた頃、突如西国へ向かう筈の光秀勢が、信長の京の定宿本能寺に現れ、瞬く間に囲み終え、本能寺の回りには光秀の桔梗紋の旗が夥しく並んだのである。

「蘭丸！何事じゃ？」と信長が叫ぶと

「桔梗の紋所、惟任光秀がご謀反にございます！」と森蘭丸が駆け込んで伝えた。これを聞いた信長は、

「なに？光秀が——。是非に及ばず。弓に槍を持てい！」と死を覚悟し、寡兵ながら奮戦したが、最早光秀の敵ではなかった。

一方翌三日、与右衛門は、秀長に

「殿、手持無沙汰で、兵達に気を張らせることに苦心いたしまする」と話しかけていた。

「うむ。尤もじゃ。与右衛門、しかしお前の兵は鉄砲の手入れや鍛錬に余念がないのう」

「ははは、新七郎達と相談いたしまして、『的当て』と称して、一番腕の良い鉄砲撃ちには、某より褒美を呉れてやることに致しました」

「それで良い。鍛錬に励め！」と秀長が言い終えると、

「美濃守様、総大将がお呼びでございます！」と血相を変えた伝令が駆け込んで来た。

「何事じゃ？」と秀長が問うと、

「解りかねます！兎に角、至急小一郎を呼べと総大将がお呼びでござります！」

「与右衛門、また後じゃ！何かあったに相違ない！」という言葉を後に、秀長は秀吉の本陣へ出向いた。

『信長、本能寺で死す』という報を、この時秀吉は逸早く手にしたのである。そして、この情報を隠す為、毛利方への使者を、途中で捕えるよう指示し、その一方で、黒田官兵衛に安国寺恵瓊を呼び、講和の条件を備中・美作・伯耆の三国割譲と清水宗治の切腹という条件に緩和し、急ぎ和睦を結ぶよう指示したのである。

これで事態は大きく進展し、恵瓊の毛利方への説得で、条件通りに事が進むことになった。また、秀吉は退き陣の手筈を秀長達に申し渡し、清水宗治・月清・難波宗忠の自刃を、堀秀政と蜂須賀正勝に見届けさせるよう指示し、六月五日には、自ら姫路に向け出立した。毛利方へ「信長死す」との情報が入ったのは、秀吉が姫路に向かった翌日であった。

吉川元春は直ぐに

「秀吉を追うべし！」と強硬に意見したが、小早川隆景は蜂須賀正勝達が退陣の折、堰を切り一挙に水を引かせて、泥田となった地面を恨めし気に見ながら、

「織田がどうなるか、見てからでも遅くはない」と制止して、毛利軍は兵を安芸へ向け退き上げたのである。その際、小早川隆景は、「兄上（吉川広家）、秀吉という男は恵瓊の予言通り、信長より恐ろしい男かも知れぬ。ここは秀吉に貸しを作りましょうぞ」と言って毛利の幟を配下に百本程持たせ、秀吉軍の後を追わせたのである。

一方撤退の際、秀長に呼ばれた与右衛門は、配下の者に出来るだけ軽装備にせよとの命を受けた。既に京で何が起こったかを、秀長から聞かされていた与右衛門は、

「京へ走り詰めに走る！」と察していたので、配下の兵達に鎧を解かせ、

「よいか、鉄砲や鎧は、お前達の前を弾と一緒に荷車に載せて走らせる。荷車を押すことはあっ

ても、間違えても大きく遅れるではないぞ！」と指示をした。

荷車を前に走らせると目標にもなって、遅れないように従(つ)いて来ざる得なくなる。銃将として与右衛門なりに考えた措置であった。

途中、摂津の池田恒興・高山右近・中川清秀が「光秀討つべし！」と秀吉に味方する旨申し出て、摂津富田で合流することになった。

秀吉軍は姫路で一息ついて、休むことになり、また翌日から東へ走り出した。尼崎で池田隊が迎えに来ており合流すると、摂津富田で、丹羽長秀・神戸信孝軍とも合流し、光秀との決戦は、京への入り口となる大山崎に決まった。

秀長隊は摂津富田から西国街道を更に東へ進めて、逸早く天王山を抑えた。眼下には光秀の桔梗の幟が靡いているのが見える。この一帯の大山崎が戦場となると察知した与右衛門は、配下に「皆、この戦さで死ぬるぞ！」と声を掛け、突入する時機を待った。

六月十二日の夕刻になって、中川清秀が、天王山の山裾を横切るように移動した。これを見て、斎藤利三の東に布陣した伊勢貞興隊が、清秀の軍に襲い掛かったのがきっかけで、戦端が開かれた。

これに合わせ斎藤利三の部隊は、清秀の横の高山右近隊へ攻撃を開始し、高山・中川両隊は、斎藤・伊勢両隊の猛攻に遭い、一挙に苦戦を強いられた。

与右衛門ら秀長軍はこれを見て、天王山の山裾から前へ押し出し、中川・高山両隊を支援するような形で伊勢・斎藤両隊に襲い掛かった。与右衛門の部隊は鉄砲の射程に入るまで前進し、「構え！撃て！」と与右衛門の号令で、まず伊勢隊に向け一斉に撃ち放った。

続いて斎藤隊に向け、同様に一斉射撃すると、バタバタと敵兵が倒れ、これに堀秀政隊が後詰に回って支援した為、中川・高山隊は勢いづき、伊勢・斎藤の部隊を押し返し出した。

略同じ頃、池田恒興親子の部隊が右翼から淀川沿いに前進し、密かに円明寺川を渡河し、光秀本陣を守る津田信春隊に奇襲を掛けた。

これに丹羽・神戸隊が一斉に押し寄せ、明智軍は、本陣から総崩れとなり、光秀は止む無く勝竜寺城まで退却せざるを得なかった。

この退却で、斎藤隊が壊滅した為、伊勢貞興の隊が成り行き上、殿(しんがり)を務めることとなってしまった。

与右衛門は「頃は良し」と見て、鉄砲隊の射撃を止め、『賀古黒』に跨り
「皆の者、死ねや！続けえ！」と叫ぶや否や、自ら伊勢貞興を目指して馬を駆った。

「死ねやあ！」と大身槍を構えた黒塗紺糸縅の鎧を身に纏った黒ずくめの与右衛門が、漆黒の大馬を駆って一直線に突き進む。敵の誰もが、高虎を暗黒の地獄の使者のように捉え、

「殺されては叶わない」と逃げ散って行くので、与右衛門の前は自然と道が開かれて行く。

伊勢貞興は、元は足利義昭の家臣で、二十歳の若者ながら獅子奮迅の働きであったが、右脇にサーッと視界が広がりだし、黒塗りの大男が、馬に跨り一直線に迫ってくるのが眼に入った。

与右衛門は、混戦の中で真正面に伊勢貞興を捉えると、

「伊勢守殿、殿(しんがり)あっぱれなり！」と吠えた。

「儂の首、見事とれるか！」と戦闘で疲れた身体に鞭打ち、絞り出すような声で貞興が応えたのが最後であった。

あっという間に与右衛門が、貞興に近づいたかと思うと『賀古黒』の陰に貞興の姿が消え、次に『賀古黒』の陰から貞興の姿が再び現れた時には、兜ごと首から上が無い状態であった。

与右衛門が槍を薙ぐと、大身槍の刃で首が落ちたのだ。一撃の出来事であった。与右衛門はこの後も一つ二つと兜首を挙げ、武功を重ねて行った。

山崎の合戦はこうしてあっけなく幕を閉じた。

光秀は勝竜寺城から坂本城への帰還の道を選んだが、途中の小栗栖で、落ち武者狩りに遭い、寂しい最期を遂げた。

嘗ての与右衛門の主阿閉貞征も逃げるところを秀吉軍に捕縛され、一族共々磔刑により処刑された。同じく旧主津田信澄も、丹羽・神戸軍と堺に居た折に、光秀の娘を妻女に持っていたことから、裏切り者として、丹羽長秀らによって追い込まれ、自害せざるを得なくなっていた。

高虎は「やはり儂の眼に狂いはなかった。主を見誤ると藤堂家再興など夢の藻屑じゃ。儂が秀長の殿に出会ったことを仏に感謝せねばならぬ」とこの時つくづくと思ったのである。

山崎での合戦を終えた秀吉軍には、暫くの休養が必要であった。何しろ播磨・但馬・因幡そして備中と戦さが続き、挙句に備中から山崎まで駆け通しで、着いた山崎でまた戦さと疲れない訳がなかった。

光秀が勝竜寺城へ逃げた後も、秀吉軍には追う力が残されておらず、光秀の首を、落ち武者狩りに取られたのも、そういう背景があったからだった。

暫くの間、与右衛門は大屋へ戻ろうと秀長の下へ挨拶に行くと、

「此度はお互いくたびれたのう?」と秀長は茶と菓子で与右衛門を慰労した。

「は、殿もお疲れが出ませせぬよう、暫しごゆるりとなされませ」と応えたが、与右衛門は、秀長の口から意外な話を聞いた。

これから、信長の重臣達で所謂『清須会議』が開かれて、信長の跡目を決めるという。

大勢は勝家の仕切りで決まりそうだが、秀吉はアッと言う手を打って、信長の事実上の後継者に自らが就こうとしているという話で、与右衛門は、秀吉が全く想像もつかない途轍もないことを、考える人物であることを改めて知った。皺だらけの顔の小男に、隠された恐ろしい面を、垣

間見たような気がしたのである。

ただ、これから頂点に立とうとする秀吉の直臣になりたいとは思わない。むしろ秀長の家臣で満足している自分が居た。秀吉の陪臣となり、出世は遅くなろうが、信頼できる主―秀長に仕えてこその「己」なのだと強く思ったのである。

「まあ、この二十七日にご重役方が、話し合ってお決めになるようじゃ。じゃから、その結果を待ってから但馬へ戻ったらどうじゃ？」と秀長が言うので、
与右衛門は、呑気に但馬へ帰る気など全く失せてしまい、兎に角『清須会議』の結果を待つことにした。

山崎の合戦から二週間後の六月二十七日に、世にいう『清須会議』が開かれ、大勢は信長の嫡男信忠の遺児三法師とすることになったが、後見を柴田勝家が推す信孝にする方向で進められたが、信忠と同腹の信長の次男信雄の処遇を巡り異見があり、結局信雄・信孝で後見させることで意見の一致を見たようであるが、議論の中心は所領の分配と居城を誰に何処を与えるかにあったようである。

（絵本太閤記では後継ぎ問題にあったとされるが、この時代、直系を重んじることを武将達は心得ていたと考えられるので、愚鈍とされる信雄を誰も推す者はいなかったであろうし、信孝は嫡男信忠とは異腹の子でまして神戸家を継いでいることから、後継問題になり得なかったのではないか。それよりも、信孝の居城と信雄の居城をどこにするか、そして三法師をどこに置き、諸将の所領の分配をどうするかに議論は集中したと考えるのが自然である）

所領については柴田勝家が秀吉の北近江の所領に拘り、秀吉の譲歩を迫ったことで丹羽長秀らが驚き
「権六殿、秀吉はお館様の仇を討った大将じゃぞ」と諌めたが、秀吉は

「お譲りし申す」と快諾して事なきを得た。

ただ、一応の決着を見たところで、一同が会した場で、秀吉が三法師を抱えて広間の主座に現れ、「一同！お世継ぎの三法師様でござる！」と大音声で一同を見回し、皆が呆気にとられたところで、

「一同、頭が高い！」との秀吉の声により、一同が平伏したことで事実上の実権は秀吉へ移ることを形の上では認めることになったのである。

「見事なご裁量でございましたな？」と一応の決着を見た後で、与右衛門は秀長に問いかけた。

「うむ」

「しかし、これでよろしゅうござるのか？特に長浜城は秀吉様が、初めてご領主となられた城ではござらぬか？」と与右衛門は秀吉が、論功行賞で長浜城を勝家の甥で養子となった勝豊の所領としたことが解せなかった。

「ふふふ、なあに、兄者は直ぐに取り返せると思って居るのよ」と秀長は平然と応える。

「兄者は、いずれ勝家とは、戦さによる決着を付けねばならぬと思うて居る。それまで暫し貸して置くという気持ちでおる」秀長は静かに応えた。

この後与右衛門は秀長の赦しを得、但馬大屋へ久しぶりに帰ることにした。

大屋庄、大杉館に着くと妻久も元気な顔を見せ、与右衛門の帰還を喜んだ。

一足早く戻った従兄弟の新七郎が、与右衛門の傍に来て、「お待ちしておりました」と近寄って来て、

「実は伯母上の様子が、このところ優れないようです」と母兎羅の体調を報告した。

「え、母者が？」と問い返したが、出迎えた一門の後方に父虎高と共に母が居るのを見て、ひとまず胸を撫で下ろした。

「与右衛門、ご苦労でした」と兎羅は気丈に声を掛けたが、与右衛門は、少しやつれて痩せた母が気になった。がそれに気付かれまいと
「父上、母上、此度も大手柄じゃったぞ！」と元気に応えた。

与右衛門はひと時ではあったが、一族と共に寛ぐことが出来た。父から何度となく
「早う孫の顔が見たいものじゃ。兎羅にも早う見せてやってくれ！」と催促を受けたのには閉口した。

与右衛門は、久を大事にしていたし愛していた。戦さに明け暮れて、ろくに相手も出来なかったが、こうして戻ると久を愛して大きな身体で包み込んだ。

久は与右衛門と寝屋を共にするが、一向に子宝に恵まれなかった。

「殿様、どうか側室をお持ちになって、お世継ぎをお作り下さい」と久が与右衛門の腕の中で決まり文句のようにいつも囁いた。そういう時はいつも、

「世継ぎが出来ぬなら、養子を貰い受ければよいことじゃ。そのようなこと、心配せずともよい。ゆっくり、儂の腕の中で眠れ」と与右衛門は言って聞かすが、

「申し訳ありませぬ」と久は、与右衛門の優しさに触れ、与右衛門の胸を涙で濡らすのであった。

そんなこともあって、与右衛門は子が出来ないことに敢えて触れようとはせず、久と過ごす時間を惜しむように、大屋での暮らしを大切にしたのである。

天正十年十二月、越前には雪が積もり、北の庄の柴田勝家は活動が出来なくなる。勝家は、秀吉嫌いの信長の妹お市を妻にして、お市の娘達(茶々・初・江)と共に雪景色を見ながら、安らいだ日々を送ろうとしていた。その前年の秋には秀吉が京で信長の葬儀を、勝家を無視して大々的に催し、世に信長の後継者は秀吉であることを知らしめていたことに、勝家は業を煮やして滝川一益や神戸（織田）信孝と連携して、反秀吉同盟を結んで秀吉を牽制していて、年が明けて雪が

解ければ、秀吉と一戦する覚悟で準備を進めていた。

だが冬の間のこの機を秀吉は見逃さない。岐阜の信孝には尾張の信雄を仕向けて攻めさせ、長島の滝川には兵を仕向けて、勝家の同盟者の駆逐に当たっていたのである。信孝はこれに耐え切れず和睦を結んで、岐阜に引き籠らずにはいられなくなり、一益もおとなしくなったのである。これでじっとしていられなくなった勝家が雪解けを待たずに腰を上げた。

これを聞いた秀吉は、秀吉麾下に出陣の号令を掛け、与右衛門は秀長の下へ馳せ参じた。

こうして、『賤ヶ岳の戦い』が幕を開け、年が明けた三月、与右衛門は秀長と共に木之本の陣に居たのである。

勝家は辛抱できずに、北の庄から佐久間盛政・前田利家ら越前衆を率いて、三万の軍勢で越前を抜け近江柳ケ瀬まで出て来た。

丹羽長秀は、秀吉の応援に回り、勝家の西進を防ごうと海津・敦賀方面に兵を集めた。

両軍は北近江の余呉湖を挟んで対陣し、ここで睨み合いとなった。

秀長の部隊は余呉湖の南東、大岩山に陣を張り、秀吉の「動いてはならぬ！」という命令どおり、柴田軍の動静に注視していた。

そこへ和睦を結んだ筈の岐阜城の信孝が蜂起したという報せが入り、秀吉は、本隊の陣を退き払い、岐阜へ向かうことにしたが、これは勝家軍を誘き出す策であった。

これにまんまと勝家の甥佐久間盛政が引っ掛かり、勝家の命も聞かず突出して来た。

秀吉は柴田軍が動いたと知るや、大垣から取って返して、半日で木之元まで本隊の兵を戻して来たのである。

その中にあった与右衛門は、自ら工夫した五段構えの鉄砲隊を駆使して、中川清秀の部隊を討破り、清秀を血祭りに挙げた佐久間盛政の先鋒に狙いを定め、間断なく鉄砲を討ち放った。

「狙いを外すな！撃て！」という与右衛門率いる鉄砲隊は、一度に百発ずつ間断なく撃ち続けた。

これで、佐久間隊は総崩れとなり、戦局は秀吉軍に傾いた。加えて、柴田軍に居た前田利家が、秀吉と戦うのを避け、軍を退き上げると、勝家は北ノ庄城へ帰城せざるを得なくなり、敗戦を覚悟した勝家は、最後は北ノ庄城へ籠ってお市の娘三人を秀吉に預け、お市と共に燃え盛る城と共に自刃して果てたのである。

こうして、とうとう信長後の織田の跡目は、秀吉が握ることになった。

秀吉は、池田恒興を岐阜へ移し、恒興の所領であった大坂を自領とし、石山本願寺の跡に巨大な居城━大坂城を、築くことにしたのである。

戦後、与右衛門は佐久間盛政の軍を蹴散らした功多しとして、千三百石の加増を受け四千六百石の石高となった。

しかし、そこへこの戦いの最中、与右衛門の母兎羅の容態が急に悪くなり、とうとう還らぬ人となったという報せが、与右衛門の下に届いた。父虎高が、与右衛門には戦さに集中させる為、母の死を戦後まで伏せていたことや、既に大杉で荼毘に伏したことも、久からの文には書かれてあった。

「儂を一人にしてくれ！」と与右衛門は、長右衛門・新七郎達四人を部屋から出し、一人で泣いた。

「母者、母者！」と与右衛門は天に召された母兎羅に聞こえるように大声で号泣した。その泣き声は長右衛門達にも聞こえ、古参の四人も兎羅を想い涙に暮れた。

与右衛門は、大杉に戻りたいと思ったが、情勢がそうはさせない。秀吉が織田信雄の追い落としを画策した為に、信雄は家康と手を結び、世に云う『小牧長久手の戦い』が始まったのである。

しかし、高虎は、秀長が本隊と離れ信雄の旧領北伊勢攻めに回ったことで、直接信雄や家康と戦うこともなく、信雄と終戦を迎えたのである。

⑦紀州・四国攻め

与右衛門はその年が終わろうとする頃、雪が積もる大屋で過ごし、母を弔ったが、年が明けた天正十三年(一五八五)に早くも大坂へ戻らねばならなくなった。

「与右衛門、紀州じゃ。根来と雑賀を攻めるぞ!」

秀長から与右衛門が考えていた予想通りの答えが返って来た。

『小牧・長久手の戦い』以前から、秀吉を苦しめた紀州の根来寺衆や雑賀衆、それに紀南の湯河一党の征討戦を展開することになったのである。

秀長軍は、三日間で泉州の雑賀・根来衆の砦を落とし、いよいよ根来寺の本拠へ攻め上がった。

与右衛門は、雑賀鉄砲衆の頭領太田左近の部隊を、得意の五段撃ちで迎え撃った。

「新七郎、相手は名うての雑賀鉄砲衆じゃ。炮烙玉に気を付けよ!狙いを定めさせて、釣瓶撃ちじゃ!」と与右衛門が気合を入れると、

「心得たり!我らが腕の見せどころじゃ!」と新七郎は用意した盾を、炮烙玉の弾除けにして、一斉に鉄砲を撃ちだした。

左近は炮烙玉も駆使して対抗したが、炮烙玉は、与右衛門の用意した盾で破裂し、効果が発揮されないばかりか、与右衛門隊の間断なく放つ鉄砲で、兵が斃れるばかりとなり、止む無く海南へ退くこととなった。

こうして根来攻めは、首魁の津田監物を、秀吉軍の増田長盛が斬り伏せ、泉州と紀州北部を鎮圧できたのである。

与右衛門は続いて紀南の湯河直春・直春の配下山本主膳を、仙石秀久・中村一氏・杉若無心と共に、三千の兵で駆逐に当ったが、要害龍松山城に逃げ込まれてしまい、とうとう痺れを切らした

秀吉が、本領安堵の条件で和睦せよと命を下し、掃討できない儘、終戦とせざるを得なかった。与右衛門が、海路田辺から海南に上陸し、戦後処理の手伝いに戻ると秀長に呼ばれた。

「与右衛門、紀州はまだ落ち着かぬ。雑賀衆への睨みと、根来寺衆への睨みの為の城造りを伜に頼みたい。どうじゃ？」

「は、紀州は広うござる故、城を二つは儲けねばなりませぬ。雑賀への睨みは、この紀の川辺りに設ければ良いと思いまするが、根来寺衆への睨みは、今一度調べて参ります」

「うむ、頼む。儂は四国攻めの総大将を兄者から命ぜられたので、これから直ぐに行かねばならぬ。既に官兵衛や小早川隆景らが長曾我部元親とやり合っておる。伜は縄張りを済ませて、早々に儂の後を追って来るがよい。手間じゃが頼む。」

秀長に頼まれれば、嫌とは言えない与右衛門である。

「畏まりました。殿、お気をつけて参られませ」

秀長を見送ると与右衛門は、早速築城に最適な場所を探し回った。与右衛門にとっては、これが最初の本格的な城造りとなったのである。

大木長右衛門、藤堂新七郎、居相孫作、服部竹助も同道した。

紀ノ川河口に若山（岡山ともいう）と呼ばれる地域に、虎伏山という小高い丘があり、川を北に渡れば泉州で、西南は海南であり、雑賀衆や紀南の地侍の抑えに最適な場所と言える。また、根来寺の北東部に、天台宗の紀州本山である粉河寺があり、紀州征伐で焼けてしまったが、すぐ南の猿岡山に僧兵たちが、十年ほど前に築いた粉河城があった。ここも焼け落ちているが、ここなら手直しすれば、築城に手間は掛からない。しかも、大和との境に近く、根来衆への睨みも可能な場所である。

「孫作、考えていた城を虎伏山で造ってみようと思う」

「与右衛門様、儂らも是非手伝わせて下さりませ」と孫作は応え、大木長右衛門・服部竹助・新七郎も資材集めと、穴太衆や甲良大工等の職人手配に奔走した。

与右衛門は縄張り図を寝る間も惜しんで一日で仕上げた。

後の和歌山城となる城は、紀ノ川を天然の堀とし、更に川から水を引き二重に堀を廻らす。堀に面して高い石垣を造り、石垣には櫓を設え、本丸に天守を備える。堀を渡るには橋しかなく、橋には門構えと曲輪で、攻めてくる敵を鉄砲と弓で狙い打てる。城の中には、井戸も掘って水の手を確保し、立て籠もろうと思えば橋を落せばよい。

本丸への登りは、虎伏山の坂道を複雑にして、山側には石垣に櫓を設け、要所要所に枡形の虎口を設けて、敵に対しては櫓からも狙い打てるように守りに強い城を目指した。石垣は角度の無い、登りづらい高石垣で、刀や槍を持ってはまず登りきれない。与右衛門は、今まで考えて来た城造りを若山城にぶつけ、大坂から南の要となる様な城にするつもりで取り組んだ。

一方の猿岡山の城は、粉河寺の僧兵が造っただけに、典型的な山城であった。急峻な崖を持ち、土塁や石垣まで残っていた。南に流れる中津川を堀に利用できるように造り直して、櫓や本丸を築き、高所から狙い撃てるような防御力の高い城とした。何しろ、眼下に粉河寺を見下ろせるので、監視にはちょうど良い。与右衛門は、この二つの城を一年で造り上げる。与右衛門が一から手掛けた最初の精魂込めて造った城が和歌山城であり、猿岡山城（粉河城）だったのである。


一方大杉館では、与右衛門からの文が届いて、虎高が与右衛門が紀州で城を造ることになったと久に話していた。

「久、与右衛門は暫く帰れぬぞ。紀州の縄張りが終われば、四国へ行くと書いてある」

虎高から聞いた久は

「左様でございますか――。まだお帰りになれませぬか――」と幾分寂しげに応えたところへ「親父様、栃尾の祐善様がお見えでございます」と家人が祐善の来館を告げに来た。

「おお、そうか。お通し申せ。久、茶を頼む」

「はい、畏まりました」と久は奥へと下がると、祐善が年配の女姓を伴って奥へ通されて来た。

「祐善殿、お久しゅうござる」と虎高が挨拶すると
「真に近いのにお会いせず申し訳ござらぬ」祐善が返す。

「なんの、こちらが窮して居った時には本にご迷惑をお掛けし申した。我らが出向かず申し訳ござらぬ――。ところでそちらのお方は――？」虎高は傍らに平伏している年配の女姓が気になった。

「そのことでござる。久様は居られるか？」祐善はニコニコしながら久の居所を尋ねた。

「今、茶を持って参ります」と虎高が話しているところへ、久が茶を持って現れた。

「これは、栃尾様。よくぞお越し頂きました。母兎羅存命のおりは、いかいお世話になり有難うございました」と久が話しながら祐善の前に茶を置き、祐善の後ろで平伏している年配の女性に茶を置くと同時に手が止まった。平伏している年配の女性が顔を上げると
「や、え、か？」と久は年配の女性の名を聞いたのである。

「姫様！生きて居られたのですね？」と八重と呼ばれた女性が涙ながらに声を掛けた。

「八重！お前こそ生きていたのですね。良かった！」二人は抱き合って泣きながら喜び合った。

「虎高殿、とまあこういうことでござる」祐善が笑いながら唖然としている虎高に詳細を話し出した。

「ここに控えるは八重と申して、久様の乳母であった者でござる。実は丹後から命からがら逃げる途中で、野盗に襲われるのを避けた山中で、お二方ははぐれてしまい、久様は但馬まで逃げられたのを手前が匿って居りましたが、八重はてっきり久様が野盗にさらわれたと思い、途方に暮

れて、丹波の村里で百姓に紛れて暮らして居ったのでござる。そんなおり、丹波も平穏になると八重は噂で但馬に久様が栃尾に匿われていることを聞いて、夜通しで儂を訪ねて参ったのござる」

祐善は簡単に経緯を述べると
「トト様、八重は私が子供の頃より私の傍で何かと世話をしてくれていた者にございます」久が泣きながら虎高に八重を紹介したのであった。

「祐善殿。よう八重を連れて来て戴いた。真に忝い。今日はゆっくりして行って下され。八重と申したか？今日からここで暮らしてくれるか？」虎高も久が乳母に巡り合えたことを喜んだ。

「大殿様。有難き幸せでござります。姫様、良かった。お元気で良かった」

八重は嬉しさが極まって泣きながら礼を言った。

「虎高殿、今日のところは久様も八重も積もる話もござろう。暫くはお二人だけにした方がようござる。儂は八重を無事届けました故、これにて失礼いたす」

祐義が気を遣って話すと
「いえ、栃尾様。このままお帰ししては――」

「そうじゃ、祐善殿。ご家来衆とゆっくりして行って下され」虎高と久が引き留めたが
「いやいや、与右衛門殿が戻られたらゆっくりと馳走になる。その時は頼みますぞ。今日のところは、帰して下され。では、御免」とさっさと祐善は供の者を伴って、大杉館を後にしたのである。

大杉館では、兎羅亡き後に久に笑顔が戻り、笑いの絶えない日々が暫く続いたのは言うまでもなかった。

　四国攻めは、黒田官兵衛が備前・播磨衆を率い讃岐に上陸して、長曾我部勢が奪い取った讃岐

の城攻めを開始し、小早川隆景らの毛利勢は伊予に上陸して、長曾我部勢に堕ちた伊予の各拠点を攻め落としに掛かっていた。

　高虎が、紀州での城造りの段取りを終え、四国に渡り、秀長軍に追い付いた頃には、既に伊予・讃岐から長曾我部勢を追い払い、阿波の木津城も陥落させ、阿波・土佐に掛け二つの本丸を持つ一番大きな規模の要害一宮城を囲み終えた時であった。

　与右衛門は到着した早々に、秀長から
「与右衛門、櫓を崩し、出来れば水脈も断ちたいと思うて居るが――、出来るか？」と言われ、秀長がこの大きな城を力攻めで攻めようと思っていないと分かった。

「はっ、城迄坑道を造れば、櫓を崩し、水脈を断つことが出来ましょう。それにはまず空堀の深さを測りまする。こちらから掘って空堀に出てしもうては、何にもなりませぬ」

「うむ。着いたばかりで、休ませてやれぬが済まぬ。深さは三間程じゃと思うが、お前に任せる」と、秀長に言われたものの、簡単ではない。まず味方の陣地からの距離と方向を定めねばならない。与右衛門は早速取り掛かった。

「竹助、長右衛門。堀を測りに行くぞ。付いて参れ！」与右衛門は、その日の夜に竹助・長右衛門の他、手の者五名程引き連れて、絵図を元に城の攻め口を探ることにしたのである。

　空堀の回りも城方が固めており容易に近づけない。与右衛門は、空堀までの距離は測れたが、深さが気になった。城の大手門の並びの隅櫓に狙いを定めて、そこまで穴を掘って崩すことにしたものの、穴が深ければ崩れない。かと言って浅くては空堀に出てしまい、敵の的になってしまう。

　隅櫓の先には城の水源である井戸があるので、掘り続ければ城の水の手を切ることが出来る。言うなれば一石二鳥の坑道を何としても仕上げたいという思いが、この時与右衛門を強く支配していた。

「竹助、まだ戻らぬか？」与右衛門は、手の者に、空堀の深さを探らせに行ったものの戻らないことに苛々し始めていた。

与右衛門はすぐに黒白をつけたがる癖がある。生来せっかちな性格なのである。秀長から言われたことを早く実現させたいという思いが強すぎる。こういうところが、後々個の戦闘には強いが、大戦となると、兵を損なうようなことになるのである。

「与右衛門様、空堀の手前で動けなくなっておりまする。見張りがきつうて動くことが出来ぬようでござります」竹助は、遠目で伏せたままで動けぬ手の者を見て報告した。

「ええい、じっとして居れぬ。竹助、ここに居れ！」と与右衛門は小声で言うと、刀を背にして、匍匐前進で自ら空堀の方へ進みだした。

「与右衛門様。柄が大きい故、余計目立ちまする。お止めなされ！」長右衛門と竹助は同時に小声で引き留めたが、与右衛門は、聞こえぬかのように、するすると前へ進みだした。何とか空堀の際まで来ると、

「深さ二間半、幅は四間か？」与右衛門は堀に着くなり目測して、堀の深さと幅を言い当てた。

「左様に思われます。しかし、戻れませぬ。少しでも動くと、こちらに灯が向けられ、鉄砲の的にされまする」手の者は、与右衛門が直々に現れたので、驚いた様子であったが、すぐに落ち着いて状況を報告した。

「そのようじゃな。じゃが、引き返さねば、先もない。行くぞ！」

「お頭、危のうございます！」ひそひそ話の会話であったが、敵に悟られ
「敵じゃ！」と灯が与右衛門達に向けられた。と、同時に鉄砲の音が鳴り響いた。

「こりゃいかん。走って逃げるぞ！」

与右衛門達が立ち上がって走り出すと、また、鉄砲の弾が飛んで来て、配下の一人が斃れた。こうなると与右衛門の様な大男は恰好の的となる。鉄砲の一発が与右衛門の胴丸に当り、その勢いで与右衛門が倒れた。

「与右衛門さまあ！」服部竹助が駆けつけて来て、与右衛門を助け起こし、肩に担いで味方の陣へ引き戻してくれた。

幸いにも与右衛門の胴丸で弾は止まっていた。

「ははは、身体がでかいと的も大きゅうて、下手な鉄砲の数に当たってしもうたわい。儂のことより、長右衛門、手傷を負うた配下の者を診てやってくれ」

与右衛門は自分のことより、手の者のことを心配した。

しかし、これで翌日から与右衛門指揮の下、隅櫓目掛けて、坑道掘りに精を出すことが可能となった。

何千もの兵達が刀や槍に代えて鋤や鍬を持ち仕事に掛かったから、数日のうちに坑道は完成し、隅櫓は基礎から崩れてしまった。更に与右衛門達は掘り続けて、城の井戸の水脈を断った。坑道から勢いよく水が城外に流れ出した。

これで一宮城は水脈を断たれて、落城は時間の問題となって来たのであった。そんな時、与右衛門は秀長に呼ばれた。

「殿、お呼びでござりますか？」与右衛門が陣幕の中へ入ると秀長が一人で居た。

「うむ。お前に頼みがあってな」

「は、何なりと仰せ付け下さりませ」

与右衛門はいつもと違う秀長の態度に些か不安を覚えた。

「与右衛門、身体はもうよいのか？」

「はあ？」以外な秀長の問いに、与右衛門は何と応えて良いか分からなかった。

「お前は足軽のような真似をして、敵の鉄砲に撃たれたそうじゃの？」

与右衛門は鉄砲に撃たれたことを口止めしていたが、どうやら秀長の耳に入ったらしいとこの時分かった。

「は、恐れ入りました」

「戯け者！」と秀長の大きな拳が与右衛門の頬を打ち、一間程飛ばされてしまった。

「儂が常日頃何と申して居る！お前はもう押しも押されもせぬこの羽柴秀長の右腕じゃ！その右腕が足軽の真似ごとをして、鉄砲に撃たれるとは何事じゃ！」秀長は、この時初めて与右衛門を叱り飛ばした。

「お赦し下され！この与右衛門の思慮が足りませなんだ」

「よいか、与右衛門。お前は羽柴の玉じゃ。お前が居るからこの秀長の家が保てると思うておる。その玉が歩のような真似をするな。歩が手柄を立てれば褒めてやるのが玉の仕事じゃ。歩がやがて金になって働いてくれるのを、待ってやるのも玉の仕事じゃ。忘れるでないぞ！」

と、秀長は将棋を例えに出して叱ったが、両手で与右衛門の肩を掴んで、立たせてくれた眼には光るものさえあった。

「殿、有難きお言葉、決して忘れませぬ」と与右衛門も大きな身体で咽びながら応えた。

「分かってくれればそれでよい。さあ、床几に座れ。小言はこれまでじゃ。頼みとはな、お前に城の開城の使者に立って貰いたいのじゃ。大きな役目じゃ」

「は、喜んで城に乗り込みまする！」

与右衛門は、主秀長の為にもう何でもする気になっていた。

「城に居る谷忠澄を味方にして、土佐一国を安堵する故、兄者が四国へ渡る前に、兵を全て土佐に引揚げるように、元親に説得するよう頼んでくれ。難しいが、お前しかこの役目を熟す（こなす）者は居らぬ。やってくれるか？」

「畏まってござりまする」与右衛門は死を覚悟してこの役を引き受けたのである。

その日の夕刻、与右衛門は秀長の下を去ると、周囲が見守る中、城の大手門の前で、兜を脱ぎ、槍を置き、固く閉ざされた城門の前に立った。見上げるような大男は、立つだけで威圧される。

「某は、総大将羽柴美濃守秀長が家臣、藤堂与右衛門と申す。講和の話で参った。ご開門！」と大音声で口上を述べると、音を立てて大手門が開いた。

山頂の南城本丸まで、案内される山道を登りながら、布陣の様子を見、城兵達の疲労度を確かめたが、疲れの色は隠せず落城間近の態をなしていた。

南城本丸には、江村親俊・谷忠澄の両将が並んで与右衛門を待ち構えていた。

「与右衛門殿、ご足労痛み入る」とまず江村親俊が口火を切った。

「武勇名高き与右衛門殿が、ご使者とは我等も安心して話が聴けまするぞ」と谷忠澄が続く。

「早速でござるが、この与右衛門、何とか武勇の誉れ高い長曾我部の御一党を世に残しとうて、使者の役を仰せつかった。最早、勝敗は明らかで、これ以上無用の血を流しとうござらぬ。ご開城戴ければ、一切我等は手を出さぬ。というのが主秀長の申すところでござる」

「我らが首は要らぬと申されるか？」と親俊が念を押す。

「左様！親俊殿、忠澄殿も兵を纏めて、退かれれば宜しかろう。但し、白地城へお戻りになれば、是非とも土佐守殿に、兵を纏めて土佐にお戻りになるよう、ご説得願いたい。内大臣秀吉が、大坂を出立する前に土佐にお戻りあらば、土佐一国の本領安堵は約束すると、総大将中将秀長が言でござる」与右衛門は、敢えて官位を持ち出し、更に相手を威圧する。

「しかし、元々土佐は我らが所領。阿波・讃岐・伊予も我等が領土とした国でござる。それでは、主元親は納得すまいと存ずる。せめて阿波半国なら、元親を説諭出来ようかと、考えまするが――

―」と忠澄が譲歩案を持ち出した。

「――」与右衛門は無言である。

「土佐一国で満足せよということでござるな？」と今度は親俊が問う。

「これは、内輪の話でござるが、主秀長は、兄の秀吉が大坂を出立する前なら、己の裁量でどうとでもするが、兄秀吉が四国に上がれば、土佐はおろか、この世から長曾我部の家そのものが消えてなくなる。天下に聞こえた長曾我部の名は、是非残すべきであると申しております。我が主は、決して謀る（たばかる）主ではござらぬ。主秀長の心中をお察し戴きたい。この与右衛門も長曾我部の名を、大事にして戴きとうござる。使者を離れて、同じ武門の出としてお願い申す。是非名を惜しんで戴きとうござる」と深々と頭を下げた。

「与右衛門殿、頭をお上げ下され。総大将のお気持ち有難く承った。此度の条件、しかと確約は出来申さんが、この忠澄、身命を賭して主元親を説諭すると、お伝え下され」忠澄は頭を下げ、併せて一宮城開城を申し出た。与右衛門は帰陣して、ことの次第を秀長に報告した後、一宮城は開城となった。

秀長は与右衛門の真っすぐな性格が、功を奏すと読んで、与右衛門を使者に立てたのであった。秀長と与右衛門の固い絆が産んだ賜物と言えよう。

その後、親俊・忠澄は元親に命を懸けて説得し、土佐へ全軍を撤退させることに成功したのであった。これで、秀吉は四国へ渡海することなく、四国を平定出来、この間、菊亭晴季と誼を通じ、長曾我部元親が土佐に引上げて、四国征伐が終わりを迎えた頃、とうとう『関白』の位を得て、姓も『豊臣』に変えたのであった。

秀長は、四国の仕置きを終えた論功行賞で、領地の播磨・但馬・紀伊・和泉に加え大和を与え百十万石の所領となった。

与右衛門は、五千四百石加増されて、遂に一万石の大名並みに格上げされ、自ら造った猿岡山城を居城とすることを赦されたのである。

秀吉は、与右衛門に加増を申し渡すと同時に、大名になったことで、改名し『高虎』と名乗ることを赦し、併せて羽柴家が使っていた五三桐の紋所を使うことを赦したのであったが、

「関白殿下、それはあまりにも畏れ多いことにござります」

と高虎は恐る恐る秀吉に物申したのである。

「うん？断ると申すか？」秀吉は怪訝そうに尋ねた。

「いえ、関白殿下。殿下のお家の家紋は、この藤堂のような近江の田舎武士には身に余りまする故、殿下からの有難きお言葉に甘んじ、桐の御門の枝の部分を外せば、『蔦』の家紋となりまする。本日只今より、藤堂の家紋は『酢漿草』から『蔦』にすることをお赦し戴きとうございます」

この時の高虎の心境は想像できない。秀吉の家紋を使うことを嫌って蔦にしたのか、真に畏れ多いと思ったのか、ただ念願の一万石とはいえ、領主となった証として、藤堂家の『酢漿草』の家紋から新しい家紋にしたいと思ったのは間違いなかったであろう。

それは兎も角、これを聞いた秀吉は

「畏れ多いと言うて、桐の枝を取った『蔦』にするとな――。なるほど、『蔦』になるな――。ははは、よし、その心根やよし。高虎、『蔦』の家紋にすることを赦す」とこれを受け入れたのである。

「ははあ、真にかたじけのうござります」と高虎は平伏した。

「それと高虎、今一つ、伜に骨を折って貰おうと思うておる」

「は、何なりとお申し付け下さりませ」

「うむ、京にこの関白に相応しい城を造ろうと思うておる。これからは朝廷への出入りも多なろ

う。それ故、御所に近いところで、関白の権威を朝廷にも武士にも見せねばならぬ。それを叶える城じゃ。まずその縄張りを倅に頼みたいが、出来るか？」

「は、真に畏れ多いことにござりまするが、この高虎、誠心誠意、身を粉にして縄張りして見せまする」

と高虎はこの時ばかりは、身が縮む思いであったが、引き受けざるを得なかった。

「うむ。頼むでな」と秀吉は最後に微笑んだ。

その後高虎は京に残り、御所の西に適所を見つけ、今で云う黒門通を東の外堀として、南北九百m強、東西約六百mの堀を持った縄張りを仕上げ、秀吉は、ここに関白の京の城を築き始めたのである。

時期を同じくして、秀長は筒井定次が伊賀上野に移った後の大和郡山城を居城にするので、高虎が普請奉行となり、郡山城の拡張と大改修を大々的に行った。高虎は百万石に相応しい大規模な城に造り替えるべく精を出したのである。

一段落して高虎は、久からの文で八重という乳母と再会できたことを知り、大杉館へ戻りたかったが、大屋庄に家族を呼びに行く時間もなく、粉河へ行き、大屋から家族を移す為の屋敷の増築と手入れをして家族を迎えることにしたのであった。


その頃、大屋の大杉館では、栃尾祐善親子が祝いに訪れていた。

「いやあ、めでとうござる！些か寂しゅうござるが、めでたく高虎殿が万石の領主となられた。本にめでとうござる！」祐善は頗る上機嫌であった。

「これは、祐善殿。わざわざお越し戴き真にかたじけのうござる。祐善殿、善次殿、とうとう高虎が城持ちの領主になり申した。今日は祝宴でござる故、御家来衆共々ゆっくりとして下され」

虎高が丁重に本丸屋敷の門で祐善達を迎え入れた。久と八重も一緒である。

「忝い。その前に差し出がましいことながら、祝いの品ではござらぬが、奥方にお使い戴きたいものがござる。善次、これへ」

と祐善は嫡男の善次に命じると祐善の家臣達が、朱塗りの駕籠を運んで来た。

「まあ、鮮やかな駕籠でございます。のう八重」

と久が八重を促した。

「真に鮮やかな朱塗りのお駕籠でございます」

八重が応じると
「お気に召しましたか？晴れて粉河の奥方になられる久様に、我が母の形見となった駕籠に手を入れまして、何時かは久様に貰う（もろう）て戴こうと思うて居りましたものでござる」

祐善は自慢げに応じたのである。

「栃尾様、その様な母様の大事なものを戴く訳には参りませぬ---ねえ、トト、いえ父上様」

久は話を聞いて気が引けたのである。

「祐善殿、誠に有難いが久が申した通りじゃ。栃尾家の大事なものを戴く訳には行かぬ」

虎高が久に同調するように応じると、

「いや、これは我等の詫びも兼ねておる。実は、領主になられた高虎殿に我等家臣としてお仕えするのが筋であろうと存ずるが、先祖代々のこの地を預かった者故、この大屋から離れることは出来ぬ。これは、その高虎殿への詫びも兼ねたものとお考え下され。ただ、粉河へお移りの際は、善次がこの駕籠で久様をお送りさせて戴きたい。これは我等の願いでござる故、是非ともお聞き届け戴きたい」

と祐善は笑顔を絶やさずに申し入れた。

「栃尾家の方々には、この大屋で一方ならぬお世話を戴いた。それで十分でござる。高虎も栃尾家のことは分かっておる故、家臣などと考えては居らぬ。遠く離れてもこれまで通りのお付き合いをお願い申す。それで十分でござる」と虎高が応じる。

「それでは、我等の気持ちが収まらぬ。何卒、我等の思いをお受け下され」と祐善。押し問答が始まったのである。そこで、久が割って入り

「父上様、ここは栃尾様のお気持ちを有難くお受けいたしましょう。私にとって栃尾様は命の恩人。藤堂の家と共に大事なお方でございます。祐善様、善次様、有難くお言葉通りにお受けいたします。ただ、これまで通りのお付き合いを何卒お願い申しまする。こんなところで押し問答をしていては、大事な栃尾様が中へ入れませぬ。父上様栃尾様を早う中へお招きせぬと――」と言うと、虎高も気付いたようで、

「そうじゃな。久、よう言うた。祐善殿、善次殿、真に有難うございます。改めて有難く頂戴いたす。まずは中へ」

そんな微笑ましい光景が大屋であり、やがて祐善の言葉通りに久が朱塗りの駕籠に乗って、善次や栃尾家の家臣達が駕籠を先導して、虎高達が粉河に到着したのであった。

虎高や久が到着すると、猿岡山城は俄かに賑やかになった。

それには虎高が

「高虎が一万石の大名となり、一城の主になって家臣を求めて居る」と縁者に声を掛けてくれていて、それを知って郎党を引き連れて続々と来てくれたからであった。

中でも、鈴木家に嫁いだ高虎の姉の子高刑や高虎の従兄弟達も待っていたかのように高虎の家臣にと続々と集まって来た。

兄高則と共に大河内城で戦死した箕浦作兵衛忠秀の子の忠光(後の藤堂作兵衛忠光)や、浅井長

政に仕えていた頃、高虎と一緒であった磯崎刑部左衛門の嫡男の金七（後の藤堂式部家信）も居た。

そこで、藤堂に縁のある者達は、新七郎に預け、浅井家に縁のある者達は、竹助や孫作達が面倒をみることになった。この時から、高虎は、家臣から『殿』と呼ばれるようになったのである。

ただ、隣の粉河寺も焼けており、村は死んだように活気が無くなっている。城を建て直して立派にしても、村に活気が無ければ裸も同然である。

高虎は、新七郎良勝を呼び、粉河寺を再興させようと話をもち掛けた。良勝は、

「殿、それは誠に良いお考えでございます。いつまでも焼けたままでは、村の衆も困ろうと思われます。それに、殿が再興なさったと聞けば、殿に恩義を感じ、治めるのも容易と思われます。儂らも手伝いまする」と諸手を上げて賛成した。

戦火で『粉河祭り』という村祭りも数年中止になっており、高虎は祭主の産土神社（うぶすなじんじゃ）に寄進し、氏子の村々に山車の建造費を寄贈して粉河祭りを復興させた。粉河一帯は急に活気づいて来た。あちこちで土木工事や建築工事の為に村人が出て来て、これに高虎の家臣達も一緒になって領地の復興に精を出した。

そんな日々が過ぎて、漸く中断されていた『粉河祭り』が再開されることになった夕刻、高虎自ら祭りの警備にも乗り出すと言い出したのである。

「お前達は、儂が守ってやるから村の衆と一緒に祭りを楽しめ！」と、竹助達が止めるのも聞かずに出て行くと、

「殿に守られて楽しめることなど、出来よう筈がないではござらぬか？」

竹助が、高虎を追いかけながら口を尖らせて言うと、

「竹助、なんでもな、山車が仰山出よるそうじゃ。産土神社の祭礼でな、竹で編んだ駕籠に火を灯して、その灯に神が降りて来られるそうじゃ。古い祭りであったやに聞いてな、これは儂が領

民の為に、また始めてやらねばならぬと思うたのよ。じゃから、領民を守ってやるのは、儂の仕事じゃ。領民を守る儂を誰が襲うのじゃ」

「しかし――」

「しかしも何もないわ。竹助、皆も呼んで参れ！」

と高虎は祭りの復興によって、初めて領国を持つ城主として、領民との距離を縮めようとしたのである。

結局高虎が、竹助、良勝、長右衛門達を連れて、猿岡山を降りて行くと、あちこちに提灯の火が灯り、領民たちが賑やかに祭りを楽しんでいた。

高虎達が歩いていると、領民達が話し合っている声が聞こえて来る。

「今度の殿様は、えらい話の分かりそうな殿さんやないかい？」

「ほんまや。儂らの村の山車が燃えてしもうて困っとったら、『祭り迄に早う作れ』と言うて、銭を出してくれはったんや」

「ほんまに気の利いた殿さんや」

そんな領民たちの会話を聞いて、竹助達も高虎に随いて（ついて）来て良かったと、心から思うのであった。

猿岡山城は、根来衆と寺衆への抑えとしての城であったが、粉河寺と村祭りを高虎が再興したことにより、周辺の領民は高虎を崇拝するようになって、少なくとも猿岡山城一帯の監視の役目は、必要なくなったのである。

『粉河祭り』も無事終わったある日、居相孫作と藤堂新七郎良勝が、高虎の下へ参じて、

「実は殿も領主となられた身でござる故、旗印を創らねばと思いまして、ご相談に上がった次第でござる。」と居相孫作が口火を切った。

「左様、我等家臣も増え申した故、いつまでも殿のお家の新しい蔦の家紋だけでは、他家にも同じ家紋もござりますれば、迷うことの無きようにせねばなりませぬ。」良勝が続けた。

「なるほど。実は以前から考えていたものがある」

「ほう、お有りでございまするか？」と二人揃って声を上げた。

「うむ」

「で、どのような？」と良勝。

「黒地に白丸が三つじゃ」と高虎は、縄張り図を書くのに使う筆と墨壺を持ち出して、紙に書き出した。良勝と孫作は高虎が書き出した文机の周りに寄って来た。

「どうじゃ？白丸が餅に見えぬか？」と墨で黒く塗られた中に、丸く白く塗り残したものが三つ縦に並んだ紙を見せた。

「なるほど、団子の様な白丸でござりますな？」と孫作が言うと、

「そうじゃ、その団子じゃよ」

「何か、謂れがございますな？」と良勝が問うと、

「おう、そうじゃ。白い餅で『城持ち』の意をこめておる。実は、儂が流浪の身であった頃、三河の吉田宿で腹が減ってどうしようも無くなった時――」

と、高虎は、与吉の頃、新庄城を出奔して、腹を空かして三河吉田宿の団子屋でのエピソードを良勝達に聞かせた。

「なるほど、極めて良き話でござります。いずれにせよ、殿は城持ちになられたのでござるから、縁起の良い旗印に間違いござりませぬ」と孫作が言うと、良勝も頷き
「では殿、旗印は『三つ餅』と名付けましょう」と旗印の呼び名を付けた。

高虎も「良い呼び名ではないか」と言ったので、以後藤堂家の旗印は『三つ餅』或いは『城持

ち－しろもち』と定められたのだった。

年は改まり天正十四年（一五八六年）、秀長が二月になって有馬に湯治に出かけて、戻って来た頃に、紀南の泊城の湯河正春と龍松山城の山本康忠が、郡山城新城主の秀長を訪ねてやって来た。

高虎には、紀南征伐の折、最後まで抵抗を続け、和議を結んで無理やり終戦に持込んだ苦い経緯があった。

秀長は高虎をまず呼んだ。

「とうとう、正春と康忠が来よったな」

「は、何でも紀州・大和の新領主となられた殿へ、ご挨拶にとか申しておるそうでございます」

と二人に苦しめられた当事者の高虎は憎々しげに言った。

「そこでじゃ高虎、あの二人を生かしておいては、また反乱の種となる。どんなことがあっても、二人を生かして紀州へ帰すな」と何時になく秀長は厳しい顔で命じた。少々驚いた高虎は、

「は、畏まりました」と返すだけだった。

秀長は、二人とは会わず、対応を全て高虎に任せ、留守を装う為、自分は有馬へと湯治に出かけたのであった。

高虎はどのようにするか、大木長右衛門達と対策を練り、城内では、後々面倒な噂が立つことを畏れ、二人を高虎の大和屋敷に呼び、屋敷内で抹殺することに決した。

高虎の屋敷では、長右衛門達が下にも置かないもてなし振りで、正春や康忠含め十三人の家臣もすっかり酔っ払ってしまった。

長右衛門達は、山本主膳を風呂で突き殺し、湯河正春ら家臣十三名は毒入りの酒で殺害した。

国元の泊城・龍松山城へは、急な病で死亡したと報告すると同時に、それぞれの遺髪を届け、各

城は秀長の兵が囲み、収容することとなった。

全て片付いたところで、高虎は湯治から帰った秀長に事の次第を報告した。

高虎は、騙し討ちが生まれて初めてのことであったが、全て長右衛門・孫作・竹助・良勝・箕浦忠光・磯崎金七達が仕組んでくれた。


この頃、秀吉は忙しく立ち回っている。関白になってから、全国の領主へ『惣無事令』を発布し、紛争については関白である秀吉が裁くことにしたが、九州の島津・小田原の北条が受け入れる意思のないことを表明し、不穏な動きを見せ始めていた。

そして、一番の頭痛の種は、駿河・遠江・三河・甲斐の家康が、秀吉に『臣下の礼』を示さないことにあった。秀吉は何としても、家康に各大名が居並ぶ前で、自分に『臣下の礼』を取らせて、自分の力を見せつける必要がある。その為には形(なり)振り構わず、佐治日向守に嫁いでいた妹の旭を家康に嫁がせ、それでも、上洛しない家康に、母なかまで「旭の様子を見に行かせる」として、家康に人質として送ったのである。

秀長は兄秀吉を制止したが、秀吉は聞く耳を持たず、強引に母なかを浜松に送り届けた。これには家康も、家臣の反対を抑えて承諾する外なく、漸く重い腰を上げ、上洛することにしたのであった。

第二章①新たな出会い

秀吉が、家康に『臣下の礼』を執らせようと躍起になっている時、その年の四月に続いて豊後の大友宗麟自ら、秀吉の下へ援軍の要請で上洛していた。

「こんな時に動けるわけがなかろう。島津め、その内退治してくれよう」

と秀吉は内心穏やかでなかったが、

「豊後守、内々の儀は千宗易、公儀は宰相である秀長に任せて居るで、両名に申し出られよ。儂からも、ようよう言って聞かせて置く故な」

と、丁重に宗麟をあしらい、直ぐには援軍を出さず、島津が奪った領地の半分を、大友に返せという『国分令』を両者に送った。

島津は無視して侵攻を止めず、西は筑前迄、南は日向迄進行し、豊後を伺う勢いであった。これには、秀吉も捨てて置ける状況ではないと判断し、七月に島津への討伐軍を差し向けることに決め、黒田官兵衛を大将として、毛利輝元・吉川元春・小早川隆景の毛利勢と仙石秀久・長曽我部元親の四国勢に、九州への渡海を命じた。

そうしておいて、秀吉は、完成した聚楽第に、家康の屋敷がない為、秀長の屋敷内に、家康用の宿泊所を設けることにしたのである。

家康用の宿泊所の普請には、高虎が担当することになった。

高虎は、普請に当たって図面を見て驚いた。門構えも塀もない。簡単に言うと小屋に装飾を施したようなものであった。

「これは――。何時でも家康を襲える造りじゃ――」と思い、高虎は一時考えたが、秀長にも相談せず、自分なりに図を描き直し、自費で門構えや高塀・空堀を施した立派な家康屋敷を築いたのである。

　これを見て秀長は驚き、高虎を直ぐに呼びつけた。

「高虎、伜（そち）の判断じゃな？」と秀長は問詰めた。

「は、造る以前に、殿に相談いたしますと、殿にもご迷惑をお掛けいたしまする。戴いた図面では、却って家康が警戒いたし、家康の家臣共が家康を浜松へ連れ帰るとも限りませぬ」

「家康が、浜松へ戻るかも知れぬと思うたか――」

「はっ。その通りでござります。家康の家臣には煩(うるさ)いのが居ると聞いております。家康が良いと申しても、家臣共が黙っておりますまい。一番に考えねばならぬのは、家康が安心して殿下の前で『臣下の礼』を執ることと考えました」

「良い。分かった。それでよい」と秀長は高虎の考えを追認した。

「殿。このことは、殿が知らぬことにして下さりませ」

「分かっておる」そんな二人の会話を知らない家康の一行が到着し、秀長が出迎え、高虎が屋敷へ案内することになった。本多平八郎忠勝や井伊直政ら、剛の者は戦さ支度で、家康の供をして来ていた。

　ちょっとした合戦なら、何時でも出来る仕立てである。

　しかし、高虎が出迎えて、家康の宿泊所へ案内すると、門構えを設えた（しつらえた）屋敷の前で一同は驚いた。予め聞いていた屋敷とは全く違って、堀まである屋敷になっていたのである。

「殿、これは立派な拵えじゃ」と忠勝が家康に話し掛けた。

「うむ、秀長殿の心配りじゃろうて――」と家康は応えて中へ入った。

　屋敷内では、高虎が饗応役を務め、家康一行は戦さ装束を解き、平素の装束に着替えて寛ぐことにした。

そこで家康は、この屋敷は高虎が、当初の絵図に手を入れて造り変えたらしいということを本多正信から聞かされた。

「正信、高虎を呼んでくれぬか？」と家康は、高虎と話をしてみたくなった。

正信の案内で高虎が家康の居る部屋に赴くと
「おう、高虎殿。屋敷への案内（あない）ご苦労にござった」と家康が先ず労いの言葉を掛けた。

「いえ、急拵えで、粗末な屋敷ではござりますが、ごゆるりとお寛ぎ願わしゅう存じまする」

高虎が挨拶すると、横から正信が
「この屋敷は、高虎殿が造り替えたとお聞きしたが？」と口を挟んで来た。

一瞬、正信の情報の速さに戸惑いを覚えた高虎であったが、

「は、遠路はるばる浜松から、殿下の弟御にあたられる三河様が、ご挨拶に見えられまするに、その辺りの旅籠の様なものでは、却って殿下に恥を掻かせることにもなりましょう。引いては主秀長の恥。手前の勝手な判断で、主に内緒で造り替えさせて戴き申した。お気に召さずば、この場でこの高虎を手討ちにして戴きまするようお願いいたしまする」と高虎は平伏した。

「なんのなんの。高虎殿、お手前のお心配り、しかとこの家康お受け申した。実に立派な屋敷を短い間で、お造り戴いたと感謝いたしておる。ここにおる家臣共も一様に驚き、感じ入っておる」

「は、有難きお言葉を頂戴し、この高虎身に余りまする。此度は三河様、皆々様、何なりとこの高虎にお申し付け下さり、ごゆるりとお寛ぎ下さりませ。では、ご免仕りまする」

高虎は家康達が屋敷に不満を覚えていないことを確認して引き下がった。

高虎が引き下がると、正信が
「あの大きな身体で実に気の利く御仁でござる」と言うと、

「何でも、元は浅井の家臣で、十五で姉川の合戦の折、信長様と戦い、兜首を上げた剛の者と聞

き及びまする。三木城では一騎打ちで、別所の猛将賀古六郎衛門を討ち取ったらしゅうございます」井伊直政が言葉を継いだ。

「秀長殿は、良い家臣をお持ちじゃのう」と家康はこの時、しっかりと高虎のことを記憶の片隅に刻んだ。

そして、『臣下の礼』を迎える前日の夜に、なんと秀吉が家康の下を訪れ、二人だけで密談を交したのである。

次の日、大広間で諸将が会する中、秀吉の声が高らかに響き渡った。

「徳川の権中納言家康、これより藤原の朝臣関白秀吉の家臣として励め！」

「は、はあ！」と家康は秀吉の正面に座り、三度頭を下げて平伏した。

前日二人で打ち合わせた通りの『猿芝居』が演じられ、この芝居を無事やり遂げた家康は、浜松に帰ってから、『大政所』のなかを秀吉の下へ返したのである。

②九州島津討伐

一方、この年の暮れ、先遣隊で既に九州へ上陸していた四国勢は、戸次川の渡河戦で、軍監仙石秀久の失態で、渡河中に島津の伏兵に鉄砲で狙われ、長曾我部元親の嫡男信親や十河存保が討死する等の大敗を喫していた。

また、中国勢で隠居の吉川元春も久々に島津討伐に参戦していたが、島津から奪い返した小倉城で、持病の癌が悪化し、黒田官兵衛が傍で看取る中病没して意気消沈していたのである。

秀吉は先遣隊が苦戦しているのを知って、出陣を決め、秀長も出陣の準備に掛かった。

秀長は十数万の軍勢で、豊後から薩摩へ向かう九州東側の総大将に任ぜられ、秀吉は十万の軍勢で肥後方面から薩摩へ侵攻する西側の部隊を率いることにしたのである。

「殿、いよいよ藤堂家の旗印の初陣でござるなあ?」と服部竹助(保久)が『三つ餅或いは城持ち』の旗印を千本用意したことを伝えに高虎の下に来た。

「良い出来じゃ、竹助」高虎が、竹助が持ってきた旗印を見て応えた。

高虎は、自らの兵五百名に『三つ餅-城持ち』の旗印を掲げさせ粉河を出て、郡山へ向かった。

そして、高虎の率いる五百の兵と併せて、秀長軍は海路小倉に到着し、ここで黒田官兵衛・宮部継潤・小早川隆景らの軍と合流し、豊後を目指した。また、秀長軍に遅れて秀吉軍も、小倉から九州の西側の街道をとって薩摩を目指した。

秀長軍は、圧倒的な軍勢で次々と城を落として行き、豊後で島津に奪われた府内城・松尾城をも奪い返し、更に南下して日向の猛将山田有信が守る高城城を攻撃目標として取り囲み、それより南の高城川を渡った根白坂に砦を設け、宮部継潤に黒田官兵衛・蜂須賀家政ら一万を付け、南から来る島津勢への備えとした。

一方、島津軍は、大軍相手に、兵力を分散する不利を知り、主力を東の秀長にぶつけて来た。島津は四兄弟で、九州を席巻して来た。当主は、長兄の義久で義弘、歳久、家久の兄弟は、それぞれ特徴があった。当主としての器量が頭抜けた義久、勇猛な義弘、知恵者の歳久、戦術に長けた家久と四様であったが、兄弟は仲が良く、三人の弟たちは常に兄義久を立てることを忘れなかった。その当主義久は、西側に、一族の島津忠辰・忠長ら最低限の兵を置き、自らは主力を率い、東へ移動して、薩摩との国境に近い都於郡城に入った。そこで次弟の義弘、三弟歳久、四弟家久と一堂に会し、秀長軍との決着を付けるべく、四万に近い兵で体制を整え、一ッ瀬川辺りまで北上した。しかし、島津義久はここで声を無くした。

何しろ、毛利・宇喜多・黒田・小早川そして秀長他、夥しい紋所の軍旗が田靡き、義久がこれまで見たことのない軍勢が、蟻の隙間もないぐらい犇めき合い、十重二十重に高城城を取り囲んでいる。鎌倉以来恐れを知らぬ島津軍であるが、義久はこの時ばかりは、

「負けるかも知れぬ――」とたじろいだ。

「正面から戦さを挑んでも、あの数では打ち負かされもんそ」義久は軍議で口を開いた。

「なるほど、正面からでは勝ち目はなか。じゃっどん、有信を見殺しには出来もはん。奇襲で取り掛かりもんそ。夜襲なら、敵が多い分乱れるのも早うなるかも知れもはん」義弘はあくまで強気であった。

「夜襲が上手く行きもんそか？」義久は懐疑的である。

「主力は、秀長の上方の軍ではごわはんか。刀も重うて振れんような侍に、我等薩摩武士が負ける訳がなか。ここは、伊東や大友を打ち破った縁起のよか土地でごわんど。負けもはん」義弘は自らをも鼓舞するように、大軍を前にした一同を景気づけた。

しかし、この島津四兄弟の三弟歳久が、

「和議で切り抜けることを考えても、よかでごわはんか？大友や伊東の時と違い、兵力の差も明らかでごわす。それに上方の侍ばかりやごわはん。毛利や四国の侍に、頭の切れる大将もおる。大友の時と違うと思うて掛からんと、手酷い目に遭うと思いもす」と決戦に反対の意を唱えた。

そこへ偵察に行った者から報せが来た。

「秀長の陣所には、到底辿れ着きもはん」

「なしてじゃ？」

「そこら中に紋所の違う陣所があり、陣所の回りは堀と井楼で固められ、その陣所だけでも、二十や三十は優にござって、どれが秀長の陣か見当もつきもはん。それに太か筒で、城に向けてくらわしてごわんど。途中見張りに、みっかい（見つかり）、逃げて来（く）んしかなかでごわした。まっこて、恥ずかしゅうごわす」

「これでは、高城城にも辿り着けんでごわはんか？夜襲で敵を乱すしか、しょんなかぞ！」義弘は奇襲策に固執した。

これが島津軍の総意となり、秀長軍本隊には、奇襲策で当たることにしたのである。

秀長軍本隊から四ｋｍ程南の、高城川を渡った根白坂の宮部継潤・黒田官兵衛、蜂須賀家政等は、砦と言っても空堀や二の丸・三の丸まであるちょっとした城構えで、北上して来る島津勢に備えていた。

島津軍は、高城城までの途中にあるこの根白坂を通らなければ、高城城に救援に行けない為、まず邪魔な根白坂砦を力攻めで落とすことにした。

島津軍は四万に近い軍勢で、根白坂砦の手前まで迫り、島津義弘が自ら前線に立った。

島津軍は総掛かりで、総攻撃を掛けた。

「ウオーッ！」という声が四方から上がり、高い土塁を登り、柵や板塀に取り付くが、継潤の守兵が鉄砲を放つと空堀にバタバタと島津軍が崩れ落ちて行く。

　義弘も先頭に立って指揮を揮うが、砦は継潤・官兵衛・家政が固く守った。そこで、やはり義弘の策を採って夜襲に切り替えることにした。

　一方秀長は、高城城の包囲軍から救援に向かおうとしたが、秀長麾下の尾藤知宣が軍監として「敵は島津の本隊であり、救援は却って戦局を危うくする故、当たるべきでないと存ずる」と秀長に進言した。

「善祥坊（宮部継潤）を見捨てよというのか？」と秀長は怒りに打ち震えた。が、知宣は首を縦に振らなかった為、秀長は渋々受け入れた。

　しかし、これを聞いた高虎は、黙っていなかった。

「殿、善祥坊殿は負けてはござらぬ。守り通してござる。今、援軍を出せば、挟み撃ちで勝てる戦さにござる！」と珍しく秀長に決定を翻すよう食って掛かった。

「しかし、軍監の尾藤が応じぬ。軍監の立場も立ててやらねばならぬ故、善祥坊に退き陣を命じるつもりじゃ」と秀長が応えたが、

「善祥坊殿は戦さ上手故、退き陣はなさらぬと思われまする。その上、知将官兵衛殿が居られるではござらぬか。負けても居らぬのに退き陣はなりませぬ。退き陣になれば、善祥坊殿は、討死なさるおつもりに違いなし。また見捨てれば我が軍の負けになり、島津軍が勢いづきまする。勝てる戦さを負けにするとは、この戦さの絢が、知宣殿には分らぬのでござる！」と尚も高虎は食い下がったが、ぐずぐずしては居られず、

「殿、よろしゅうござる。但し、この高虎のすることにお構いあるな！」とこれ程、秀長に喰ってかかった高虎は初めてであった。高虎は、但馬で世話になった宮部継潤を、見捨てる訳には行かなかったし、高虎の言う通り、継潤は、島津軍の行く手を見事に阻んでいる。

「知宣には戦さの流れが読めぬのじゃ！」

高虎は自陣に戻ると傍に居た長右衛門達に大声で言い散らし、

「皆の者、根白坂へ参るぞ！皆死ねや！」と藤堂軍だけで根白坂を目指した。

これに、宇喜多秀家の重臣戸川達安が同調した。秀家が高虎と行動することを許したのである。

その戸川達安が、やはり自ら手勢を率い、

「藤堂殿の言、尤もなり！我等も同道いたす！」と藤堂軍に合流して来て二千に近い兵となった。

高城と根白坂砦との距離は僅か四㎞にも満たない。そこに四万に近い島津兵が取り囲んでいる。

藤堂軍が根白坂に到着した頃には、陽は既に落ち、夜となって、辺りは暗い闇となっていた。

「しめたぞ！我等の動きが悟られにくい」

高虎は、砦を中心に時計回りに迂回をして、砦の東に居る島津家久の軍の横合いから襲い掛かることにした。

すると島津軍から、突如総がかりの陣太鼓が鳴り、砦に張り巡らされた板塀に向かって、島津兵が取り付いて行く。

しかし、官兵衛がこれを読んでいたのか、二千丁を超える鉄砲が、島津兵目掛け火を噴いた。

ダダダーンと辺りに轟音が鳴り響いた。

すると塀に取り付いた島津兵が、バタバタと空堀に落ちてゆく。それでも遮二無二島津軍は前進し、柵や板塀を引き倒し、砦に雪崩れ込もうとするが、砦方の鉄砲の餌食となるばかりである。

島津義弘は先頭に立ち、敵兵を切り伏せながら進もうとするが、胴巻きに二、三発の鉄砲の弾が当たり、前に進めなくなった。

それを見た家久の軍が、砦の中へ押し入ろうと前へ進みだした。そこへ、

「今じゃ！撃て！」「撃て！」「撃て！」

高虎の声がしたかと思うと、家久の後ろから鉄砲の連射が始まった。

砦の中の鉄砲の数とは比べようがないが、高虎の五段構えの鉄砲隊の連射で家久の軍が崩れ出した。

砦の中の官兵衛がこれを見逃す筈がない。

「今じゃ！」と官兵衛も叫び、高虎の軍とで島津軍を挟撃すべく、砦から蜂須賀家政の軍勢と共に討って出た。

家久勢の後ろには、暗闇に白餅が三つ縦に並ぶ旗印が、五百程浮き出て見えるが、島津軍には千にも二千にも見える。

高虎は、砦の兵との挟撃に呼応するかのように、更に前へ押し出し、

「撃て！」「撃て！」と叫び続けた。

戸川達安の兵も高虎に合わせ、まず鉄砲で島津兵を撃ち斃して行く。

砦の前に造られた土塁と深く掘られた空堀が、忽ち島津兵の墓場と化した。

秀長軍は、鉄砲の弾も豊富で、高虎の鉄砲隊は、鉄砲が焼けてしまうのではないかと思える程撃ち続け、見る見るうちに島津軍の旗は撃ち滅ぼされて、兵が明らかに減っていくのが分かった。

島津軍のこの惨状を、歯軋りして見ている者が居た。

島津四兄弟の三弟歳久の養子に入った忠隣（ただちか）である。

忠隣は、馬を駆って百程の手勢で砦に向かった。忠隣が本陣を抜ける寸前に、家久が、大鍬形の前立ての兜を被り月毛の駒に跨って、戦況を見つめていた。

「こうなっては、退き陣で眼にもの見せてくれもんそ」と家久は得意の『釣り野伏』で秀長軍を殲滅しようと考えていた。そこを甥の忠隣が横切って行くので、

「忠隣、どぎゃんした？」と思わず声を掛けた。

「叔父御、横槍を喰らわしてくるわい」

「ほう、みんごと横槍を入れたら、儂の馬をくれてやってもよかぞ」

「ほんなこつか？」

「おう、その代わり一突きでよか。一突き入れたら直ぐに戻れ。後でおいが、お前の働き場所を作ってやる。よかか、一突きじゃ！」

家久は、『釣り野伏』で忠隣を使い、忠隣の鬱憤を晴らさせてやろうと思い、愛馬を褒美に釣ったのである。

「叔父御、ほんなこつぞ！必ず叔父御の馬を貰い受けに戻って来っど！」

と砦の柵を目指し、忠隣は馬に一鞭入れた。新手の百名ばかりで、忠隣が幅三十間はあろうかと思われる柵を引きずり倒し、三の丸から二の丸へ突入仕掛けた。

家久はこれを見て、

「忠隣！深入りし過ぎじゃ！」と戦さを知っている家久は、忠隣の危機を悟り、

「早う戻れ！忠隣、約束を違えるな！」と叫び続けたが既に遅かった。

高虎が、更に前へ押し出し、忠隣を始め島津軍の退き口を押さえて、一斉に鉄砲を撃たせた。

その内数発が忠隣に当たったが、尚も忠隣は怯むことなく、戦いを止めず突き進もうとしたが、次の連射で数発が忠隣の身体を貫通し、遂に仰向けに倒れ討死した。

前線で戦っていた義弘は、甥の無念を目の当たりにし、「ウオーッ！」と吠え、鬼の形相となって馬を乗り入れて行く。

しかし、後の朝鮮の役で『鬼島津』と言われた義弘も、鉄砲には敵わず、義弘も傷ついた身体を支えながら、軍を退かざる得なかったのである。

この戦闘で島津軍は一族の大将格島津忠隣を始め、猿渡信光等が討死し、兵の略大半を失う大

敗北を喫したのである。

　朝が白み始めた頃、夥しい死者を残し、義久と義弘は僅かに残った手勢を纏め都於郡城まで逃げ、家久は佐土原城まで退き上げた。

　取り残された高城城の山田有信も家久が説得し、有信は高城城を開城し、佐土原城からその後薩摩へ帰陣した。

　こうして、主力部隊の大半を失った島津軍は、重臣の伊集院忠棟が、先ず秀長に降り、続いて家久も秀長に降った。

　それから、家久と忠棟の説得で義久が、頭を丸めて秀吉に降り、遂に義弘・歳久も折れて、秀吉に臣従の意を示し、秀吉は九州平定を成し遂げたのである。

　こうして秀長と高虎は漸く帰路につくことが出来た、

「高虎、此度は倅に教えられた。またも苦労掛けて済まぬ」根白坂での、尾藤知宣の進言を入れたことを秀長は謝った。

「いえ、つい戦さを前にして気が昂っておりました。お許し下され」

「しかし、倅が正しかったのじゃ。倅が動かねば島津は、こうも早くは降参せんじゃったろう」

「殿が某をお赦し頂ければこそ、成し遂げられたのでござります。殿が見て見ぬふりをなさらなければ、ああは上手く参りませなんだ」

「ふふふ、憎いことを言いよるわい。じゃが、戻っても忙しゅうなろう。奥熊野のこともあろうしの？」

「は、心得て居ります」

③後継者高吉

高虎は畿内に戻り、粉河へ久々に戻って妻の久とゆっくりとした日々を、数日であるが送っていた。すると秀吉からお呼びがかかり、京の聚楽第へ上ることになった。

九州征伐の論功行賞である。聚楽第に上がると、秀吉から

「藤堂高虎、此度の島津征伐の働き見事である。よってそなたを正五位下佐渡守に任じ、粉河二万石の領主に任ずる。有難く受けよ！」

と告げられ高虎は初めて官位を貰い、一万石の加増を受けたのである。

秀長は従二位権大納言に昇進した。

高虎は控えの間に居た秀長を見つけ、秀長にも礼を言った。

だが、秀長の顔は権大納言に昇進したにも拘らず、浮かない顔をしているので聞いてみると、二つばかりあると、秀長は応えた。

一つは秀吉が、浅井長政とお市の間に出来た娘三姉妹の長女茶々に手を付け、秀吉の正室お寧が、怒り心頭で、秀長が間を取り持たねばならなくなったこと。

二つ目は、秀長には、既に丹羽長秀の三男仙丸を養子にして跡取りとしているが、秀吉が甥の辰千代を秀長の養子にしろと言って来たのを、秀長は怒って出て来たということであった。

そこで、高虎は、自身にも子が無い為、秀長の難渋した顔を見かねて、仙丸を高虎の養子に貰えないかと申し出たのである。申し出たことで、秀長の顔が明るさを取り戻し、

「そうか。伜が仙丸を貰うてくれたら、丸く収まる。済まぬ高虎。伜の気配りを有難く思うぞ。仙丸を伜の養子として貰い受けてくれ！」秀長は何度も高虎に礼を言って、和解の為、秀吉の下へ出向いて行った。

秀長が辰千代を養子に決めた翌日には、秀吉は、僅か九歳の辰千代を侍従に任じ、名を秀保に改めさせた。

高虎は仙丸を自分の養子にしたことで、跡取りが出来たと喜んで、粉河へ連れ帰った。粉河へ連れ帰って間もなく、仙丸は宮内少輔の官位を貰い、名を高吉と改めた。

「高虎、これで藤堂も安泰じゃ。高吉という立派な跡取りもできたことじゃし、まずは皆で祝宴じゃ」と一番喜んだのが虎高であった。

「これで、父上に跡取りは未だかと攻められずに済むので助かりまする」と高虎は子が出来ぬことで久に気遣いさせずに済むと、久の居る前で本音を父に投げ掛けた。

「いやあ、済まぬ。久、もう言わぬ。二度と言わぬから、勘弁してくれ！」と虎高は、久に向かって、拝むようにして赦しを請うた。その恰好が、観音菩薩を拝むようであったので、傍にいた良勝が
「親父様、その恰好はまるで奥方様が、観音様の様ではござらぬか？」と茶化したので、

「久は、我等の観音菩薩じゃ！」とムキになって虎高が返した。

「確かに久は儂の観音様じゃ！」と高虎が言うと、

「殿様、お止め下され！」と、久は恥じらいを見せた。

「これはいかん！観音様に嫌われたぞ。はははは」と高虎の笑いで、居合わせた一同にドッと笑いが漏れた。

そんな日々を粉河で送れる時間は短かった。秀長は、一揆討伐に向かわせた吉川平介・三蔵兄弟を、『霊山』熊野新宮神倉山を焼き、焼く前に木を伐採して私腹を肥やした廉で、西大寺で打首にし、彼らに代えて、急遽高虎を一揆討伐に向かわせることにしたのである。

高虎は、九州征伐の前に秀長の命で、北山の小高い丘に一揆鎮圧の拠点として、四方に郭(くるわ)を設けた赤木城の築城に取り掛かっていて、百mから百二十m四方の大きくはないが、急拵えの城にしては、馬出しや空堀も拵えたものにしており、これを完成させ、ここに兵を置き、沈静化への拠点とした。その上で、検地や刀狩りに進んで協力する者については、便宜も図ってやったりする一方、一揆を企てる者については、一族女子供まで処刑し、見せしめにするという触れを出した。

しかし農民達が地侍を担ぎ、またもや蜂起すると、高虎は鉄砲などの火力を利用して討ち据え、入鹿城主の入鹿友光をはじめ、一帯の豪族を討ち取り北山一円を鎮圧した。

ただ、逃げ散った中に一揆の首謀者や加担した領民達も居て、どこから現れるか分からないのには手を焼いた。

そこで、一計を案じ、『赤木城の完成を祝い、盛大な祭りを開き祝儀もはずむ』と触れて回り、そこに一揆の首謀者達が、集まってくるのを待つことにしたのである。

案の定、祝儀に釣られて一揆の首謀者始め、加担した者達三百名余が現れた。これを三千の兵で待ち構えて、集まった一揆勢を悉く捕えた。

「殿、本当によろしゅうござるか?」と高虎に再確認したのは、高虎と同郷の磯崎金七(藤堂式部)で、金七が高虎の代わりに田平子峠で処刑に当たった。

「構わぬ。触れ通りにせぬとまた一揆が起きる。見せしめじゃ」高虎は一揆を鎮静させることが、秀長の為と思い、果断に処刑を命じたのであった。

『行たら戻らぬ　赤木のお城　身の捨て所は　田平子じゃ』

と高虎にしては不名誉な郷唄まで出来て、全員を処刑したことが今に伝わる。

「これで一揆の芽は摘み取りました故、落ち着きましょう」と高虎は、残酷なこともやったが、後ろめたさは無く秀長に報告出来た。秀長の為なら、高虎は何でもする気でいて、秀長を真の領主像の手本として捉え、漸く自分なりの領主としての在り方を掴んだのであった。

「高虎、伜（そち）には誠に苦労を掛ける」この頃、秀長はどこか力無く、体調が優れない日々が続いていた。

「殿、お加減は如何でございます？」

「いや、なに季節の変わり目で、優れぬだけじゃ。それより利休に茶でも所望して来い。伜も戦さ続きで身体を休めた方がよい」

秀長は、この頃秀吉が朝鮮・明を攻めると言い出し、これを何としても止めさせようと説得したが、とうとう喧嘩になり物別れとなったことを憂い、また自分の体調も心配なことから、高虎を、秀長と同じ考えを持つ千利休と馴染みにさせ、秀長との繫ぎ役にしようとしたのである。

高虎は、秀長の供をして、大徳寺の利休の庵にも何度か行き、茶道の手解きを受けていた。ただ、堺の商人の出が、武家のやることにも口が出せるのかと、最初は半信半疑であったが、話を聞くうちに、利休を、茶を通して相手の考えが見通せ、答えを見出し、その上腹の座ったところもある人物と一目置くようになっていた。

秀長に言われてから二、三日後、高虎は京の秀長の屋敷に立ち寄り、軽装に着替えて利休の下を訪ねたのである。

前もって秀長から、利休には連絡が入っており、利休は待ちかねたように高虎を迎えた。

「佐渡守さん、よう来ておくんなはった。二人きりでお話しするのは、初めてでしたな？」

「宗匠殿、急にお訪ねすることになり、申し訳ござらぬ」

「改めてお会いすると、ほんまに大きなお方や」

「ははは、会う方々に同じことを言われ申す。にじり口を潜るのにも骨が折れ申す」

「まあ、これが茶の湯の始まりやさかい、堪忍しとくんなはれ」

「承知しております」

「大納言様のお加減はどうですか？」茶を点てながら、利休は、秀長の体調のことを切り出した。

「有馬へ湯治に行って戴きました。そろそろ北条征伐に行かねばなりませぬ故、鋭気を養って戴かなくてはなりませぬ」と高虎は直接に応えず、間接的な言い回しで応えると、

「大納言様もこのところ気を揉むことが、多なりやしたさかいなあ。さ、どうぞ」と利休は高虎に茶を差し出してくれた。

「頂戴仕る」高虎は一服飲み干して、

「宗匠殿直々のお手前を戴き、高虎至福の極みでござる」と礼を言った。

「もう、止まりまへんやろう――」と急に利休は切り出した。

「左様か。止まりませぬか？」と抽象的な話で会話をすることになった。

お互い、その方がよいのである。だからこそ、利休の方からそういう話にしたのである。それが、利休の心憎い気配りと高虎にも分かった。

「せやけど、危ないことです」

「主もそう申しております」

「私も危ないかも知れまへん」

「えっ？」こればかりは聞き返したくなった。この頃から、秀吉の意に染まぬ者達を、三成達側近が、暗殺を含め秀吉から遠ざけるような行動に出ていたのである。高虎はその様な魔の手が利休にも及んでいるのかと、秀吉の嫌な面が表れてきていることを危惧した。

「まあ、ずっと先かも知れまへんけどな。天辺に立つと、本性が現れて来るもんや。自分が一番

偉いと思うた時、余計に下へ降りて来ようとする人も居れば、我を張ろうとする人も居ます。ほんまは、余計に下の者の話を聞かなならんのやけど、そうせんかったら誰も手伝うてくれんようになる。気が付いたら自分一人になりまっせ。佐渡守さんももっと偉うなる人やかい、御家来衆には、自分の言うことを聞かん方も持っときなはれ。その方の話にも、耳を貸しなはれ。これが上に立つ者（もん）の極意やなあ――」

「主にも言われております。なるほど、為になり申す」

「せやけど、大納言様はそれが出来る人や。佐渡守さん、しっかり大納言様をお支えなされ」

「心得ております。手前、主を師とも思うております。教えられることばかりで、なかなか主の助けとなることが出来申さぬ」

「ははは、佐渡守さんは真っすぐなお方や。大納言様が、佐渡守さんを大事に思うたはるのがよう分かりました。今でも、佐渡守さんが、大納言様の傍に居はるだけで、大納言様はどれだけ心強う思うたはるか――。それをちっとも胡坐をかかんと佐渡守さんは居はる。それでええと思います。いえ、それがええのや。なかなか大納言様と佐渡守さんのようなええ関係の主従はお見受けしまへん。これは大事にせなあきまへんな。隣の国のことや若い娘はんを、大事に思うより、もうちょっと、大納言様のような考えに立って欲しいと思うてます」

最後に利休は、意味深なことを言った。

「自分も危ないかも知れない」とも言った。利休は自分の死を予感しているのかも知れない。これが、高虎の心に、深く残ることとなった。

④主との別れ

郡山に戻った高虎は、秀長の体調が心配であった。有馬の湯治から戻っても秀長の体調は優れず、寝たり起きたりの毎日である。

そこへ、とうとう『北条征伐』の触れが来た。高虎は、

「此度は殿の名代で某が参陣いたします故、殿はお身体を御休め下さりませ」と、戦さ支度をしようとする秀長を押し留めた。これに、和歌山城城代の桑山重晴も同調し、

「此度の戦さは物見遊山に行くようなもの。殿が無理を押して、行く程のことはござりませぬ」

と秀長に静養するよう求めたので、秀吉に

「高虎に自分の代わりに参陣させる」旨の断りを入れた。

「小田原へ花見に行ってくる。身体を愛え！」と秀吉は承諾し、まるで温泉にでも出かけるような素振りさえ見せた。

高虎達の勧めに素直に従う程、秀長は身体に変調を来たしていたのである。

高虎は、三千余の軍勢を率い、織田信雄軍の先鋒として東海道を下った。

『北条征伐』は、秀吉が言った通り、花見に行くようなもので、北条の各支城を落とし、小田原城を、二十万を超える軍勢で囲んだ挙句、小田原城を見下ろせる笠懸山に城（石垣山城）まで造り、そこへ秀吉は、茶々まで呼んで宴の毎日を送った。

また、伊達政宗が奥州から投降して来て、秀吉は奥州の一番の難敵と目された伊達政宗を服従させたことで、後の『奥州仕置き』を難なくこなせることが可能となった。北条勢は頼みとした伊達政宗が秀吉の軍門に下ったことで、厭戦気分が膨らんで降伏するしかなくなったのである。

これで秀吉は、氏政・氏政の弟氏照・家老職にあった松田憲秀・大道寺政繁に切腹を命じて、

小田原城を開城させて小田原攻めを終了させ、自ら宇都宮まで兵を率いて北上した。

そこで秀吉は、七月下旬から八月にかけ、蒲生氏郷や浅野長政らに、奥州で未だなびかぬ葛西・稗貫などの小豪族を攻めさせ、『奥州仕置き』を完了させた。

戦後処理で、秀吉は、家康の旧領である駿河・遠江・三河を、中村一氏・山内一豊ら秀吉の直属の家臣達に分け与え、家康は、相模・伊豆・武蔵・下野・上総の関東へ加増されて転封となった。家康は江戸へ居城を移し、一から国造りをしなければならないことになったのである。

また、遅参した伊達政宗から会津を取り上げ、実領百五十万石から七十二万石に減封して仙台へ移し、伊達への抑えとして、蒲生氏郷を会津の領主とした。

こうして、秀吉は、名実ともに天下の覇者となったのだった。

一方高虎は、

「大和へ早々に引揚げる！支度せい！」と号令を掛け、とにかく秀長の下へと帰途を急いだ。春に大和を出発し、戻った頃には夏が終わっていた。

郡山城へ辿り着いた高虎は、早々に秀長の下へ戦果を報告に出向いた。

高虎は、秀長の顔を見て驚いた。小田原へ出陣する折に見た秀長とは、別人のように、頬はこけ、痩せ細っていたからである。

秀長は高虎の帰還を待ちかねていたように、

「高虎、此度の戦さは働きどころがなく、草臥れたであろう？」と秀長の方から声を掛けた。

「御推察恐れ入りまする。兵達に気を張らせておくことに、難渋いたしました――」と秀長の病が、気になっていることを悟らせないように、冗談交じりに応えた。

「ほほう、それは苦労掛けたな。儂も兄者が、茶々様を大坂から呼んだのには驚いた。姉様には、大坂の留守が居らぬようでは困るので、留守番を頼む書状を送り付けたらしいがの。姉様は、えろう怒って居られてな、難渋したわい」

「そのようなことがございましたか。殿下には、小田原ではそのような素振りが、露程もございませなんだ」

「じゃが、奥州も政宗が小田原へ参陣したことで、出陣する手間が省けて良かったのう――」

「は、左様でございます。しかしながら、政宗という男は一筋縄では行きますまい。腹で何を考えておるか、分からぬところがございます。殿下に臣従を誓ったものの、死に装束で現れるなど小面憎いところがござります」

「うむ、兄者も抑え続けるのに苦労するであろうが、氏郷（蒲生氏郷）が会津に移る故、暫くは、大人しゅうするであろう。そうじゃ、倅に話そうと思うて居ったことがあっての」

「は、何ようでござりまするか？」

「実はの、娘のみや（おみや）じゃがまだ五つと幼いが、秀保の正室にしようと思うて居る」

「ほう、それは誠に喜ばしゅうことと存じまする。これで秀保君は名実共に殿のお子に成られる訳でございますから、我等家臣一同何の不服がございましょうや」

「倅達家臣が、賛同してくれるなら、兄者にも言うて、早速段取りを付けようと思う」秀長はどこかほっとした表情を見せた。

しかし、高虎は秀保が十三歳でおみやが五歳という子供同士の婚儀を急ぐ必要があるのは、秀長自身が、先行き短いことを悟っているからではないかと不安であった。

年が明け天正十九年の正月を迎え、秀長は、秀吉に秀保とおみやの婚儀の許しを得、二人を夫婦とした。そして、秀長は二人の婚儀を終えると、床に伏せったままとなったのである。

高虎は秀長の傍で、付きっ切りとなっていたが、

「高虎、高虎――」と秀長が高虎を呼ぶ。高虎は傍に居るのだが、分からない様である。

「は、お傍に控えて居りまする」高虎は絞り出すような声で応えた。

「秀保のこと、頼み入る」

「殿、何をおっしゃいますか。気を強うお持ち下され。殿が幼い二人を看て頂かなくてはなりませぬ」

「高虎、伜を家臣に持って儂は助かった。有難く思う――」もう秀長の声は途切れ途切れとなっている。

「殿、某はまだまだ、殿から教えて貰わねばならぬことが山ほどございます！それに殿以外に、関白殿下をお支えなさる方は居られませぬぞ！」

「高虎、兄者はもう儂の言うことなど聞かぬ。兄者は人が変わってしもうた。豊臣の家の先行きも気掛かりじゃが、この大和郡山の儂の家のことも気掛かりじゃ。じゃが、伜が居る。秀保のこと、伜が頼りじゃ。頼み入る」

これが秀長の最後の言葉となった。

高虎は何度、「殿！」と呼んだか分からない。

天正十九年一月二十二日、秀長は、秀保・おみや・正室の藤（のちの智雲院）と高虎・桑山重晴ら、家臣が揃って見守る中、静かに召されて逝った。

秀長は、秀吉の天下統一に無くてはならぬ存在であった。種違いの兄弟とはいえ、秀吉にとっては、肉親が傍にいることは心強かったに違いないし、何より物事を冷静に判断できる人物で、秀吉の足りぬところを、カバーできる唯一の存在であった。

その秀長も秀吉の「明へ攻め入る」と言い出した時には、秀長が、病を押して秀吉の下へ出向き

「兄者。明は諦めい。それよりも、この国の為に精を出せ。戦さ続きで、荒れ放題でにゃあか。民や家臣達に、静かな時を送らせてやるのも関白の仕事じゃ。この上明を攻めたら、関白の名にも傷が付こうぞ。兄者が言うように、家臣達に呉れてやる領土がないと言うんじゃったら、儂が貰うとる領地を呉れてやれ。儂は十万石で良い。じゃから頼む、考え直せ。儂の最後の頼みじゃと思うて聞き届けてくれ！」と伏して頼んだ。

だが秀吉は、取り合おうとせず、さっさと奥へ消えて、淀とじゃれ合う始末だったのである。

その秀吉の暴走の唯一の歯止め役であった秀長が亡くなったのだ。

高虎には、涙に暮れる余裕も与えられない。秀長の遺言を忠実に守り、実現しなければならないからだ。

まだ十三歳の秀保は、高虎と桑山重晴が後見して、無事百万石を継承させ、秀保を秀長のような領主に育てることが、秀長から最後に託された仕事である。

まず、秀長の百十万石の領地を、秀保に相続させる承諾を秀吉に貰うのに、側近の石田三成を通して、秀吉に取り次いで貰っていたが、三成はなかなか秀吉に取次がない。

高虎は段々腹が立ってきて、最後の手段として、お寧に秀吉への口添えを頼んだ。

「高虎、お前にはほんに苦労掛ける。小一郎殿も、さぞ心残りであったろう。どうせ三成が意地の悪いことをしておるのじゃろう？あの子は小一郎殿には頭が上がらん子じゃったから、わざと遅らせておるのだわ。ちゃんとうちの人に話はしておくで、安心しておればよい」

「お方様、誠に申し訳ございませぬ。殿の遺言を守らねば、某(それがし)は家臣として全うできませぬ。お手を煩わせ申し訳ございませぬ」

高虎は、平身低頭してお礼を言うばかりであった。

お寧は言葉通り、秀吉に取次ぐと程なく、秀吉から秀保へお呼びが掛かり、和泉、伊勢の一部は、

秀吉が接収することになったものの、秀保に、所領百万石の相続を安堵する旨の朱印状を授けたのだった。ただ、三成に
「今後は、某をお通し下され」

と言われた時には、高虎は、叩き斬りたいぐらいの怒りを覚えたが、傍らに居た桑山重晴に袖を引かれ、耐え忍んで秀保に随って郡山城へ戻って行ったのである。

これで高虎は、大和領内の春岳院にある秀長の墓に、秀保が無事郡山城の新たな主になったことを報告出来、一月二十九日に秀吉の仕切りで大徳寺・総見院の住持・古溪宗陳が導師に迎えられ盛大な葬儀が執り行われた。

法名は「大光院殿前亜相春岳紹栄大居士」で、葬儀には秀吉の重臣達は勿論のこと、領民たち三千人が参列したと云われている。

そんな高虎に、またも嫌な報せが届く。

千利休が、切腹を命じられたというのである。服部竹助の調べに拠れば、大徳寺の山門に、利休の立像が置いてあったのが発覚し、これが永年山門を潜っていた秀吉に、不敬にあたるとして、秀吉が利休に切腹を命じたという。しかもこれを暴き秀吉に報告したのが三成だった。

高虎は、これを聞いて、

「嫌な世になって来たのぅ？同じ豊臣の家臣が、仲間を売るような真似をして、家を潰す気か！」

「は！」高虎の怒りに傍らに居た服部竹助、新七郎良勝、大木長右衛門等は頷くだけであった。

「宗匠殿は、こうなることを見抜いておられた。儂にポツリと申されて居ったことを思い出す。それにしても、大光院様が亡くなり、宗匠殿も殺し、これで関白殿下にものが云える御仁は一人も居らぬようになった。ましてや、三成のような者がしたり顔で大きな顔をするようになると、関白殿下の天下も危ないぞ。それが、あの三成には分からぬのじゃ」

「殿、声が大きゅうござる。三成に聞こえれば、せっかく殿下から頂いたご朱印状も藻屑となりまする――」良勝が漸く口を開いた。

「分かって居るが、どうにも腹が収まらぬ。これからは、関白殿下の好き放題に天下は動く。次は、朝鮮での戦さとなろう。民は疲弊する一方となるぞ。三成は殿下の側近と言っても何も殿下にものが言えぬただの犬じゃ。大光院様の様に、領民が富むことが国の栄に繋がるという考えの下に、殿下を導こうとは考えぬ。唯々、殿下のご機嫌取りに成り下がって居る」この時、今まで燻っていた高虎の三成への感情が一気に爆発し、敵視するようになったのである。

「なかなか休めませぬな？」と竹助は冗談交じりに言うしかなかった。が、竹助の言葉は本当になる。


翌年、高虎は秀保の名代で、五十余隻の軍船に、三千の兵を載せ、名護屋を出船し朝鮮へと向かうことになったのである。

高虎は都合二度にわたる、朝鮮の役に参陣するのであるが、初めて水軍を指揮するにあたり、最初の相手が神将と謳われている李舜臣であったことが不幸であった。

朝鮮半島南端の巨済島（コジェド）に到着し、玉浦（オクポ）に停泊していた時に、七十隻余の朝鮮水軍を率いた李舜臣の奇襲に遭い、多くの軍船を失うなど大敗北を喫したのである。

「李という大将は、恐ろしい奴じゃ。あ奴を攻略するには骨が折れるわい」と家臣達に向かって強がって見せたが、初めての海戦という経験の無さを露呈してしまった。

そんな時、秀吉の母なか（大政所）が亡くなり、翌年の八月には淀の方が、夭逝した鶴松の後、二人目となる男児を出産した。これで、どうしても二人目の子に会いたくなった秀吉は、早期に明と和睦を結ばせ、一部を残して朝鮮にある秀吉軍の撤兵を認めたのである。

高虎は、陸上の秀吉軍の撤兵に、脇坂安治・加藤嘉明らと共に軍船を率いて精を出し、短期間で六万の秀吉軍を日本へ返し，年が明けた一月に、郡山城へと引揚げて来た。

秀吉は、傍に居る者達が、気が狂ったかと思う程、片時も放さず『拾い』と名付けた淀との子を溺愛した。そうなると、先に関白を譲られた秀次との間に亀裂が生じるようになる。秀吉は秀次を疎んじ始め、秀次は聚楽第から一歩も出ず酒色に溺れ始めたのである。

秀長が居れば、何とかなったであろうが、これでは秀吉の側近達に、秀次追い落としの口実を与えるだけである。

秀次は、秀吉側近達からの諫言で、自ら『関白返上』を秀吉に申し出て、秀吉との仲を融和しようとしたものの、酒が入って愚痴ったことが、秀吉側近の耳に入り、『秀次謀反』の疑いまで掛けられるようになってしまった。

大和郡山城に在った秀保は、兄でもある秀次を心配し、話を聞いてやることも何度かあったが、これは秀保をも秀次に加担し『太閤殿下への謀反』を企てようとしていると、秀吉の側近達から疑いの目で見られるようになったのである。

「殿、時期をお考えくだされ。秀次様には今、『太閤殿下への謀反有や』と三成共が騒いでおる時期でござります。暫くは、秀次様をそっと見守ることこそ肝要かと存じまする」

高虎は秀保に対し、兄弟とはいえ、兄秀次に会いに行くことを諫めた。

「高虎、それは儂に兄者を見捨てよ、と言っておるのと同じことぞ！」

と、秀保は疱瘡に罹り、その具合も良くないのか、このところ直ぐに癇癪を起すようになっていた。

高虎は、三成等の謀略に秀保を載せてはならぬと必死に説得するが、

「よいわ。伜の言うことは分かった。儂は十津川へ湯治に行って来る。伜は来ずともよい」

と秀保は怒って出て行く始末であった。

高虎は湯治と称して、京の聚楽第へ秀保が行きはしまいかと危惧したが、供を連れ、十津川へ向かって出て行ったので安心していた。

だがその翌日、『秀保行方知れず』との報が郡山城に入り、次の日には『秀保死す』との報がもたらされ、郡山城内が大騒ぎとなった。

高虎は「何が何でも、儂がついて行かねばならなかった――」と悔やんだがもう遅い。

やがて郡山城に、秀保が遺体となって帰って来た。

十津川の湯治場へ行く途中、足を滑らし川へ落ちて溺死したという。

遺体と対面して、高虎は「儂は大光院様の約束を守れなんだ――」と思わず天を仰いだ。

「儂が、秀保様に癇癪を起こさせなければよかったのじゃ」

そんな後悔の言葉しか浮かばなかったが、不思議と高虎は涙が出なかった。

高虎には未だすることがあるからだった。葬儀を執り行うのは勿論であるが、それよりも大事なのは、大和大納言家を絶やしてはならないことである。

世継ぎが居ないので、高虎は高吉には話をしていないが、養子の高吉を元々秀長の養子であったことから、大和大納言家の後継ぎにしようと決め、高虎は竹助等に、秀保の死因の調査をさせる一方で、自ら秀吉の下へ出向き、高吉を大納言家の後継ぎとすべく願い出た。

秀保亡き今、大恩ある秀長に報いるのは、大和大納言家を維持することしかない。しかし、

「高虎、それはいかん。高吉は、家臣であるお前の子じゃ。豊臣の縁に繋がる子ではない。大和は誰ぞ他の者に治めさせる。」

と秀吉に断られ、

「殿下、ではみや様に殿下のご親戚を婿に迎えられませぬか？」

高虎は食い下がった。

「高虎、もうそんな縁者も居らぬ。じゃが安心せい。小一郎の家臣達は、後の者の配下とするか、儂の直臣に取り立てる。伜の領地も安堵してやるから安心せい」

「殿下、何卒お願いでござります！大納言様のお家をお守り下され！」

という高虎の訴えも空しく、秀吉は
「高虎、これまでじゃ。下がってよいぞ」と冷たく言い放って奥へ消えたのである。

「大光院様、ご遺言を何一つ叶えることが出来かねる仕儀と相成り、誠に申し訳ござりませぬ。」

郡山城に帰る途中、高虎は春岳院に寄り、秀長の墓前で手をついて謝った。

お許し下さりませ」と暫くは伏したまま謝り続けた。

それから、高虎は何もかもが空しくなって、郡山の屋敷に戻って来た。

そこに、竹助や孫助達が現れて、秀保の死の真相を報告に来た。

「殿、秀保様は足を滑らせて、川へ落ちられたのではござりませぬ！」

「何？」

「秀保様を抱えて、一緒に飛び込んだ者がおりまする」竹助が応えた。

「では、秀保様は、殺されたと申すか？」

「左様にござりまする。一緒に飛び込んだ者が秀保様を沈め、溺れさせたようでござります」

「伏見の回し者か？」高虎に閃くものがあった。

「しかとは分かりかねますが、最近秀保様直々に、小姓代わりに召し抱えられた小者でござります。そ奴は、佐和山から雇われた甲賀者じゃと、手の者が云うておりました」

「なんと、三成の回し者が城の中に居たのか？」

「はい、元々は関白様に付いていた小者で、秀保様が関白様から貰い受け、連れて帰られた小者のようにござります」

「ほう、やはり関白様の周りには、間者が入って居ったか？してその小者はどうした？」

「そ奴は、更に下流で岩場に頭を打ち亡くなったと聞いております る」

「ふん、口封じじゃな？」

「殿、郡山城も危のうござります」竹助は、太閤の側近たちの暗躍を危惧した。

「その郡山城の主も替わる。大光院様の家は廃絶と決まったわ！」

「それで、殿は腑抜けになられたか？」長右衛門が思っていたことを口にした。

「そうよ。腑抜けも腑抜け、大腑抜けじゃ！」高虎は開き直り、

「儂は決めたぞ。儂は豊家を去る。何もかも馬鹿々々しくなった。ただ、粉河の領地は安堵して貰えるそうじゃから、伜達は次の郡山の城主に従い好きに暮らせ。儂は大光院様、秀保様の菩提を弔いに高野山へ入る。また、出会う日もあろう。その日まで達者で暮らすがよい」

と高虎に言われても、長右衛門や一族の者達は、高虎の傍を離れなかった。

大和郡山城には、近江水口の城主増田長盛が二十万石の領地替えとなって入城した。高虎の胸には、三成への憎しみしかない。

三成が、いくら秀吉の為とは申せ、主人である秀吉の肉親にまで手に掛けるとは、言語道断であると高虎は思う。またそれを赦す秀吉の将来は早晩消滅するであろう。

『君主はまず領民のことを考えよ』とは、秀長に教えられたことである。だが秀吉はどうだ？我儘のし放題である。そんな秀吉を、我が主には出来ぬという思いが益々強くなった。

「いずれ、三成の首を殿の墓前に手向けとして示してやる」と悔しさと怒りで高野山に入った高虎は、広言した通り、秀長と秀保の菩提を弔う為、頭を丸め、只管『経』を上げる日々を続けた。

しかし、当然のことながら、粉河に残した家族や家臣達のことも気に掛かっていた。長右衛門達からは
「畑仕事をするのは、慣れて居りまする」と高虎に要らぬ気遣いをさせぬようにしてくれているのも、心苦しく思っていたのだ。

長右衛門達はさて置き、高虎が城持ちになってから、家臣になった者の方が多い。その家臣達に鍬や鋤を持たせて、いつまでも畑仕事をさせたままでは、いつか去って行くであろう。それが高虎には辛い。

そんな高虎を大木長右衛門・居相孫作・服部竹助の三名は、高野山の宿坊高室院で、高虎の身の回りの世話をしながら支え続け、怒りに満ちて入山した高虎も、経を上げるうちに、心が鎮まり、漸く安らいだ日々を送ることが出来るようになった。

しかし、それを秀吉が許さなかった。高虎の籠った宿坊を、度々秀吉の使者が訪れ、

「太閤殿下が家臣に取り立てたいと申されて居る」と説得に来たのである。

高虎は断り続けたが、とうとう予て知己の生駒親正が、伊予板島で知行七万石の領主にするという秀吉の朱印状を持って現れたのである。

親正とは、讃岐高松城と丸亀城の築城に際し、黒田官兵衛らと共に築城の手伝いをした仲で、特に丸亀城では、親正の嫡男一俊にも石垣造りの手解きをしており、後に一俊の嫡男正俊には高虎の養女が嫁いでいる。そんな間柄の親正にも、

「せっかくでござるが、主の頼みすら守れぬ腑抜けに、伊予板島七万石など守れる筈がござらぬ」

と断った。しかし、

「高虎殿、これを受けて戴かねば、我が身は切腹、讃岐十七万石の生駒家は廃絶となり申す。殿下から高虎殿を、何としても高野山から連れ戻せときつく命を下されて居れば、何卒、生駒家を

救うと思うて、お聞き届け下され！」と最後は懇願されて、とうとう山を下りることにしたのである。

これ以上断ると親正の言う通り、今の秀吉は、親正に腹を切らせ、生駒家はこの世から無くなるという思いに至った高虎は、半ば渋々粉河へと向かったのであった。

高虎は粉河に戻って、家臣達を連れ、伊予板島に向かうことにしたが、またも嫌な話を耳にする。

秀次が『謀反』の罪に問われて、高野山で蟄居を命ぜられ、その後は『切腹』の命が出るに違いないという。

そこで、ハタと気が付いた。関白秀次には側近として高虎の従兄弟玄蕃良政が随っていたのである。（このままでは良政も負い腹を切らされる。何とか助けたい）と思った時、自然と伏見の太閤秀吉の下へ馬を走らせていた。

良勝達は何が何やら分らず、高虎の後を追うだけであった。

高虎は「火急の用で太閤殿下にお取次ぎを！」と、強引に秀吉に面会を願い出た。

「高虎、儂に板島に行く挨拶か？」と秀吉が主殿から声を掛けた。

「は、この度は身に余る殿下のお計らいにお礼を申し上げるべく罷り越しましたが、一つ願い事がござります」と高虎は良政の件を切り出した。

「ほう――、何じゃ？言うてみい」いぶかしげな表情で秀吉が聞くと
「実は関白秀次様には玄蕃良政という者が居り申す。殿下から秀次様付きとされた者でございます」

「そんな者が居ったかのう？」

「はい、ございました。実は某の従兄弟でございます。この者を某の預かりとしてお渡し願いま

いかと罷り越しました」

「高虎、既に宿老の将右衛門（前野長康）は一氏（中村一氏）に預け、息子の景定は切腹と決まり、全て仕置きは終わっておる。それを曲げよと申しておるのか？」

「いえ、前野様はいざ知らず、良政は秀次様をお諫めしていた者でございます。それは、元の主太閤殿下への忠節の証ではござりませぬか？某は亡き大光院様の遺言も守れぬ腑抜けでございます。この上血の繋がった従兄弟良政も守れぬとあっては、武士としては生きて行けぬことになり、折角殿下から頂戴した板島七万石もお返ししなければなりませぬ。何とか今一度、殿下の御心でこの腑抜けの高虎に武士として生きる途をお与え頂けませぬか？」高虎は必死であった。

「何？武士ではなくなり、板島も要らぬと申すのか――。それほど良政が大事か？」秀吉の顔に余裕は見られない。

「はい、我が藤堂一族の結束は固く、皆兄弟同様大事な一族でござります。たかが良政の命一つかも知れませせぬが、ご助命戴ければ藤堂一門皆が太閤殿下の御為（おんため）に命を賭して働きまする。藤堂一門に貸しを作るとお思いになられても構いませせぬ。藤堂一門は必ずや殿下に借りたものはお返しいたしまする故何卒、この高虎に良政をお預け戴きまする様お願い申し上げまする」と高虎は平伏して秀吉に頼んだ。すると

「高虎、必ず儂の為に命を賭して働くか？小一郎を忘れて働くか？」

「は、はい！働きまする！」

「では、赦す。但し、暫くは良政は謹慎じゃ！高虎の下でしっかり監視して居れ」

「殿下！かたじけのうござります。御恩は決して忘れませせぬ」

「良政は追って板島まで送り届ける。高虎、これは貸しじゃ！」

「は、必ずお返しいたしまする！」と再度高虎は平伏した。

高虎は、板島への途上、良政を救う為に自分を偽ってまで秀吉に言ったことを後悔はしていなかった。

板島を返上するというのは嘘ではなかったが、秀吉を脅すようなことを言っては逆効果でもあり、そのぎりぎりのところで言葉を選んだつもりであった。

ただ、秀長を忘れて働くと言ったのは、方便でしかなく心では秀長に手を合わせていたのであった。

その後板島へ船路で向かおうとした高虎の下へ、秀次に切腹の命が出て、付き添った小姓衆ら四名と共に切腹して果てたという報せが届いた時には、連座で切腹した名を一々確かめずにはいられず、良政の名が無いことにほっとしたが、尚も秀次の首を三条河原の塚に晒し、その前で秀次の遺児や側室・侍女三十九名を、全員処刑するという、残忍極まりない処分を行った秀吉には己を偽って秀吉に平伏した自分に腹を立てていた。

高虎は嫌な気持ちになり、ますますこれで豊臣の天下は短いと予感した。

秀吉の直臣となったものの、そこには秀吉に対する忠誠心は微塵も無かった。

秀吉に平伏したのは、高虎に従う家臣の為であり、藤堂の家の為に秀吉の禄を食むことにしただけであると自分に言い聞かせていた。高虎は、こんな世を創りだした秀吉に、愛想を尽かしながら、浪人中の者や知己の者達を、採用しつつ板島へ移動した。

高虎は板島に着いてから、その地勢を見て大改修をしたくなると、それまでの嫌な気持ちが何処かに消えていた。

海の見える小高い丘の上に本丸が建っていたが、更に海を利用した城に造り替えようと縄張りから始めたのである。城造りに傾注すると嫌なことを思わずに済んだ。城を見ると高虎の職人魂が湧き起こり、色々と案が頭を過るのである。

そこで高虎はまず海を外堀代わりに利用し、城から直接海へ出られるような城に造り替えようと思い立った。城郭は五角形に近い地勢を利用して、望楼型の天守を備えた城にし、水軍をも利用した防備を考え、改造に着手したのである。

高虎が板島城の改修に着手して年号が慶長に変わると、明の講和使節団が、万暦帝から「秀吉を日本の国王」として認めるという冊封状（国書）を持って秀吉の下へやって来た。これで小西行長と石田三成が画策して文久の役を急ぎ休戦にするための二枚舌を使ったことが知れ、秀吉は激怒して、再度朝鮮出兵を命じた。

高虎は再び船団を率いて釜山へと出兵することとなった。

釜山に到着すると巨済島付近の朝鮮水軍掃討の為、陸の島津義弘等の軍と協力して、漆川梁辺りまで船を進めた。

高虎に幸いしたのは、朝鮮でも権力争いが生じて、元均が李舜臣を追い落として、朝鮮水軍を率いていたことである。

七月十四日夜半､高虎は数百と言われる朝鮮軍の動向を探らせる為、関船二艘を藤島与左衛門、疋田勘左衛門に任せ、夜陰に紛れて偵察に行かせた。

高虎は「発見すれば、鉄砲を三発撃て。それを合図に一斉に夜討ちを掛ける」と二名に命じた。

やがて、鉄砲の音が三発鳴ったのが聞こえ、これを聞いて、真っ先に船を進めたのが、新七郎良勝と仁右衛門高刑であった。

二人は競争するように船を進め、大将が載っていそうな大きな番船を探して突進する。

そこへ箕浦作兵衛忠光も船を急がせた。皆、高虎の知己で、良勝を除けば、粉河の高虎を頼って来た者達である。特に高刑は高虎の姉が父の家臣の鈴木弥右衛門に嫁いで出来た子で、この時十六歳の初陣であったが、敵の番船に一番乗りを果たした。

佐伯惟定も船将を任されていた。元は豊後の大友義統に味方した佐伯惟真の子で、秀長の家臣となっていた惟定は、秀保の死後、高虎に五百石で召し抱えられ、高虎の家臣となって初の戦さであった。

惟定の与力となっていた長田三郎兵衛は、大きな艨船（いくさぶね）に取り付き、乗り込むと、早い動きで敵を切り捨てながら、隊将の首を切り取り、一番首を挙げて尚も船室に入って大将首を探し求めていた。

そこへ嘉明や安治の兵が、三郎兵衛の乗り込んだ船に取り付き、それぞれの旗印を船に掲げ出したので、慌てて三郎兵衛が

「この船は藤堂佐渡守高虎が家臣長田三郎兵衛が手に入れしものなり！」と大音声で叫ぶや、嘉明・安治の旗を抜いて、海に捨てて行った。

そんな混乱の中、秀吉軍は百六十隻の敵船を奪ったり、沈めたりの大勝で、これで朝鮮軍の水軍は殆どの船を失った。

中でも、敵の指揮官元均の船に取り付いたのが、藤堂一門の太郎左衛門重政である。重政は大将級の首を取り、尚も元均に迫ったが、元均は堪らず陸へと逃れ、そこで島津義弘の軍に包囲され、首を獲られてしまったのである。重政の功大なりであった。

しかしこの海戦の後、評定の場で、軍目付が、藤堂高虎軍を一番手柄として秀吉に報告しようとしたところ、加藤嘉明が異を唱えた。

「そもそも夜陰に紛れて敵中に打ち込むは、た易き事ではござらぬか？しかも、味方の旗印を海に捨て、あたかも一番乗りをしたのが、自軍であるかのような振る舞いは、武士にあるまじき所業と存ずる。我が方が、敵将の船に一番乗りをしたのは間違いござらぬ」

高虎は家臣が、誤魔化していることを言われ、カッとなった。

「待たれ！夜襲は立派な戦法ではござらぬか！奇襲がた易い事と申されるは、奇襲を掛けたことの無い戦さ知らずの方の申されようと存ずる。しかも、ここに目付殿も居られるが、一番乗りをし、一番首を挙げたのも手前の家臣であることを、目付衆が確認なされておる。それに否やを申す者こそ、武士にあるまじき所業ではござらぬか！」この高虎の言に、嘉明もカッとなった。

「ならば、武士らしく立ち合って、どちらの言い分が正しいか決着を付けようと思うが、受けるお覚悟はあるか？」と嘉明は立ち上がって、今にも掛からんばかりに高虎を睨み、喧嘩を吹っかけて来た。

「おう！何時なりともお受けいたす。今ここでお決めしようか！」高虎も立ち上がって、嘉明を睨み返し、右手を刀の束に掛けた。その時、

「いやあ、勇ましいことでござる。左馬助殿、佐渡守殿、戦さ場ならではの勇ましいご意見を承った。ご両名ともさすが、武勇で名を馳せたお方にござる。しかし、そのお力を戦さ場でお示し願いたい。ここは、評定の場でござる。しかも喧嘩の相手が違うておろう。今は、朝鮮と明を相手にする時でござる。斯様な場所で、喧嘩をなされば、太閤殿下に御叱りを受けるのは必定でござる。お二人を支える家臣も大事。また家臣を食わせる領地も大事ではござらぬか。ここは、軍目付の御裁量にお任せ願えまいか？」と割って入ったのが平戸の松浦鎮信である。

鎮信の落ち着いた言い回しに、居並ぶ諸侯はホッとした。鎮信が二人の間に割って入ったので、そこで間が出来たのである。

　そこへ脇坂安治から
「あれは、間違いなく佐渡守殿の家臣が一番乗りでござった。左馬助や儂らが確認もせず、後で乗り込んだのでござる。赦されよ、佐渡守殿」と言葉を継いだので、嘉明は場を失ってしまった。その場の雰囲気を読み取った高虎は束から手を外した。

「如何か左馬助殿、お預け戴けるか？」と松浦鎮信は嘉明に顔を向け、微笑みを絶やさず問う。

「どうじゃな、佐渡守殿？」

「儂は、端から軍目付殿の御評定にお任せ致すつもりでござった」と高虎は承知した。

「佐渡守が良いなら、儂は軍目付殿にお預けいたす」と嘉明は折れるしかなかった。

これで、この場は治まり、場を失った嘉明は評定の場から姿を消すしかなかった。

その後毛利民部・竹中源介等七名の軍目付が評定し、一番手柄の重政の名まで記録し、藤堂家の功『大なり』として秀吉に報告されたのである。

そこには評定の場で嘉明の理不尽な言があったことまで報告されたので、嘉明は秀吉から不興を買うことになり、嘉明はますます高虎に遺恨を持つようになって行った。

その後、秀吉に呼ばれ、高吉を伴って一時帰国した高虎は、秀吉から伊予大洲に一万石の加増を受けると同時に、秀吉からその当時の最大の大型船「日本丸」を模して、三隻も同じ船を建造するように命じられた。

翌年、秀吉自ら、船団を率いて明に渡海するつもりだというのである。

高吉と共に伏見城を後にした高虎は、秀吉に面会した際、秀吉の体調の異変を感じ取り、高吉に自分の考えを打ち明ける気になった。

「これは他言無用のことじゃが、太閤殿下の身が気に掛かる。お前は、何か感じなかったか？」

「少々、顔色がお悪いと拝察いたしました」

「お前にも見て取れたか。儂には以前よりも、小そうなられた様に思えての。声にも張りが無うなった。高吉、次を考えて置かねばならぬぞ」

「と申されますと、太閤殿下の次は秀頼様ではと無いとお考えでござりますか？」

「そうじゃ。良い機会じゃから儂の存念を、お前に言うて置く。秀頼様はまだ五歳じゃ。とてもこの天下を仕切れぬ。じゃとすれば、後見が要る。秀頼様を後見されるは誰じゃと思う？」

「は、加賀様（前田利家）か内府様（徳川家康）と考えまする」

「そうじゃ。じゃが加賀様もお加減がこのところ優れぬ。とすれば内府様じゃ。加賀様も内府様も、殿下のように明を攻めるという奇想天外なことをお考えにならぬところは変わらぬ。が、大きな違いが一つある――」

高吉にも考えさせようと、高虎は間を置き、

「それは、加賀様は、豊臣をお立てになることを第一にお考えじゃが、内府様は天下を、第一にお考えになるお方ということじゃ」

「――」

「大光院様が亡くなられ、秀保君も失ってからは、儂は何もかも嫌になってしもうて高野山に登ったが、あの時から、実は太閤殿下を見限ったのじゃ。『この方は、天下を治めるのではなく、天下をご自分の思うがままのものに、なさろうとされておるだけじゃ』と思い、それは天下万民の為では無いと思うた訳じゃ。大光院様がご存命のおりは、大光院様の為に命を懸けた。家臣や領民が安心して随（つ）いていける主君であったからじゃが、儂が、太閤殿下の臣下となったのは、藤堂の家の為、家臣の為じゃ。そこが違うのじゃ。高吉、豊臣の天下は太閤殿下で終わるぞ。いや、終らせるのじゃ。ならば、次は内府様しかおるまい。あのお方は、幼い頃から人質生活で、耐えることを知って居られる我慢強いお方じゃ。内府様に対しては大光院様も『腹が分からぬ』と申されて、苦手にして居られた。そのようなお方に仕えるは、並大抵なことではない。儂は家臣として、真に仕えたいお方は、今でも大光院様以外には居られぬ。内府様に随うは、藤堂の家の為じゃ。その為には、儂は内府様の為に、何でもして見せる。意に沿わぬことでも、我を押し殺してでも仕えて見せる。儂のなすことを、大光院様はあの世で笑うて、見て居られるような気

がするのじゃ」

「――」高吉は黙って聞いているだけである。

「じゃがな、お前に話したことは、儂と二人だけの秘め事ぞ。腹の奥深うに仕舞うて、決して儂ら以外の者に知られてはならぬ。儂のすることは、藤堂の家の行く末の為じゃと思うて、随いて来てくれればよい。よいな」

「父上、よう分かり申した」

これを最後に、高虎は高吉にこの話は一切口にすることは無かった。高吉は高虎の本音が聞け、安心して高虎に従うことに意を強くしたのである。

高虎は板島に戻り、築城途中の板島城（完成後宇和島城）と大洲城を完成に向け、工事に取り掛かった。次の国内の戦さは近いと、予想したので急がねばならない。

この頃から高虎は、工期短縮を模索し始める。早く築城しなければならないという環境が、高虎に工夫をさせるように仕向けたのである。凝った造りにするよりも、実用的でかつ守るに死角がなく堅固なもので、城下からは、威風を堅持できるように、見応えもあるようなものが出来ないかと考え始めた。

こんな時は、甲良大工の頭領に聞くと、良い助言をくれる。

安土城で色々と城造りについて教えてくれた穴太衆や甲良大工との親交は、ずっと続けていたのが役にたった。

甲良大工の頭領五郎左衛門が、興味深いことを言ってくれたのである。

「佐渡守様、天守や櫓の形と寸法を始めから決めて置けばよろしいのや」

「五郎左、どういうことじゃ？」

「天守が五層で天守台の大きさが十間四方なら、例えば『い』の型の天守にする。十五間四方なら『ろ』の型の天守にする。と予め決めて置くのでござるよ。『い』も『ろ』も芯柱の長さも予め決め、後は寸法の違いでござる故、始めから要り用の柱の数も分かり申す。数が分かれば、木を切り出す時に無駄もござらぬ。これだけでもそうさなあ――、これまでと同じ人足で取り組んだとして、ひと月やふた月は早く出来上がろうと存じまする」

「なるほど、始めから大きさを決めておくのか。ならば、造る前から瓦の数も解ろうと云うものじゃ。全て築城前に資材を用意出来、城造りの現場に揃えられる。しかも同時に、二つの城を造ることも出来るではないか」

「佐渡守様は察しがええ。けど、儂らの手間が省ける分、褒美も減るがのう」と五郎左衛門は笑って応えてくれた。この甲良五郎左衛門こと宗廣は、この時二十五にも満たない若者であったが、代々続く宮大工の直系で、安土城築城時、甲良郡を治めていた丹羽長秀が宗廣の祖父光廣を召し抱え、自分の諱である五郎左衛門を光廣に与え、代々五郎左衛門を名乗ることになった。その光廣の孫の宗廣は、幼少から湖東三山の金剛輪寺や百済寺などの造営に親しんでおり、徳川秀忠・家光の代に、今や世界遺産となった日光東照宮の造営と修築を見事にしてのけ、大工の大棟梁となった人物である。

五郎左衛門は、今でいう資材をプレカットで準備し、建築をパターン化するツーバイフォー住宅のようなものを、高虎に教えたのであるが、これを汎用化させたものを考えたのが高虎であった。

しかし、後の『層塔型天守』をパターン化して世に示しだすのは、大洲城の後の今治城からで、この時は、今で云う資材のプレカットぐらいの工程削減を工夫した程度であったろう。

高虎が板島城（宇和島城）と大洲城の築城に再着手した頃、八月十八日に秀吉が他界した。当初、三成や増田長盛は、朝鮮での諸将の動揺を怖れ、隠蔽しようとしていたが、家康は、三大老の連名で、朝鮮の諸将に報せ、高虎に引揚げの任に当たらせることにした。

高虎は京の屋敷へ戻り、引揚げの任になったことを知ると、すぐに九州へ向かい、大老・奉行の指示を待って居た。

家康も別途高虎へ船団を率いて朝鮮へ渡らせ、兵の退き上げをさせようと、京の藤堂屋敷へ、井伊直政に告げに行かせたが、既に高虎は、九州の博多に向け旅立った後だった。

これを直政から聞いた家康は、

「流石に佐渡守じゃ。何を為すべきか知っておる男じゃ。皆、佐渡守を見倣え」と高虎の行動の素早さを喜んだ。

石田三成・浅野長政も秀吉軍撤退の任を受け、急ぎ高虎の後を追い、博多へ向かった。

一方朝鮮の秀吉軍は、秀吉薨去の報が届き、釜山へ撤退することにしていたが、明・朝鮮連合軍も秀吉薨去を知り、退路を断つ動きに出て来たのである。

しかし、立花・高橋両軍と島津軍の活躍で天敵朝鮮水軍の指揮官李舜臣を、島津側の鉄砲で斃した外、大将・副将クラスも斃す大打撃を与え、十一月二十日には朝鮮から奪った船に、全軍を収容して帰国の途に就いたのであった。

この報が博多に居る高虎・石田・浅野にも届き、彼らは朝鮮へ渡海せずに済み、急ぎ露梁海の海戦の模様と、秀吉軍が帰国の途に就いた旨を報せに、伏見へ立ち帰ることにしたのであった。

⑤新たな主

高虎はさっさと伏見へ立ち帰り、家康の京屋敷を訪ねていた。

「おう、佐渡守、此度はいかい厄介を掛けてしもうた」と家康は高虎と会うなり、博多へ空手形で遣わしたことを詫びた。

「なんの、手前こそ内府様からのご依頼の使者を待たずに博多へ旅立ち、侍従（井伊直政）殿にはご迷惑をお掛け申し、申し訳ござりませぬ」

「いや、流石に佐渡守、気が回りやることが早いと皆に褒めて居ったのじゃ」

「有難きお言葉、身が縮みまする」

「佐渡守殿、朝鮮の引揚げのご報告をして下され」傍に居た本多佐渡守正信が口を挟んだ。

「左様でござりました。ご報告が遅れ、恐れ入りまする」と言って、順天での撤退に関わる戦さの模様を具に報告した。

「なるほど、まずは全軍無事に帰還が叶い、一安心にござりまするな。しかしながら、佐渡守殿が帰京早々、殿のところへ真っ先にご報告に見えられるとは、真に殊勝なお心配り。我等恐縮しておりまする」正信らしい労いである。

「全軍帰還の命を下されたのは、内府様ではござらぬか。ならば、真っ先にご報告に上がるのは当然なことと心得まする」

「なれど、治部少は殿を無視してござる」正信は、やや皮肉めいた言い方をした。

「治部少は、昔からそういうところがあり申す。我等は口も利いて貰えませぬ。ハハハ」

と高虎は半ば自嘲気味に応えた。

「正信、まあよいわ。佐渡守がこうして報告に来てくれたのじゃ。佐渡守に治部少のことを言うは酷じゃ」家康がこの話を引き取った。

「ところで、佐渡守」家康が言いかけたところで、

「内府様、正信殿も佐渡守でござる故、いずれ官名を変えようと思いますれば、高虎でようござる」

「おう、そうじゃのう。では高虎、ちと頼みが有るのじゃが――。よいか？」

「は、何なりとお申し付け下され」

「うむ、その治部少のことじゃ。この正信が調べてくれたのじゃが、何やら面妖な動きをしておるそうな」

「治部少なら、有り得る話でござる」

「うむ、それでな、その動きを儂に伝えてくれぬか？」

「た易きことにござります」

「実は佐渡守殿、治部少が殿のお命を、奪わんとしておるという草の者からの報せがござってな、我等も警戒をしておるのでござる」と正信が付け加えた。

「ふん、治部少め、太閤殿下亡き後、内府様を怖れておるのでござりましょう。ただ、治部少ならやりかねませぬ。手前も秀保様を治部少の手の者に殺されました故、内府様の身辺には、抜かりなきよう四六時中警固が必要と存じまする」

「あい分かった！」

「治部少の動きは、腕の良い者を使って、逐一お報せすることに致しまする。以後、この高虎を内府様の手足のようにお使い下され」

「頼もしいことを言うてくれる。高虎是非にもよろしゅう頼む」家康は頭を下げた。

高虎は京屋敷に戻り、服部竹助に石田三成の動向を探るよう手配し、広間に主だった者を集め

た。

「皆も知っての通り、太閤殿下がお亡くなりになった。お世継ぎの秀頼君はまだ幼く、天下はまた騒がしくなると思う。皆は朝鮮から戻り疲れていよう、暫くは身体を休めてくれ。此度の戦さで亡くなった者には、跡取りを決め、家を継がせよ。怪我を負うた者は温泉で傷を癒せ。病に罹った者は、薬師を手配する故、申し出でよ。跡取りのいない者は縁者を立て、家を継がせよ。ただ、やがて大戦さが起こる。そうなれば、もうひと働きして貰わねばならぬ。これから儂は、次の天下様には戦さの無い世を、お創りになる方が相応しいと思う。そのお方は内府様以外に見当たらぬ。儂は内府様を次の天下様にする為、身を粉にして働くつもりじゃ。皆を困らせる様なことはせぬ故、これまで通り儂に随いて来てくれ。頼み入る」

「殿、頼まれんでも儂は殿と一緒じゃ！」大木長右衛門が冗談めいて言うと、

「儂は、馬が殿を載せておるから、馬に随いて行くしかないわ」と孫作が言って、場を和ませて、一同笑って散会となった。この時から高虎は、家康を主君と決め、家臣にも宣言したのである。

次に、高虎は、各々の分担を決め、京に居残ることにしたが、直ぐに伏見から秀吉の遺品を分配するというので、伏見城へ登城し、秀吉の遺品として、備前兼光の太刀と金数枚を受け取って、伏見城を後にした。

　一方、三成は、家康襲撃を企てていたが、竹助の情報網で、逐一高虎の耳に入り、高虎は、家康に報せて、未然にこの企てを再三にわたり、防いで行った。

　これで三成は、家康の暗殺から追い落とす策に切換え画策し始める。一月二十一日には大老・奉行の連名で、誓詞違反の書状を中村一氏・堀尾吉晴・生駒親世に持たせ、家康に詰問させたが、

「忘れて居った」と家康には、はぐらかされてしまう。だが、四大老・五奉行を担ぎ出したことで、事は大きくなり始めた。前田利家が病であるにも拘わらず、直々に家康に会い、場合によっ

ては、利家が家康を斬ると言い出したのである。

結果的には、家康が大坂の前田邸に出向き、病の利家を見舞うということで、丸く収まることになったが、高虎は、大坂の前田邸での難事を怖れた。

「内府様、くれぐれもご注意下されませ。治部少は、内府様が加賀様屋敷へ向かわれる道中か、加賀様の屋敷内で内府様のお命を必ず狙いまする。我等がお供をして、警固させて戴きまする」

「高虎、仲の気持ちはよう分かった。じゃが、何故そこまでしてくれるのじゃ」と家康が問う。

「ならば、某の存念を申し上げる。前（さき）の殿、大納言秀長様がお亡くなりになり、お世継ぎの秀保様を殺されて、豊臣の天下の終わりを見たのでござります。亡き太閤殿下は、秀頼君がお出来になってからは、天下を万民の為となさらず、私のものとお思いになられるようになり申した。気に入らぬ者は、身内であろうと抹殺なさる。それでは、天下万民の為にはなりませぬ。そのようなお方を、主と仰ぎ見ることは、出来ぬと考えて居りましたところ、朝鮮の戦さに駆り出され、今に至った次第。天下万民の為には、次ぎの天下様が必要でござりまする。この高虎は、『内府様こそ次の天下様に相応しいお方じゃ』と考えて居りました故、ならば命を賭してお仕えするのが当たり前。佐渡殿や他の方々同様、内府様の家臣としてお仕え致しとうござりまする」

「佐渡守殿、よう申された。そのお気持ちが、偽りで無いという証はござるのか？」正信はあくまで冷静である。

「は、某には実子がござりませぬ。ただ歳は十三の腹違いの弟正高を、江戸の内府様の下へ、人質として行かせまする故、内府様のお好きにお使い戴ければよろしゅうござりまする」

「正信、そこまで求めずとも、高虎の今迄の忠義でよう分かったことではないか？」と家康が口を挟んだ。

「いえ、佐渡守殿ならば、そこまでお考えになってのことと、お見受けいたしました故、お聞きしたまでのことでござります」

「内府様、正高をお預けいたすことに、二言はございませぬ。江戸へ直ぐにでも遣りまする」

「高虎、よう分かった。この家康の為に、今後も力を貸してくれ」

「は。この高虎、命を賭して、内府様にお仕え致しまする」ここで内々に高虎は、家康との臣下の契りを結んだのである。

利家への見舞いは物々しい警固となったが、三成側・家康側双方が手も出せない状況で、何事もなく終わった。しかし、この後直ぐに利家が亡くなると、世に云う『七将事件』が起きるのである。


ある夜のことである。高虎の大坂中之島屋敷に二人の武将が訪ねて来た。

「殿、清正様と正則様がお忍びでおいでございます」と書院に居た高虎に声を掛けたのは良勝であった。

「何?市松と虎之助が――。さては――。よし茶室へ通せ。誰も入れるな」思い当たることがあった高虎は、三人だけの話にしようと思い良勝に命じた。

茶室に高虎が入って来ると二人は黙って座っていた。

「いやあ、重鎮のお二人をお待たせして申し訳ござらぬ。堅固でござったか?」と高虎は湯気が出ている茶釜の前に座りながら二人に話し掛けた。

「朝鮮の役以来でござる。高虎殿が茶釜の前に居られると亡き叔父上（秀長）に茶を点てて戴いているようで、どうも調子が出ぬ」と正則がまず声を上げた。

「市松、与右衛門様――昔の名でようござろう?与右衛門様?」と清正が安土城の秀吉屋敷で呼び合っていた名で語り合おうと場を和ませて言葉を繋いだ。

「ああ、その方がようござる」と高虎も言葉を挟んだ。

「これは与右衛門様の策じゃ。市松、与右衛門様は儂らが何で来たかもう分っておるわ。じゃから、宗匠直伝の茶で儂らの気持ちの高ぶりを抑えようと気を遣われたのじゃ」

「そうなのか？与右衛門様？」と正則。

「ふふふ、読まれておったか――。まあ、宗匠殿の域には届かぬが儂の点てた茶をご賞味下され」

と高虎は正則の前に茶を献じた。

「頂戴いたす」正則はせわしく飲み、清正の前に茶碗を置く。

「頂戴いたす」清正はゆっくりと味わい
「叔父上の点てた茶と変わりない――。ますます話し難くなり申した」と清正はしんみりと語った。

「お二方、止められよ」落ち着いて高虎は話し始めた。

「三成を討つつもりじゃろう？それで儂を誘いに来られたのじゃろうが、儂は戦さ場で奴の首を挙げたいのじゃ。お二方いや他にも居ると聞くが、やろうとされていることは私闘と同じではござらぬか？それではたとえ三成を討ったとしても、討った方の大義が立たぬと思わぬか？討った方の武士の値打ちを下げるだけではござらぬか？屹度亡き大光院様が生きて居られれば、きつくお二方を叱り飛ばされたに違いない。まあ、大光院様が生きて居られれば、こんな形にはならなかったであろうが――。お二方、儂の言葉は大光院様の言葉じゃと思うて戴けぬか？」高虎は静かにそして最後に秀長の名を出して正則と清正を諌めようとしたのである。

「与右衛門様、私闘で構わぬ。この身の値打ちを下げてでも三成が憎いのじゃ。与右衛門様は三成が憎くないのか？」と正則は本音で語った。

「儂も三成が憎い。それも一つや二つの恨みでは済まぬ。それに証拠はないが秀保様をあ奴に殺されたと思うておる。じゃが、大光院様の墓の前に行くと、大光院様が儂を諭されるのじゃ。『私闘で三成を討ってはならぬ。正々堂々と戦さで三成の首を挙げる方法を考えてこそ、高虎、お前らしいやり方と思わぬか』と申されるのじゃ。ここだけの話じゃが、それを内府がなさろうとされている様に儂は思うて内府に付いたのじゃ。内府も三成は敵じゃと思うて居られるが、私闘で三成を亡き者にしようとは思うて居られぬ。三成は何度も内府暗殺を企てたが、皆悉く儂が防いで来た。じゃが、何度も命を三成に狙われても、内府は三成を殺せと命を下されぬ。あの本多佐渡も動きもせぬ。お二方がなさろうとされておられるのは三成と同じではござらぬか？そうは思わぬか？」高虎の口調が秀長に似て来たようである。

「――」二人は黙り込んだ。

「与右衛門様は叔父上に似て来られたのう。叔父上に諭されているような気分になって来たわい。はははは」清正が笑い出すとつられて高虎と正則も笑い出した。そこで、

「やはり、与右衛門様は儂らの兄貴じゃな。話はよう分かった。じゃが、与右衛門様。儂らはわしらのやり方で、三成と事を構えるかも知れぬ。もし、事を構えたら、見て見ぬふりだけはしていてくだされ」と正則が言うと

「分かり申した。じゃが、市松。もし内府が仲裁に入った時は、それに従うと約束してくれぬか？この話は決して誰にも言わぬが、内府は止めに入るような気がしてならぬ。内府が止めに入れば、その時はきっとお二方の顔も立つように裁くと思う。じゃから、安心してその時は内府に任せると約束してくれ」高虎は正則と清正の顔をそれぞれ見て、懇願した。

「分かった。与右衛門様。その時は必ず内府に任せる。約束じゃ」清正が応えた。

「虎之助、昔を思い出すのう――。秀長叔父に初陣の挨拶に行った折、やはり与右衛門様に、戦さの心得を聞かせて貰ったのう。あの時と同じじゃ。ははは。与右衛門様、今日はこれでご無礼する。夜分、亭主自らの茶を馳走になった。忝い」正則のこうした潔いところが高虎は好きであっ

た。
「与右衛門様、次は酒にして下され。今宵はご無礼仕った」と清正も潔く席を立った。二人が出て行こうとするところへ、
「次は伏見の酒を用意して置く。そこまで送る」と高虎が言うと
「いや、今宵は忍びじゃ。新七郎！ご主人の代わりに儂らを送れ！」と清正が良勝の名をを呼ぶと
「喜んでお送りさせて戴きまする！」と言って良勝が廊下を駆けて来た。
「虎之助、本にこいつは素早いのう。与右衛門様、ええ家臣をお持ちじゃのう」と正則が振り向いて高虎に語ると
「自慢の家臣じゃ。羨ましいじゃろう？」と高虎が茶化すと
「儂らの負けじゃ！」と正則が言いながら去って行った。
だが、それから二日後にとうとう七将が動き出した。
今までの眼に余る三成の讒言で、恨み骨髄の七将、即ち加藤清正・福島正則・池田輝政・黒田長政・細川忠興・浅野幸長・加藤嘉明が『三成討つべし』と手勢を率い、三成の大坂屋敷へ討ち入ったのである。
これを事前に秀頼の家臣桑山治右衛門からの急報で三成は知り、逸早く大坂から伏見城の治部少丸まで逃げ、これを重く見た毛利輝元・上杉景勝が、治部少丸に一番近い家康屋敷に報せを入れて仲裁を頼み、家康の兵で治部少丸を警固することとなったのである。
家康は、追って来た七将を大喝して説き伏せ、三成の奉行解任と佐和山への蟄居で、七将の武装を解除させて大坂へ帰したのである。
清正と正則は顔を見合わせて高虎の言う通りになったと驚きを隠せなかったが、七将はすごす

ごと兵を返したのであった。

一方、このことで家康は政権の舵取りを行うようになったのである。高虎はほっと胸を撫でおろし、弟正高を早々に、江戸へ人質として送り届けた。だが、家康は、下総に知行地として正高に三千石を与え、単なる人質としてではなく、家臣として寓したので、高虎は益々家康の側近の位置づけに近づいたのだった。そのような時に、高虎に訃報が舞い込んで来た。

大坂中之島の屋敷に戻ってから、橋本弥助という者が夫婦揃って、宮部継潤が高野山で亡くなったという報せを持って来たのである。

継潤は、「但馬攻め」で、林甫城の長越後守連久を滅ぼしたが、連久には『まつ』という娘が居て、これを哀れに思い、まつを側室として迎え、その後、継潤が仏門に入ると、まつは宮部家を追い出されて、遊女に身を落としてしまい、これを弥助夫婦に身受けさせたが、継潤と同じく仏門に入ったという。継潤は自分の死後を心配し、高虎にまつの将来を託して、弥助夫婦を高虎の下へ寄越したのであった。

「善祥坊殿は最後の最後で、この儂を頼ってくれたのか――」と高虎は物思いに耽った。

(善祥坊殿は、儂に嫁の世話までしてくれた方じゃ。その善祥坊殿が「まつ」を側室として迎えてくれと頼んでおる。儂は子が出来ずとも側女を迎える気はないが――。どうするか――)と高虎は考え込んでしまった。傍に居た長右衛門が見かねて、

「殿、良い話ではござらぬか。まつ様を側室にお迎えなされ。こういう時を活かさぬと殿は、いつまでも側室をお迎えなさらぬ。第一奥方様も側室をお持ちなされと仰せではござらぬか。奥方様もまつ様も但馬にご縁のあるお方じゃ。それに宮部の殿様のお話とあれば、まさしくご縁続きでござる。これは神仏のお導きというものでござる」

「そういうことかの？」

高虎はこれまでも何度も、側室の話を断り続けていた。それだけ正室の久を愛していたし、二人の女性を愛するほど器用ではなかった。が、長右衛門に神仏のお導きと言われて、『ご縁続き』の宮部継潤の遺言を受ける気になった。

高虎は、宮部継潤とは但馬平定の時から親交を深めて居り、九州征伐で高虎が秀長の命に背き、継潤が守る根白坂の砦に救援に向かい、散々に島津勢を打ち破った後、継潤が改めて高虎の下へ挨拶に出向いた時のことを思い出した。

「高虎殿、此度は貴殿のお蔭で島津を打ち負かすことが出来た。この通り礼を申す」親子程の年の違う継潤に頭を下げられ高虎は戸惑った。

「善祥坊様、頭をお上げ下され。某は善祥坊様に嫁を世話して戴いた義理がござる。謂わば善祥坊様はこの高虎の親代わりではござらぬか。子が親を見捨てるようでは親不孝の誹りを受けまする」

「高虎殿、それ程までに、某のことを---」

善祥坊継潤は、眼に涙を浮かべていた。高虎の義理堅さが有難かったのだ。

「高虎殿、それではお言葉に甘えて、儂もこれより高虎殿を息子と思うてようござるか？」継潤は高虎を同じ近江浅井家に仕えていた同胞意識から、何かと高虎を気に掛けていたが、戦乱の信の薄い世に、義の厚い真っ正直な武士として高虎を見直したのである。

それ以来因幡鳥取城主の継潤と高虎は離れていてもその信頼の絆は決して綻ぶことは無かった。

(—関ケ原の合戦後、継潤の長男は西軍に付き、廃絶となるが、その子の長之—継潤の孫—は、高虎の家臣となる—)

継潤との思い出にふけりながら高虎は、

「弥助、話はようよう分かった。じゃが、『まつ』殿のことに付いては、儂の一存では無理なのじゃ。暫し時をくれぬか？『まつ』殿も髪を下ろされておるのじゃろう？還俗するにも時が要ろう？それまで、京の儂の屋敷に『まつ』殿と暮らしておれ」と言い渡した。

こういう時は、長右衛門が上手く計らってくれるので、

「長右衛門、後を頼むぞ」と困らぬだけの金子（きんす）を持たせ、京へ送り届けさせた。

高虎自身は旅の支度をして、妻久に側室を貰う承諾を得ようと、義理堅い高虎ならではの所業であるが、急ぎ海路板島（後の宇和島）へと向かったのである。


しかし、高虎は久を前にすると何も言い出せなくなってしまった。

「殿様、どうなされました？」久は、いつになく落ち着かない高虎を見て聞かずにはいられなかった。

「久、おなごじゃよ」傍にいた白雲斎と号していた父虎高が揶揄う様に口を挟んだ。

「え、殿様そうなのですか？」久は、高虎に確認するように尋ねたが、その眼は笑っておらず、
高虎は思わず目を逸らして、

「さすがに父上じゃ。見透かされたか――。じゃが、久違うのじゃ」高虎は必死に言葉を探した。

「何が違うのです？」久は尚も問う。久の傍らに居た八重は鋭い目つきで高虎を睨んでいた。

高虎は観念して
「実は、善祥坊殿が亡くなられたのじゃ。その善祥坊殿が遺言を儂に託された。その中身は、善祥坊殿の側女であった『まつ』という方が本家を追い出されて苦界に身を投じた。それを知って助けたものの、ご自分が高野山に籠っているのを知ると、その方も髪を下ろしたそうなのじゃ。

ご自分が死ぬとその方の行く末が心配で、その方を儂の側室に迎えてくれぬかというのじゃ。儂は即答せず、まず久の許しを得てからと、長右衛門に言うて善祥坊殿の家人夫婦と共に京屋敷に預かっておる。まだ会うて（おうて）も居らぬし、髪も下ろされておるそうじゃから、髪が伸びて還俗されて、それから、久の許しを得てから側室に迎えようと思うておる。じゃから、父上が想像なさったのとちょっと違う」高虎が説明を終えて久を見ると、

「ほほほほ――」と久が思わず吹き出し、つられて八重も笑い出した。

「八重、殿様は私が申した通りのお方でしょ」久は八重を見て言うと
「本に殿様はこの世に珍しい律儀なお方でございます」と八重は大きくうなずきながら応えた。

「父上、我が殿様は父上のようなお方とは違います。おなごに優しい律儀なお方でございます」

久は白雲斎に恨みがましい目で見返した。

「久、儂もおなごには優しいぞ」と白雲斎が言い返すと、

「父上はおなご全てに優しゅうなさる。じゃが、殿様は私だけに優しゅうなさって、わざわざ大坂から側室の許しを乞いに伊予まで来られるお方でございます」そして高虎に向かって
「殿様、以前から申し上げている通り、殿様が側室を迎えられることに何の不満もございませぬ。

久はわざわざそのために来られた殿様に惚れ直しました。めでたいことではございませぬか。ましてや、大恩ある宮部様の遺言とあらば、喜んでお迎えくださいまし」と言うと、

「久、側室を貰って良いか？よいのじゃな？」と高虎は急に元気になって応えた。

久は笑って頷き、父白雲斎は、

「何か儂一人悪者にされたようじゃのう――ははは」と笑い飛ばした。

久はこうした高虎の正直一徹なところが嬉しく、喜んでこれを承諾してくれたのである。

これで高虎は、一気に肩の荷を降ろした思いで早々に板島を発ち、大坂に戻って来たのであった。

この時代高虎のように、側室を貰う許可を正室に貰う為、わざわざ国元へ帰る武将はまず居なかった。このようなところを家臣が見て居り、そんな自分達の主を微笑ましく、また律儀なところに惹かれ、上下の結束も固くなったのである。

慶長四年も秋になろうとする頃、家康からお呼びが掛かった。重陽の節句に、秀頼に挨拶に行くことになり、高虎に警戒する点を尋ねて来たのである。

高虎は嘗て織田信雄の臣で土方河内守雄久という者が、案内役になれば注意した方が良いと応えた。何しろ、剣の腕が立ち、信雄が自分の名の一字を与えた程の剛の者だと伝えたのである。

案の定、大坂城内で家康を襲おうと大野治長と土方雄久が仕掛けたが、本多忠勝が見事に捻じ伏せ事なきを得るという事件が起きた。家康は、何食わぬ顔で奥の間へ行き、秀頼・淀・大蔵卿局らと無事対面を果たし、重陽の節句の挨拶を済ませて京の屋敷に戻ると、間髪を入れず秀頼宛てに、大野治長と土方雄久を内府である家康に大坂城内で無礼を働いた廉で、治長を下野へ配流、雄久を大坂城追放とする旨の朱印状を送り付けた。淀達は家康が帰った後、治長から事情を聞き、却って治長達を叱りつけていたので、反論の余地はなく、渋々受け入れることになったのだった。

この間も高虎は、徳川と豊臣の戦さは近いと案じ、頻りに家康側への懐柔工作を進めていた。大坂方と思われる近江衆の朽木元綱・小川祐忠・脇坂安治らの懐柔に動いていて、家康も念押しで、高台院（お寧）にも働きかけて、黒田長政・福島正則・加藤清正・小早川秀秋を、家康側に付くよう依頼していた。長政・正則・清正は三成憎しであったので、当然のごとく家康側に付く旨の内意を家康に示した。残るは小早川秀秋であるが、優柔不断でどちらにも靡きかねない。ただ、義父の小早川隆景が残した兵力は、有に一万を超える動員力を持っており、馬鹿にできない勢力である。

秀秋は高台院（お寧）の甥であり、高台院を母のように慕っていたので、高台院の影響は大きかった。家康が、高台院の下を訪ねると、

「まあまあ、内府殿らしい念の入れようじゃ」

高台院は、既に家康の魂胆を見透かしており、

「もう一遍、内府殿の家臣として生きよと、言うて聞かすで、安心して待っていて下され」

と、家康の申し出を引き受けてくれた。

三成もこうした家康の高台院への接近を、知らぬ筈が無かった。

しかし、高台院の影響力を算盤勘定では弾けなかったようで、まさか、高台院の言うことを武勇で鳴る黒田長政・福島正則・加藤清正、それに小早川秀秋の面々が、聞くとは思えなかったのである。『育ての母』の前では、幼な子のようになる気持ちが、三成には理解できなかったのであろう。


弥助夫婦が高虎を訪ねて来てから、半年近くの月日が経って、季節も九月を過ぎようとする頃、高虎は継潤の遺言を履行すべく、『まつ』を京から大坂の藤堂屋敷へ呼び寄せた。丁度『まつ』の髪も程よく伸び、側室として輿入れの準備が整った頃合であった。

『まつ』が、大坂の藤堂屋敷へ入って落ち着き、高虎の家臣達が「めでたい」と慶びを分かち合っていた頃、国元から予期せぬ訃報が届く。

高虎の父白雲斎（虎高）が十月に静かに永眠したという。齢（よわい）八十四の長命であった。

高虎は急ぎ、板島へ帰ると高吉、久や家臣団の出迎えを受け、白雲斎となった天寿の虎高を弔った。

新七郎良勝や長右衛門・竹助達にも、朝鮮で手柄を立てる都度、よく自ら感状を認めていたし、

高虎の家臣達を、自分の息子のように面倒を見てくれた。それが高虎軍の結束力の強さともなったので有難い父であった。

高虎は父の葬儀を終え、大坂へ戻るとハタと気付き、長右衛門達を呼び寄せた。

「大和春岳院にある大光院様の菩提寺を京の大徳寺に移そうと思う」と高虎が言うと、

「なるほど、増田様の所領の大和では、戦火に遭うかも知れぬとお考えですな？」と勘の鋭い新七郎良勝が応じた。

「そうじゃ。春岳院と大徳寺へ儂と一緒に供を頼む」増田長盛はこの時、大坂方と見られていたので、高虎は、長右衛門や良勝と共に大和春岳院を訪ね、位牌は春岳院にも置いて、永代供養を依頼し、大徳寺には、寺領三百石を納め、大光院を創建し、以後ことある毎に、大徳寺には手厚い庇護を続けることとなった。

⑥関ケ原

慶長五年、政情が大きく動き出す。

この年、七歳を迎え秀頼の将来に不安を募らせる淀は、蟄居した筈の石田三成を大坂城に呼び寄せたことで、戦局が動き出したのである。

三成は安国寺恵瓊を通じ、毛利輝元の担ぎ出しに成功し、会津の上杉とも連携して、密かに家康包囲網を構築しつつあった。

一方、家康は、会津の上杉景勝と直江兼続が秀吉の葬儀が終わってから、会津盆地の中央に神指城の築城を始めたことや、最上・伊達との国境に砦を築いていることを、越後の堀秀政と景勝の重臣藤田能登守信吉からの密告で知り、自分のことはさて置き、これを重大な秀吉の遺言違反で、『逆心あり』として、弾劾状を景勝に付きつけた。伊奈昭綱・河村長門を詰問使として会津に差し向けたが、景勝・兼続は、「追って申し開きする」として追い返し、ひと月後の五月に、兼続が、家康宛に、世に云う『直江状』を回答代わりに差し出したのである。

それには、「景勝に逆心あるというが、堀秀政や藤田信吉のような裏切り者の言うことを信じるような家康こそ『逆臣』であるのは、世間が知っていることだ」と皮肉たっぷりに認めてあったのである。

これで、家康は『逆心あり』の申し開きもせず、天下を批判するようなことを言って寄越すのは、いよいよ『会津謀反』の証であるとして、会津征伐に動き出した。

家康は『直江状』を受け取ると関東の諸大名に『会津征伐』の陣ぶれを出し、他の諸将には七月七日に江戸に参集することを申し渡した。そして自らは、大坂城へ登城して、秀頼に「これより、兵を率いて景勝を懲らしめに行って参ります。少々畿内を空けまするが、大坂城の

警固を怠りないように致しますれば、お心易くお暮し下さりませ」と挨拶し、
「内府、苦労じゃが宜しく頼む」と淀に言わしめた。加えて軍資金と兵糧二万石まで家康は受取り、腹の中で笑いが止まらなかったのである。

一方高虎は、会津へ出立する前に、淡路の脇坂、近江の朽木への懐柔に明け暮れていた。脇坂安治・朽木元綱は同じ近江衆であり、安治とは朝鮮で水軍を率いて助け合った仲で、殊に加藤嘉明との朝鮮での諍いの際、安治が自らの非を認め、高虎に謝った時から急速に接近して、酒を酌み交わし、浅井長政時代の話に花を咲かせる仲であった。脇坂安治は

「佐渡守殿、お主のお誘いは誠に有難いと思う。朝鮮で戦い合った友の言葉は身に染みた。たとえ三成に組みしようとも、我が脇坂軍は、内府勢と戦さはせぬとお誓い申そう」と懐柔に成功し、続いて旧主浅井家からの馴染みの、老将朽木元綱も懐柔出来、高虎は一先ずほっとした思いであった。

こうして高虎は、板島の留守居に太郎左衛門重政に佐伯権之佐を付け、自ら二千五百の兵を率いて、江戸に入り、弟正高と久々の対面を果たした後、奥州道を下野に向け移動した。

その頃、大坂では十七日に、長束正家・前田玄以・増田長盛の三奉行の連名で、『内府違いの条々』を諸将に発布していた。

それは、十三か条に及ぶ家康糾弾の書状で、『家康の私闘に参加せず、秀頼の下に集まり、奸族家康を討とう』というもので、これを機に、三成が遂に挙兵したのである。

この報は高虎の耳にも入り、話があると下野小山の手前で家康に呼ばれた高虎は、

「内府様、大坂で事が起きましたな？」と家康の用件を理解しているかのように話し掛けた。

「左様じゃ。三成がついに挙兵しよった。幽斎(細川藤孝)の居る田辺へも一万を超える軍で攻めて居るそうじゃ。残念ながら、伏見の元忠は、立花らの軍に攻め込まれ、何時まで保てるか分か

らぬが、城を枕に討死すると言うておる。元忠が伏見城落城を見越して、早馬で知らせて来よった」

「元忠殿ならば、最後まで粘られましょう」

「しかし、九州勢相手で十日も持てば良い方じゃろう。それは兎も角、此度の評定で、太閤恩顧の武将達がどう出るかで、三成との戦さは決まろうと思うのじゃ」

「仰せの通りでございます。甲斐守(黒田長政)殿や左衛門大夫（福島正則）殿は内府様のお味方となりましょう」

「左衛門大夫も味方に付くか？」

「は、市松時代から某もよう存じておりますが、治部少憎しで固まっておりますす故、間違っても治部少に味方するとは思えませぬ。ただ、秀頼君が大坂方の盟主になれば変わりましょう」

「そうなされませ。評定では某が口火を切りまする故ご安心下されよし甲斐守に儂からも頼んでおこう」

「左衛門大夫が心配じゃったが、よし甲斐守に儂からも頼んでおこう」

中納言殿と聞いておりまするが間違いござりませぬな？」

「おう、高虎も知って居ったか？そうじゃ。秀頼君ではない。淀殿は秀頼君を表には出さぬ」

「内府様、治部少が幾ら頑張っても、戦さの大将として指揮する立場に無いということは、向こうは烏合の衆でござりまする。治部少は兵力の差と陣形で戦さを測ろうと致しますが、戦さはそれでは測れませせぬ。内府様、この戦さ勝ちまする！」

「ははは、頼もしいことを言うてくれる。高虎、差配は間違いないようにな。評定では頼むぞ！」

　『小山評定』で家康は、諸将が居並ぶ中、徐に話し出した。

「各々方、ここまで誠にご苦労でござった。ご存知のように、三成が大坂で兵を挙げ、儂を敵とみなし戦さをしようという。ここまで上杉征伐について来て貰うたが、上杉には一部の兵を残し、これから三成と戦おうと思う。各々方には、大坂に妻子を残して居られるお方もござろう。また、三成の大坂方と、懇意にされておられるお方もござろう。ここまでついて来て戴いただけで、家康、礼を申し上げる。他意はござらぬ。遺恨も持たぬ故、大坂に帰りたい方は帰られよ！」

と家康が話すと、

「内府様、異なことを申されるな。我等内府様のお味方として従い申した。大坂を発つ時に妻子には申し渡してござる。我等治部少に味方する者など一人もござらぬぞ」

打ち合わせ通り高虎が口火を切った。すると
「佐渡守殿の申す通りじゃ。我に治部少への先陣をお任せ下され！」と福島正則が続いた。

「ここまで来て内府様を裏切り、大坂へ付くは武士の恥でござる。治部少相手に一戦交えるは、願ってもないことでござる」と黒田長政が続き、一同家康側として戦うことで一致した。

　これに安心した家康は、上杉への備えの為秀忠に榊原康正ら三万八千の軍を付け、自らは、井伊直政・本多忠勝ら三万の軍を率いて一旦江戸へ引き返すことにした。

　高虎は、清州へ向かう途中、忠誠の証として正高に加え、高吉を家康への人質として江戸に置き、黒田長政らと東海道を上って行った。家康に味方して東海道を上った諸将は、福島正則の申し出により、正則の居城となっている清州城を拠点とした。

　八月十三日には、高虎は清州城に入り、諸将と共に暫し休息の時を得た。

　しかし、未だ家康が江戸を発っていないという情報が諸将の間に流れ、不穏な空気となり出した。

　そこへ、家康の使者村越茂助が現れ、家康の伝言を持って来た。

清州城の大広間に集まった諸将達の前に、村越茂助を伴って本多忠勝と井伊直政が現れ、

「ご一同、ご苦労にござる。江戸から内府様の伝言を持って、村越茂助直吉が参った。今から披露してもらう故、聞いて貰いたい！」と忠勝が大声で伝えた。茂助は、福島正則や黒田長政らの太閤恩顧の諸将には、あまり名の知れた者ではなかったので、家康に軽く見られたのかと取った正則が先ず叫んだ。

「未だ、内府様が江戸をお発ちにならぬとはどういう訳じゃ！」と怒鳴られても村越茂助は少しも怯まず、落ち着いて応えた。

「只今から内府様のお言葉をお伝え申す。各々方は尾張まで至り、川を渡れば、敵が控えているにも拘らず、未だにご出陣なさらぬのは、内府に向背の意がござるからではないか？川を渡り美濃へ攻め、敵と戦い、旗色を明らかにされれば、直ちに内府様は江戸を発つと仰せでござる！」と言うと、

「それは、尤もじゃ！我等直ぐにでも出陣いたす！」と加藤嘉明が言葉を発した。

「岐阜への先陣は、この左衛門大夫が仕る！」と直ぐに正則が呼応した。

岐阜城は、西軍に付いた信長の嫡孫三法師こと織田秀信が守っていたが、岐阜城主であった池田輝政と先陣を自ら希望した福島正則が、後を顧みずに、勇んで攻めかかった為、高虎や黒田長政、田中吉政らの軍は、取り残される形となり、致し方なく後詰として、河渡（ごうど）に回ることにした。

長良川の渡河戦で、三成の舞兵庫の軍と一戦を交えたが、磯崎金七(後の藤堂家信)や新七郎良勝が、首三百を挙げる活躍で石田軍を蹴散らし、更に高虎らは、中山道を西に取り、仮本陣となる赤阪宿を目指して、攻め上がったのである。赤阪宿の入り口で、藤堂玄蕃良政が駆けつけ、

「殿、某が手勢を連れ様子を見て参りまする！」と言うので、

「あい分かった。鉄砲隊も連れて行け！」

「はっ。」と急ぎ配下の手勢を連れ馬を蹴った。

斥候として赤阪に乗り込んだ玄蕃良政は、大坂方の伏兵が多数入り、待ち伏せしているのを見つけた。玄蕃についていた池田久兵衛が、白地に『石』の字を染めた旗を確認すると、

「三成の兵じゃ！」と玄蕃共々一斉に襲い掛かった。

玄蕃は、近隣の宮田村に居た農夫を庇いつつ、槍を繰り出し、二十ばかりの雑兵を討ち取り、池田久兵衛らも五、六十騎を討ち、伏兵を追い払って高虎に知らせた。

「玄蕃、見事じゃ。後は赤阪宿を仮陣とする故、百姓達が動揺の無きよう鎮めねばならぬ。儂も手伝う故伜も頼む。」

「は、畏まりました。」

高虎は自ら、辺りに触れを出した。

「ここは、徳川方が抑え申した。大坂方は居なくなったぞ！安心いたせ！これから徳川の大軍が入って来るが、乱暴狼藉はせぬよう固く禁ずる故、一同安心せい！もし、乱暴狼藉を働く者有れば、この藤堂佐渡守高虎が、自ら成敗いたす故、何なりと申し出でよ！」

馬を走らせ、宿や近隣に触れて回ったお蔭で辺りは沈静化した。

そこへ黒田長政軍、生駒軍、加藤軍と続々と集まりだした。

集まったところで、宿・村には乱暴狼藉はせぬよう、諸将で取り決めを行い、厳正に家臣の管理に意を用いるよう確認し合った。

落ち着いたところで、高虎は良政を呼び、

「玄蕃、よくやったぞ。これで一大決戦の拠点が出来た。褒美に儂の兜を下げ渡す」

「はっ。しかし殿、それは太閤殿下から戴かれた家宝ではござらぬか？」

高虎の大きな身体に似合う『唐冠形兜（とうかんなりかぶと）』は朝鮮の役の褒美に秀吉から貰っ

たものである。

兜の天辺に兎の耳のような七、八十センチの長いエイが付いていて、高虎は、戦闘では邪魔になるとして、旗印のように横に置いていた。

「よい、赤阪に陣を張れたのは、一万の軍を倒したより功大じゃ。受け取れ！」

「殿、有難うございまする」玄蕃良政は感激した。

「それから、倅に頼みがある。疲れて居ろうが、内府様に石田方への陣を固めたので、急ぎ江戸をお発ちになるよう、儂の代わりに江戸まで伝えに行って貰いたいのじゃ」

「はっ。しかし某の先陣のお約束は？」玄蕃良政は、大坂を発ってから、江戸へ上る前に、高虎に先陣を願い出て赦されていたのである。

「ははは、安心せい。内府様がご到着されるまでは、戦さはせんと諸将と取り決めをして居る。倅が戻ってからでないと戦さは始まらぬ」

「は。それで安心いたしました。喜んで急ぎ江戸へ行って参りまする」玄蕃良政は高虎の書状を持って、勇んで江戸へ発った。

この玄蕃良政は、高虎の四つ違いの従兄弟で秀吉に選ばれて、『若江八人衆』として関白秀次の側近に取り立てられた。しかし、秀次が切腹の憂き目に遭い、良政も、連座で切腹させられそうになった際、高虎が秀吉に命乞いをし、自らの家臣として取り立てた者であった。

従って、良政は何としてもその恩を、高虎に返したいという思いが強く、この大戦で武功を挙げたいと休む暇を惜しんで働いていたのである。

家康側近の諸将からも、逐次家康へ報告が上げられているが、赤阪を鎮めた八月二十四日になっても『家康発つ』の報が入っていなかった。

そこへ、二十七日に良政が江戸へ着いた。高虎の家康への書状は絶好のタイミングとなったのである。家康は、良政から具に美濃侵攻の様子を直接聞き、大喜びして良政に金子（きんす）を褒美として取らせた。

高虎は『東軍諸将の不満が限界に来ており、今こそ、江戸を発った旨をお報せ願い、諸将を安堵させてやって欲しい』という趣旨の書状を認めていた。

これで家康は、九月一日に江戸を発つという報せを、赤阪に居る東軍諸将に送った。玄蕃良政は、家康から直々に書状を受け取り、急ぎ赤阪の陣へ向かった。

家康の行動は早かった。会津の上杉が伊達や最上の牽制で動けずと見るや、秀忠に二万余の軍を付け、中山道から西へ向かわせ、自らは、三万弱の軍勢を率い、既に十日には熱田から一宮に到着し、高虎を一宮まで呼び出したのである。

この時、秀忠の徳川主力部隊は、未だ上田城に釘付けとなって、合流出来ないことが判明した。

真田昌幸と信幸・信繁親子は、昌幸と信繁が上田に戻って西軍に付き、信幸は東軍に付くことで、袂を分った（犬伏の別れ）のであるが、この軍略の天才昌幸の二千五百の軍に、秀忠軍二万余が上田城で翻弄されていたのである。

家康は九月九日には、赤阪に到着せよと遣いを出していたのであるが、家康自身が、一宮に付いた十日にも、赤阪に到着したとの報告が無いことで、秀忠本隊抜きにして西軍と戦うことを決めた。これ以上、福島や黒田を待たせる訳には行かない。

「高虎、実は秀忠が間に合わぬ」

「はあ？」高虎は意外であった。

「上田の真田にしてやられておるようじゃ」

「ほほう、安房守（真田昌幸）の計に掛かられましたかな？」と高虎は落ち着いて応えた。

「康正（榊原康正）らが付いておるのに、あの馬鹿めが、行きがけの駄賃に上田城を落とそうと、安易に考えたに違いない」

「内府様、間に合わねば今の兵で戦うしかござりませぬ」

「そこでじゃ、儂の兵は直政と忠勝と三万に満たぬ兵しか居らぬ。それでも左衛門大夫らは戦うてくれようか？」

「内府様、ここまで来て寝返ることはござりませぬ。内府様の到着を今か今かと待ち続け、到着されなければ、我等で治部少を叩こうとして居りました故、万が一にも大坂方に付くことはござりませぬ」

「誠か？」

「ご安心なされませ。この高虎の首を賭けてもようござる」

「そうか、そうか。これで一安心じゃ」

「内府様、では赤阪でお待ち申しております。夜更けに陣を抜け出して居りますれば、朝の明けぬ内に戻りとうござります」

「そうじゃのう。怪しまれても行かぬでの。夜更けに呼び出して済まなんだの」どこまでも慎重な家康はほっとしたようであった。

「それからの、倅に返さねばならぬものがあってな。これ！」

と言って供の者に声を掛けた。呼ばれて現れたのは高吉であった。

「一世一代の戦さじゃ。高吉のような強者を江戸へ置いては行けぬ。倅に返す」

「高吉、内府様にご無理を申し上げたのではあるまいな？」

「いえ、それは――」

「いやいや、儂が無理に連れて来たのじゃ。やはり良い武者振りじゃ。存分に働いて貰おうと思うてのう。じゃが、高吉が存分に働けるのは、高虎が居てこそじゃ。高虎、倅の気持ちはよう分かったでの。高吉は倅に返したぞ」

「内府様、忝うございまする」高虎、高吉は二人揃って手をついて礼を述べた。

そんな密談を交した家康も、十四日に赤阪に着いた頃には、ケロッとした表情で、諸将のこれまでの働きに礼を言いに回り、

「各々方、いよいよでござる。されば、儂の策を御披露申し上げる故、異論のある方は、遠慮は要らぬ故申されよ」と家康なりの策を披露した。それは西軍の主力が立て籠もる大垣城の城攻めはせず、西軍と野戦に持ち込む策であった。

従って、大垣城から西軍を誘い出す策が要る。それには大垣城を無視して、このまま中山道を大坂に向け攻め上り、途中の佐和山城を攻め落とすという情報を流すというものであった。そうすれば、必ず三成は動く。三成が動けば西軍全体が動く。籠城戦は時間を要する。家康は時間を掛けることで、南宮山に陣を構えている毛利秀元や大坂城から毛利輝元が援軍に出てくれば、東軍に付いた太閤恩顧の大名が寝返るかも知れないという不安があった。従って、野戦で一気に決着を付けたかったのである。これに異論を唱える者はなく衆議一決した。

高虎が評定を終わって自陣に戻ってくると良勝が待っていて、

「殿、大坂から七里勘十郎が到着いたしました」と笑みを浮かべながら報告すると
「そうか、直ぐにここへ」と高虎は大坂屋敷の事であろうと直ぐに分かり、早く報告を聞きたかった。そこへ泥だらけの七里勘十郎が現れた。

「殿、ご安心なされ！」と勘十郎が高虎の顔を見るなり第一声を発した。

「勘十郎、ここまで大変じゃったろう？随分苦労したと見える。済まんかったのう」と高虎は労った。

「なあに、儂は紀州の山育ち故、山を駆けるのは得意でござる」

「で、まつは、まつは大事ないか？」
「はい。伊予から十数名が駆けつけ、抜ける算段をしておりましたところ、石田方の手の者がどうやら細川様の奥方様を人質に取ろうと細川屋敷に押し入ろうとしましたら、屋敷に火をつけて奥方様は家臣に胸を突かせ自裁なさいまして、それからは大坂方も屋敷を包囲するのみで、手を出す様子はなく、無理をして逃げるよりは安全と、百々六郎衛門様の判断で、屋敷内で静かにお暮らしでございます。このことを一刻も早く殿にお知らせしようと、屋敷を抜け途中宇喜多勢や小早川勢と出くわしましたが、伊吹山を回って駆けつけました次第にござります」
と勘十郎の報告を聞いて安堵した高虎は
「勘十郎、ご苦労じゃった！おい、勘十郎に着替えと手水を持って参れ。泥だらけになって知らせに来てくれたのじゃ。勘十郎、腹は減ってないか？おい、何か食わせてやれ！」と言うと、
「殿、一度にあれもこれも出来ませんわい」勘十郎は笑って応える。
「そうじゃのう、ははは。勘十郎は休んでおれ。皆、これから出立じゃ。我らは京極殿と共に先陣の備えに回ることとなった。大垣城を無視して西へ向かう。我らの動きを知って三成達も急ぎ関ケ原へ向かうじゃろう。関ケ原には既に大谷刑部達が待ち構えて居る。恐らく関ケ原が戦さ場じゃ。移動途中に西軍と鉢合わせになるかも知れぬ。暗い故注意しながら進め。決して味方同士での斬り合いはするな。まず相手を確かめよ。急ぐことはないぞ。西軍に背を向けることになるからの。よいな」高虎は全軍に注意を促すと
「おう！」と一同が応じた。

この頃、大垣城では、赤阪に家康が到着し、その数総勢八万との情報が流れ、軍議が開かれていた。

島津義弘が口火を切った。義弘は籠城での夜襲に拘った。

「敵が兵力で優ろうと、夜襲による奇襲なれば、敵が幾ら集まろうとも、切り崩してお見せしもんそ。切り崩したところを一気に城門を開け、討って出れば、この戦いは勝ちもんそ」

「惟新殿、これは義の為の戦いでござる。夜襲を仕掛けるなど卑怯な戦法にござろう」と三成が反対した。

「戦さは勝たねばならぬ。卑怯と言われるが、夜襲は立派な戦法でごわはんか？」

「正々堂々と戦い、打ち破ってこそ、我等の義が立つというものでござる」と三成は義に拘った。

「戦さには時と云うものがごわす。時を失うては勝てもはん」

「今からでも討って出て、先陣の左衛門大夫（福島正則）や兵部少輔（井伊直政）を打ち破って置けば、残るは家康のみでござる。時と云うなら今でござる」と宇喜多秀家が義弘に賛同した。

「しかし、それでは家康が引き返すことも考えられよう」

「戦さが分からん御仁と話しておっても、しょんなか。我等は勝手にいたす。各々の采配で動けばよか」と島津義弘が言い捨てた時、「ご注進！」と伝令が駆け込んで来た。

「何事じゃ！」傍に居た島左近が問う。

「家康に動き有り！赤阪から中山道を西へ向かおうとしておりまする！」

「さては、我等をやり過ごし、そのまま大坂へ攻め上ると言うのか？」と小西行長が後を継ぐ。

「いや、佐和山を初めに攻める気じゃ！」と三成が言う。

「各々方、我等はこれより城を出て、先回りをし、刑部（大谷吉継）らが陣を敷く、関ケ原へ参ろうぞ！」と家康が流した情報で、軍議は自然と野戦で一決した。小早川秀秋は、松尾山城の伊藤盛正を追い出し、十四日の内に陣を敷いていた。

　こうして、急ぎ陣立てをした大垣城の諸将が兵を率いて一斉に関ケ原へと急いで向かって行ったのである。

一方、高虎は夜陰の中の行軍で、敵と味方が同方向へ移動している為、先鋒の玄蕃良政、良勝、高刑、高吉達に十分に注意しながら進めと注意を促した。陣を整えるまではと、良勝が手勢を率いて先導することになったが、

「新七郎、戦さになれば儂が先鋒であることを忘れるなよ」と玄蕃良政は良勝に釘を刺すことを忘れなかった。

「玄蕃、承知しておる！」と良勝はニヤッと笑みを浮かべて馬を進めた。

良勝が馬を進めていると、前方でどこかの部隊が行軍しているような甲冑のすれる音や物音が聞こえて来た。良勝は高虎軍と同じ先鋒控えの京極高知の軍かと思い前を急いだ。

「や？あれは――おい、あの旗印は三成か？」と良勝は手勢の者達に声を掛けた。

「白地に大一大万大吉。良勝様間違いなく三成の旗印にござる」との声に、

「さては、三成の最後方の隊じゃな。行きがけの駄賃じゃ。少々脅かしてやるか――。お前達はゆっくりと進んで参れ！」と言って良勝は馬に鐙を入れて走らせた。

「良勝様！」と大きな声では叫べない為、声を潜めて良勝を留めようとしたが、良勝は夜陰に消えて行った。

この時、良勝が遭遇したのは、三成の本隊から外れた為、先を急ぐ大野喜兵衛率いるおよそ百の隊であった。

「治部少殿にご注進！通せ！通せ！」と言いながら、良勝は三成軍の味方を装い、喜兵衛の兵に道を開けさせ進み、先頭を行く喜兵衛の前に出て、踵を返すと、

「治部少殿の兵とお見受けいたした！我は藤堂佐渡守が家臣藤堂新七郎良勝。お手合わせじゃ！」

と名乗りを上げた。

「何⁉たった一騎か？この大野喜兵衛の首が獲れるか命知らずめ！」と喜兵衛はいきなり槍を突いて来た。

これを良勝は難なく槍で払い、その勢いで喜兵衛を殴るようにして馬から落とし、槍を突き刺し引き抜くと首を薙いだ。すると首が飛び、それを槍に刺して
「藤堂新七郎良勝、大野喜兵衛の首討ち取ったり！」と叫ぶと良勝は一目散に馬を駆って喜兵衛の兵を避け叢の中へと道を変えて立ち去った。

朝がまだ明けぬ靄の掛かった中でのあまりに早い出来事で、大野の家臣達は何が起きたか分らず、後で首の無い主の姿に呆然とするばかりであった。

ただ、道を変えた為に良勝は福島正則軍の前を横切るようなこととなり呼び止められた。

「待て！」と正則の家臣が道を塞ぐと
「これは沢潟のご紋！左衛門大夫様のご家来衆でござるか？藤堂佐渡守が臣、新七郎良勝でござる。只今、治部少の兵と遭遇し兜首を挙げ申した！急ぎ主にご報告いたすところ、お通し下され！」

と良勝が身分を明かすと
「新七郎ではないか久しいのう？」と馬に乗った正則が前へ出て来た。

「おお、左衛門大夫様！お久しゅうござる。只今三成の本隊からはぐれた大野喜兵衛の隊と遭遇し首を挙げたところでござる。主高虎に報告に戻るところでござった」

「新七郎、相変わらず素早いのう。よし通れ！与右衛門様によろしくな。じゃが、戦さ場では儂が先鋒を仰せつかっておる。新七郎、儂を出し抜くなよ」と正則は笑みを浮かべて言うと、

「忝い。承知仕った！では御免！」と言って良勝は急いで高虎の下へと馬を走らせた。

大戦前の出来事であったが、朝が白み始めた頃には、三成は笹尾山に、島津らは山中村に陣を敷き、宇喜多秀家の軍は、笹尾山と松尾山の間に山中村があり、島津軍の前を塞ぐように、丁度

笹尾山と松尾山がせり出した間に陣を敷いた。

東軍は、西軍が西へ動くとゆっくりと西へ本陣を移し、桃配山という小高い丘に家康は本陣を構えた。

かくして、九月十五日の朝が明けようとしていた。

先陣は軍議通り、福島隊が受持ち、高虎は二番隊の位置づけで京極高知と共に、正面に脇坂・朽木・小川等近江衆の旗印が見える松尾山の北側麓に陣形を整えた。

高虎は、十四日未明、高吉の家臣猿山金三郎、高橋金右衛門に脇坂安治の下へ遣いを出していた。東軍に味方する脇坂安治・朽木元網・小川祐忠等への寝返りの合図の確認の為である。それは、白地に朱の丸餅三つの旗を脇坂隊等に見えるように振るというものであった。

猿山金三郎・高橋金右衛門は、それを脇坂安治達に伝え、急ぎ戻って、高虎に安治の返答を持って来た。

「如何であった？」

「はっ、心得たと短いご返答でござりました」

「よし、ご苦労であった」

こうして、高虎は家康から依頼のあった内応への取り付けを全て確認し終えて、十五日の朝を迎えたのである。

西軍の大谷吉継は、味方の中でも、小早川秀秋が内応するかも知れないと感じていて、山中村の小高い丘に陣取り、松尾山へも対小早川要員の兵を割き、そちらの方へ自らの輿を移動させた。

十五日の朝は、前日の雨がまだ残っていた。北は伊吹山山系、南は鈴鹿山系に挟まれた狭隘な平地に、東西合せて十五万を超える兵と旗・幟が見え、それに馬の嘶きが聞こえ出した。小雨の影響で狭隘な平地にうっすらと霧も立っていた。

両軍は朝が明け、相手が確認できるようになってもまだ動かなかった。

時刻は、今で云う午前八時になろうとしていた。

東軍は軍議通り、先陣の福島隊の仕掛けを待っている。

だが、待ちくたびれたのか、福島隊の後方に居た井伊直政の赤備えの軍が、味方の陣を割って出るような動きを見せた。

これに先陣の福島正則が、

「おのれ、直政魁(さきがけ)は許さぬ！」と叫ぶや
「掛かれ！」と采配を揮い、宇喜多隊を相手に鉄砲を撃ち掛けた。

と同時に、宇喜多隊も福島隊が動くと同時に、鉄砲を撃ち掛け、これが開戦の口火となった。

凄まじい音で馬は驚き、棒立ちとなり、それに構わず互いに前進してぶつかり合った為に、いきなり乱戦状態となった。

高虎は、正面の脇坂らの軍を無視し、大谷隊を目掛けて、鉄砲を撃ち出した。玄蕃良政は四十半ばで先陣を任され、今度こその思いが強かったが、そこをするすると抜け出し、馬を駆って出た者がいた。

新七郎良勝である。要領はやはり良政より良勝が勝った。

「くそ、良勝！」と良政も馬を駆って、先陣争いから一番首争いとなったが、良勝は、雑兵の槍を払うだけにして、遣り取りはせずに、兜首を目指して突き進む。

これに対して、良政は雑兵を一々突き刺しながら進むので、あっという間に良勝との間に距離が開く。これを見ていた高虎は
「なるほど、これでは良勝に手柄を持って行かれる訳じゃ」と思いながらも、

「仁右衛門！良勝、玄蕃に続け！孤立させてはならぬぞ！」と高虎は高刑に出陣を命じた。

「承知！」仁右衛門高刑は目の前の敵に、更に鉄砲の弾を浴びせて、二百程の手勢を率い、錐のようにまっしぐらに突き進んだ。


しかし、大谷隊はよく戦っている。吉継が鍛えに鍛えた兵だけのことはある。味方が崩れそうになったところへ、小高い丘から新手を繰り出し押し返す。高虎の兵の新手も底が尽きかけて来た。隣の京極高知の兵も奮戦しているが、平塚為広の軍に押し返されて来た。小早川や脇坂らの兵は、じっと戦局を見つめているだけで動かない。

高虎は、内心ほっとしていた。

（脇坂らが真の敵であったなら、こちらの負けが決まっておったかも知れぬ。動くなよ。動くなよ。未だじゃ、金吾中納言が動いてからじゃぞ）

高虎は馬上から、横目で松尾山の麓を見ながら、念仏のように呟いていた。

一方、笹尾山の石田軍は、戦前の下馬評と違い、見違えるぐらいに力戦奮闘していた。北条攻めでただ一人、忍城攻略に失敗し、戦さ下手を曝け出した三成であったが、その後、島左近や光秀の家臣舞兵庫等を召し抱え、加えて大筒を得て、黒田や井伊の軍を跳ね返している。

先程から高虎の右手（北側）では、三成の大筒の大きな爆裂音が鳴りやまず、戦況は西軍に傾いていた。

家康は、南宮山に対陣している敵である筈の毛利や吉川・長曾我部の備えに念の為、池田・浅野の一万近い兵で、じっと睨み合いをさせている。

既に、吉川広家から「兵を動かさぬ」という誓書を取り付け、吉川軍が南宮山の麓に陣取っているから、後ろの長曾我部盛親・毛利秀元の軍が動けない。毛利秀元・長曾我部盛親の軍だけで二万の兵力である。これが西軍に機能していないにも拘らず、家康は前方の戦況が、西軍優勢に傾いていると見て苛々し出した。西軍で戦っていたのは、石田・宇喜多・小西・大谷軍とその与力程度であったが、東軍が押されている。そこで南宮山の毛利らが動かないことを確認して、

「前へ押し出せ！」と家康は遂に、桃配山から下り本陣を西へ移動させた。

前線で押されている東軍への鼓舞でもあったし、小早川秀秋に家康本隊が動いたことを見せつけ、寝返りの督促の意味もあった。

一方三成も苛々していた。『全軍掛かれ』の合図の狼煙を、開戦時から上げているが、南宮山も松尾山も一向に旗が動かない。

「金吾中納言は何をしている。味方が押している今ではないか？今動かねば時機を失するわ！誰ぞある？金吾へ使者を立てい！」

既に、この時何度か小早川秀秋には、攻撃の督促を三成配下の母衣衆により、伝えられていたが、秀秋の家老のうち稲葉正成や平岡頼勝は、家康に付いていたので、彼らがこの督促を無視していた。

尤も、主の秀秋自身が迷っていたのだ。開戦からこの時まで、西軍が見事に戦い、東軍を押しているのである。秀秋はこれを見て迷いだした。

三成は秀秋に遣いをやろうとしたが、

「ええい、儂が行く！」と言うや、自ら使者となって馬を走らせようとしたところへ、負傷して治療の為に本陣へ戻って来た島左近と出くわした。

「殿、陣場を離れるとはもっての外！皆よう戦っておりますぞ！」

「済まぬ。金吾が動かぬ！伜は大事ないか？」

「幸い急所を外れて居ります。これからでござる。早う指揮を執り為され！」

島左近は『鬼』左近と異名を取っただけに、負傷してもまだ戦う気でいた。

真(まさ)に乱戦であった。高虎も小早川秀秋が動かないので苛立ちを覚えていた。戦局を打開するには、寝返りが効果的である。その頼みの秀秋が動かない。秀秋の性格を知っている高虎は、(この戦局で迷いだしたか?家康も苛々しているであろう)高虎がそんなことを考え出した時、家康が「平八郎を呼べ!」と本多忠勝を呼んだのである。

忠勝は、家康の警固を兼ね本陣を守っていた。

「殿、儂の出番でござりまするか?」と忠勝は攻めて出たくてうずうずしているようであったが、「松尾山の子倅(こせがれ)を嚇せ(おどせ)!」と忠勝には、予想外の家康の応えであった。

「あの子倅に謀られたかも知れぬ。決断が付かぬのじゃ。意気地なしめ!あの小童め!」家康は怒っていた。

「畏まりました」忠勝はニヤッと笑い、

「殿、五百ばかり兵を借りますぞ!」

「好きにせい!」家康は爪を噛みながら応えた。

忠勝は名鎗『蜻蛉切り』を抱え馬に跨った。そして自軍の兵五百と家康の旗本五百の兵を並べ、

「目指すは松尾山じゃ!」と本陣から離れた一隊が、松尾山目指して走り出したのである。これは松尾山からも十分見て取れた。乱戦の最中、前線に向かわず「ワァ―ッ!」という声と共に、家康の本陣から松尾山への最短距離を、真っすぐに突き進む一隊なのである。目立たない筈がない。これを見た、松尾山の稲葉正成が、

「殿、内府様がお怒りの御様子ですぞ!そろそろお下知を!」と秀秋に声を掛けた。

「そ、そうじゃのう。内府が怒っておるのかのう?」

「先頭で指揮を執るのは、忠勝でござりまするぞ!ただの大将ではござりませぬぞ!恐らく忠勝

も怒りに燃えて居ると推察いたしまする。忠勝が山に登る前にお下知なされ！」

その時であった。忠勝が鉄砲隊を前に出し、松尾山目掛けて銃口を向けさせた。

「皆の者、あの違い鎌の旗を目掛けて撃ち放て！撃て！」

忠勝はあらん限りの声で言い放った。

「ダダダーン！」僅か五十丁程の鉄砲が轟音を挙げたが、無論鉄砲の弾が松尾山迄届くわけがない。しかし、秀秋には十分の効果があったようである。

「殿、忠勝がこちらに向けて鉄砲を放ちましたぞ！怒っておりますぞ！」

稲葉正成は、忠勝隊の放った鉄砲の音に、意を強くして迷い続ける秀秋に決断を迫ったのである。

「そうか。分かった。」秀秋はもうヤケクソであった。

秀秋の眼前には、家康と忠勝の鬼のように怒った顔しかなかった。

「皆の者！今より、内府にお味方申す！目指すは刑部少輔吉継じゃ！掛かれ！」遂に、小早川の紋所『違い鎌』の旗が「ウオーッ！」という声と共に松尾山を一気に駆け下りて来た。

しかし、大谷吉継はこれを読んでいたかのように、残り少ない兵を纏め、自ら小早川軍に当たった。

大谷軍は寡兵と雖も、一万を超える小早川軍をものともせず押し返した。

高虎は、これを見て
「今じゃ！合図の旗を振れ！」と大音声で声を上げた。

白地に朱丸の旗が大きく振られた。

脇坂安治はこれを見て、

「皆の者、待たせたな！目指すは刑部少輔吉継の首じゃ！掛かれ！」と大音声を発した。

これに朽木元網・小川祐忠・赤座直保軍も一斉に大谷軍に襲い掛かったので、目の見えない吉継

は、湯浅五助から脇坂らの寝返りを聞いて、

「五助、兵を退くぞ！」とだけ言った。

「殿、口惜しゅうござる。」五助は、涙ながらに応えるのが精一杯であった。

「流石、家康よ。二の手、三の手と手を打って居る。儂らの負けじゃ！五助、北国街道を目指す。連れて行け！」

「はっ！」五助は吉継の乗った輿の方向を逆に向け、退き陣の合図を送った。

高虎は大谷隊の退き陣を見て、今度は石田隊に狙いを定めた。

これまでの三成への恨みつらみが一挙に噴き出した。

高虎は、一旦軍を纏め直し、笹尾山の石田隊に軍を向けた。

「皆、この時ぞ！これまでの恨みを晴らす時じゃ！三成を討て！」と高虎が吠えた。

しかし、この高虎の声が聞こえなかった者が居た。良勝・良政の応援に出た高刑である。

高刑は援兵として出遅れた為、急ぎ大谷軍の本陣へ迫った所為で、良勝よりも深く攻め込み、そこで吉継の乗った輿を見つけたのである。吉継が退くのを見て後を追った。

高刑が後ろを振り返ると、退き陣となった大谷隊は、脇坂や小早川軍の草刈り場となって脆くも崩れて行くのが見て取れた。吉継に続く者がどんどん抜け落ちて行く。

途中、吉継が輿を降り、担ぐ者達を逃がし、供は北陸一の弓取りと言われた湯浅五助が吉継の肩を担いで、笹尾山の西方、北国街道への間道を進んでいる。

それを見ながら高刑は追った。追いながら二人を見ていると、その所作に何故か涙が出てきた。

あの剛でなる湯浅五助が、必死に主を担いで道案内をしている。

追う高刑はこれを見て足の運びが鈍った。

「いかん！」と思ったが、「武士の主従とはこうでなくてはいかん」という思いが強くなった。

その時、吉継と五助が逃げるのを止め、吉継は座り込み、五助は涙を拭ってすっと立ち、太刀を抜いて構えた。

「介錯をする気だ！」高刑は、もう大将首を挙げる気が失せていて、吉継が自刃するのを見届けようと思った。

五助は、吉継の首を一刀の下に切り落とし、回りを確認してから、必死に土を掘り出した。

五助が泣いている。泣きながら穴を掘り、母衣を切り裂いた布で吉継の首を包み、地中深く埋めた。

高刑は具(つぶさ)に全てを見届けていた。そして五助が追い腹を斬ろうとしたところに現れ、「湯浅五助殿とお見受けいたす」と声を掛けた。五助ははっとして、高刑に振り返り、

「お主、一人か？」とやにわに尋ねた。

「左様！」

「見たのか？」

「見届け申した」

「しくじったかあ――」と五助が悔やんだ。

「某、藤堂佐渡守高虎が家臣、仁右衛門高刑でござる」高刑は名を名乗った。

「おう、佐渡守殿の御家臣仁右衛門殿か。御高名は聞いておる。手前、お見受け通り大谷刑部少輔吉継が臣、湯浅五助隆貞にござる」

「北陸一の弓取りと伺って居る。その首、この仁右衛門が貰い受ける」

「おう、死出の旅路にお相手いたす。じゃが頼みがある。儂が主の首を埋めたのを知って居ろう？」

「全て見届け申した」と素直に高刑は応えた。

「武士の情けじゃ、儂が貴殿の手に掛かろうとも、お心の中に留め、主の首の埋め処は、他言無

用。勿論、掘り起こすなどすることは無いとお誓い戴けぬか？」五助は高刑に懇願した。

『眼も見えず、病で朽ち爛れた醜い顔を晒しては、あの世でも恥を晒すようなものじゃ』という主の願いを何としても守りたい。貴殿に見られたのは、五助一生の不覚。殿の遺言を守らねば、儂はあの世で殿のお供が出来ぬ。頼む。仁右衛門殿！」

五助の頼みは武士としてよく理解できる。ましてずっと吉継・五助の主従の後を追って、固い絆に結ばれた関係を、嫌という程見せつけられたのである。

「五助殿、ご安心なされよ。たとえ主高虎に刑部少輔殿の首の在処を聞かれても申さぬ。掘り返し、己の褒美ともせぬ。誓って誰にも申さぬ。五助殿が、あの世で刑部少輔殿のお供が出来るよう、命に代えてこの約定を違いはせぬ！」

「仁右衛門殿、真（まこと）にござるか？有難い！何卒頼み入る！」

五助は涙を浮かべ礼を言った。

「では、お立ち合い願おう！」

「おう！」と五助は涙を拭って、気を取り直し、太刀を構えた。

仁右衛門も構えたかと思うと、五助から「エイッ！」と斬りつけて来た。

五助の最後の太刀は鋭く、仁右衛門の兜に当たり、仁右衛門の左額から左目を薙いだ。と同時に仁右衛門の太刀は、五助の左肩深く斬り込んでいた。

「ウーッ！」五助が唸り、膝から崩れ蹲ってしまった。

これを見て急ぎ仁右衛門は、母衣の切れ端を鉢巻代わりにして、額から左目への血止めを施した。

「に、仁右衛門殿、良き手向けとなり申した。な、何卒、最後の約定お守り下されー！」

「畏まった。五助殿、最後の太刀筋見事でござったぞ。後のことは、ご安心召されい！刑部少輔殿の弔いもこの仁右衛門が承った」

「忝し――。か、介錯を！」五助はほっとした顔を浮かべた。その時である。高刑の見事な太刀捌きが一閃し、五助の首は綺麗な切り口を残し胴から離れた。

切り落とされた五助の首には、安心しきった満足げな顔が残っていた。

その頃、高虎本隊は石田・島左近の部隊に襲い掛かっていた。時は昼をかなり回っていた。開戦から今で言う四時間ぐらい経って昼を回っていた。

小早川隊と脇坂隊らの寝返りで、必死に防戦していた大谷隊が、壊滅に近い状態となってから、趨勢は完全に東軍に傾いた。

石田隊はこの時まで、黒田・細川・加藤（嘉明）・田中・生駒らの軍勢を一手に引き受け、まだ崩れては居なかった。

高虎本隊にあった玄蕃良政は、一番槍をまたもや良勝に持って行かれ、今度こそという思いで馬を駆った。良政の配下の中で、小姓の山本平三郎は、一番首を良勝が取ったので、ならば主に大将首を取らせたいとの思いで必死に良政の後を追った。

高虎隊が、鉄砲を横一列に並べ走らせていると、正面に『丸に三つ柏』の旗印‐島左近隊が、やはり一列に鉄砲を並べ、高虎隊に向け撃ち出した。

良政は「怯むな！放て！」と鉄砲隊に下知し、応酬した。双方あらん限りの弾を撃ち尽くしたところで、左近は、槍衾を造り、高虎隊が攻めて来るのを待ち構えている。

良政は、高虎から貰った額に菊の印がある駿馬を走らせ、「掛かれ！」と下知し、槍隊を先頭に「ワーッ！」という声と共に走り出した。

その時であった。黒田隊の間を縫って、本多忠勝の部隊が、少数ながら島隊の後方から襲い掛かったのである。これに黒田長政、田中吉政隊が続けと、ばかりに島隊に襲い掛かったので、島隊は後方から雪崩を打つように崩れ出したのである。

これで、一気に乱戦となる中で、島隊が前後不覚に陥りだした。

良政はこの戦局にあって、じっと島左近ただ一人しか見ていなかったが、その左近は、黒田か田中の鉄砲隊に狙い撃たれ、何発か身体に喰らい、その内の一発は、見事に左近の額を貫いたようであった。左近はドーッとその場で大の字になって斃れてしまった。

「しまった。遅かったか。」と良政は悔しがったが、代わって左近の前を葦毛の馬に乗り、鍬形の前立ての兜を被った、緋糸威の鎧の勇壮な武者に狙いを定めた。

「島新吉清興じゃ！」と良政は相手を確かめた。島清興―通称新吉―は島左近の長男で、筒井順慶に父左近と共に仕え、父と共に名を馳せた剛の者であった。

「相手にとって不足なしじゃ！」と槍を抱え、良政は新吉目指し馬を走らせた。当然、良政の小姓山本平三郎も続く。

島新吉は、父を失い最早これまでと、兵を退こうとしていたが、後方から「敵に後ろを見せるとは、武者にあらず！」という良政の声がしたのである。

新吉は後ろを振り返ると、鳩胸の胴丸に同じ鳩毛の三枚綴りの前立ての兜（高虎から褒美にもらった唐冠形兜は着用せず、以後藤堂玄蕃家で家宝として受け継がれて行く）を被った侍大将がこちらに一目散に向かって来るのが分かった。

「藤堂佐渡守が家臣、玄蕃良政！その首貰い受ける！」と玄蕃良政が名乗りを挙げると、

「これは、鬼左近が一子新吉清興！死出の土産にしてくれる！」と新吉は叫び、葦毛の馬を良政に向けて、「ハアッ！」と馬に鐙を入れて走り出した。

新吉は、兼光の大太刀を片手に持ち、良政が繰り出した槍を気合諸共打ち払う。一合、二合、キ―ンキ―ンと刃が重なり合う音がする。三合目、良政は新吉の刀を槍で払った勢いで、新吉へ自ら

の身体を預け、二人は馬から落ちた。組打ちを狙った良政の策である。

二人は互いに上になったり、下になったりしたが決着がつかず、一旦離れて、太刀での戦いに挑んだ。が、ここで良政に思わぬ不運が訪れる。

踏ん張ろうとした足が、雨でぬかるんでいた為に滑ったのである。一瞬、良政の身体が傾いた。そこを新吉の刀が、良政の脇を突き刺したのである。「グアーッ！」と良政が唸った。

次にとどめを刺そうと新吉が脇差を抜き、良政の首を掻き切ろうとした時、山本平三郎が駆け寄り、新吉の草摺りの間に槍を突き立てた。見事に平三郎の槍は、新吉の股を貫いた。

「うっ！」と新吉が呻くと、平三郎が脇差で、新吉の首を素早く掻き切り、息も絶え絶えの主良政を担ぎ、高虎の本陣へと引き返した。

「玄蕃様、玄蕃様、お気を確かに！」と声を掛けながら戻るが、良政の返事はない。出血が多すぎるのだ。どうも動脈を突かれたようだ。

「蔦」の陣幕が見えたところで、高虎の方が、先に平三郎に担がれた良政を見つけた。高虎が思わず駆け寄って来た。

「玄蕃！玄蕃！しっかりせい！」と高虎が玄蕃に声を掛ける横で、平三郎が泣きながら、玄蕃の最後を具に報告すると、

「そうか。玄蕃！焦ったのじゃな？大将首が欲しかったのじゃな？」と普段涙を家臣に見せない高虎が、この時は泣きながら良政に声を掛けた。

しかし、この時にはもう良政は息が絶え、亡くなっていたのである。

「ええい、早う敵を追い散らせ！玄蕃の弔いがゆっくり出来ぬではないか！」高虎は大音声で怒鳴ると
「オーッ！」という声と共に島隊の残党狩りに繰り出した。

関ケ原の戦いは今の時間にして六～八時間ぐらいの戦いであったという。十五日の朝から始まった大合戦は、午後から小早川秀秋軍の寝返りで、呆気なく決着した。

この日家康は、夕刻になって首実検を行った。

高虎は高刑を伴い、湯浅五助隆貞の首を、家康の下へ持参した。

高刑は左額から左目まで血止めをしたままの態で、家康の前に出た。

「おお、これが北陸一の弓取りの首か？」家康は上機嫌である。

「紛う（まがう）ことなき湯浅五助隆貞の首にござります」と家康の傍の近習が言葉を添える。

「うむ、でかしたぞ仁右衛門！その傷は如何いたした？」

「は、五助と立ち合いしおり、兜ごと斬られ申したが、その折、手前の太刀も五助の肩から左胸に掛け切り下げ、その後五助の首を掻き切りましたものでござります」と高刑は簡潔に応えた。

「ほほう、如何に仁右衛門でも、やはり五助の太刀を受けてしもうたか。いや、しかし重畳重畳――。うん？吉継の首はどうした？五助は吉継の眼となり、手足となり、傍に必ず居った剛の者じゃや。五助の首を取ったなら、吉継の首もた易く取れたのではないか？」家康は吉継の傍には、五助が絶えず付き添っていることを知っていたのである。

「――」高刑は押し黙った。

「これ、内府様にお応えせぬか！」と高虎が督促する。

「仁右衛門、お前は吉継の首の在処を知って居るな？」と家康が問う。

「――。は、知って居ります。しかし、申せませぬ」高刑は正直に応えた。

高刑も高虎に似て真っすぐな性格である。これは藤堂家に共通する遺伝子なのかも知れない。

高刑は、五助の首を獲った経緯を報告した上で、

「武士の絶っての遺言故、たとえ主高虎が尋ねようとも誓って応えぬと約定いたしました。仮に、刑部少輔殿の首を掘り起こし、我が手柄として万石の誉れを受けましょうとも、武士の約定を違えた仁右衛門には、武士としての誉れには預れませぬ。武士で無くなりまする。これが内府様のお気に障りますならば、それはこの仁右衛門一身の罪。この仁右衛門をどう御処分為さろうとも、武士として、この身にお受けいたしまする！」と正直に家康に返答した。

慌てたのは高虎であった。そんなことを、今まで隠して居ったかと思いながらも、

「仁右衛門！内府様の前で何を申すか！」と家康への気遣いから怒鳴って見せた。

「よい、よい。この功名大事の大戦さで、斯様な若者が居ったとは、高虎の日頃の教えの賜物ではないか」家康は怪訝な顔から一転、ニコニコしながら、高虎を見て言った。

「は、忝うござりまする」

「仁右衛門。伜は武士の鑑じゃ。高虎、仁右衛門、伜達は主従の鑑じゃ。吉継、五助も主従の鑑。仁右衛門は、第一の藤堂の家臣じゃ。良い家臣を持っておる藤堂家は武門だけの家ではない。武家の手本となる家じゃ」もう家康はご機嫌であった。

「仁右衛門、槍を失くして居るようじゃ。これを使え！」と言って傍に立てさせていた家康の槍を下げ渡した。

「忝うござりまする！我が家宝といたしまする」高刑は、家康の言葉に感じ入った。更に、

「これは褒美じゃ」と言って太刀も下げ渡した。後日、高虎は高刑と共に余人を連れず、大谷刑部吉継が眠る地を訪れ、吉継の墓を立て、五助の位牌を備えて丁重に葬っている。

高虎は、玄蕃を失った悲しみが消え去らない内に、仁右衛門が、自分が考えていた以上の大きな武者になっていたことを知り、幾分気が晴れた思いであった。

その後、石田三成は近江の生まれ故郷にある古橋村に隠れて居たところを田中吉政隊が見つけ

て捕縛し、小西行長、安国寺恵瓊と共に、京の六条河原で処刑されたのだった。

一方、大坂に入った高虎は、二十七日には、城主増田長盛の居ない大和郡山城の接収を、池田輝政と共に家康に命ぜられ、長盛の重臣で留守居の渡辺勘兵衛了(さとる)から、一悶着あったものの無事郡山城を接収し終えた。

その際、音に聞こえた『槍の勘兵衛』こと渡辺勘兵衛と、高虎自ら話す機会があり、勘兵衛を二万石で家臣として召し抱えることにしたのである。がこの時、高虎は、勘兵衛の本性を見抜けてはいなかった。大坂冬の陣以降、勘兵衛との仲が拗れ、高虎は取り返しのつかない『高い買い物』であったことを知るが、この時点では知る由もない。

この間、家康は地図を開けながら、本多正信ら重臣達と『関ケ原』の論功行賞を相談していた。

西軍に付いた諸将の石高の合計は、秀頼の所領二百二十万石を含め九十四名の諸将の総量で凡そ六百三十万石あった。これを東軍に味方した六十八名の諸将に、五百二十万石分を分配したのである。秀頼は石高だけで言えば、六十五万石に減封されてしまった。

当然、淀は黙っていなかったが、家康は、家康暗殺事件で大坂城を追放された大野治長を、淀へ使者として派遣し、秀頼減封の件を治長に説得させ、強引に押し通したのである。

ただ、治長は家康の下へ戻らず、淀側近として大坂城に居続けることとなった。

家康は、こうした中、高虎を十一月に呼び、新たに伊予今治の地十二万石を加え、伊予半国二十万石の大大名にしたのである。同じく加藤嘉明も伊予松山で二十万石に加増され、伊予を高虎と嘉明で二分することになったが、朝鮮の役以降、高虎と嘉明は仲が悪く、当然それは家臣にも伝播して、以後両家で度々家臣間での諍いが絶え無くなるのであった。

それは兎も角、一通り家康へ礼を述べた後、

「内府様、これより晴れて直々に領国を戴きましたからには、内府様を我が主として『殿』とお

呼びさせて戴きとうござりまする」

高虎は神妙な顔つきで申出た。

「ははは、堅い奴よのう。儂は、既に伜を家臣と思うておる」

「では、お赦し戴けまするか？」

「よい、赦す。ところで高虎、内々に伜に頼みがある」と一際家康は声を低くした。

家康は、今治の領地内の島に、清州から安芸へ移した福島正則の行動を、海上から監視できる付け城を伊予で設けよと命じたのである。

大坂屋敷に戻った高虎は、押し黙った儘で考えに耽っていた。

考えはただ一点、福島正則のことである。

高虎は、正則の一本気な性格を好ましく思っていた。清正は、正則より思慮深い所もあり、豪胆さを兼ね備えた良い領主となったが、正則は相変わらず、短慮で、猪突猛進ぶりは変わらなかった。それだけに、一歩間違えれば、秀頼に味方すると家康に見られたのかも知れない。

高虎は正則の将来を心配して
「市松、動くなよ。安芸でじっとしていろ」と願うしかなかった。

一方で、家康の怖さをまた一つ知り、次に思い当たったことは、家康は豊臣の根絶やしを考えているのだということであった。

家康は、密命を高虎に申し渡したことも在って、高虎が暫し休みを取り、伊予へ戻ることを赦した。板島の城普請が、戦さ続きで完成が遅れていたこともあり、気に掛かっていたので、ちょうど良かった。

板島に戻って、暫くは板島城の工事の進捗に細かく指示をし、大洲から新任地の今治に足を延ばした。

今治へは、後のことを考え、高吉や新七郎良勝・須知定信・勘解由氏勝ら主だった者を同行させた。

高虎は家康の意向から、板島では、瀬戸内の監視が出来ない為、行く行くは、今治を居城に定める必要を感じていたので、縄張りから街造りを含めて、主だった者に教え込むつもりでいたのだ。しかも、付け城の選定もしなければならない。今治に着いた高虎一行は、領内となる地を具に見て回った。

北東に海が開け、瀬戸内の島々が見える。直ぐ北は大島で、その先が大三島のようだ。秀吉の海賊禁止令で海賊を見る影も無いが、大島の東は、能島水軍の本拠地だった能島があるし、因島村上・来島村上氏と合わせ、まさに村上水軍の領海であったところである。

「高吉、お前なら城をどこに築く？」と海を見ながら高虎が尋ねた。

「は、先程から考えて居りました。この地は東に海、その先は大坂に繋がって居ります る。やはり、この海を利した城にしとうござります」

「ほほう、よう言うた。そうじゃ、海に直接出入りが出来る城として、縄張りして見ようぞ！」

高虎は、高吉が自分と同じように考えていたことが嬉しかった。

「高吉、武辺ばかりでなく、城造りも学んでおる様じゃのう？」

「父上に付いておりますれば、自然と身について来たと思われます」

「小癪な奴め。儂が書いた縄張りの絵図をここそこ見て居ったであろう？」

「ご存じでございましたか？」

「よいよい、大事なことじゃ。ところでな、この城については、ちょっと儂なりにやって見たいことがある」

「なにをお考えでござりますか？」

「お前、漆喰を知っておろう」

「は、壁に使いまするが──」

「あれを、本丸・櫓・城壁全てに使いたいと思うておる」

「ははあ──」

「木は加工もし易いが、火攻めに遭うと燃えるからのう。漆喰の元は土じゃ。燃え難い。土じゃから重くなる分、土台をしっかり固めることも肝要じゃ」

「父上は、まるで大工のように、ようご存じじゃ」

「阿呆、これも安土城で人足と共に働いて、頭領たちから学んでおるから、伜達と年季が違うわい」ひと通り話し終わった後、

「新七郎（藤堂良勝）、彦之丞（須知定信）、船を探して参れ！少々大振りの船なら尚良い！」と高虎は船で海を回る気になった。家康から命ぜられた付け城の選定をする気である。

「高吉、儂は少々島を見て回る。お前はここに留まって、城の位置の選定をしてみよ」

「は、畏まりました」

高虎は、船で島々を見ながら、大三島を回ると大三島の東蔭に小さな小島があった。「あまさき」という名らしい。漁師に聞くとそう答えた。しかも、「潮が退いたら徒歩（かち）で渡れるけえ」という。

この島なら安芸が見えるし、引き潮で渡れるのも気に入った。戦さ目的の付け城でなく、監視の付け城である。

「あま＝海人・さき＝防人（さきもり）」という名も良いので、高虎は、ここを付け城と決めた。

「彦之丞、ここに付け城を設けるぞ。資材を集めよ」

「は、ここでござりまするか？」

「そうじゃ、ここから安芸に出入りする船を見張るのじゃ」

「なるほど、ここならよう見えまする。しかも瀬戸内を行き来する船まで、手に取るようじゃ」

「倅を城代にする故励め！」

「は、忝うござりまする」

今、この島のことを『古城島』と呼んでいる。

高虎は、ふた月近くを伊予今治と板島で過ごし、京へ戻って行った。


家康は人使いが荒い。家康へ伊予の新城の縄張りの報告に訪れると、上機嫌で迎えてくれた。しかし、またもや家康から相談事が持ち込まれた。相談事と言っても、命令であるから従わざるを得ない。


この頃、家康はまだ将軍職に付いていない。世に云う『天下普請』と云われる城の修築・新城築城の土木建築工事は、江戸幕府が開府されてから唱えられたものであるが、既に家康は、幕府開府前から動き出していたのである。

「ところでの、大津のことじゃが、あの城は守るには弱いと思わぬか？」いきなり大津城の話を家康は切り出した。

「は、京に寄り過ぎて居りまする。山を越えれば、もう東山でござります。瀬田川辺りまで東へ寄せれば、川と琵琶湖を使った堅固な城が出来ようかと――」

高虎は瀬田川の入り口の膳所辺りに築城することを勧めた。

「それじゃ！高虎、膳所じゃ。膳所に城を築いてくれ！何しろ『瀬田の唐橋を制する者は天下を制す』と申すではないか？膳所なら唐橋の傍じゃ。京へ通ずる要の橋じゃ。ここをしっかりと守らせねばならぬ」

これで高虎は、大津城を廃城にして、その資材を使い、膳所に城を築き出した。因みに、井伊直政が関ケ原以後三成の焼け果てた佐和山城に十八万石で入ったが、三成の居城であったのを嫌い、近隣の金亀山に新たに居城を築くことにした。

そこで直政が、その天守に大津城の天守を新城に欲しがっているのを聞いた高虎は、大津城天守の資材を快く譲ることにして、膳所城の天守は調達せざるを得なくなった。

高虎は直政がこの時、関ケ原の『島津の退き口』で島津軍を追い、島津の『捨て奸―すてがまり』で松平忠吉と共に負傷した傷が元で、寝込んでいたのを知っていて、快方に向かうことを祈って譲ったのである。

しかし、直政は新城を見ることも無くこの後直ぐに亡くなってしまう。

いずれにせよこの時から、『天下普請』が始まったとするなら、まさに『膳所城』が『天下普請第一号』である。

高虎は、この年に膳所城を早々と完成させた。家康は、ここに三河譜代の戸田左門一西（とださもんかずあき）を入れ、三万石を与えた。高虎は、この後も家康、秀忠に命ぜられて、城を修築或いは築城して行った。丹波笹山城、笹山城が終われば丹波亀山城。その間に伏見城の修築、江戸城の補強拡張と家康と秀忠に言われるままに、城の縄張りや普請をこなした。

しかしこの時代、自分の居城なら当然であるが、家康の家臣の為に数多くの城を修築したり、築城したりした武将は、高虎の外に見当たらない。勿論、江戸城修築などは諸大名が家康の命で行ったものであるから論外としても、当時大坂城包囲網の為に、これ程城に関わった大名は居ない。

しかも高虎は、伊予の居城のように板島・大洲・今治と城を同時に築城するのを当たり前のようにこなしている。

伏見城修築に加え亀山城や笹山城なども同時期に修築・築城している。それに時期は、やや後になるが、焼失後の大坂城の修築は、石垣から手を入れているし、これと同時期に、二条城の修築も手掛けている。

つまり、これほどの数の築城を熟すには、石工や大工を抱えて居なければ到底こなすことが出来ない。

高虎の築城術にはこうした技術集団が不可欠なのである。この技術集団が、高虎が安土城築城時代に知己を得た穴太衆や甲良大工の面々であった。

現代に置き換えるとこの時代のさしずめ『スーパーゼネコン‐高虎建設』と言っていいだろう。

この『高虎建設』の社長である高虎は、日本一の一級建築士で、技能は、若い時分に現場で修行した経験に裏打ちされて、日本一の技能を有していたと云える。

『高虎建設』のモットーは、この時代に沿ったもので、何より堅固、攻城戦で守りに強い城造りで、意匠性を統一した為効率的で工期が短い。かつ技術力抜群の信頼できる穴太衆や甲良大工等の下請け業者を抱えており、唯一無二のスーパーゼネコンであったと云える。

但し、後に現れるデザイン性に優れた姫路城のような優美さに欠ける点はあるが、それは施主である家康が求めなかっただけである。

この『高虎建設』の技術と実績を大いに評価した家康は、徳川政権樹立の為に、差し詰め国家御用達の建設会社を抱えたようなもので、大坂城の周りは数年も経たないうちに、家康譜代の城で周りを固められ、豊臣政権を潰す上で、絶好の舞台を造り上げたのである。

高虎に武辺一辺倒だけでは、世を渡れないことを教えたのは、庶民上がりの秀長である。

秀長に城造りの勉強をしろと言われ、穴太衆の石工に混じって一緒に働き出した。

石の割り方から学び、堀の基礎工事を学び、石の積み方も学んだ。

そこで土台（基礎工事）の重要性を知り、石の積み方で力学を知った。

幸い熱田神宮の宮大工まで安土城建設に加わっていて、土木工事だけでなく、建築まで学ぶことが出来た。

秀長には、生野や明延の鉱山開発まで担当させられ、金属の精製まで知ることになる。

『武辺一辺倒だけでは、これからの世には役に立たぬ』という秀長の訓えは、実践を通して高虎の身に付いて行ったのである。

秀長は兄秀吉の『黒子』に徹していた。勲功は全て秀吉が挙げたもの。自分が勲功を挙げようとも、全て兄のもの。兄が考えている先を読み、兄の立場を考えて行動する。決して己を目立つ位置に置かず陰で動く。

これも秀長に随いて（ついて）学んだことである。大和郡山では街造りも学び、寺社の勢力が強い難しい領地経営を、ある時は果断に、ある時は逃げ道を作って置いてやるやり方で、百万石の大領地を柔軟に経営する手法も学んだ。

秀長こそ、高虎が探していた真の主であった。

その秀長の死後に主として選んだのが、秀吉ではなく、『藤堂家の存続』の為に早々に家康を選んだのである。

家康には譜代の強者が揃って居り結束も堅い。そこへ入り込むには、外様の高虎には、並大抵では難しい。そこで行き着いた先が、家康家臣団が決して持っていない、高虎自身が身に付けた土木・建設技術を、秀長のように決して目立つことの無いよう、黒子に徹して家康の思う通りに実現させてやることであった。

これが家康にははまったのである。家康の政権奪取には高虎の築城技術は、欠かせないものとなった。

しかも、家康にとって好ましいのは、高虎が決して前に出ようとせず、尋ねれば明解な答えを用意していることである。

「使える」と家康は思った。相談相手にも相応しい。家康にはそう思えた。自分の居城ならいざ知らず、他人の為の城を平然と、文句も言わずに造ってくれる。

こんな重宝な家臣は、家康の家臣団には居なかった。家康の三河家臣団は、時折家康にズケズケと文句も言う。

しかし高虎は、家康が何を望んでいるかが分かって、答えを用意してくれている。ここまで、家康に思わせた高虎の行動は、全て秀長から学び取ったものであった。

高虎は、毎年時間を作り、大徳寺大光院に秀長の菩提を弔っている。

「大光院様、今の儂を見て笑っておいででしょうなあ。それとも、ようやって居ると褒めて戴いておりましょうか？」と秀長の墓にいつも問いかける。

主従とは、根底にある信頼関係で成り立つなら、秀長と高虎は、当に強い絆に結ばれた主従であり、師弟関係にあったと言っていい。

しかし、家康に仕えた高虎は、藤堂家の将来を託する為に、徹底して己を隠し、己を殺し、家臣としての主命を全うしたに過ぎないのである。

最終章①藤堂の跡取り

　高虎は膳所城の縄張りを終えると、家康から伏見城の修築を命ぜられた。

　関ケ原合戦の際、鳥居元忠が西軍相手に籠城して、焼け落ちてしまったが、朝廷への工作の為にも、家康は京に屋敷代わりに使う伏見城の復興を頼んだのである。

　家康の対大坂への拠点ともなることを考えた上で、秀吉の時に地震で潰れたことも知っていたので、位置から見直して、石垣にも手を入れることにした。船で瀬戸内から大石を運び入れ、結果的には新城を造るのと変わりが無かった。


　慶長六年閏（一六〇二）の年が明けていた。大坂からの急使が高虎の下に朗報を持って来た。

「殿、殿、お慶びなされ！」高虎の京屋敷に、伊予から戻った良勝の声が響き渡った。

「何じゃ、騒々しいぞ」

「まつ様が、男子（おのこ）をお産みになりましたぞ！」

「なに！」

「殿、殿にお子が出来たのでござる！」

「儂に子が、子が出来たと申すか？」

「しかも、立派な男子（おのこ）でござるぞ！殿はまつ様のお腹に子が出来たこともご存じなかったか？」

「大坂屋敷には半年以上寄る暇もなかったからのう。全く知らなんだ」

　高虎は家康の命で伏見城の再興で忙しく、その前は膳所城の建築と立ち寄る暇が無かったのである。

「呑気な殿様じゃ。ははは」良勝が快活に笑った。

「良勝、そんな儂に子が出来たのじゃ！ははは」

「おめでとうございまする！」

良勝も自分のことのように喜んだ。良勝は、留守居の佐伯権之佐や、まつに付いている橋本弥助らの添え状を高虎に手渡し、出産の様子を知らせた。

「儂に似て、いかい身体をしておるそうじゃ」添え状を読みながら、高虎は自分には子は出来まいと考えていたので、殊の外喜びを隠せなかった。

と、その時「高吉をどうする？」という心配の種が高虎の前に大きくなって現れ出した。

高虎は急に押し黙った。

「殿、どうなされた？」良勝は半ば揶揄うような口調に変わっていた。

「いや、構わぬ。何でもない」

「殿、高吉様のことでござろう？」良勝は察しがいい。

「うん？う〜ん――」高虎は唸るしかない。

「殿のお子をお世継ぎに、なさらなければ良いではござらぬか？」良勝は意地悪く言ってみた。

「分かって居るわ！」高吉はこの時もう二十二歳、青年武将として武功も数多く挙げており、宮内少輔という官位まである。

「殿、しっかりなされ。高吉様は立派な大人でござるぞ。殿の気持ちをお話しなさればよろしかろう」

「うん？そうじゃのう。高吉に先ずは話さねばならぬことじゃ。良勝、少々儂も舞い上がって狼狽えてしもうた。済まぬ」

良勝はこういう機転も利く。この年三十七歳になり、永年高虎と共に戦場を駆け巡り、一番槍、一番首をさっさと挙げて来る高虎の戦友でもあった。

高虎は、早速今治に居る高吉に、連絡を取ることに決め、直々に自分の思いを話すことにしたのである。

この辺りが高虎らしい真っすぐなところである。余人を介さず必ず直接自分で伝え、誤解を与えることの無いようにする。その為には、己が足を運ぶのである。

それだけでも相手に思いは伝わり、絆に綻ぶことがないのである。これは秀吉を反面教師として学んだことである。

高虎は、大坂屋敷に寄り、我が子を見て改めて喜び、そしてまつに
「でかしたぞ！まつ」とねぎらいの声を掛け、まつが
「奥方様にはどうご報告すれば――と気がかりで――」

と不安がるまつに
「久も喜ぶ。久も自分の子の様に喜んでくれる。安心いたせ。儂がこれから伊予へ行って伝えてやる。久はその様な狭い心の持ち主ではない」

とまつを安心させた。

そして安堵したまつを見て、良勝と共に堺へと向かったのである。

高虎は今治城の築城を視察するとして、堺から船で向かい、今治に到着した。兎に角忙しい高虎である。

今治に着き、早速築城途中の今治城の現場へ向かうと、高虎は高吉が海水を制御出来ず苦労していると聞いた。

「父上、どうも石垣が落ち着きませぬ。石垣が沈み苦労しております る」

「ここは、潮の満ち引きが激しいようじゃ。潮の退いたおりに、周りを囲い、浜を掘り、土台を

固めよ。かなり硬い資材が必要じゃろう」

「は、早速に手配いたしまする」

「うむ。ところでな高吉、伜に話があるのじゃ」

高虎は海を見ながら、高吉に話をしだした。

「聞いて居ろう？儂に子が出来た」

「これは挨拶が遅れ申した。おめでとうございまする」

「めでたい。めでたいが悩んでおる」

「は、某のことでございましょう？」

「察しがよいのう。その通りじゃ」高虎は、高吉には包み隠さず率直に話そうと決めていた。

「父上の実子でござらぬか。世継ぎはまつ様のお子に為されば宜しかろう」

あっさりと高吉の方から切り出した。

「良いのか？」却って高虎の方が戸惑った。

「後々の禍根を残しては、藤堂家のお家の大事となり申す。家中も戸惑いましょう。今、お決めなさった方が、家中も落ち着きましょう」

高吉は、出来過ぎの答えを用意していたのである。

この答えを用意していた高吉の心中を察すると、高虎は胸に込み上げてくるものがあった。

高吉も秀吉の世継ぎ問題で、豊家が滅んだと考えていた。従って、藤堂家はそうであってはならぬと思い、自ら身を退いて、高虎の家臣として働くと申し出たのである。

高虎は高吉のそんな心境を察して、高吉に必ず家を興させることを約束して、久にも子が出来たことを伝える為、板島へ向かった。

板島では、久も

「肩の荷が下りました」と大喜びで、大助と名付けられた後（のち）の二代高次は、周囲から祝福されて生まれて来たのであった。

高虎は、駆け足での短い里帰りであったが、満足感に浸りながら、京へと戻って行ったのである。

この駆け足の里帰りで、もう一つ慶事があった。

実はこの時良勝が妻を娶ったのである。

良勝が娶ったのは「さつき」という女性で前の大洲城主宇都宮の一族で大洲下木城主宇都宮石見守宣綱の娘である。宇和に戸田勝隆が入った当時、かなりの圧政を布き、宇都宮一族は西園寺に属して戦かったが破れて、さつきは腹心に守られて逃げ、今治に隠れ住んでいたのを、良勝が視察して回ったおりに、村人が「姫様が住んでおる」という話を聞いて、密かに見に行き一目で惚れてしまったらしい。

良勝はさつきを嫁にすることを、高虎に報告するために、伊予から京屋敷へ戻っていたのだった。

「早う、それを言わんか新七郎！堺に戻る前にそのさつきとやらに儂を会わせよ」と高虎が笑いながら言うと
「殿もお忙しい故、つい言いそびれてしもうた」と良勝は照れながら話し、さつきの住む今治郊外の山里へと足を向けたのである。

さつきは母方の縁戚に当たる庄屋の屋敷に匿われていた。

「さつき、殿がわざわざ伜に会いたいとお越しじゃ」良勝が高虎を引きあわせると、さつきはその場で身ずまいを糺して平伏し、

「前の大洲下木城主宇都宮石見守宣綱の娘さつきにございます。遠路、わざわざ殿様自らお越し願い、恐悦至極にござります」と型どおりの挨拶をした。

高虎は一目見て、雰囲気が久に似ていると思い、

「さつき、此度は儂の方から礼を申す。よくもまあ、このような儂の言うことも聞かぬ新七郎の嫁になると決めてくれた。この通りじゃ。忝い」高虎は敢えて砕けた物言いで挨拶をすると、

「まあ、良勝様は殿様の言うことも聞かぬ不忠者でございましょうか？」

「殿、何という挨拶をなさる。さつき、そんなことはない。儂は殿の為にいの一番に武功をあげて居る」良勝が珍しく慌てている。それを見て高虎も笑いを堪えるのに往生した。

「さつき、新七郎はな、その武功に応えようと儂が俸禄を万石にすると言うても、儂に逆らって へ理屈を抜かして受けようとせぬ不忠者じゃ」と高虎が追い打ちを掛けるように言うと

「ほほほ。殿様、それは良勝様らしい忠義の証でございます。そのようなところにこのさつきが惹かれたのでございます」とさつきは良勝を庇って言うと

「これはいかぬ。却って儂が墓穴を踏んだわ。ははは」と高虎は笑って応えるしかなかったが、良勝は自分と同様に妻となるさつきを大事に思う訳が分かったような気がした。

「殿様、出過ぎたことを申して、申し訳ございませぬ。私は嬉しゅうございます。殿様の様な方は初めてでございます。家臣の嫁にも斯様に身近に接して戴けようとは思いませなんだ。まるで兄様の様なお方ででございます。それ故、つい出過ぎたことを申しました。お赦し下さりませ」

さつきは正直に新庄を吐露したが、それには高虎が却って好ましいものに思えたのである。

こうして、無事さつきとの対面を果たした高虎は、急ぎ良勝とさつきの祝言を今治で行い、良勝が丁度大洲城の城代であることから、大洲にさつきとの新居となる屋敷を手配したのであった。さつきの境遇が久に似ているのも好ましく思え、高虎は二重の喜びを得た伊予への里帰りとなったのである。

後日談になるが、あの俳聖松尾芭蕉は高虎の死後に生まれ、この新七郎良勝とさつきの間に生まれた嫡男良精の家臣として仕えていたのである。

さて、高虎は、家康に命ぜられた伏見城の築城を慶長七年には完成させた。

家康は再び伏見城に入り、大喜びであった。

「高虎、これだけの城をようやってのけたものじゃ。礼を言う。苦労を掛けたが、これで朝廷とのやり取りも出来るわい」

家康はこの言葉通り、朝廷工作を行い、この年、従一位の官位に続き、家康は源氏の流れを汲むところから征夷大将軍の宣下を受けた。

いよいよ家康の天下が来たと、高虎は感慨に耽った。おそらく江戸中心の策が施されよう。であれば、江戸へ行かねばならぬ。あの猜疑心の強い家康から離れると、家康側近から何を吹き込まれるか知れたものではない。これまで以上に、家康に忠誠を見せる必要がある。

慶長八年、高虎は、大坂から大助とまつを京へ呼び寄せることにした。

正式に、家康が京にいる間に、家康に世継ぎを見せておく必要があると思ったからである。

大助はまだ数えで三歳の幼児であったが、高虎は、ただ大助を家康に見せるだけの為に、呼び寄せたのではなかった。その答えはもう少し後の事であるが、その為にも取り敢えず嫡男とその母であるまつを家康に目通りさせたかったのである。

高虎は大助を膝の上に載せ、家康と対面した。

「高虎、伜の顔は戦さの折の顔とは別人じゃぞ」家康は上機嫌で高虎を揶揄った。

「上様、お止め下され。大助をこれから厳しゅう育てねばなりませぬ。父としての威厳は保たねばなりませぬ」

「ははは、しかし、良かったのう。お、そうじゃ、宮内少輔はどうするのじゃ？」

「は、高吉と話し、高吉は我が家臣として取り立ててやるつもりでござります。只今は、今治の築城に働いておりますれば、その城を任せるつもりでございます」

「左様か。大事にしてやれ。これは、大助に祝儀じゃ」家康は国広の太刀を大助に授けた。

「は、忝うございまする」

「うむ」

「上様、此度はお願いがございまして。お目通り願いました」

「うん？何じゃ？」

「は、これからは江戸で上様も天下の仕置きをなさらねばなりませぬ。ならば、我等も江戸に屋敷を持ちたいと思うておりまする」

「伜は、京にも大坂にも屋敷があるではないか。無駄なことじゃ」

「無駄ではございませぬ。これからは三河以来のお傍衆が、天下を治めに回られましょうが、上様直々のお下知を承るにも江戸と伊予では不便でございます」

「なるほどの」

「某も暫くは、江戸で上様のお傍で暮らすつもりでございますれば、この高虎に、江戸での屋敷を賜りますようお願い申し上げまする」

「伜の申すのも一理ある。佐渡、城の近くに高虎の屋敷になるような地を、与えてやってくれぬか？」

「は、では早速に」本多正信は家康と相談し、今の神田和泉町に藤堂家江戸屋敷の地を割り当てた。この後、和泉町に近い今の上野に中屋敷、蔵屋敷は日本橋の堀割に設けて行く。

「お聞き届け戴き、忝うございまする」高虎は、まず江戸での拠点を設けられたことでほっとした。ただ高虎はこれで終らず、次の策を後に打つのである。

一方伊予は、相変わらず加藤嘉明との間で諍いが絶えそうになく、翌慶長九年に、今治の高吉が、松山の嘉明の弟で留守居の加藤主膳（内記）と互いに国境まで、兵を繰り出すという事件を引き起こしてしまった。

発端は高吉の家臣同士が刃傷沙汰を起こし、加藤家領内に逃込み、これを追った高吉の家臣が、加藤家領内で断りもなく斬捨てて帰ったことから始まった。

これを咎めた高吉の重臣が、改めて加藤家へ謝罪に赴くと、主膳の家臣が、大勢で嬲り殺しにしたことから、高吉は怒って、鉄砲隊を引き連れ精兵二百余りで、国境まで出兵し、主膳も国境まで兵を出し、あわや戦さかと思われた。

これを、高吉に付いていた友田左近右衛門が、慌てて高吉を追いかけ、高吉を諫めて、和睦の使者を立て、双方兵を退いて事なきを得たのである。

これを聞いた嘉明は、主膳を東福寺で出家させ、高虎は、高吉を大洲の外れで蟄居させたのである。

高虎は直々に家康へ申し開きの場を貰い、藤堂と加藤の両家の諍いに双方咎めなしのお墨付きを貰って、胸を撫で下ろした。

慶長十年、高虎がほっとしていたその時、家康が将軍職を秀忠に譲るという話を耳にし、高虎は、伏見城に登城した。

そこで、『大御所』となった家康が、駿府に家康自身の城を築いて、大坂への備えとすることを聞かされた高虎は、江戸と駿府の往復を覚悟して、家康の了解を得て、駿府にも藤堂屋敷を構えることにしたのである。加えて、将軍家から「信」を得る為に最後の策を講じた。息子の大助（高次）とまつを、江戸屋敷に住まわせ、事実上の将軍秀忠への人質として召し出すことを決意したのである。

慶長十一年正月末、大助とまつを江戸へ呼び寄せ、家康が江戸城に居る頃を見計らい、挨拶に出向いた。

家康と秀忠は、高虎の大助とまつを人質として江戸住まいとする旨の申し出に対し、

「伜の忠誠はよう分かって居る。そこまでせずとも良い」というのを、

「何もこの高虎一人の為に申し出たことではございませぬ。幕府安泰の為に、必要なことと考えまする」と言って、頑として退くことがなかったので、家康・秀忠は、高虎の申し出を受けたのである。

その際、秀忠から大助に『大学助』という呼び名と兼光の太刀と国光の脇差を授かった。

高虎一行は、無事拝謁を終わって、神田の藤堂屋敷へ入った。高虎はまつと大学助が江戸へ来る前に、加賀前田家には、まつの父長越前守連久に繋がるまつの兄、長織部が仕えていると知り、本多正信に何としても加賀様から貰い受けたいと頼んでいた。

まつが初めての江戸での生活を送る不安を払拭しようと、まつの縁故者を傍に置こうと思ったのである。

正信は喜んで引き受け、加賀藩に口添えをしてくれた。

藩主前田利長は、高虎の希望だと知り快く引き受け、長織部は、二つ返事で高虎の家臣になることに同意した。高虎は、同じ知行の千五百石で織部を引き取り、江戸屋敷住まいとしていたのである。

まつは、織部と久々に対面して、手を取り合って喜んだ。

「殿様、兄上と一緒に暮らせるとは思いもよりませなんだ。お心遣い誠に嬉しゅうございます」

とまつは眼に涙を一杯貯めて、高虎に感謝したのだった。

高虎は口利きをしてくれた本多正信邸に礼に行った。正信が元々鷹匠であったことから『鷹』

を手土産にしていた。

「佐渡殿、此度のお骨折りに真に感謝いたし申す。お陰で織部殿を我が家臣に貰い下げ出来助かり申した。まつも泣いて喜んでくれました」

「高虎殿、鷹までもろうて申し訳ござらぬ。上手く行って助かり申した。儂は他家の為に働いたことはこれが最初でござった。上手く行くとこういう仕事もなかなか良いものでござる。ははは」

正信が珍しく笑って応えた。

「佐渡殿にいかい仕事をさせてしもうた。いや、真に有難い。かたじけのうござった。この通り礼を申しまする。佐渡殿が笑う（わろう）た顔を始めて見申した。ははは」

高虎も笑って応じた。

「儂はしょっちゅう笑いまするぞ。ははは」

と二人共笑い合っていたが、正信はこの後高虎が示した『忠義の証』を他の大名にも適用しようと嫡男正純と相談し、秀忠に申し出たのである。

秀忠も良い考えじゃということで、これが後に『参勤交代』制度に発展したのである。

高虎が、江戸に屋敷を設けることや、人質代わりに妻子を江戸に留め置くことは、決して他の諸大名にとって有難いことではない。

こういうことが、後世高虎を称して『ゴマすり男』『佞臣』『風見鶏』などと言われる原因となったのである。

しかし、高虎にしてみれば家康ばかりでなく、秀忠からも『信』を得なければならないと必死に考え、忠誠の証を形にしただけである。『信』を得るためには、甘えや隙は許されない。

だからこそ、次々と手が打てると高虎は思っている。家康の死に際に「倅が頼りじゃ」と言わせれば、高虎の『藤堂家存続』の戦いは終わると思っている。

それまでは決して手を抜くことなく、この戦いに挑み続けたのである。

これで、猜疑心の塊の様な、謀臣本多正信も、高虎の注進を信じるようになり、

「大御所様、高虎殿は我々三河譜代よりも忠臣中の忠臣でござりまするな」と家康に語り掛けた。

「正信、儂は京の秀忠屋敷で高虎に会うた時より、あの忠臣振りを見抜いて居った。秀長殿が先に亡くなられたことに、儂は感謝せねばならぬ」と家康は応えている。

②伊賀・伊勢へ

　そんな会話を知らぬ高虎は、秀忠からの命で、江戸城の修築補強を頼まれ、江戸城の普請場に居て、家臣達と工事の進捗を見届けていた。そこへ、家康が駿府から江戸へ上り、ふらりと工事を見物に来たのである。

「新たに西の丸や櫓も増やしてくれて、将軍家の居城に相応しい立派な城になったのう」と家康はいきなり声を掛けた。

「おお、これは大御所様。気が付かず申し訳ござりませぬ」

「工事も順調なようじゃ」

「は、各諸大名の持ち場が、決まっておりますので、競うようにしてござれば、工事は、かなり捗って居りまする」

「ほほう。ところでな高虎、暫く宮内の顔が見えぬが――宮内は如何しておる？」

家康は普請には、高虎の弟子とも言うべき高吉が居らず、関ケ原以来高吉の顔を見ていない為、気になって聞いてみたのである。

「は、高吉は大洲で謹慎させております」

「ほう、何かやらかしたか？」

「大御所様、お忘れでございますか？先年、伊予松山藩の左馬助の家臣と諍いを起こし、左馬助が弟主膳は、東福寺で出家したと聞きましたので、喧嘩両成敗で、高吉も大洲の外れで謹慎させて居りまする」

「おお、思い出した。しかし、あれは宮内が怒るのも道理じゃ。一人の家臣を大勢で嬲り殺しにしたのじゃ」

「は、しかし大御所様のお蔭で平らになった世に、兵を繰り出し、あわや戦さになり兼ねぬ仕儀を致しよりました。これはなかなか解くことは出来ませぬ」

「厳しい殿様じゃの。謹慎させてどれくらいになるかの？」

「は、三年を過ぎましてござります」

「もう三年か。高虎、赦してやれ。宮内が居らぬと伜も困ろう」

「は、しかし——」

「儂が赦す。本日より宮内の謹慎は解く」

「は、忝うござります。では、早速に大洲へ早飛脚を立てまする」

「そうせい。そこでじゃ、伜に話があるのじゃ。秀忠も居るから、儂の処まで来てくれぬか？」

家康は上機嫌で、高虎を江戸城内の二の丸へ呼び寄せた。

高虎が出向くと、備中後月郡門田村、山田郡小林村、浅口郡河村の知行地計二万石の加増となる話であった。高虎には思わぬ褒美であった。

新たな知行地の備中後月郡周辺は、江戸幕府の直轄地であり、備前岡山と安芸広島の境に位置し、山陽道に沿った言わば緩衝地帯である。高虎は家康の意図が、安芸広島の福島正則への牽制であることに思いが至った。

「市松（福島正則）、大人しゅうしておれよ」と高虎は、念じるしかなかった。

慶長十二年の正月を高虎は今治で迎えることが出来た。

高吉の謹慎を解き、知行を二万石として新たな知行地の備中後月郡・山田郡・浅口郡を、高吉の所領とした。高吉は一万石の加増を受けたのである。何しろ大御所の命で謹慎が解けたのである。高虎は、家康に助けられた思いであった。

この年の春、高虎は従四位下左近衛権少将の任官を受け、ここで『和泉守』と改めた。

これでやっと本多正信と同じ『佐渡守』の官名を変えることが出来たのである。

また四月には、今治城も略完成し、官位も上がったことで、高虎は今治城を伊予半国の居城とし、大洲・板島城を支城、灘ほかの城を付け城と定めた。

高虎は、新七郎良勝を大洲城の城代として、板島に二万石の領地を良勝に与えようと呼びつけたが、良勝は、これまで通り、またも断って来たので、

「また、お前は逆らうのか？よいか、これまでのお前の働きからすれば、二万石でも足らぬと思うて居るのじゃ」

「殿、某に下さる二万石を他の家臣に取って置きなされ。殿の身内に万石を分け与えると、身贔屓と家臣共から妬まれまするぞ！」

「うるさい！此度はお前の申し開きは聞かぬ！儂の言う通りいたせ！」

「そこまで殿が仰せなら、家臣としては聞かざるを得ませぬ。じゃが、こうして下され。二万の半分のそのまた半分でようござる。城代には倅宗徳をお付け下さるまいか？」

「馬鹿を申せ。宗徳（後の二代新七郎良精）はまだ八つじゃ。八つで城代が務まるか？」

「某が後見いたしまする。八つの城代には五千石が程よい知行と考えまする」

「申したな。伜もよう考えたものじゃ。ええい負けたわ。よし、伜の申出通りにいたす」

とうとう高虎が折れざるを得なかった。

「新七郎、お前には完敗じゃ。じゃが大洲の城代ならさつきも喜ぼう？」と高虎は最後に笑うしかなかった。良勝は
「かたじけのうござります」と平伏して礼を述べた。

ただ、良勝には、灘や小湊などの付け城も監督させることにした。そのような他愛もない月日を、今治で過ごした後、高虎は江戸へ戻った。

季節は慶長十三年夏を迎え、駿府から急使が駆け込んで来た。

家康からの呼び出しである。また大坂城の近辺で城を造ることになりそうだと思いながら、江戸屋敷から駿府へ馬を飛ばした。

しかし、高虎を待っていたものは、思ってもみなかった国替えの話であった。

今治は旧領のままとし、伊予宇和島及び大洲二十万石を改め、伊賀一円十万五百四十石、伊勢安濃郡七万石、壱志郡、奄藝（あんき）郡の内二万九千四百六十石を所領とするものであった。

弟の正高が既に受けていた下総国内三千石も引続き据え置かれた。

秀忠から、正式に国替えを申し渡された時、高虎は、家康・秀忠それに幕府主要が居並ぶ中、予想していた事とは全く違い、国替えの話に半ば茫然としていた。

「何という顔をしておる。知行は今の儘二十二万三千石じゃが、伊勢街道に通ずる安濃津と大坂、京へ通ずる伊賀上野というずれも要衡の地じゃ。これを伜に任せたい」

と秀忠にやや砕けたもの言いで言われて初めて、

「は、恐れ入りましてござります。謹んでお受けいたしまする。誠に忝うござりまする」

高虎は漸く返答が出来た。

「板島には、安濃津の富田信高を代わりに入れようと思うて居る。実は信高のところでは、家臣との間で諍いがあってな、信高自身には咎めは無いということになったが、信高では、安濃津は心許（こころもと）のうなって、伜に任せることにしたのじゃ」家康が言葉を添えた。

「畏まってござりまする」

「そこで大御所様から、内々にお話がござりまする」正信が小声で口を挟んだ。

「うむ、伊賀は定次（筒井順慶の子-定次）らが今の城を造ったのじゃが、大坂に向けての一つの大きな杭ともなろう。ここに手を入れて貰いたい。いずれ秀頼と事を構えなければならぬ時もあろう。その時に備えた城を、倅に考えて貰いたいのじゃ。万が一、秀頼に敗れれば、儂は伊賀上野に籠城し、秀忠には直孝の彦根に入って貰う。そこでもう一戦じゃ。そのことを考えてな、縄張りから始めてくれぬか？」

「伊賀は郡山に居りました頃、存じ寄りの城でござりまするが、要害の地でござりまする。大御所様の仰せられた命に沿うよう、今一度見て参りまする。して、安濃津は如何いたしましょうや？」

「安濃津は、前（さき）の戦い（関ヶ原合戦）で信高が守っておったが、しまいには焼けて居る。畿内に向けての東の玄関口であるし、伊勢街道で伊勢神宮と、名張から紀州へも通ずるこれも重要な地じゃ。伊賀が大和、紀州への抑えにもなる故、安濃津と併せれば、畿内への抑えは万全ともなろう。倅に任せる故、思う存分やって見てくれ」

「は、よう分かり申した。急ぎ取り掛かりまする」

家康は、伊賀上野と安濃津の両城を一から造りなおしてくれと、高虎に頼んだのである。

高虎は、その足で主殿を後にして、秀忠の駿府屋敷へ向かった。

秀忠は八月一杯まで、高虎と屋敷で寛いだが、その間、能や茶で高虎を慰労し、高虎からは浅井家での話や秀長との中国攻め、四国攻め、九州攻めの話を聞いて、頻りに感心していた。その際、

「上様、少々お願いを申してよろしゅうござりまするか？」

高虎は改まって秀忠に願い事をしてみた。

「何じゃ、改まって――」

「は、実は淡路守のことでござりまする」

「うん？脇坂安治のことか？」

「は、左様にござりまする。此度の国替えで大洲の藩主が決まって居りませぬ。次の藩主が決ま

るまでは、某のところでしっかりと上様の代わりとなりお預かりいたしますが、淡路守を次の藩主とすることをお考え戴けませぬか？」

「ほう、倅は己のことだけでなく、他人の世話もするのか？」

「いえ、淡路守は大御所様にご配慮いただき、本領を安堵され、淡路を任されておりまするが、元々前の戦いでも大坂方に付くつもりは無く、時を逸して金吾中納言殿の与力となり、致し方なく大坂方に付き申しただけでござる。それで某の懐柔に載ってくれ申した。武勇、治政共に優れ、上様の御代に、必ず力となる男にございます。淡路守なら大洲を必ず纏めて呉れましょう」

「なるほどの、安治をの。じゃが何故それ程までに安治に肩入れいたす？安治から頼まれたか？」

「いえ、安治は、左様な姑息な真似をする男ではござりませぬ。同じ近江の人間として、関ケ原の借りを返したい迄でござる。これは、あくまで出来得れば、とこの和泉の単なる戯言とお考え下されこ」

「よし、他ならぬ和泉の願い、悪いようにはせぬ。じゃが、少々時をくれ」

「は、上様を煩わせるようなことを申しまして、誠に申し訳ございませぬ。お赦しを賜りますよう、お願い申し上げまする」

「和泉、倅と過ごした数日、誠に楽しませて貰ったぞ」

高虎は、秀忠の短い言葉に心がこもっていたように感じた。最後に秀忠に礼を言って、高虎は駿府城を後にした。

この後、程なく脇坂安治は、加増の上、大洲へ国替えとなったのである。無論、安治は高虎に丁重に礼を言い、友の契りを結んだのは言うまでもない。

高虎は九月も終わろうとしていた頃、家臣三千を超える大行列で、華々しく伊賀上野城へ入城したのである。

伊賀上野城と安濃津の城の築城については、縄張りは出来ても、工事は後回しにせざるを得なかった。まずは家臣の収容が先である。追々板島や大洲・今治から家臣が引っ越して来る。どう割り振るかが先決である。が、城に入り家康からの要望を実現しようとすると、大幅に城を造り替える必要を感じた。

豊臣時代は、東からの敵の攻撃を想定し、縄張りされている。しかし、今回は西の大坂からの攻撃に備えた城に、造り替えなければならない。本丸も移し替える必要があるし、堀も深く、広くする必要がある。何しろ戦さの結果次第では、家康が籠城することも想定した城にすることが求められている。

北に呉服川や服部川が流れており、大和川の支流にあたるが、この上流には石垣に頃合いの大石もある。周囲を調査した高虎は、これは使えると思い、遠くから石を運ばせることはまずないので、工期は大幅に短縮できることを確認した。

十月には、高虎は安濃津へ移動して、ざっと城の周囲と城内を見て回った。石垣は、関ケ原の戦いで一部が焼けており、城は小振りで大々的な改造が必要であった。結果的に新城築城と同様に大幅に造り替えなければならないことが分かった。

そこへ、伊予から商人達も引っ越してくると佐伯権之佐、高刑、良勝が報告に来た。

「殿、伊予での施しがようござったのか、三百程の商家や百姓が移り住むと言うて、大坂から伊賀へ参り、一部は安濃津へも参りましてござります」権之佐が話し始めた。

「何、三百とな？」

「三百は家の数でござりますれば、人数ともなれば千は有に超えまするる」

「大勢じゃなあ。それ程なれば町が出来るではないか？」

「は、それで殿にご相談せねばと思い、参上した訳でござります」高刑が言葉を継いだ。

「殿、えらいことでございまするぞ」良勝は嬉しそうに言葉を挟んだ。

「伊賀にするか、安濃津にするかは、引っ越して来た者の好きにさせればよいが、伊賀は山国じゃから、やはり海が見える安濃津がよいのではないか？」

「は、儂らもそう考えて居ります」権之佐が応えた。

「そうか、ならば安濃津に町を作ってやろう。城下に伊勢街道を移そうと思うておるから、伊勢街道に沿ったところで、彼らの町を割り振ってやればよい。町の名も伊予町じゃ。伊予の者が協力し合い、栄えるようにしてやれば、移り住んで良かったと思うじゃろう。折角儂らを慕うて来た者じゃ、大事にしてやろう？」

「は、ではそのように致しまする」

以後、高虎は伊予から移り住んだ者だけでなく、安濃津や伊賀上野でも城下町からは、年貢を取らないなどの優遇措置を取り、街を大いに発展させた。

年が明けて慶長十四年六月には、家康から丹波篠山城の縄張りを命ぜられ、笹山城をほぼ半年で完成させ、続いて丹波亀山城修築の縄張りと天守の造り替えも命ぜられる。

丹波亀山城については、工期短縮の為、伊賀上野城に移築しようとした今治城の天守を亀山城に充てることで、笹山城同様、半年程で完成させたのである。

高虎は、丹波亀山城の完成報告に駿府へ出向くと、家康の主殿に招かれ、中央には山と積まれた銀が亀山城完成の褒美として、高虎に下された。

主殿には、尾張義直、遠江頼宣（のち紀伊和歌山へ転封となる）他、家康重臣の面々が並んでいた。

「高虎、ようしてのけてくれた。このとおり礼をいう。城主の長盛(岡部長盛)には、ちと分不相応な立派な城にしてくれた。しかも、今治にあった天守を、伊賀に使おうと思って居ったそうじやが、それを亀山へ回してくれたそうな。そこまでしてくれる家臣は、数多（あまた）居る中で伜ぐらいしか居らぬ。今日はの、義直や頼宣も居るが、伜の為に能や馳走を用意しておる、ゆるりと楽しんで帰れ」家康は上機嫌で語った。

「は、お褒めに預かり、高虎、誠に嬉しゅうございます。大御所様から礼まで戴け、亀山城をやり遂げた甲斐がございます。誠に忝うございます」

高虎は平伏し礼を述べた。家康の顔は終始綻んでいた。

「皆が居るので、言うておく！」と家康は一際声を高めて居並ぶ家臣達に言い放った。

「この徳川に何かあれば、先陣は井伊と藤堂が受け持つ。皆左様心得よ！」

一同は

「ははあ」と大御所家康の言葉に、平伏して応えたのである。

この日は、高虎のまさに誉れ高い日となった。

「高虎、近いうちにな『菱喰い‐鴨の一種‐』を撃ちに行こうと思うておる。付き合うてくれ」と家康に言われ、

「大御所様、喜んでお供いたしまする」高虎は漸く家康から『信』を得たのではないかと思った。いや、確かな手応えがある。何しろ、徳川家家臣団の前で、井伊家と並び先陣を任すと家康が宣言したのだ。そこに嘘はない。外様の藤堂家を、家康の前に居並ぶ一族・譜代をさて置き、先陣に指名したのである。

「やっとここまで来た」と高虎はほっとしたが、気を緩めてはいない。

ただ今まで家康に『奉仕』して来たのが、無駄ではなかったと思った。

秀吉が亡くなって十三年掛かったが、漸く家康の家臣団の一員になれた気分であった。高虎は、ひと先ず肩の荷を下ろすことが出来たのである。

慶長十六年の正月を高虎は津城で迎えた。

正月から津城の改修に本格的に取り掛かった。同時に、城下の南北を通る大通りに伊勢街道を移設することも始めた。東が伊勢湾に面していることから、城から直接海へ出られるよう堀を掘削し、城の南を流れる岩田川と繋ぎ、岩田川の枝川として幅二十間の堀に三の丸櫓を設けて、船で伊勢湾へ行き来が出来るようにも造り直したのである。

富田氏の頃は外郭に、櫓は一つしかなかったが、高さ二間の土塁に二重・三重の櫓を十一ヶ所も設け、東西五百二十間（九百四十ｍ）南北五百間（九百ｍ）の外郭に拡張し直すという大規模なものだった。

一方、同じ年の冬が終わろうとする頃から、伊賀上野城の改修に手を付けた。

本丸の西側が空地となっていた為、本丸を拡張することにし、西側に十五間の深堀を穿ち、根石から十五間程の高石垣の石塁を築いた。本丸の南北隅には櫓を設けて、東西十三間、南北十一間、高さ五間の大天守台を造らせることにした。

またその南に東西七間、南北四間、高さ三間の小天守台を設け、大天守と小天守を渡り櫓で繋げるという高虎にしてはかなり凝った天守を計画した。

何しろ本丸の西側は水堀となり、本丸だけで東西百三十間、南北百三十九間の大きさである。高虎は、家康が大坂攻めで敗北した際の、家康の仮の城となることを意識して、天守は美観も重要視した。

また、外堀は東側二百十八間、堀幅十二間、南側は四百八十八間、堀幅十五間、西側は二五四間、堀幅十二間、北側は筒井氏時代の土塁を援用した。

高虎は今治城の築城から、漆喰の技術が進歩して、火に強いことに目を付け、城壁や櫓・本丸に漆喰を多用した。

この伊賀上野城を大改造するにあたり、天守にも拘りを持ったのは、もう十年も前のことになるが、加藤清正と出会って、久しぶりに酒を酌み交わしながら、城造りの話をしたことを思い出したからであった。

③家康の策略

高虎は、関ケ原の戦いの後、清正が肥後一国五二万石の国主となった礼の為、家康に謁見に登城した際、伏見城でばったりと出会った。

「佐渡守殿、お懐かしゅうござる」

「おお懐かしいのう、主計頭殿」

「良い処でお会いした、ちと佐渡守殿にご相談がござる」

兎に角、二人は身体が大きいので目立つ。家康の家臣団が多い伏見城では、尚更外様の二人が話していては、良いようには見てくれない。それを気にして
「では、二条の我が屋敷に来られよ。酒など用意して待って居る」

「有難い。では後刻、必ずお訪ねいたす」

高虎が、京屋敷で待っていると、屋敷中に鳴り響く声が聞こえた。

「与右衛門どのお！虎でござる」清正は昔の名で挨拶をしたが、清正らしい気の使いようであった。清正を良く知っている良勝が出て、

「これは、主計頭様、お懐かしゅうございます。殿が奥でお待ちにございます」

「おう？新七郎ではないか。相変わらず暴れておるらしいのう。関ケ原の仲の働きぶりは、肥後にも聞こえて居ったぞ！」清正は肥後を小西行長と分け合っていたので、関ケ原の戦いの際は、隣の行長の領地に攻め入って、関ケ原には参戦していなかった。

「いえ、主計頭様の足元にも及びませせぬ」

「新七郎、仲は槍働きだけでは無うて、口も上手くなりおったのう」清正には人を和ませる明るさがあった。そこへ、高虎が待ちくたびれて、

「いつまで、そこに居る。早う中へ入れ」と笑いを浮かべて声を掛けた。

「ご主人様にお叱りを受けてしもうた。ははは」清正は良勝に向かって、照れ笑いで応じたつもりである。奥へ通された清正は、

「一度、ゆるりとこういう席を設けたいと、思うておりましたが、これでは逆でござる」と快活に、高虎に挨拶をした。

「良いではないか、儂も虎の城の話を聞きたいと思うて居った。昔の名で呼び合うことで構わぬな？」

「願ってもないことでござる、与右衛門殿」

「まあ虎、一献。京の伏見の清酒を用意させた」と地炉利に入った日本酒を、清正の杯に注いだ。酒を注いだり注がれたりして、あっという間に地炉利が五度奥から運ばれて、昔話にも花が咲いた

が、城造りの話には、一際話が盛り上がった。

「今日は、是非虎に聞きたいことがあったのじゃ」

「へへ、与右衛門殿、隈本城のことでございましょう？」清正の顔が悪戯っぽい顔に変わった。

「そうじゃ、察しが良いのう。出来上がったそうじゃの？わしも板島と大洲に目途がついたが、此度今治に城を造らねばならなくなっての。儂なりに工夫をしようと思うておる」

「屹度、隈本城の話になると思うて、絵図をお持ちいたしました」清正は懐から絵図を数枚取り出した。

「儂も、板島の縄張りや絵図を用意したのじゃ。お互い門外不出の絵図を見せ合うことになるとは、互いに悪い藩主じゃぞ。ははは」と高虎も絵図を数枚取り出した。

「左様でござりますな？城の絵図が見られるとは有難い！」

お互い暫く絵図に見入り、互いに石垣に付いての特徴を説明し合った後、高虎は隈本城の天守に眼を付けた。

「儂はこの天守にも興味が湧いた。力強さと美しさを兼ね備えて居るような天守じゃ。見事じゃと思う」

「与右衛門殿。大天守と小天守を組み合わせたものでござる。これに長屋櫓や多門櫓を設けましたので、初めての者は迷いまする」

「これは参考になったぞ。儂は天守に華麗さは必要でないと思うて居った。天守は領民への目印や誇りとなるものじゃ。じゃから高さは目立つ程度に必要じゃと思う。が一方、城側にしてみれば、物見程度のものと思うて居った故、出来るだけ簡素にして、その分堀や街造りに時を掛けたい。そのように思うてそれ、儂の絵図も簡素な本丸じゃ。じゃが、虎の天守の造りを見て、儂も考え直さねばならぬかも知れぬ。ここまで天守や櫓に工夫を凝らすには、別に考えがあるのではないか？」と言われて清正は顔つきが変わった。

「与右衛門殿、これから申すことは、必ず他言無用に願いまする」

「約束する。儂の胸だけに納めて置く」

「実は、ここまで隈本城に手を入れましたのは、いずれ秀頼君をお迎えしなければならない時が来るかも知れぬ、と思うて造った城にござります」

「そうであったか。天守の絵図を見てそう思うた。大坂は、淀のお方様も未だに天下は、我等のものと思うて居られる。それに、大坂には頼りになる者が一人も居らぬのに、金や城だけで太閤殿下の世を続けられると、思うておる者ばかりじゃ。虎はその先を読んで居ったのか。苦しかったじゃろう」高虎が清正を労う様に言うと、

「与右衛門殿、この胸の裡を、お分かりでござるか？」と清正は眼に涙を浮かべていた。

「関ケ原で、もう豊臣の天下は終わったのでござる。じゃが、淀のお方様はそう思って居られぬ。誰も大坂城で、それを諭す者がござらぬ。ござらぬばかりか、まだお方様に夢を見させようと煽る者ばかりでござる。今のままでは秀頼君が危のうござる。それ故、当初の隈本城の天守を造り替え申して、何時でも秀頼君をお匿い申すことが出来るよう、大坂城より美しさこそ適いませぬが、されど力強く、秀頼君をお迎えするに相応しい城にしたのでござる。主殿には明の王昭君の絵を描かせ申して、昭君の間といたした。ここに秀頼君をお迎えしようと思うてのことでござる」

清正は言い終わると泣き出していた。

「昭君––将軍の間か––。さぞ立派な部屋に仕上がったことじゃろう––」高虎は清正の心中を察して思わず涙が溢れそうになった。

大きな身体の髭面の男が、しくしくと泣く姿を見て、高虎はこれ程豊家に忠義の士は居まいと思う反面、淀の方は自分の言動が、結局秀頼の為にならないことを、何故分からぬかと憤りさえ覚えたものだった。

清正の城と高虎の城に共通して言えるのは、守りに強い城である。城攻めを受けるのを想定して、石垣に工夫を凝らし、かつ枡形の虎口を多用して、敵が城に入り込んでも、狙い撃ち出来る。そんなことを思い出しながら、伊賀上野城の天守には、清正から得た工夫を採り入れ、五層の天守には、小天守を組み合わせたものにした。これを五人の棟梁に、一層ごとに分担を決め、競わせながら建設にあたらせることにしたのである。

そこへ、秀忠から書状が届いた。家康が上洛し宮中に参内するという。ついては高虎も一緒に入洛せよとの書状であった。

家康は、なかなか秀頼が臣下の礼を執らないので、苛々していたおり、丁度、後陽成天皇が退位し、後水尾天皇が即位したことから、家康は上洛して、即位の儀に参内することになったのである。

その際、浅野幸長・池田輝政・加藤清正らを動かし、秀頼に、臣下の礼を執らせようと説得させていた。

中でも清正は、淀を中心に秀頼の上洛を協議しているところへ現れ、

「某が命に代えて秀頼君をお守りいたす。此処に及んで、秀頼君の上洛なくば、卑怯の誹りを免れませぬ。ここは、豊国神社へ参詣にお出かけなさる序に二条城へお寄りになるという態を、お取りになればよろしかろう。この清正がついておれば、譬え一万の軍勢と雖も蹴散らしてご覧に入れ、無事秀頼君を大坂城へお戻し申す。これ以上の評定はお止めなされ。秀頼君に、卑怯の誹りをお被せになるお積りか？卑怯の誹りを被れば、秀頼君の御威光は地に落ちまするぞ。それでもご一同は良いと申されるのか！」と一喝した。

これには淀も応じざるを得ず、京へ上洛する旨遣いを出した。ただ淀は
「もし、秀頼に家康が危害を加えようとすれば、必ずこれを防ぎ、その方は家康の首を掻き切って、大坂へ必ず持って帰るのじゃ。よいな！」と清正に念を押した。

こうした経緯があり、家康は上洛して、三月二十三日の即位の儀に参列し、その後の二十八日に二条城で、秀頼と謁見する手筈を執ったのである。

高虎は三月十七日、伏見城へ登城し、家康と謁見した際、家康から今回の経緯を全て聞かされ、即位の儀には高虎が太刀持ち役で家康の供をするが、あくまで秀頼との謁見が主であると申し渡されたのである。

二十八日秀頼は、加藤清正・浅野幸長の各々三百名の兵に前後を守られ、しかも清正と幸長は、秀頼の駕籠の両脇に付き添い、徒歩で供をしている。竹田街道から京へ入る途中の鳥羽河原には、浅野幸長の娘婿である尾張藩主徳川義直と加藤清正の娘婿徳川頼宜、それに、義直・頼宜二人に

随行した高虎や池田輝政も出迎えた。

二条城に秀頼が入ると、玄関で家康が出迎え、二人は、御成の間へ先に秀頼が入り、家康が続いた。秀頼は、下座に用意された御座に座り、上座に用意された御座には家康・秀忠が座った。これで、自然と秀頼の御座が、将軍秀忠に臣下の礼を執った形になった。秀頼の向かいに座った家康の方から
「右府殿、遠路お出かけ賜り真に恐悦至極にござる」と先ず、労いの言葉を掛けた。

「は、これは豊臣の朝臣右大臣秀頼にござりまする。関ケ原以来のお目通りで、お久しゅうござりまする。此度は、大御所様こそ、駿府より京までお出かけ賜り、恐れ入りまする」

秀頼は、家康の前で手を付き、通った声で応じた。

「ささ、お手を上げられよ。大したことは出来ぬが、田舎料理を用意した故、ゆるりとして行って下され」家康のその声で、膳に盛られた食事が用意された。その時、

「秀頼殿、久しいのう」と言いながら、高台院（お寧）が現れた。家康の誘いに、高台院が場を和ませようと応じてくれたのである。

「おお、これはかか様ではありませぬか。お久しゅうござります」

秀頼は、幾分驚いた様子であった。

「長く会わずに居ったが、立派になって、父（とと）様と違うて、見栄えのするええ男になったものじゃ」

高台院らしい砕けたもの言いに、少々ピンと張った一同の緊張感が解けたようであった。

「かか様、お止め下され。秀頼はもう立派な大人でござります」

「ははは、一同が居る前で、済まなんだな」と高台院は居並ぶ一同を見渡し、

「おお、虎。此度はよう秀頼を連れて来てくれたのう。ご苦労じゃった。虎も立派な武将になっ

て、髭も立派じゃなあ。まるで鐘馗様じゃ」清正は、高台院に声を掛けられ、戸惑いを覚えたが、

「高台院様、お久しゅうございます。今でも高台院様の握り飯は、日ノ本一じゃと思うておりま
す」と応え、一同に笑いが出た。

「ささ、右府殿、膳を召し上がれ。右府様が箸をお付けにならねば、供の者や一同も箸がつけら
れませぬぞ」と家康が膳を勧めた。

「では、頂戴いたします」

秀頼は吸い物に箸を付けた。しかし、秀頼が箸をつけたのは吸い物だけで、後は一切口にしなかったのである。

秀頼は、その吸い物も口を付ける振りをしただけで、汁すら唇に触れることを避けた。

家康と秀頼の面談はこれと言って、差し障りのない話で終わり、秀頼が、豊国神社へ参詣するということで、面談の場を後にした。秀頼が席を立ったので、清正・幸長らが続き、織田有楽斎や大坂の家臣団もこれに続いた。家康以下一同は、門の外まで見送りに出て、秀頼の行列を見送り、一連の儀式は無事に終わったのである。

終わった後高虎は、家康が、本多正信・正純に、

「秀頼が立派な大人になりよったな。佐渡、急がねばならぬぞ」

とぽつりと漏らしたことを耳にした。

高虎は、家康が秀頼の立派過ぎる姿を見て焦りだしたと感じた。あの立派になり過ぎた秀頼の号令の下、豊臣恩顧の外様達がどう動くか分からない。それまでに豊臣の根を絶たねばならない。家康の考えはここに尽きる。これは伊賀上野城を早く完成させねばならないと帰途を急いだ。

翌月の五月になると、その伊賀に戻った高虎の下へ、熊本から訃報が届いたのである。

三月末に、無事秀頼に随って、二条城で家康との対面を済ませた加藤清正が、秀頼を大坂城へ

送り届けた後、熊本（この頃隈本から熊本に変わる）への帰途に体調を崩し、熊本城へ帰ってから亡くなったという。

高虎は、全身の力が抜けるようにその場で座り込んでしまった。

嘗て京の高虎の屋敷で、清正と語り合った顔が目に浮かんで、熊本城を築城した清正の並々ならぬ決意をその時知ったことが頭をよぎった。

三月に京で会った清正は、意気軒昂で頗る元気であった。それが、急に亡くなるとは俄かに信じ難い。まさかとは思うが、清正は秀頼に近付き過ぎて、家康か正信からの魔の手によって抹殺されたのではないかということが、高虎の頭から離れなかった。

時の施政者とは、こういう闇の手を持つことも必要なのであろう。そう思うしかない。高虎は熊本に向かって手を合わせていた。


翌年の九月には、高虎は駿府に居た。

この頃伊賀上野では、漸く五層の天守の棟上げが終わり、瓦を葺きかけ始めた時であった。

九月二十二日のその日は、夜半から雲行きが怪しく、朝には雨風が吹き荒れていた。今の『台風』が泉州から伊賀・近江を襲ったのである。

伊賀上野城の家臣達や大工・人夫も、ずぶ濡れになりながら、『台風』対策に忙しく働いていたが、やがて尋常ではない風が、唸りを上げて吹き始めた。

一同は、一旦非難することにしたが、漸く五層目の瓦を葺き始めたばかりで、壁のない天守を、心配した石田久七や安場与一・平松喜蔵らが数名で、破損を防ごうと天守に残った。

しかし、風雨は強くなるばかりで、とうとう三層目から音を立てて吹き飛ばされ、崩れ出した。

壁の無い天守は、風が吹き抜け、渦状になって四層目の境の床を吹き飛ばし、その勢いで柱が折れ飛ぶと、大轟音とともに四層・五層目が崩れて飛び、平松喜蔵・安場久七も一緒に飛ばされて、敢え無く亡くなった。

高虎は、駿府で数多の家臣・大工が台風で亡くなったことを聞くと、それぞれの家族宛に、一通一通手紙を認めて送り、天守の造営を先延ばしとした。

次の戦さ迄時間が無いと予想出来た為、天守台には天守閣の建造を諦め、本丸御殿に切り替えた。その間は東の旧筒井時代の天守をも併用せざるを得ないと覚悟した。

天守台の回りには多門櫓を建ち並べ、天守台との間は武者部屋とするように指図し、多門櫓がある種の石垣の役目にもなった。これで本丸御殿は二重の石垣に守られるような構造となったのである。大幅な変更を余儀なくされたが、急ぎ家康に報告すると、

「伊賀がそれ程までに、大荒れになったとは思わなんだぞ。伜の造った五層の天守を見たかったが、致し方あるまい」と納得してくれた。加えて家康は、高虎が思いもつかないことを言いだした。

「近いうちに、伜にも出番が来ると思うが、御所に仙洞御所を造営して貰うことになろうと思う。ご退位なされた後陽成上皇様の住まいをこちらで手配するのじゃ」

「ほう、大御所様、何かお考えがお有りでございますな？」

「ふふふ。伜に働いて貰おうと考えて居るが、秀忠からも伜に頼むと申して居る。秀忠の五女の和子（まさこ）を帝に嫁がせようと思うておるのじゃが、少し先になろう」

高虎は、遂に家康は天皇の外祖父になり、宮家まで思い通りに動かすことを考え出したかと感心した。

しかし、高虎は、このままでは和子の入内まで手伝わされることになりそうで、些か腰の引ける思いであった。高虎は、何度か宮中へ上ったことがあるが、どうも男子に至るまで、紅を差し

ていたりして、宮中に漂う白粉臭い匂いが苦手であった。

出来れば避けたいと思っていたが、そうは行かなかった。駿府を後にして、江戸に向かった高虎は秀忠にも、伊賀の台風被害の話を報告すると、秀忠からは、見舞金と称して多額の銀を高虎は受け取った。

「上様、忝うございます。死んだ家臣達の家族も慶びまする」

「うむ。和泉、死んだ家臣達の家族は大事に扱うてやってくれ」

「は、畏まりました」

「ところでな、大御所から聞いておるか？」

「は、京のことでございますな？」

「そうじゃ、和子を帝の后にと考えて居る。じゃが、これが思う様に進まぬのじゃ。帝が渋って居られてのう。京都所司代の板倉もお手上げなのじゃ。前の猪熊教利のことは知って居るか？」

「宮中一の色男が、宮中の風紀を乱したということぐらいで、詳しくは存じませぬ」

「姦淫を重ねて逃げたのじゃが、所司代の勝重（板倉勝重）が捉え死罪とした。ただ、姦淫を重ねた相手も罰せねばならぬ。捕えてみるとこれが両手に余ってな。中には宮家に繋がる方も居た訳じゃ。まあ、それで此度『公家衆法度五ヶ条』を定めた訳じゃが、これが帝のお気に召さぬらしい。幕府が何で我等に指図するのじゃとお怒りの御様子じゃ。そこで伜が、丁度上皇の御隠居所の建造で宮中へ上がるなら、和子が入内する前に、入内し易いように、宮中の不満を抑えて貰いたいのじゃ」高虎はやはり宮中の『掃除』を仰せ遣ったか、と一瞬躊躇したが（ええい、ままよ）とばかりに
「は、何分勝手が分からぬ宮家のことでございまするが、仰せに随い手掛けて見まする」

高虎は最後に破れかぶれで応え、高吉を呼び寄せることにした。高吉も従五位下宮内少輔という

立派な官位・官名があり、従五位下なら参内も出来る。

慶長十八年に仙洞御所の工事が始まると、高虎は高吉共々京へ入った。

まず、仙洞御所の場所を確認し、京都所司代板倉勝重の下へ挨拶に行くと、家康・秀忠からも指示があったようで、丁重に迎え入れてくれた。

勝重は、武家伝奏の広橋兼勝に連絡を取り、高虎らを兼勝に引き合わせてくれた。

「これは和泉守殿、ようおじゃりました。勝重殿から話は聞いております。この度は、えらい仕事をお引受けなさったなあ。麿も力を貸します故、お気張りなされ」

高虎はどうもこの宮言葉が肌に合わない。

「は、何分田舎侍故、お気に召さぬこともあるやも知れませぬが、何卒、よしなにお取り計らい下さいますよう、お願い申し上げまする」

「これは、ご丁寧なご挨拶、こちらこそお頼み申します」

兼勝との初対面は恙無く行われた。この後、高虎は兼勝と何度か宴席を設けて懐柔を図り、漸く奥の四辻与津子ら女御（にょうご）達とも初対面を果たしたのである。

初対面から半年以上過ぎ、冬になろうとする頃、高虎は、再び京へ向い、久しぶりに高吉を連れて御所へ入ると、仙洞御所も完成したのを見届け、武家伝奏の広橋兼勝と対面した。が、兼勝の様子に落着きが見られない。加えて典侍に昇った四辻与津子の姿が見えない。

「兼勝卿どうかされたのか？」

「いえ、何も――」

「与津子様の姿が見えぬが――」

「さあ、分かりませんなあ」

「話にならぬ」と近場に居る女御を捉え、高虎が聞き質すと驚いたことが分かった。

何と後水尾天皇が与津子に手を付けていて、子まで出来ていたというのである。高虎は怒り心頭で、広橋兼勝に
「これはどういうことか！」と問い詰めた。

「――」

「たった今、ここへ内大臣・女御衆全てを集められよ！」傍に居た高吉は、高虎の怒りが頂点に達しており、今にも全てを切り殺すのではないかと、気が気ではなかった。

一同が集まったところで
「兼勝卿、ご説明なされよ！」とただでさえ柄が大きい高虎は、宮中の者からは、当に仁王のように見えたに違いない。

「帝の婚儀は、公家衆法度にも謳われておる。それを武家伝奏の兼勝卿が幕府に報告もないとは、幕府を蔑ろにするに等しい。そうは思わぬか！」

「和泉守殿、そうお怒りにならずとも――」一同は、高虎を怖れて何も言えない。

「黙れ、兼勝！己は武家伝奏のお役目も忘れ、幕府を何と心得る！この場で儂が手討ちに致すぞ！」と高虎は懐刀に手を掛けると
「ひえぇ！」兼勝は、腰を抜かしてしまった。一同も声をあげ、腰を抜かして動けない。動けぬのを見届けて、

「かくなる上は兼勝、そなたの首を貰い受け帝にはどこぞ遠方へお移りして戴くしかあるまい。某はその責を負い、この場で腹を掻き切る。一同見届けられよ」

「殿、お待ち下され！」と高吉が止めに入った。

「宮内殿ようお留め戴いた。待たれよ和泉守殿」と震えながら兼勝がいうと、

「留める限りは何かあるのか？兼勝！」と、少々落ち着いた声で高虎が問う。

「いや、その――」

「何もないなら、某の切腹を黙って見て居れ！」と言うと、

「殿、どうすれば、お腹を召すのをお止め戴けるのか？」と高吉が問うと、一瞬の間を置いて
「和子様の入内を、今ここで決めて戴くしかない」高虎が声を低めて言うと
「ご一同如何でござる？」高吉が高虎を押し留めつつ、内大臣以下を見渡していうと、

「今直ぐには無理でおじゃる」兼勝が代弁する。

「いつまでに出される？」高吉が問う。

「年が明ければ、直ぐにでも内旨を出す準備に入りまする」それを聞き、高虎が
「違えれば、この高虎は、帝を島流しとするよう上様に奏上申し上げ、お手前方の首を貰い受けて腹を切るが、間違いはござるまいな！」

「間違いはございません」と兼勝が一同を見渡し、一同が頷くのを見て応えた。

「さすれば――」と立ったままの高虎が座り直し、

「上様にご報告する故、沙汰を待たれよ」

一同は、高虎が落着きを取り戻した様なので、胸を撫で下ろした。

「兼勝卿、今申されたことを認め（したため）られよ」

高虎は落ち着くと静かに言った。

「な、なんと？」

「申されたことは戯言でござるか？」と高虎は膝を立て、右手は懐刀に持って行った。

「ま、誠のことや」

「では、認められよ！」

「誰か、筆と紙を！」広橋兼勝は震えながら、誓約書を認め高虎に手渡した。高虎は、改めて確

認すると
「確かに。正月明けには成り行きを、確認に参ります故、努々（ゆめゆめ）怠りの無きようお願い申し上げる」と言って内裏を後にした。高虎は御所を出て、ニコニコしながら
「高吉、でかしたぞ。伜の役者ぶりも見事であった」

「殿が本気でお腹を召されるのかと思い、必死でござりました」

「あれで白粉の化け物達も、本気になるであろう。ははは」と笑って京の藤堂屋敷へと向かった。

高虎のこの脅しは効いた。高虎が江戸へ戻ってから、後水尾天皇は反発しつつも、島流しになっては敵わぬと、和子を后に迎えることに同意したのである。

翌正月に、高虎は御所での顛末を、駿府の家康と江戸の秀忠に報告した。特に秀忠からは、山と積まれた銀を褒美に貰い、家康には駿府で猿楽の饗応を受けた。

猿楽の饗応には、高吉はじめ高虎に随行した家臣達も共に陪席を赦され、和子入内が如何に、徳川家の悲願であったかが知れたのであった。

四月になるとまたも、高虎は秀忠に呼ばれて江戸城に登城した。

「和泉喜べ、和子の入内が決まったぞ」秀忠は、高虎の手を取らんばかりの喜びようである。帝からの和子入内の内旨を認めた書状が届いたのである。

「上様おめでとうござります。これで腹を斬らずに済み申した」

「ははは、全ては伜の働きのお蔭じゃ。それと、大坂方との戦さに備え、今一度、江戸城の修復も行なおうと思うておる。伜に、石垣を頼もうと思うて居るが、弱そうなところを更に頑強にして貰いたいのじゃ。どうじゃ出来るか？」

「は、畏まりました」

「うむ。伜が帝から折角内旨を取ってくれたが、暫く和子の都行きは遅らせねばならぬ」

「大坂方との戦さが近いとあらば、婚礼どころではありませぬ。致し方ございませぬ」

「それも帝次第じゃ。おとなしく待ってくだされば良いがのう」

「御意！」しかし、時を空けすぎて、また高虎は、宮中と仕切り直しに入らねばならなくなるが、この時点では、予想出来る筈は無かった。

高虎が、受け持つこととなった江戸城石垣の補強工事はほんの二・三ヶ月で終わり、他の諸藩が、受け持った修理補強工事もほぼ目途がついた頃、秀頼から、方広寺の大仏再建と鐘楼も完成した為、開眼供養の申請が幕府宛に届いた。

この鐘楼の梵鐘に眼を付けたのが、本多正信である。

梵鐘には、片桐且元が南禅寺の長老清韓に依頼した銘文が刻みこまれており、この銘文の中の『国家安康』『君臣豊楽』の文字は、家康を呪詛し、豊臣の繁栄を意味したものであると家康お抱えの朱子学者林羅山等の回答を以って、正信は、開眼供養は認められないばかりか、幕府への謀反の表れであると撥ね付けたのである。

難くせとしか言いようのないこの正信の仕掛けで、釈明の為江戸城へ登城した片桐且元は、一方的に淀が承諾出来ない条件を突き付けられ、淀や大野治房らから裏切り者扱いにされて、大坂城を追放された。

且元は家康の下へ降り、家康は、且元に五千石加増して、これまでの仲裁役の労を労う一方で、正信・正純親子は、豊家忠臣の且元を追放するとは秀頼の幕府に対しての謀反の現れであると、大坂方の淀達を追い込んだ。

これで追い込まれた淀達は、徳川に対し戦さで応えるしかないと決断し、名だたる浪人を集め出したのである。

やがて大坂城には、十万近い脱藩者や浪人達が集まった。中には関ケ原の戦いで助命された長曾我部盛親、宇喜多秀家の重臣明石全登、黒田長政と袂を分った後藤（又兵衛）基次、また森良成の嫡男毛利勝永、そして配流された九度山から紀州藩浅野長晟の監視の目を潜った真田信繁ら錚々たる武将達も入っていた。

彼らは、家康にひと泡吹かせようと、意気軒高で、大坂方では彼らそれぞれに一軍を預けて、戦さの準備に取り掛かったのである。

④大坂冬の陣

十月には、本多正純から、家康も江戸城に入るので、急ぎ登城されたいとの書状が、伊賀に居る高虎の下に届いた。

江戸城で大坂城攻めの作戦会議が開かれたが、ここに外様大名で呼ばれたのは、高虎ただ一人である。それ程までに家康・秀忠との信頼は、既に構築されていた。ともすれば、三河以来の家康の家臣よりも頼りにされていたと言っていいかも知れない。

江戸城二の丸において、家康の先鋒は高虎、秀忠の先鋒は井伊直孝と決まった。

十月三日、藤堂家江戸藩邸に長織部らを留守居として残し、高虎は、戦さ支度を整え、大半の家臣を津から伊賀上野へと向かわせた。

高虎自らは伊賀上野城で兵を纏め、細々（こまごま）と陣立てをして、大和路を西に向かうことにしたのである。木津へ発つ前の陣立ての際、高虎は、藤堂勘解由氏勝（元長井勘解由氏勝-朝鮮の役で武功を挙げ藤堂姓を赦される）の配下に、園部儀太夫という一風変わった弓の名人が居て、儀太夫は勝手に

「此度は留守居じゃ」と言って与えられた組屋敷から出て来ようとしないという話を耳にした。

儀太夫は、三百五十石の扶持を貰っていたが、全てを酒に換えて朝から飲む程で、注意をしても聞く耳を持たない。氏勝も呆れて

「放って置け！」と言って捨て置くつもりで居た。

儀太夫は、これから戦さ働きをするという時に、金がなくなり、馬や槍・鎧・兜まで売り払って酒に換えていて、単衣一枚の褌姿で、屋敷で三味線を弾いては、眠くなると転がって大鼾で眠るという始末であった。

この話を高虎は笑って聞いて、板島の留守居にする新七郎良勝を呼び、氏勝と同席させた。

「氏勝、儀太夫を此度は捨てて行くと聞いたが――」

「は、殿呆れてものも云えませぬ。鎧兜や槍刀まで酒に換えてしまい、とうとう弓や馬まで売って、代わりに四斗樽が、奴の寝元で転がって居りまする」

「困ったものじゃのう？」

「殿、困っただけでは済みませぬ。酒に溺れなければ、組頭も出来る武功を立てる者でござりますが、兎に角、力が強いだけに止めに入った者に怪我をさせまする。それも、酒が入っている故、怪我をさせたことも覚えて居りませぬ」

「ははは、困った奴じゃ」

「殿、笑い事で済みませぬぞ」

「済まぬ氏勝。そこでじゃ、伜が捨て置くというなら、どうじゃ、新七郎に連れ出す役目をさせてみぬか？」

「殿、それで某をお呼びになったのでござるか？」と良勝が驚いて尋ねた。

「ははは、その通りじゃ」

「奴は家中でも大酒呑みの暴れ者で、　知らぬ者は居りませぬぞ」

良勝は少々食傷気味のように応えた。

「殿、良勝殿に奴を任せたとあっては、氏勝の名折れにござります」氏勝は口を尖らせた。

「じゃが、捨て置く者を誰かが拾ってやってもよいではないか？」と意地悪く高虎が言うと、

「ならば、褌一丁でも連れて参ります」氏勝が意地になって言うと、

「氏勝、此度だけ、新七郎に任せてみようではないか？あ奴が戦さに出れば、伜も助かろう？無理やり引っ張り出しても伜も困ろう？」

「はあ、確かにそうではありますが――」

「新七郎が必ず一計を持ちうるぞ？」高虎は良勝に話を振った。良勝はやれやれという態で
「あの厄介者をどう料理いたしましょうかのう？」と半ば諦め顔で言うと、

「では、殿がそこまで仰せなら、良勝殿にお任せしてもようござる」氏勝は高虎の意向が分かり、
悪戯心が芽生えたようである。

「今より氏勝の赦しを得たのじゃ。どうしようと新七郎に任せる。が、必ず戦さに連れて行くのじゃ」高虎は儀太夫の武勇が、名うての浪人揃いの大坂方を攻めるには必要と考えていたので、どうしても使いたかったのである。

「では、殿、此度限りということで――」と氏勝、良勝が口を揃えて応えた。

「うむ、頼むぞ」

良勝は儀太夫の下へ行く前に一計を案じた。酒屋で一斗樽を買い、手の者に担がせて儀太夫の居る侍長屋へ出向いた。

儀太夫は、破れた襖の奥で三味線を弾いていたが、人が来るのを察して、慌てて眠っているふりをした。

「儀太夫、入るぞ？」良勝はズカズカと儀太夫の寝ている前に進み出た。

「おお、これは良勝様、儂は留守居でござる」

「何を申して居る。武士が戦さの前に寝ておるとは、敵に後ろを見せるのと同じではないか？」

儀太夫はゆっくりと体を起こし、単衣で身を包んだ。

「見ての通り、恥ずかしながら鎧兜に刀も槍も売り払い、手元にあるのはこの単衣と褌と三味線だけでござる。ははは」

「お前は粗忽者よのう。氏勝と共に戦さに出よ！」

「良勝様、じゃと申してこれでは戦さに行けませぬ」

「馬鹿を申すな。褌一丁でも戦さは出来るわ」

「何と申された？戦さは槍・刀が無うては出来るわ」

「ふふふ、出来る。聞きたいか？聞きたいなら氏勝と戦さに行くと言え。言えば教えてやる」

「その様なまやかしに乗せられませぬぞ」

「偽りは申さぬ。真（まこと）に出来る。話を聞いて、戦さに行くと申すならこの一斗樽はお前に呉れてやる。これならばどうじゃ。褌一丁で戦さの仕方を教えて貰える上に、酒まで飲めるぞ」

「ほほう、その一斗樽を儂に戴けるので───。ならば、話は別でござる。是非、良勝様のお話しをお聞きしとうござる」儀太夫は、酒樽一つで簡単に転んだのである。良勝は内心呆れたが、

「ふふふ、では教えてやる。お前は足も速いと聞くが───」

「走りでは誰にも負けませぬぞ。尤も力でも負けませぬが───」

「ならばよい。先ず、お前が欲しい馬と甲冑を付けた敵を選べ。選べばそ奴から全てを奪えばよいのじゃ」

「ははは、良勝様。やはり、まやかしではござらぬか。そんな当たり前のことで、儂は誤魔化されませぬぞ」

「何がまやかしじゃ。良いか、武者なら馬に乗っても、5貫目ぐらいの鎧兜を付けて居る。馬も鎧兜を付けた武者を載せては、走るのも遅うなる。お前の足なら、走ってでも追い付ける。ましてや、相手が徒歩なら尚更じゃ。追い付けば、まず槍を奪え。槍が無ければ、当て身を食らわし、倒してしまえ。気を失ったところで、身に付けたものを奪えばよい。奪ったところで、首を斬れ。兜首も獲れるし、鎧兜に武器や馬も褌一丁で己のものになるではないか？」

「なるほど。その手がござったか。ならばこれからもその手で行きまする」

「戯け者！此度だけじゃ。早う配下を持て。組頭として殿を助ける気になれ！戯け者！」

「は、恐れ入りました」

「では、まず出陣前の酒盛りじゃ」と言って良勝は、供の者に自分の裁着袴（たっつけばかま）のお下がりを儀太夫に手渡し、

「幾らなんでも戦さ場に、褌一丁でお前を走らせるわけに行かぬでの。お前に呉れてやるわ」と言って裁着袴を、前に二人で酒盛りをして、良勝は板島に向かい、儀太夫は、裁着袴に何も持たず、氏勝の隊と共に木津へ向かったのである。


こうして伊賀を出陣した高虎は、伏見で家康との打合せを終え、大和路を西へ辿り大仙陵（仁徳天皇陵）に陣を張り、平野に向かうこととなった。

ただ、ここで高虎軍内部に、若干の不協和音があった。高虎がこの戦さの先鋒を、高刑や玄蕃（玄蕃良政は関ケ原で戦死-既述）の息子良重にではなく、渡辺勘兵衛に任せるとしたので、不満を抱いた者が少なからず居たのである。

高虎は『槍の勘兵衛』と言われた渡辺勘兵衛了（かんべえさとる）の戦さ振りを、見てみたい気持ちもあったし、勘兵衛から先鋒を任されたしと、たっての希望もあったので先鋒としたのだが、高虎の見込み違いであったことは、後で知ることとなる。

この大仙陵に、その去就が心配されていた浅野長晟が紀州から参陣した。高虎は胸を撫で下ろし、松平忠直・前田利常らと合流すべく平野へ向かった。

しかし、大坂城では高虎の部隊が、突出して徳川本隊から離れていることで、「討つべし！」と動いた部隊があった。

秀吉時代から母衣衆として活躍した武将達である。薄田隼人正・山口左馬助・郡宗保・速水甲

斐守らは三千とも五千とも言われる兵で、高虎軍を叩こうと大坂城から討って出た。高虎軍の先鋒渡辺勘兵衛は、五百の兵を率い本隊からもかなり離れていた。

辺りはかなり霧が濃く、旗印が無ければ敵味方の区別がつき難い状況であった。そこに、遠目にも勘兵衛の部隊の前に、敵が現れたのが見て取れた。

高虎は、「掛かれえ!」と全軍に触れを出したが、勘兵衛が動かない。

大坂方の新宮行朝の三百の部隊は、勘兵衛の部隊の前で、高虎本隊の鬨の声に驚き、回れ右で引き返し始めた。それでも勘兵衛は、討って出ようとしないので、高虎は遣いを出し、先鋒の役目を果たすよう督促した。

勘兵衛は「敵の囮であり、追えば敵が待ち構えているに相違なし」と返事をして動かなかった。

高虎は勘兵衛を先鋒にしたのが間違いであったと、この時初めて気付いた。

高虎のこの後悔を帳消しにしたのが、二番隊に回った氏勝の部隊であった。

「儀太夫、今この時ぞ!」と、氏勝は儀太夫に声を掛けるや否や、馬を駆って敵を追い出した。儀太夫も徒歩(かち)で走り出した。儀太夫は兎に角早かった。氏勝の馬をも抜いて、敵の葦毛の馬に乗った騎馬武者に狙いを定めた。

「待てえ!その馬良き馬なり!くれえ!」と裁着袴に素手で追う儀太夫は、何とも滑稽であったが、その姿は既に敵中にあった。

新宮勢もこの儀太夫が、敵なのか味方なのか分からず、狼狽えるばかりであったが、騎馬武者は、儀太夫が素手だと分かると、取って返して儀太夫目がけて襲い掛かった。

儀太夫はひらりと身を躱し、その武者の足を取って、思い切り地に叩きつけたと同時に、自らはあっという間に馬に跨り、また駆け出した。今度は鎧兜の武者を探し、卯の花威しの華やかな徒歩で走る武者を見つけた。

「よい槍と刀じゃ。それをくれえ！」と言うや、馬をその武者に寄せて、後ろから抱き抱えると、手綱を引いて馬の頭を武者の顔に当てて、気絶させてしまった。気絶させてから、甲冑を身包み剥いで、急ぎ着込みだし、槍も刀も自分のものとした。

そこへ氏勝の部隊が追い付き、身包み剥がれた武者の首を取ろうとしたが、

「待った！」と儀太夫は、大音声で止めたのである。

「氏勝様、身包み剥がれ、首を取られたとあっては、余りに武者として情けなし。此処は儂に免じてお赦し下され」と氏勝に頼んだので、

「儀太夫の働きに免じて、放免いたせ！」と氏勝は、その武者を解き放った。

「うわあっ！」と叫んだその武者は、裸に近い姿で一目散に逃げて行った。

「氏勝様、良勝様の仰せの通りで、戦さ支度が整いましたぞ！」儀太夫は、何処から見ても一軍を率いる武将の姿であった。

「儀太夫、見事じゃ！ここまで見事にしてのけるとは思わなんだがな。はははは」

氏勝は半ば呆れて、笑うしかなかった。

「新七郎め、あの横着者を見事に操りよった。ははは」

高虎も遠目で滑稽とも云える儀太夫の働きを見て、手を叩いて喜んだ。

これで大坂方は、勝ち目なしと天王寺から大坂城へ退き始め、天王寺を焼いて帰ろうとしたが、これを見て高虎軍は追い続け、これに浅野長晟の軍が追い付いて来たので、薄田・山口の軍は、浅野の紀州勢に任せ、高虎は、天王寺が焼け落ちるのを食い止めるべく消火にあたることにした。

「仁右衛門、皆で池の水で消すのじゃ。今なら十分間に合う」

「は、畏まりました」二千の兵で消火に当ったお蔭で、天王寺は全焼を免れた。

「殿、大坂方は罰当たりでござりますな」仁右衛門がほっとしたのか、皮肉って言うと

「そうじゃのう、あ奴らに仏のご加護はあるまい。仁右衛門、済まぬがここに兵を置いて守らせよ」

「畏まりました」

高虎は家康・秀忠の軍が到着するまでは、このような戦いが続くと見ていたが、大坂冬の陣と呼ばれる戦いは、関ケ原のような総力戦ではなく、地域戦の様相を呈して来たのである。

高虎は、天王寺に陣を敷き直してから、渡辺勘兵衛を呼びつけた。

「勘兵衛、何故攻めなんだ。先鋒としての役目を忘れたか？」

「殿、霧が深く敵・味方の見分けが尽きませなんだ」勘兵衛はいい訳から始めた。

「伜の様な者が、まだ言い訳をするか！しかも遣いに敵の囮じゃとも申したそうじゃの？」

「殿、真に囮と思い、様子を見極めてから、攻めようと思うて居りました」

「伜が攻めるのを止めてくれたお蔭で、儀太夫らの暴れっぷりが見られて、儂は楽しめたがの」

高虎は皮肉った。

「殿、次は必ず一番首を取って参ります」

「もうよいわ。伜には本陣の備えに回って貰う。命を懸けた戦いに次は無いわ。『槍の勘兵衛』の名が泣くぞ」

「殿、お考え直し下され」

「いや、備えに回れ。伜には先鋒は不向きじゃ。下がれ！」高虎は、戦場でのいざこざは避けたかったが、勘兵衛の言い訳が赦せなかった。二万石の高い買い物じゃったと勘兵衛を召し抱えたことを後悔した。

この時から高虎と勘兵衛との仲は最悪となったが、高虎は、勘兵衛の代わりに先鋒として、急ぎ板島から良勝を呼び寄せることにしたのである。

高虎は、家康の本陣の茶臼山に更に手を入れ、強固なものとしたが、この間に秀忠の陣では、またもや真田勢に翻弄されていたのである。

秀忠は茶臼山の東の岡山（現御勝山古墳辺り）に本陣を置いていた。

ただ、秀忠の本陣の正面には、真田信繁が大坂城の南の外れに築いた出丸（真田丸）が、聳えている。空堀まで穿っており、その上には、二段の鉄砲狭間まで用意した塀が立ちはだかって目障りでしようがない。

これが災いして、信繁の挑発に乗った前田利常と井伊直孝が僅か五百の信繁自ら率いた兵を追って、真田丸の大門の前に殺到し、ここで三千丁の鉄砲の餌食となり、屍の山を造り、松平忠直の応援部隊も悪戯に死傷者を出すばかりとなって、徳川軍は俄かに崩れ出した。

茶臼山に居た家康は、

「勝手に動きよって、戯け者！」と怒り心頭で、

「全軍、退け！」と触れを出した。家康は、今年六月にイギリスから大砲を5門、オランダからカルバリン砲を十二門購入し、この戦いの為に江戸・駿府から何門か運ばせていて、更に国友鍛冶にも四・五貫目砲を造らせていた。

「この出番は無いと思うていたが、使うしかあるまい――」と射程距離も従来の大砲の数倍はあるこの新砲を引っ張り出して来た。

また、真田丸対策に、塀の上から狙い撃つことが出来るよう井楼を高く組み、井楼の上からの攻撃に切り換えた。高虎は、金堀人夫を大量動員して、櫓を土台から壊したり、城内へ通ずる『トンネル』を掘らせ始めたりした一方で、木村長門守が守る図書谷口を攻めることになり、竹束を駆使して鉄砲の弾を避けながら、大筒を櫓へ撃ち込んで行った。

十一日から家康は、大坂城北の備前島を中心に大砲を置いて、夜半に定期的に大坂城に向けて

撃ちだした。この大砲の威力は大きく、二の丸や櫓を壊す程であった。

何しろ茶臼山の先からも届いてしまう程であるから射程距離は、一㎞近いと思ってよい。それを大坂城本丸から数百メートルの備前島辺りに置き撃ち出したのであるから、戦さの在り方を変えてしまう程の威力があった。

夜も眠れない恐怖が淀の方を襲った。大砲の砲丸が三の丸や本丸を崩し、その下敷きになって、淀の付き人の女中の何人かが死傷した。

これで淀の方や大蔵卿局が騒ぎ出し、大砲の恐怖から逃れるべく、大野治長に和睦を結ぶよう命じたのである。

淀の方とは違い、有楽斎は落ち着き払って治長に
「では、修理大夫殿、お方様の仰せでござる。家康と和睦を結びましょうぞ！」

「致し方ありませぬ。早速手配仕る」

しかし、交渉は条件面ですんなりとは行かず何度かすり合わせを行い、十八日より徳川方の京極忠高の陣において、家康側近の本多正純、家康側室の阿茶局と、豊臣方の使者として派遣された淀の妹である忠高の義母常高院との間で行われ、十九日には講和条件が合意、年の瀬も迫った二十日、織田有楽斎・大野修理大夫治長が茶臼山を訪ね、家康・秀忠・高虎を交えた重臣達の立ち合いで和睦となった。

和睦の条件は、外堀を埋めること、浪人達を解雇すること等という緩いものであった。

翌日、高虎は、家康・秀忠・本多正信・正純親子らの密談を聞いて、家康がこれで終わらせる気がさらさらないことを知り、緩い条件で和睦とした理由が分かったのである。

二十四日茶臼山へ諸将が呼ばれて、外堀をすぐさま埋める割り振りがあり、家康・秀忠らは二条城へと戻って行った。

高虎が、徳川軍の最後に大坂城を後にする時は、三重の堀は埋め尽され、本丸・二の丸の外側まで、櫓・塀が全てなくなっており、当に裸同然の城で、十月の末に到着した時の様相とはまるで違っていたのである。外堀だけ埋めると云う和睦条件を無視した所業であったが、城側の執拗な抗議には、正信・正純親子が当たり、聞く耳を持たぬようなのらりくらりの対応で、押し切ってしまったのであった。家康達の密談とは当にこのことであった。緩い条件で和議を結び易くさせて置き、後は大坂城を裸城にしてしまうことしか家康の頭には無かったのである。

伏見城へ登城した高虎は、山と積まれた銀に、脇差を褒美として秀忠から拝領した。

翌慶長二十年は、元号が元和と改まって、もう春になっていた。

⑤夏の陣――八尾・若江の戦い

年が改まっても大坂方は依然浪人を放逐せず、そればかりか京では新たに浪人を募りだした。その結果、「また戦さが始まる」と京の民は騒ぎ出し、その内に「今度は京で戦さになるで」という噂まで飛び交い、慌てて京から出て行く者まで出る始末であった。

加えて織田有楽斎・その子頼長が大坂城を出奔して、家康に降って来たことで、いよいよ次の戦いが近いことを告げていた。

四月早々、高虎は、秀忠に家康が江戸城に来るので、登城するよう命を受け、本多正純ら家康子飼の譜代との作戦会議に参加したのである。

ここで、先鋒に高虎の軍が指名され、二陣は井伊直孝軍と決められた。最終の本陣は、冬の陣と同様に、家康が茶臼山、秀忠が岡山とすることで変わらないが、高虎は、「特に戦さ上手の真田と長曾我部、それに毛利勝永は侮れませぬ。『天の時・地の利・人の和』を手にした者が、戦さに有利と申します。地の利は、明らかに大坂方が有利と思われます。少なくとも我らは一つ欠けた状態で掛らねばなりませぬ」と注意を促していた。

その後、諸将が集まる中で、第二次とも云える大坂城攻めが言い渡され、高虎は四月半ばに、津から伊賀上野に向かい、組頭以上を広間に集めて、陣立てと心構えを一同に申し渡した。

陣立ては先鋒左陣藤堂仁右衛門高刑を大将に、桑名弥次兵衛吉成（――元長宗我部盛親の重臣で関ケ原以降、九州征伐の縁から二千五百石で召し抱えていた――）を備えとし、渡辺掃部、沢田但馬らが就いた。

また先鋒右陣には藤堂新七郎良勝を大将に、玄蕃良重（――関ケ原で討死した玄蕃良政の三男、長男が早逝した為、家督を継ぎ玄蕃を名乗る―）、梅原勝右衛門（元大洲城主池田秀氏の軽輩で関ケ原以降異父甥の新七郎良勝の招聘で高虎の家臣に千石で召し抱えられる）らが備えとして就いた。

高虎は、渡辺勘兵衛の嫡男長兵衛守（ちょうべえまもる）を中陣の備えの隊将とし、渡辺勘兵衛了は、長兵衛守の与力の位置づけに格下げさせた上で、高虎は伊賀上野から五千の兵を引き連れ、途中、淀に仮本陣を置いた。

家康と秀忠が大坂攻めの際、淀城を途中の拠点にすると知っていたから、手を入れて置かねばならぬと思ったからである。

こういうことが自然に高虎は出来る。高虎は家臣達に身を持って教えているのだが、それは自分が秀長から学んだものであった。他の外様大名達が何と言おうと一向に意に介さない。それが家臣達に伝播して、渡辺勘兵衛を除いて藤堂の結束の強さとなっている。

四月二十二日、二十三日に秀忠と家康に、伏見城・二条城で挨拶を済ませ、高虎が淀城へ戻ると、良勝と高刑が揃って話があると待ちかねていた。

「何じゃ、揃って出迎えか？」高虎は、軽い調子で両名に話し掛けた。

「殿、此度は殿の申された通り、天下分け目の大戦さでござろう。我等も忠義の死を覚悟して臨みまする」良勝が、何時になく真剣な眼差しで話し出したので、高虎も身を糺して聞き始めた。

「うむ、頼む。伜達の先鋒の働き如何で、我らの武運も決まるというものじゃ」

「は、このような大事な戦さに先鋒を仰せつかり、我等武門の冥加と思うており、このご恩に必ず報いるよう励む所存でござります」と高刑も神妙である。

「されば殿、我等討ち死にを覚悟して臨むつもりでござれば、後のことを、今取り交して置きたいと存じまする」良勝が言葉を添える。

「うむ、良いことじゃ」

「某（それがし）の子宗徳（のちの良精）に、仁右衛門が娘を娶らせたく存じまする」

良勝はまだ十四歳の息子に自分の死んだ後、高刑の娘を娶らせ新七郎良勝の家を存続させようと願い出たのである。良勝は尚も言葉を繋ぐ。

「我等が此度の戦さで見事討ち死にすれば、首もどうなるか分かりませぬ。後のことを託せるのは殿だけにござります。後のことを殿の命で、二人の婚儀を執り行わせるように、お頼み申し上げまする。この新七郎、最初で最後の殿への願いでござれば、何卒ご承引下さりますよう、お願い申し上げまする」と二人揃って、高虎に手をついて、願い出たのであった。

高虎は胸に込み上げるものがあって、なかなか言葉に出なかった。勘の鋭い良勝は、きっと討ち死にするという予感が働いたのではないかと高虎は思い当たった。そう思うと高虎は、眼に涙が溢れ、

「伜達は死ぬ気じゃな。心根はよう分かった故、後のことは、この高虎が引き受ける。安心して此度の戦さに臨むがよい。ただ新七郎、この戦さが終われば儂との約束を忘れるな」

と言葉に詰まりながら話すのが精一杯であった。

「は？何のことでござります？」といつもの良勝の口調に戻って問うと、

「とぼけるな！二万石の話じゃ。何としても約束は守らせる故、死ぬ気でかかるのは良いが、二人共傷つこうともまた儂の下へ戻って来い！分かったな？」

「は、畏まってござる！」と二人は平伏してその場を去り、淀から大和を抜け河内平野へと向かって行った。

徳川軍は総勢十五万、豊臣軍は冬の陣で裸城になったこともあり、大坂城から離れた浪人達も多く七万五千の兵力である。

豊臣軍が裸城になったが故に、野戦で戦うしかないという追い込まれた状況の中で、死に物狂

いで戦いに挑んだことは、徳川方の予想を遥かに超えていた。

四月の終わりなると、家康軍が竹田街道から南下して来たという情報が、大坂城にも入り、更に紀州の浅野が紀ノ川を渡り大坂城を目指しているという報せも入った。

真田信繁は、冬の陣で徳川軍が本陣とした茶臼山に陣を張り、毛利勝永・後藤又兵衛基次らと共に、道明寺で徳川の先鋒が河内平野に入る狭隘なところで敵を叩く作戦に出た。大野治房・明石全登は北へ、また長曾我部盛親・木村重成らは、大和路・奈良街道から河内平野に入るところまで出て行き、泥地で足を入れる場所が限られ、大軍が思う様に展開出来ない場所で戦う策を立て、大坂城の南東へ展開した。これで高虎が予想した局地戦の様相を呈して来たのである。

このように大坂方が展開する中、高虎は、大和路から来る松平忠輝・忠明・伊達政宗・水野勝成らの軍三万八千と合流すべく、恩智川を南下した。

五月一日、豊臣方は後藤・真田・毛利軍一万八千が、道明寺で集結して、大和路から来る徳川軍を迎え討つことにした。

また、長曾我部盛親・木村重成はやはり二万に近い兵で、家康・秀忠の本陣を側面から迎撃しようと、盛親の軍は八尾に展開し、重成は八尾から北の若江に軍を集結させていたのである。

五月六日の河内平野は、未明から濃い霧に包まれていた。

高虎は、千塚（現八尾市千塚）を過ぎ、飯森街道を道明寺・国分方面に軍を進めていた。

この時期、この辺りは水田地帯で田植えの為、田に水を引き泥沼状態である。兵を進める場所は限られており、ぬかるみが無い処といえば細い畦道ぐらいである。大和川の支流が、水田の間を縫って居り、水田を越えても、この支流の土堤をどちらが抑えるかで、勝敗を決めかねない状況であった。

思う様に大軍を利した戦いに持って行くには、不向きな場所で、高虎に不安が芽生えていた。

そこへ、高虎が兵を進めるその先の南の方角で、銃声が聞こえ出した。

それは、道明寺で、後藤又兵衛の大坂方三千と松平忠輝・伊達政宗・水野勝成らが開戦となったことを示すものであった。

高虎は早速、物見を遣わし様子を見に行かせた。

後藤又兵衛基次の兵約三千は、道明寺で真田信繁・毛利勝永両軍と合流する予定であったが、霧の為信繁・勝永両軍の到着が遅れ、単独で小松山まで前進したところで、戦うことになったのである。

この戦いで、又兵衛は寡兵ながらも奮戦したが、道明寺まで引き返したところで、鉄砲で狙い打たれ、剛で鳴る又兵衛も敢え無く討ち取られてしまったのであった。

水田が邪魔して、縦に長く伸びた高虎の本隊の五町程前を、右と左に分かれ先鋒が先を行く。しかしこの日は、水田に引かれた水も手伝い霧が一層深い。一町も前を行けば姿も見えない。おまけに泥田が邪魔をして、横に展開出来ず、縦に長い陣形で兵を進めるしかないのである。

この時点で徳川軍は、豊臣方の倍する軍勢で臨んだにも拘らず、地の利を豊臣方に奪われ、先鋒の高虎軍は孤立し、三倍以上の軍勢を相手に戦わなければならなくなったのである。

そこへ、先鋒右陣の良勝から遣いが来た。「四つ目菱の旗、木村長門守が兵、八千から一万が丑寅の方角へ移動中。大御所様本陣へ向かうものと思われまする。横合いから攻めるは今、お下知を！」という報せが入る。

また、左軍先鋒仁右衛門高刑からも「七つ片喰の紋、長曾我部の兵約一万見ゆ。丑寅の方角へ移動中！攻めるは今！」という情報も届いた。

高虎は三倍から四倍の敵を相手にする不利を知りつつも、徳川の先鋒という自負があり腹は決まった。南に向けていた馬の首を西に向けた。

赤母衣の遣い番を呼び、仁右衛門と良勝の先鋒へ「攻撃！」の指令を出した上、福永弥五左衛門を呼び、敵と遭遇し開戦の旨を家康へ言上させるべく遣いに行かせた。

「皆の者、敵は西の土佐守と長門守じゃ。掛かれい！」高虎は大音声で吠えた。そして采女を呼び寄せ、

「采女、済まぬが手勢を連れ、後ろの掃部頭殿へ、急ぎ若江の方へ援軍を差し向けるよう頼みに行ってくれ。先鋒の良勝だけではあまりに少ない。その上このままでは長門（木村重成）の軍と、井伊の先鋒が鉢合せするかも知れぬ。頼むぞ！」

高虎は地の利は豊臣方にあり、かつ盛親(長曾我部土佐守盛親)と重成（木村長門守重成）の二万弱の軍と戦わねばならなくなった為、とても手が回らないので、井伊直孝の加勢を頼んだのである。

高虎軍は南北に縦に長くなった隊列を西に向けた為に、北が良勝隊の先鋒、南が高刑隊の先鋒に別れ横に広がった陣形となった。しかも畦道を選びながら進まざるを得ないので、固まって戦うことが出来ない不利を知りつつも、既に右・左の先鋒が其々木村・長曾我部軍と遭遇し、中陣の高吉の部隊は勿論のこと、高虎自身の周りの旗本隊まで繰り出す総力戦を覚悟して、戦闘を開始しなければならなくなった。

高虎は、赤母衣衆の沢田平太夫・伊藤吉左衛門・馬廻りの野崎内蔵介に各陣の大将へ

「我等徳川の先鋒たり。足場が悪うて、味方の諸将に後れを取るは恥。足場を乗り越え敵軍に突っかかれ！」という命を伝えさせた。

中でも沢田平太夫元次は、前を行く藤堂式部家信に伝えるや、足軽を率いて、そのまま突き進んだ。

これを見て家信も、足軽を率い前へ前へと突進し、盛親の先鋒と渡り合うことになった。

高虎軍の突進力・突破力には、眼を見張るものがある。盛親の先鋒を突き崩したところへ、盛親の侍大将横山将監が
「将監、一番槍！」と言いながら駆け寄って来るところを、家信は馬から降り、槍を二・三度合わせたかと思うと、槍が見事に将監の甲冑を貫き、仰向けになって将監は馬から落ちた。

落ちたところへ、沢田平太夫が将監の脇へ、槍を突き入れ、見事この日の一番首を挙げた。

「式部様、忝し！」沢田平太夫が家信に声を掛けると
「よいわ！その首はお前にくれてやる」と家信は笑って応えた。

平太夫はこの首を下げ、高虎の下へ馬上のまま駆け戻り、

「殿、沢田平太夫、土佐守が先鋒横山将監の一番首を挙げ申した！」と告げた。

「でかしたぞ！平太夫！我が軍の一番首は沢田平太夫元次也！伜はそのまま大御所様の下へ馳せ参じ、ご報告致せ！」と高虎は大声を上げ応えた。

「は、然らば御免！」と平太夫は叫ぶや否や、馬の口を返し、

「やあっ！」と鐙を蹴って家康の本陣へ向け駆けだした。

そして、家康の本隊と思しき隊列に出くわすと、

「魁（先駆け）、藤堂和泉守高虎が臣、沢田平太夫元次、長曾我部土佐守が先鋒横山将監の一番首を挙げ申した！大御所様は何処？」と怒鳴り上げた。

家康は腰に乗り、移動中であったが、腰を止めさせ、

「此処じゃ、此処じゃ！」と手を振り、平太夫を招き寄せ、平太夫が馬を降り、首を捧げて近寄ると
「未だどの隊からも首は届かぬ。平太夫、伜が今日の一番首じゃ。でかした！でかしたぞ、平太夫！」と褒め称え、何本かある朱柄の槍を褒美として取らせた。平太夫は、

「忝うござる！我が家の家宝に致しまする」と両手で捧げるように受け取り、「わが和泉守の先鋒寡兵にて、苦戦中なれば、急ぎ戻りとうござります。御赦し下され！」と言い放つと、

「おお、ご苦労であった。早う戻れ！良き武者ぶり、家康忘れぬぞ！」と家康は返し、高虎軍の不利を知り兵を急がせた。

一方、八尾の北へ突き進めた式部家信は、盛親の先鋒を崩し、萱振村の西へ盛親の先鋒が敗走するのを追い続けた。途中、高塚地蔵の陰から大きな武者が腰に采配を差し、三間の槍を持って現れ、

「長曾我部土佐守が先鋒、吉田内匠重親なり。お相手いたす！」と名乗りを上げ、先頭を行く家信に突き掛かった。

「おお！心得たり！」と家信も応じ、四度五度突き合いとなったが、遂に家信の槍が勝り、重親を突き伏せた。

しかし、重親は倒れながらも、腰の来国光三尺三寸の長刀を抜き、家信の膝を薙いだところを、家信は構わず、組み伏せ重親の首を掻き切った。

この時司令官ともいうべき先陣の大将の一番首は、家信が取ったのである。が、家信は一生杖を突いて歩かなければならない程の傷を負って、敵を追うことが出来なくなり、萱振村の東に、皮を敷いて傷の手当てをせざるを得なくなった。

家信の隊は尚も敵を追い、足軽小頭に至るまで首を挙げ、長曾我部軍を萱振村から更に西の錦部村まで下げさせたところで、家信隊の負傷者も多く、家信が待つ萱振村の東まで引き返して、しばし休息することとなった。

旗本を預かる勘解由氏勝は、弓隊を率いて、高刑の応援に玉串川を越え、八尾の北へ進み、横

合いから長曾我部軍を攻めようとしていた。

此処には、長曾我部盛親の大叔父にあたる長曾我部主水親清（戸波親清）が敗走する兵をも取り纏め待ち構えていた。

氏勝は、玉置七左衛門・村田平左衛門・長沢庄左衛門・それに園部儀太夫ら弓隊に
「儀太夫、遠慮は要らぬ。狙いを定めて敵を射抜いて見せよ！」と先ず射掛けさせ、相手が怯んだところへ一気に襲い掛かった。

園部儀太夫は、冬の陣以来人が変わったように酒を断ち、弓隊の組頭として、立派な武者振りを見せるようになっていた。

これに堪らず親清は、一旦兵を退くが、氏勝の隊が寡兵であるのを知ると、味方が集まるのを待った。

この時氏勝の部隊は、十倍近い敵兵を相手にしていたのである。

それでも構わず、氏勝は弓隊を駆使して、射掛けては切り込むことを繰り返し、気が付けば、遥かに多い敵の真っ只中に居たが、義太夫達の弓の援護で切り抜けていて、氏勝は眼前に迫る敵の三人に
「まだ、来るか。何人来ようが槍の餌食じゃ！」と息を切らせながら、槍の突き引きを見事に繰り返し、あっという間に三人を突き斃した。

ただ、三人を突いたところでさすがに息が切れ、横合いから来た敵に気が付かなかった。

「うっ――」と横から来た敵の長刀に、脇を貫かれてしまってから気が付いた。

「見、見えなかったかあ――」と氏勝は、最後の言葉を残して、膝からゆっくりと斃れてゆく。

そこへ首を取らんと、敵が群がるところに儀太夫達が、弓を頻りに射掛けて、寄せ付けないようにし、父の大事と息子小太夫氏紹（うじつぐ）が「父上！」と脱兎のごとく駆けつけて、まさに

父の首を掻き切ろうとする身なりの立派な武将へ、槍で突き伏せて首を掻き切った。

小太夫氏紹が、首を挙げた武将は、この長曾我部隊を指揮した親清である。この時氏紹は十六歳であった。

「父上、しっかりなされ！この小太夫見事に親清の首を取りましたぞ！」小太夫は、返事のない氏勝に声を掛け続けたが、既に勘解由氏勝は事切れていた。

そこに新たに長曾我部の軍兵三百程が、隊伍を乱さず押し寄せてきたが、園部・玉置・三上・吉田・長沢ら弓の手練れが、距離を十間程に詰めてから一斉に射だしたので、新たな長曾我部の軍兵は、正面を向くこともできず、バタバタと倒れて退いたので、氏紹は、残りの部隊を纏め、ここで暫く息を継ぐことが出来た。

一方高刑は、桑名弥次兵衛一孝・渡辺掃部宗（わたなべかもんはじめ・そうともいう－後、藤堂姓を賜る）の隊を率いて、大和川の堤に上がり、既に長曾我部盛親の本陣と相対していた。

しかし、川を渡った高刑隊は、足場が泥地で足を取られて思うように進めない。気を揉みながら、漸く地蔵通りの八尾堤の橋の袂まで進むと、半町先に数千の隊伍を整えた長曾我部の本陣が見えた。

この敵の旗と馬印を見て、桑名弥次兵衛は、感慨深いものがあった。

旧主、長曾我部盛親の馬印なのである。足場の悪いところを進んできたので、鉄砲隊がまだ到着していない。

「一孝（桑名弥次兵衛一孝）、此処で土佐守本陣と戦さになるは、何かの縁じゃ。命の遣り取りの戦さで、遠慮は却って武士の恥じゃ。思う存分一孝の働きを土佐守に見せてやれ！」

と高刑は、弥次兵衛に声を掛けた。

「は、寡兵なりとも藤堂軍の強さを見せてやりましょうぞ！」と弥次兵衛も応えた。

そこへ、菊池角兵衛と杉立九郎左衛門らが鉄砲を担いで追いついてきた。

「鉄砲隊がまだ揃わず、今は数丁しかないが、敵も鉄砲はないと見える。角兵衛、九郎左、撃って撃って撃ちまくれ！」高刑は、采配を傍にいた白井九右衛門に渡し、自らも討って出る構えを取って叫んだ。

白井九右衛門は采配を振ると、角兵衛と九郎左衛門の鉄砲が火を噴いた。

連続で四発の鉄砲音が響くと同時に、足場が悪い為、高刑は馬を降りて徒歩となり、

「藤堂仁右衛門高刑、一番槍！」と大音声を発して槍を構えて突き進んだ。

長曾我部の部隊は、八尾堤の上で槍衾（やりぶすま）を造り待ち構えていたが、仁右衛門達の勢いに押され、まるで布が裂けるように左右に道を開けて行く。

仁右衛門の傍には、今井右衛門助・山岡三九郎・白井九右衛門が離れず、群がる敵に槍を入れて行く。仁右衛門は襲い掛かる敵を次々に刺して、あっという間に二、三人を斃した。

しかし、続々と新手が現れる。

「三九郎、九右衛門キリがないのう？」と敵と渡り合いながら、高刑は声を掛ける。

「仁右衛門様、右じゃ！」と九右衛門が右から突いてくる敵に槍を入れる。

高刑は、また新手の二人を斃したところで、三人目に槍を突いた。

だが三人目の槍が、高刑の槍と交錯し、敵の槍が高刑の左脇に刺さった。

九右衛門はその三人目を突き斃して駆け寄るが、相手の槍は高刑の急所を貫いていた。

夥しい血が高刑の鎧を覆った。

九右衛門に抱きかかえられた高刑は喘ぎ声で、

「と、殿、さらばでござる――」と言うのが精一杯で、遂に動かなくなった。

「仁右衛門様、しっかりなされい！」と九右衛門は声を掛けるが、高刑はぐったりして動かなか

った。これを見て今井・山岡らの高刑の家士達は、

「うわああ！」と叫びながら狂ったように辺りかまわず、敵を切り捨てて行く。

九右衛門や今井・山岡ら含め、高刑の手勢はこの場を一歩も退かず、群がる敵と渡り合い、数知れない首を挙げるが、奮戦空しく全員討ち取られてしまった。

高刑の右・左に分かれた掃部・弥次兵衛の部隊は、長曾我部の本陣へ果敢に攻撃を仕掛けて行く。

桑名弥次兵衛の部隊も寡兵ながら鋭く斬り込んで行き、長曾我部の旗本の中には、逃げ出す者も出てきた。

そこへ、盛親自ら
「あれは弥次兵衛ではないか。そうか和泉守の家臣であったな。皆の者、弥次兵衛の前で無様であるぞ！退くな！退くな！者共、敵の数は知れておるぞ！掛かれ！掛かれ！」と大音声で叫ぶと、踏みとどまった盛親の旗本・雑兵が取って返すように弥次兵衛の部隊へ切り掛かり、押し返すようになった。

盛親の旗本の中に、弥次兵衛を見知った者も多く、弥次兵衛一孝を見つけると
「おのれ一孝！旧恩を忘れ敵につくとは、赦し難し！皆の者一孝じゃ！一孝をなで斬りにするのじゃ！」と叫び駆けだしたのは、近藤長兵衛という旗本の組頭である。

これに呼応するように、弥次兵衛目掛け雑兵まで襲い掛かった。

弥治兵衛の配下、市田十右衛門・入交助左衛門ら十数名が弥次兵衛の左右で援護し、来る敵を突き、或いは斬って捨てるがキリがない。

弥次兵衛も「エイッ！ヤアッ！」と応戦するが、とうとう槍の柄が折れ、長刀を抜いて戦うところへ、先程の近藤長兵衛が槍を入れて来た。

「おお、長兵衛か？」弥次兵衛は思わず声を掛けた。

「一孝！お主のここが墓場と知れ！」と長兵衛は、槍を更に突き入れて来た。

これを刀で払おうとしたが、弥次兵衛は戦いの疲れもあり、手に力が入らず、長兵衛の槍の力が勝って、刀を叩き落された。

弥次兵衛は、短刀を抜き防ごうとしたが、長兵衛の槍が弥治兵衛の体を深く貫いた。

「うーん！」と唸りながら短刀で、長兵衛の槍の柄を斬りつけて、そのまま突っ伏すように倒れた。

弥治兵衛の配下も、最後まで戦い続けたが、群がる長曾我部の兵に取り囲まれ、皆討ちとられてしまった。

渡辺掃部は、高刑の右手に回り、高刑・弥治兵衛同様、敵陣深く斬り込んだが、掃部も手負い、ふと気づくと高刑も弥治兵衛も討ち死にし、それぞれの残兵が思い思いに斬り合っているので、これでは耐えきれないと見て、兵を纏め退くことに決めた。

掃部は小野正兵衛・島川専介・百々三太郎らの配下と一緒に高刑・弥治兵衛の兵を纏めて十間程退き、追いすがる敵をそこで二人三人と斬り斃しては、退くことを繰り返し、八尾の村中まで退いた。

長曾我部軍も高虎先鋒隊の寡兵ではあるが、予想外の強い攻撃に、それ以上追うことは出来ず、気が付けば八尾堤より十二町も退いていた。これで掃部らは、一時の休息を取ることが出来たのである。

若江に回った先鋒右陣の良勝隊は、木村重成の本陣に迫っていた。

右陣の足軽大将を任されていた梅原勝右衛門は、鉄砲隊六十丁を率いて良勝の右手（北へ）に回って玉串川を渡り、若江を目指し、そこで二百ばかりの敵を発見した。

朝霧の中、前へ駆け出し、まだ相手が気付いていない内に、

「よいか、狙いを定めよ！今じゃ撃て！」一斉に六十丁の鉄砲が火を噴いた。

全く気付いていない処へ鉄砲を撃ちかけられ、木村重成の兵はバタバタと倒れたと同時に、狼狽えて崩れ出した。

「今じゃ！掛かれ！」と勝右衛門が言うと同時に、自ら槍を抱え馬を駆った。

勝右衛門に続き、勝右衛門の次男万介武辰、甥深尾兵太も先を争って馬を駆って続き、「ウォーッ！」と徒歩組も後に続いた。

勝右衛門はあっという間に、敵二人を突き伏せ、武辰らも次々に突き伏せて行く。

左手に回った勝右衛門の配下、青木忠兵衛や大津伝十郎も大将級の首を挙げ、重成の先鋒は堪らないとばかりに、若江の本陣を目指して逃げて行った。

「父上、さすがに『岩夜叉』と言われたことはありまするな？」と子の武辰が言葉を掛けた。

「万介(武辰の幼名)、まだまだこれからじゃ。長門守に父の怖さを思い知らせてくれる」

「父上、儂も首を三つ挙げ申した」

「儂はお前の歳に『岩夜叉』と言われたのじゃ。まだまだ腕を磨かねばならぬぞ！」勝右衛門も子の武辰も息を整え、竹筒から水を口に含みながら、暫く鋭気を養ったのである。

長門守重成は、本陣へ逃げ帰った先鋒を纏め、新たに平塚五郎兵衛を先鋒の大将として立て直し、西郡（錦織）口を固めさせた。

新七郎良勝の先鋒本隊は、丁度その西郡と若江の重成本陣の間を突き進んでいた。

しかし、この辺りは水田地帯で足場が悪く、進むのに苦労しながら進まざるを得なかった。それでも隊伍を乱さず進んで来たが、北の勝右衛門らの放った銃声が聞こえ出すと、若い玄蕃良重

や矢倉大右衛門の息子秀政は先駆けして、功を挙げようと血気に逸る。

それを、良勝が
「未だじゃ、玄蕃。此処は足場も悪い故、良い働きが出来ぬぞ。戦さには潮時があるのじゃ。ましてや敵の兵は、こちらの数倍は居ると見て良い。しかもこの足場では、あっという間に敵に取り込まれてしまうぞ。儂の合図を待て。よいな？」

玄蕃良重は、関ケ原で島左近の息子新吉に討ち取られた玄蕃良政の三男で兄が早逝した為、玄蕃家の家督を相続し、高虎が良政に与えた唐冠形兜を被って出陣していた。

「新七郎様、敵は我等の勢いに負けて逃げませぬか？」

「ははは、逃げはせぬ。長門守はここを死に場所と決めて、戦いに臨んで居る。何としても我等を打ち破らんと構えて居る。見てみい。じっと我等が攻め込むのを静かに待って居る。良いか、玄蕃。静かな敵程強いものじゃ。弱い敵程よく動き声も挙げる。覚えて置け」

「は、お下知を待ちまする」そんな会話をしながら馬を進めていると、時は前後するが、八尾で一番首を挙げた沢田平太夫が、高虎に言われて、家康に首を届けようと、玉串川の土手沿いに馬を走らせて来たところであった。馬を見て一様に構えたが、味方と知って道を空けた。

「沢田平太夫、長曾我部の侍大将横山将監が首討ち取ったり！大御所様の下へ参り申す！お通し下され！」と大声を上げながら、良勝の軍とすれ違って行く。

これを聞いて、玄蕃良重は、居ても立ってても居られなくなり、矢倉秀政と共に、前方に待ち構える木村重成の軍へ向かって突進し出した。これを見て、良勝が怒鳴った。

「玄蕃、秀政戻れ！戻れ！」と必死に呼び止めた。

良重は足場が悪いのも苦にせず、良勝の制止を聞かずに、遮二無二馬を乗り入れて行く。

これを見て、良重の家士達が後へ続くが、足を取られて思う様に進めない。

結果、単騎で敵陣に突っかかることになったが、重成の先鋒は、何しろ頴(えい)の片方だけで二尺五寸(八十㎝)の唐冠形兜を被った黒づくめの武者に襲い掛かられ、思わず腰が引け、敢え無く一人が討ち取られる始末である。氏重は首を斬ろうと斃れた兵に跨ったところへ三十、四十と敵が群がって来るので、首を斬るのを諦め、再び槍を構えて付き伏せて行く。

しかし、とても抗しきれず、その敵の一人の槍に脇を突かれてしまう。

そこへ漸く良重の家士押川権左衛門が追い付き、良重を刺した敵将を突き斃し、良重を肩に担ぎ退きだすところへ、山岸喜太郎や堀七右衛門らが駆け寄り、追って来る敵を次々に斬り、権左衛門を援護する。

良重の小姓福岡喜大夫が敵の騎馬武者を突き斃し、馬を奪って権左衛門から氏重の身体を受け取り、その馬に載せて玉串村まで退き下がった。ただ、権左衛門を援護した喜太郎らは全員討死となった。

権左衛門は喜大夫に

「玄蕃様が頻りに小柄（こづか）のことを気になさって居られた。今一度、玄蕃様が突かれたところまで戻り探してくる。お主は早う玄蕃様をお連れせい！」

と権左衛門は敵の中へ討ち入って行った。これで権左衛門も帰らぬ人となった。

喜大夫は玉串村まで戻り、小屋を見つけて氏重の身体を小屋へ移すことにした。その時である。

「え、頴に気をつけえ、え、えいじゃ！」と氏重が微かな声で、途切れ途切れに、唐冠形兜の頴が小屋の戸口に当るのを、気にしているのを耳にした。

「このような時まで、殿様から戴いた兜を気になさるのか――」と喜大夫は涙が零れた。

しかし、喜大夫が聞いた主人良重の言葉はそれが最後であった。

良勝は良重を止めようとしたが、足場が悪く思う様に進めず、それでも左右に一隊を率い、敵が整えて待つところに、隊伍を乱さず進んで行った。

距離を詰めた処で、鉄砲隊の組頭田中内蔵允が息子源次郎を連れて、まず一斉に撃ち掛けた。敵も応戦し、鉄砲の音が止んだところで、足軽を掻き分けて突進し出した。

源次郎も我先にと突進する。田中内蔵允の配下がこれに続き、源次郎が一番槍を付けた。良勝の家士達や、高虎からの与力連中も負けてはいない。

草野大蔵・萩森又兵衛・入交太郎左衛門・大木平三郎・小嶋傳介・山本勘七らも我先にと敵に襲い掛かった。ここへ討ちかかった者達が、殆ど首を挙げる程の勢いで、木村重成の本陣は完全に崩れ、若江の方へ逃げ、二町程の距離が空いた。良勝隊はここで暫く息を整える為、小休止しながら敵の動きを待った。しかし、若江から長門守重成の新手が、続々と押し出して来て、槍を取り直し迎え討たなければならなくなった。

田中源次郎は、真っ先に突き進み兜首を挙げた。これを見て、父の内蔵允は
「源次郎やりおるのう」と息子に負けてはならじと、敵が群がる中に討って出た。二人三人は突き斃したが、取り囲まれて一度に槍を数か所突かれ、

「源次郎、武運を祈るぞお！。」と叫びながらこと切れた。

良勝の旗本達も、この新手の敵相手に奮戦し、箕浦少内・平尾勘七らも敵に囲まれながら一人二人と切り倒したが、多勢に槍を一斉に突かれ、遂にぼろ布のように斃されてしまった。

「少内！少内！」

良勝は、返事が無い筈の箕浦少内の名を呼ぶ。良勝は多勢をいいことに嬲り殺しのように、配下が斃れて行くのを見て怒り心頭となった。

良勝は長刀を抜き、敵の中へ馬を入れて切り付け、十人ばかりを戦闘不能に陥れ、尚も駆け回り、鬼神となって敵を斬り斃して行く。

これで、重成の新手は崩れ、またも若江へ逃げ出した。これを草野大蔵や七里勘左衛門らと共に追いかけ、二人三人と突き斃す。重成軍も二度三度と踏み止まり、戦うが勢いに押され、若江の町の入り口まで戻された。

敵将木村重成は、若江の本陣まで旗本が逃げ帰って来たので、若江を陥(お)とされる訳にはいかず、旗本を立て直し、また新手を良勝隊に振り向けた。

もう百人程になった良勝隊を押し包むように、四方から攻め込ませたのである。

「おい、勘左衛門きりがないぞ?」良勝は、少々手傷を負ってはいたがまだまだ元気に、傍に居た七里勘左衛門に声を掛けた。

「新七郎様、こんな大坂の女子侍、幾ら来ようと槍の餌にしてやりますわい」勘左衛門も威勢よく応えた。

「頼もしいのう。頼むぞ!」と言うや良勝は、重成軍の新手の真ん中に切り込んで行った。大将に後れを取るまいと、良勝の家士・旗本も一団となって良勝に続いた。

良勝等の斬りこみで、重成軍の前に居た兵達は

「うわあっ!」と叫び斃れるが、間断なく良勝隊に斬り込み突き掛かって来る。

とうとう良勝も数か所の傷を負い、力が弱って来た。

「大蔵、勘左衛門、生きておるか?儂は息が切れて来たぞ―――」

「何の!まだまだ!」と草野大蔵が良勝を励ます。

「ワァーッ!」と叫び、攻め込む敵の声が鳴りやまない。

「良勝様!気をお奮いなされ!」大蔵が更に励ますと、

「もう一働きじゃ!」良勝は、残った気力を奮い立たせ、長刀を握り直したところを、三本の槍が良勝の胴を貫いた。

「ううっ！」良勝が唸った。

「と、殿に、お、面白く生き、生きられたと――」と言ったところで膝から崩れ落ちるように斃れてしまった。

「良勝様あ！」と大蔵は叫び、良勝を囲むように家士・配下が集まり一歩も退かず戦い続けた。

この時、既に良勝は息を引き取っていた。信長時代の中国攻め前まで、高虎の父虎高の傍に居て、但馬攻めから高虎と共に行動し続けた猛将は、高禄を望まず、戦うことを楽しむかのように、高虎の傍に必ず居たが、もう齢五十一。死ぬ間際まで意気軒昂であった。

若江の町の入り口で、良勝の遺骸の傍らで槍折れ、刀折れて戦い続けた小嶋傳介らも討死したその時である。

若江の北からやっと井伊軍が到着し、重成軍目掛けて攻め込んで来たのである。

重成が、旗本を全て良勝隊に当らせていたので、手薄となっていたところに、思いもかけず、井伊軍が攻め込んで来たので、重成軍は忽ち崩れ狼狽えだした。良勝隊に回った重成の旗本は、井伊直孝の軍に当ることになり北へと回って行った。そのお蔭で、良勝隊の残兵は漸く息をつげることになった。この井伊軍に、高虎の命で遣いに出た藤堂采女元則と、その家士達も一緒であった。

井伊直孝は、重成軍を前にして、

「采女殿、ここはお先手を賜る我等に任せ、暫しご覧あれ」と手出し無用と言わんばかりに、采女に申し渡した。

「は、では――」と采女は、井伊直孝の先鋒の左に馬を回し、井伊の先鋒と混じらないように控えた。

此処へ玉置角之介直秀・湯河甚太郎（紀州征伐の後、高虎に召し抱えられる）・原田傳右衛門らが采女の傍へ続々と集まって来た。

その時である。直孝が
「掛かれ！」と叫ぶと、井伊の赤備えの先鋒の鉄砲がまず火を吹いた。それを合図に鬨の声をあげ、騎馬隊が駆け出した。采女もにやりとして、馬を駆って、

「皆の者、今が死に時じゃ！掛かれい！」采女は、重成の先鋒と間を詰め、采女の配下に号令を発した。

「ウオーッ！」と声をあげ、玉置角之介や湯河甚太郎たちは重成の先鋒に襲い掛かった。采女は、一人二人と組頭風の敵を見ては、槍を合わせて、討ち取って行く。

采女隊の内、井伊直孝の下へ連れて行かれなかった者達は、密かに采女の後を追っていて、赤備えの部隊を見つけて、遅れてはならじと赤備えの先鋒の後を追い、采女の先行した小隊と合流して戦い始めた。

井伊軍と采女隊の合流で、重成の本隊は壊滅状態となり、遂に重成は、井伊軍に討ち取られたのである。

直孝は、采女の戦いぶりを見て賞賛し、何本かある朱塗りの槍を采女に褒美として授けたのであった。


一方、中陣の高吉隊は良勝・高刑の応援に行こうとしたが、足場が悪くなかなか思う様に進めなかったが、八尾村に入ったところで、仁右衛門隊を取り纏めた手負いの渡辺掃部と合流し、先鋒仁右衛門高刑と弥次兵衛一孝が討死したことを聞いた。

「遅かったかあ――」高吉は思わず天を見上げた。

「斯くなる上は、弔い合戦じゃ。如何に相手が倍する兵と雖も、斬って斬って斬り捲れ！」と

高刑の兵と共に、数倍の長曾我部盛親の兵に切り掛かった。多数の首を挙げるが、玉置野右衛門・矢倉兵右衛門らも討死し、余りの敵の多さに、一息入れなければ太刀打ちできないと知り、高吉は一町程退き兵を暫し休ませることにした。

一方、中陣の一方の備えである渡辺長兵衛守の隊は、長兵衛が父の勘兵衛了に隊を預け、手勢を連れ久宝寺辺りまで攻め入り、八尾の西で敵に当たり、長兵衛自身も四つの首を挙げ、総勢で取った首は二十二という成果で、敵を八尾の町中まで追いやっていたが、勘兵衛は、穴太堤まで進んだところで、長曾我部本隊数千の軍が八尾河原に固まって、待ち受けているところを見つけ、独自の判断で、中陣の長兵衛から預かった兵共々、小高い所へ退き、深入りするのを避けていたのである。

そこへ、高虎の異母弟高清と正高兄弟が一緒に討ち込もうと、参陣を申し出て来た。

高清と正高は、留守居を申し付けられた伊賀上野城を抜け出し、前日千塚に居た高虎に対面を願い出たが、却って高虎に勘気を受け、直ちに伊賀へ戻れと追い返されていたのである。

高清と正高、それに加納藤左衛門、山岡平四郎、疋田与兵衛ら高清の家士達は、それでも密かに陣借りして、この日は萱振村の方へ出て、兜首も挙げ高虎の下へ届けていた。

その高清と正高が戦さ場を求めて、勘兵衛が小休止しているところに現れたのである。

ここに、良勝の先鋒と高刑の先鋒の敗残兵達もぞくぞくと集まって来た。

時は遡るが、高虎は、高刑・良勝の先鋒の趨勢が気になり、既に旗本まで加勢に出して、先鋒と中陣からの報告を待っていた。

斥候を出し様子を窺わせるが、足場が悪いのとまだ霧が晴れていないという両方の悪環境で、確たる情報が掴めていなかった。

ただ、敵先鋒を打ち崩し、かなり深入りしていると聞き、危うさを感じていた。中陣に先鋒の備えに回るよう伝えていたが、高吉からは足を取られる程ぬかるんでおり、進めてはいるが往生しているという報告が来るのみで、同じ中陣の長兵衛や勘兵衛親子からは一報もないことにいら立ちを増していた。

そこへ「先鋒は右陣、左陣とも先手を取って、敵を崩すも敵多勢にて、討ち破られたり！」という報告が入り、もう高刑も良勝も討死したのであろうと高虎は天を仰いだ。

心の中で何度も「良勝！高刑！」と叫び続けた。

やがて気を取り直した高虎は、

「戦さは、先鋒が破られても中陣（軍）がある。中陣で盛り返す、その為の中陣じゃ。長兵衛や勘兵衛は何をして居る？」高虎は誰に言うでもなく口に出した。

「仁左衛門、九兵衛はおるか？」と田中仁左衛門・城井九兵衛の二人の徒士を呼んだ。

「済まぬが、八尾辺りのどこかに長兵衛か勘兵衛（渡辺勘兵衛了）が居るはずじゃ。『先鋒が崩れ退かば、討って出て先鋒を支えるべし！』と勘兵衛に伝えよ！」と遣いを出した。

「は、只今！」と二人は急ぎ徒歩で走り出した。ぬかるんだところでは馬より徒歩の方が早い。

この時高虎は、兵を分散して戦う不利を知り、纏めて盛親・重成軍へ当たるつもりでいた。今も昔も、待つのは時間が倍に感じるものである。

苛立ちが募り始めた時、仁左衛門・九兵衛が息せき切って戻って来た。

「殿、勘兵衛殿のお返事をお伝え申す。『殿はこの場を知らず。足場が悪く今兵を纏めているところなれば、差配は我にお任せあれ』とのことでござります」と恐る恐る仁左衛門が報告した。

「思った通りじゃ。あ奴は臣としては、向かぬ奴とよう分かった。清右衛門、今度は伜が行って参れ！『たとえ敵が多くとも速さが肝心じゃ。早く先鋒を支えてやらねば、全滅する』と申せ！」

「は、直ちに！」と呼びつけられた野依清右衛門は急ぎ駆け出した。

しかし、勘兵衛は清右衛門に対しても、高虎の命を違える回答しかしなかった。清右衛門はそのまま、高虎に勘兵衛の言葉を伝えた時に、傍に居た主膳吉親が「殿、某が助けに参ります。最早、猶予はござらぬ」と申し出たその時である。采女元則が一隊を引き連れ、若江から戻って来た。

「殿、木村長門守は、井伊掃部頭様の軍に討ち取られ申した。ただ、我が先鋒、新七郎様、玄蕃殿ほか主だった者は、見事な討死を遂げられ申した」と采女が報告すると、高虎は「良勝も玄蕃も討ち死にしたか！」と叫ぶように声を上げたが、悲しむ暇もなく、「主膳、主水（須知主水定信）土佐守に当たれ！」采女の報告から、もう敵は長曾我部のみとなったことを知った高虎は、今が好機と知り、自らも手勢を率い、一気に盛親軍を叩きに掛かった。主膳・主水は、急ぎ約七百の兵を率い八尾に向かった。

その頃長曾我部盛親は、木村重成軍が、高虎の先鋒と井伊直孝の軍に滅び、重成も討ち取られたと報せを受けていた。

このままでは、井伊と藤堂の軍に囲まれ、窮地に陥ると思い、久宝寺に立て籠もろうとしていた。が、そこへ吉親の部隊が鉄砲を撃ち掛け、襲い掛かって来たのである。

久宝寺に退こうとしたところに横合いから、梅原勝右衛門の鉄砲隊も火を吹く。盛親軍は混乱し、八尾へ戻ろうとする者や久宝寺へ逃げ込もうとする者で、バラバラになり始めた。そこへ、良勝が国分へ偵察に行かせていた浅井理右衛門や嶋忠兵衛らが戻り、『良勝様の弔い合戦じゃ』と八尾に向かったところで、この戦闘に出くわした。

「こうしてはおれぬぞ！」と理右衛門・忠兵衛ら五人は、こぞって長曾我部軍へ斬りこんで行った。

こうした状況下にあっても、八尾の町外れの丘に上がった勘兵衛は動かない。勘兵衛は高虎に対して臍を曲げていたのである。この性格を高虎は見抜けなかった。主であろうが他人に指図を受けると、たとえ自分と同じ考えであったとしても受け入れ難くなるのである。これでは兵を預かる頭（かしら）には向かない。戦さでは一人働きさせて置くのが、勘兵衛を使う最良の策であったのだろう。

そこへ萱振村から沢田但馬が足軽を引き連れ、

「勘兵衛殿、何をなさって居られる。敵は久宝寺へ退きましたぞ！」と怪訝そうに尋ねた。

「但馬、敵は計略で鳴る長曾我部じゃ。あの土手を盾にして、土手に上がったところを鉄砲で撃ちかかるつもりじゃ。我が甥も餌食となってしもうたわい。下手に動くと功名も立てられぬぞ」

と勘兵衛は同じ回答を繰り返す。

但馬はならばと

「喜大夫、土手を見て参れ！敵がいなければその笠を振れ！」沢田但馬は、家士の竹田喜大夫に土手まで見に行かせた。

喜大夫が大きく笠を振ると、但馬は

「勘兵衛殿、敵は居らぬわ！では先に参る。ご免！」とさも臆病者とでも言いたそうにさっさと出て行く。

これに高清達も、勘兵衛とは付き合って居られぬと、手勢を率いて丘を駆け下りて行った。

勘兵衛は、意地を張りすぎて完全に出撃の機会を逸していたが、そこへ援軍として出陣した主膳吉親と須知定信から、

「出撃して後備えをせよ！」と督促の使者が来て、漸く重い腰を上げた。

主膳らは、久宝寺に入った長曾我部軍を追い込み、とうとう長曾我部軍は、久宝寺から平野を目指し撤退せざるを得なくなった。

「殿、此処は某が殿（しんがり）を務める故、早う先へお行きなされ！」と盛親に、申し出たのは元土佐井口城主でもあった吉田弥右衛門である。

「弥右衛門、済まぬ。後は任せたぞ！」盛親は一刻を争う撤退に、唯々頼むばかりであった。

弥右衛門は猩々緋の羽織、糒の穂付きの突ぱい形（とっぱいなり）兜を付け、息子十三郎重隆と配下百名足らずの兵と共に、退いては戦う、退いては戦うの繰り返しで、盛親本隊の撤退時間を稼いでいた。

そこに目を付けた高虎軍の伊藤吉左衛門が同じく息子吉助を連れ、

「吉助、抜かるな！兜首じゃ！」と吉左衛門は弥右衛門に、吉助は重隆に槍を合わせた。

二度三度槍を合わせて、遂に吉左衛門親子は、見事盛親の殿（しんがり）の大将親子を仕留めた。

盛親軍は久宝寺で持ち堪えられず、平野を目指し、戦場は久宝寺から西へと移るが、高虎軍は執拗に追いすがる。

磯野平三郎行尚（高虎が嘗て仕えた磯野員昌の孫―高虎が旧主磯野員昌の一族を探して取り立てた）は、金の突ぱい形兜に赤地錦の陣羽織を着け、月毛の馬に乗り、逃げる盛親軍を、取り纏めては戦っている大将級の武者に狙いを定めて馬を駆った。

擦れ違いざまに槍を合わせ、馬を返しては槍を合わせたが、決着がつかない。互いに馬を降り、立ち合うことになっても決着つかず、刀を抜き勝負することになった。数合すると平三郎は手傷を負い、刀を打ち落とされ、組み敷かれたところを沢田但馬の家士外山三蔵が助太刀に入り、相手に刀を斬りつけ、弱ったところで首を掻き切った。

平三郎も三蔵も首を取ったものの、相手が誰であるか分からず、高虎の下へ首を届けると、盛親軍三千の兵を預かる副将増田兵太夫盛次と分かった。

盛次は、秀長の後大和郡山を治めた増田長盛の次男であったので、高虎は首を見て直ぐに分かったのである。

結局、盛親軍は平野まで追い詰められ、平野でも留まることは出来ずに大坂城へと退いて行った。

昼を過ぎたところで、高虎が八尾常光寺まで本陣を進めて、常光寺で野営することにした。高虎は常光寺の本堂で討ち取った首を一夜安置させて貰い、翌日家康の下へ届けるつもりでいた。

この常光寺は南禅寺金地院と縁があり、金地院の長老崇伝が、元は一色氏の出であったことから、高虎の妻久と縁続きで、高虎は常光寺に大坂の陣で亡くなった良勝・高刑・氏勝・良重・桑名一孝それに組頭級の墓を建て、弔って貰うことにした。

今、『河内音頭』の発祥の地となったこの常光寺にはその時の七十一士の墓が祀られている。

六日の戦いで、高虎軍は七百八十八の首を挙げ、内四百四十は兜首であった。だが、高虎軍も略同数の死者を出し、隊将が五名も亡くなり、母衣武者七名を失った。

高虎はこの夏の陣がこれほどの凄まじい戦いになるとは思いもしなかった。

地の利を大坂方に取られるのは覚悟していたが、霧とぬかるんだ地が兵の連携を拒み、右腕と言うべき良勝を亡くし、甥の高刑も亡くし、子飼いの重臣達も亡くしたり、重傷を負う程の苦戦を強いられるとは夢にも思わず、淀城での神妙な顔つきであった良勝の顔が、高虎の脳裏から離れることが無かった。

⑥夏の陣――豊家の滅亡

五月六日、八尾と若江で良勝はじめ高刑らの一族や重臣を亡くした高虎は、その夜、人払いをして、一人常光寺の本堂に居た。

「新七郎、仁右衛門、氏勝、玄蕃、少内、内蔵允、勘左衛門、儂を置いて先に逝くとはこの不忠者！」とそれぞれの見験の前で声を上げて泣いた。特に腕白時代から高虎の傍で、一緒に暴れ回っていた新七郎良勝の見験を手に取り、

「勘の良いお前のことじゃ。このような戦さになることが見えていて、淀城で儂の処に来たのであろう？お前のあの神妙な顔つきを見て、儂は勘が働いたがこのような苦しい戦さになろうとは思わなんだ。赦せよ新七郎。後のことはお前の願い通りにする故成仏いたせ。明日はお前の弔い合戦じゃ」としみじみと語っていた。

高虎は五千の軍勢で、この戦いに臨んだが、一日で負傷者も入れると約二千近くが翌日の最後の戦いに臨めなくなったのである。

井伊軍も一軍の将や組頭を失い、かなりの死傷者を出した。

世に云う八尾・若江の戦いが、如何に激戦であったかが窺い知れる。

高虎は家康・秀忠に、七日の戦さには期待に応えるだけの成果はおろか、味方に不利になるようなことにも成りかねないと、先鋒を辞退せざるを得ない状況を縷々説明した。

家康、秀忠も良勝や高刑らの戦さ振りをよく知って居り、戦力の大幅な低下を認識して、秀忠本陣の前備えとなることで赦された。

井伊直孝も同様で、先鋒隊将を失って居り、高虎軍の備えに布陣替えされたのである。

家康は、松平忠直や小笠原秀政を呼びつけ、

「先陣が苦戦しておるのに、伜達は何をして居ったのじゃ！」と叱りつけた。

「申し訳ござりませぬ。明日は必ず豊臣方に眼にもの見せてくれまする」松平忠直は只々謝るばかりであった。


頼みの井伊と藤堂が先鋒で使えなくなり、家康は機嫌が頗る悪かったのである。

七日の先鋒には、前田利常の軍一万に命じ、奈良街道を秀忠の後から家康が上り、また、紀州街道からは、松平忠輝、伊達政宗、水野勝成らの軍、豊臣方の拠点となる茶臼山の南からは、松平忠直、本多忠朝、小笠原秀政らの軍が攻め上がる策をとった。

一方高虎は、左右の先鋒大将を失い、大幅に翌日の陣立てを変更した。

左先鋒は宮内少輔高吉、右先鋒は渡辺長兵衛守として、中陣梅原勝右衛門武政、旗本には勘解由氏勝の息子小大夫氏紹に勘解由の残兵等を取り纏めさせることにした。


高虎は渡辺勘兵衛了には話をする気も起らず、見向きもしなかったが、息子の長兵衛守を呼びつけ、

「勘兵衛に兵を預け、己が手勢を連れて、先へ行くようなことをしてはならぬ。よいか！」

「は、心得ました」

「伜が一隊を預かる隊将じゃ！勘兵衛に判断を仰ぐようなこともしてはならぬ。勘兵衛は伜の家士と思い、伜の指揮で働かせよ。或いは勘兵衛は好きに一人働きさせておけ！兵も勘兵衛には付けるな！」

「は、しかし――」

「否やは無用じゃ。勘兵衛が儂の命に背き、多くの家臣を失った罪は大きい。伜にとっては大事な父じゃが、明日の戦さでは、父を忘れよと申して居る。父を忘れて、右陣の隊将の誉れに生きよ！わかったか！」

「は、畏まりました」

この時、既に高虎の主だった家臣団から、勘兵衛は完全に浮いた存在であった。

仁右衛門高刑や新七郎良勝を亡くしたことが大きく、敵が逃げ出してから動いた勘兵衛が、幾ら首を挙げようと、もう誰も勘兵衛を称賛する者は居ない。冬の陣も今日の戦さでも、主君の命に従わず、失態を繰り返したにも拘らず、己の判断は正しいと顧みない態度に、蔑みこそすれ敬う者はもう居ない。

それを察し、勘兵衛を使った自分自身の誤りと反省した高虎は、長兵衛を呼んで言って聞かせたのである。戦時中であるので、処分は戦後と決めている。

戦さは時の運もある。明日は分からぬ身であるが、高虎は勘兵衛の処分を、この時既に決めて裡（うち）に秘めていたのである。

高虎軍は早朝に八尾を出立し、先鋒の前田利常の後方で、秀忠本陣の前備えとなり、奈良街道から天王寺を目指し行軍し、高虎軍の左手に井伊、細川軍が高虎の備えとして行軍した。

豊臣方は、茶臼山に陣取った真田信繁が、大野治房に
「必勝の途はただ一つ。必ず右府様を戦さ場にお連れ下され。さすれば、味方は勇気付き、徳川方の浅野や太閤殿下恩顧の大名は手出し出来ずに寝返り、お味方の勝利となりましょう」

と頼み、治房も
「分かり申した。必ず秀頼君をお連れ致す」と約束していた。

信繁は、全軍に
「よいか！狙うは家康の首一つ。見向きすな！家康本隊のみが敵と思え！一丸となって突き進めば、敵が多勢なりとも恐れるに足らず！只管突き進め！」と命じた。

毛利勝永は茶臼山の東、岡山付近の四天王寺口に陣取り、家康、秀忠の本陣に狙いを定めて、

「よいか！敵は奈良街道から、田や沼を避けて来るに違いなし。敵は大軍なりとも、地の理はこちらにあり！目の前の敵を斬って斬って斬り捲れ！目指すは秀忠の首じゃ！皆、儂の下知に従え！よいか！」と声を挙げると、

「おおっ！」と勝永軍は気勢を挙げた。

そこに『加賀勢見ゆ』の報が入った。

勝永は予め信繁と打合せし、信繁が乾坤一擲で家康の本陣目掛けて襲い掛かる為、横合いから攻めかかる支援部隊の役割でもあった。

しかし、利常軍を前にして、勝永軍は色めき立ち、鉄砲隊が柵の前面に陣取り、勝永の命を待たずに、前田利常勢一万余の先鋒に向け、一斉射撃を行った。

これが、開戦の合図になった。こうなっては勝永も致し方なく、前田勢を叩きに掛かるしかない。一方、不意を突かれた利常勢は浮足立った。

勝永は、機を逸してはならずと、利常勢に襲い掛かり、完全に利常勢の先鋒を突き崩した。高虎軍は、鉄砲の音を聞くや、先鋒の高吉・佐伯惟定隊は、ぬかるんだ田を三つ越え、崩れた利常隊をも取り込みながら、勝永軍に襲い掛かり、早くも高虎の下へ、佐伯権之佐配下の寺島正平衛が一番首を届けた。

采女元則、右陣の主膳吉親・須知主水の隊も攻め立て、勝永軍を逆に押し返し、勝永の先鋒は崩れて退きだした。

勝永軍の応援に回っていた大野治房は、秀頼の担ぎ出しに、淀の反対で失敗したが、秀頼の馬印を持ち出すのに成功し、前田利常軍と交戦していた。

が、勝永軍の崩れを見て、馬印共々大坂城へ退き出した。

これで、秀頼が大坂城へ撤退したと思い込み、豊臣方の士気の低下は免れないものとなってし

まった。

丁度、勝永軍が前田勢の先鋒を打ち破っていた頃、本多忠朝と小笠原秀政の先鋒は、四天王寺口で発砲音を聞くと、勝永軍を目指して突き進んだ。

そこに勝永軍の鉄砲が、また火を吹き、秀政軍の騎馬武者が斃れてゆく。

槍衾を作った勝永軍がそこを攻め立てた。秀政の長男忠脩（たたなが）は留守居の命を破り、参陣していて勇猛果敢に戦ったが、勝永の攻撃は強烈で、忠脩は勝永軍に囲まれ討ち取られてしまった。

秀政もこの乱戦の中で重傷を負い、間もなく亡くなってしまう。

本多平八郎忠勝の次男忠朝も、冬の陣で酒を飲み過ぎて、戦さ働きが出来ずに家康から怒鳴られ、また前日でも井伊、藤堂軍を見殺しにした汚名を雪がんと、加賀勢が崩れるのを見て、横合いから勝永軍に攻めかかって行った。

高虎の先鋒に崩された勝永軍は、鉄砲に使う火薬に導火線を付けて火を点けた。

当然勝永軍は爆発を逃れる為兵を退いたが、これが忠朝や利常勢には、勝永軍が撤退し出したと見て、忠朝、利常勢は更に後を追おうと追いかけだした時、大轟音と共に火薬が爆発したのである。

これで利常、忠朝勢の中には、身体ごと吹き飛ばされた者が数多く、一挙に混乱に陥った中、忠朝は勝永の本陣目掛けて、自らも槍を抱えて突進した。

しかし後続の体制が整わない中では、些か無謀で、忽ち勝永勢に囲まれて、忠朝も討ち取られてしまった。

高虎軍は先鋒、中陣、旗本まで繰り出し、崩れた徳川の部隊を取り纏め、井伊、細川の軍と一緒になり、勝永軍と勝永軍の応援に来た七手組の郡宗保、野々村雅春軍と乱戦状態に陥っていた。

この乱戦の中で、高虎の指物である『金の牛の舌』にまで攻め込まれ、高虎も槍を構える程追い立てられた。

「退くな！死ねや！ここが死に場所ぞ！」この高虎の言葉で、一同が奮い立ち、勘解由氏勝の息子小大夫氏紹が弓隊を引き連れ、園部儀太夫らの名人が正確に弓を放ち、福永弥吾左衛門や藤堂三郎兵衛、式部家信も前日の傷を押して旗本を連れ襲い掛かった。

高虎の前で、兜首を挙げて行くようになると、勝永勢の勢いに漸く陰りが見えだし、徐々に退き始めた。これが潮目となり、勢いを取り戻した高虎軍を始め、井伊、前田勢も逃げる勝永や他の豊臣勢を追い大坂城の方へと向かい出した。

一方、茶臼山に居た真田信繁は、勝永の援軍を頼みとしていたが、先に仕掛けられた為に、単独で家康に迫るしかなくなった。

幸い徳川の軍勢を勝永が引き受けてくれている。物見から忠直軍の後方に家康が進軍を続け、平野方面へ向かっていると報せが入った。

信繁の先鋒が囮となって忠直勢とぶつかり奮戦中で、これに酒井忠次・水野勝成らの家康旗本軍が襲い掛かっている。

信繁はこの時を待っていた。茶臼山の馬出しに旗本衆を集め、今一度、

「狙うは家康の首一つ！その他の敵に眼もくれるな！たとえ兜首を手に掛けようとも捨てて置け！真一文字に家康本陣に突き進め！掛かれ！」と号令を掛けた。

「オーッ！」という掛け声と共に、赤備えの真田軍が、茶臼山の横手の馬出しから、一斉に飛び出して来た。

信繁自ら旗本を率い、忠直軍を横手に見て、只管家康の本陣目掛けて走り出した。

忠直軍は信繁の先鋒を崩し、信繁の旗本勢と行き違うも、勢いに乗じて裸城となった大坂城を

目指した。これが、忠直の後方にいた家康の本陣が崩される遠因ともなる。

信繁とその旗本勢は、忠直軍を尻目に突き進む。目指すは平野に居ると思われる家康本陣である。

信繁の下へ次々と物見から家康の位置を知らせて来る。

「家康は平野を本陣としているのは間違いない」と信繁は確信した。

更に信繁は、茶臼山を出る前に、もう一つ手を打っていた。

それは『浅野長晟寝返り』という噂を手の者を使って、徳川軍に忍ばせて、広めさせていたことであった。これが馬を走らせている内に、効果が出て来たのである。

浅野長晟五千の軍は、紀州街道の後方から大坂城を目指していたが、

「豊臣方と呼応して挟み撃ちにする気じゃ！」と尤もらしく広まり、徳川軍に混乱が見えだしたのである。

信繁軍は鉄砲で撃ち掛けられても、槍で突かれようとも前へ進む。

酒井家次、榊原康勝、内藤忠興、松平康長が行く手を阻もうと、討ちかかって来るが、これに応じながら、尚も前進を止めない。

酒井家次、榊原康勝軍は、前日の戦いでかなりの負傷者が出ていて、簡単に信繁軍の前進を赦してしまう。

「殿！家康の旗印が見え申した！」と、前を行く信繁の配下が叫び出した。

「獲るぞ！家康の首！」信繁が叫び、鞭を入れる。

『厭離穢土（おんりえど）欣求浄土（ごんぐじょうど）』の幟が信繁の眼にも見えた時、家康も信繁軍の赤備えを確認した。

「殿、退きまするぞ！」正信が声を掛けて、家康が乗る輿を後方へ退きだした。

「真田か？」家康は驚いて尋ねた。

「左様にござりまする」

「忠直らは何をして居る？こうも脆いとは思はなんだぞ」

「兎に角、下がりまする。皆の者、陣替えじゃ！」

正信は、本陣を南へ移し始めた。それを見て信繁は、

「家康が逃げるぞお！追え！追え！」と叫びながら進めるが、赤備えの配下も数えるぐらいになって来た。

家康の乗る輿は、足場が悪くもたついている。

「ええい、何をして居る？輿を下ろせ！徒歩（かち）で行くぞ！信繁が来るではないか！」

家康は、信繁の勢いに気圧されて、とうとう輿を降り、徒歩で退き出した。

そこへ、酒井家次や松平康長・榊原康勝の軍が戻って来た。井伊直孝の軍も本陣に異変在りと知って戻って来て、信繁の軍を追い払いだした。

信繁は、

「ここまでじゃ！今一歩であったのう――。全軍退けえ！」

信繁の赤備えは、元来た道を退き出した。

信繁は追手を逃れ、今の安居神社辺りまで戻り、休んでいたが、信繁の後方に居た松平忠直軍に囲まれてしまった。信繁が腰を降ろして休んでいるところに、忠直の家臣西尾宗次が恐る恐る近づいて来た。信繁がこれに気付いて、

「名は何と申す？」と声を掛けた。

「松平少将忠直が臣西尾仁左衛門宗次、真田左衛門佐殿とお見受け申した」

「そうじゃ。仁左衛門か――。もう儂は刀を握る力も残って居らぬ。仵にこの首くれてやる。手柄

と致せ」と信繁は潔く首を差し出した。

信繁享年四十六歳、家康に『日本一（ひのもといち）の強者（つわもの）』と言わしめた武者の最後であった。

これで、戦う相手がいなくなり、家康は茶臼山まで攻め上がって本陣とした。

徳川軍は大坂城を完全に包囲し、時折大砲を撃ち込み豊臣方の出方を待った。

そこへ、突如として本丸の天守、曲輪から火が立ち上り、たちどころに火が回り始め、多門櫓も業火に包まれた。

大坂城が炎上したのに乗じ、忠直の越前勢が大野館に火を点け、略奪を繰り返す等で家康の顰蹙を買うようなこともあったが、一面燃え盛る中で、井伊直孝の部隊は、秀頼、淀の方を山里曲輪に追い詰め、鼠一匹出られぬぐらいに包囲して、相手の出方を待っていた。

燃え盛る本丸天守から山里曲輪に移っていた豊臣方の主要面々が、秀忠の娘で秀頼の室に入っていた千姫を最後の命乞いの使者として家康の下へ送り届けて来た。

「千、何故秀頼と死を共にせず、のこのこと参ったのじゃ？」秀忠は千姫を叱りつけた。

「申し訳ございませぬ。爺様、秀頼様をお助け下さりませ。私はどうなろうと構いませぬ。父上様、爺様、千の命と引き換えに、どうか秀頼様をお助け下さりませ」

千姫は泣きながら訴えた。

「ならぬ！」と秀忠が叱るところへ
「おお、千、よう戻ったの。分かった故もう泣くな。だれぞ千を預かれ」

と家康が引き取った。

「大御所、まさか千の言うことをお聞きになるつもりではございますまい」

秀忠が家康に食って掛かった。

「阿呆、千の居る前で真面なことが言えるか」

家康の言を聞いて
「それを聞いて安心いたしました」

「皆の者、山里曲輪から鼠一匹逃がすでないぞ！」家康は秀忠に応えず傍にいた武将達に大号令を掛けたのである。

これで、家康からの何の応答もないことを知った淀達は、千姫の交渉も不調に終わったことを知った。

本丸天守からの火の粉が山里曲輪に移り、やがて山里曲輪も激しく燃え出した中で、逃げ場を失った秀頼・淀の方始め豊臣方の側近三十数名は、業火の中で、皆自害して果ててしまったのである。因みに秀頼の介錯をしたのは毛利勝永で、勝永は秀頼を介錯して自刃したのであった。

こうして足掛け二年に亘る大坂の陣は幕を閉じた。

大坂城は三日三晩燃えていたという。そのまだ燻ぶる大坂城内で、家康は井伊直孝の報告で松平忠直の兵が大野屋敷から略奪していたと知り、忠直を呼びつけた。

忠直は真田信繁を家臣の西尾宗次が討った褒美かと思いいそいそと家康の前に現れると
「この戯けが！」といきなり家康が忠直の腰かけた床几を蹴とばしたので、忠直はひっくり返った。

「大御所、何をなさる！」

「何をなさるじゃと！お前は自分がやったことも分らぬくそ戯けか！」

家康の剣幕で、忠直は恐る恐る
「修理の屋敷のことでござるか？」

と尋ねると

「お前は盗人の上に火付けまで家臣にさせたそうじゃな」

「戦さに勝った者が負けた者から奪うのは領地だけではござらぬではありませぬか」

と忠直が反論するなり
「この大戯け！あの世で父の秀康（結城秀康）が泣いて居るわ！下がれ！顔も見とうない！」

家康にこうまで言われては下がるしかない忠直であったが、夏の陣の褒美は信長から家康が貰った茶碗一つだけであった。

そんなことがあった家康だったが、漸く落ち着くと、高虎を大手門近くに呼んだ。

「高虎、此度はえらい苦労を掛けた。後がない者が、ああも手強いとは思わなんだのう？」

家康は前日に信繁に追い詰められ、あわや腹を切ることも考えたとは思えぬ態で高虎に話し掛けた。

「地の利は、豊臣方にありました故、某も惜しい家臣を数多く亡くしました」

「そうじゃのう。仁右衛門も新七郎も玄蕃の息子も居らんようになってしもうた。儂も平八郎の息子（本多忠朝）がまさか討死するとは思はなんだ。あの世で、平八郎が怒っておるのが目に見えるようじゃ」

「大御所様、やはり戦さは、兵の数では決まらぬものでございますな？」

「倅が言うたとおり、天の時、地の利、人の和じゃな？」家康はしんみりと語った。

「何故か倅とこうして話してみとうなってな、付き合わせて済まぬ」

「勿体ないことでございます。大御所様と斯様な処で話をさせて戴くだけで身の誉れでございます」

「あっ、そうじゃ、直孝を呼べ。二人に話したいことがある」家康は何か思いついたらしく、小姓を呼び井伊掃部頭直孝を同席させた。どこか悪戯っぽい顔が家康の表情に現れた。

「大御所様、お呼びでござりましょうや？」直孝も戦さ装束のまま現れた。

「よう参った、直孝。この徳川の先鋒（先駆け）の二人に頼みがある」

「は、何なりとお申し付け下さりませ」直孝は素直に応えた。

「うむ、実はな、あの焼け跡じゃ――」と家康は大坂城の本丸の方向を指さした。

「はあ――」高虎は、家康が何かを試そうとしているのではないかと訝し気に返事をした。

「あの、大坂城に太閤の隠し金がある筈じゃ。それを掘って伜達の褒美とせい」

「は、隠し金でござりまするか？」と直孝は、家康が言うままに掘る気でいる。

「待たれい、掃部頭殿」高虎は口を挟んだ。

「大御所様。我等は、この徳川の誉れ高い先駆けでござる。此度の戦さで大御所様のお望み通りの働きが、出来得たかは分かりませぬが、この誉れに負けぬだけの働きを遮二無二してのけて参りました。その先駆けに、城の焼け跡を掘り、盗人の真似ごとをせよと、仰せでござりまするか？」

高虎は、初めて家康に逆らった。それも家康が、そのようなことをさせる筈はない、これは我等への家康の悪戯であろうと読んでのことである。

直孝は、高虎の言葉で我に返ったように、

「大御所様、ご無体はお止め下され」と嘆願した。

「ははは、さすがよのう。高虎が申す通りじゃ。藤堂、井伊はこの徳川の誉れ高い先駆け（魁）じゃ！済まぬ。大きな声で笑うて見とうなっての。少々試しただけじゃ。赦せ、赦せ。ははは――」家康は声高らかに笑った。

「大御所様、お戯れが過ぎまする。ははは――」高虎も笑い、つられて直孝も笑い出した。

城の焼けた匂いと、死臭が漂う凄惨な場に、三人の高笑いが響いていた。

家康と秀忠は次の日、二条城と伏見城への帰途についた。高虎は家康、秀忠に一日遅れて玉造に置いた本陣を陣払いし、軍を解いて津、伊賀上野に兵を戻し、自らは手勢を率い、家康が居る京へと向かったのである。

京に着いた高虎は、二条城に近い藤堂屋敷を、頼宣が二条城に近い処で、屋敷を探していると聞き、譲ることにして、代わりに堀川にある謀反の疑いで自裁した粁人古田織部の屋敷を貰い受けた。

また、南禅寺塔頭金地院に、夏の陣で忠死を遂げた七十一名の法要と四十九日と百ヵ日法要を、妻久の縁故である長老に頼み、銀六百枚を寄進した。

この法要は六日間行われ、八尾の常光寺にも位牌を一基ずつ置き法要を依頼した。

高虎は京にいる間、毎日南禅寺に参り、焼香を上げ続けた。それは、討死した良勝や高刑らを失った悲しみの現れでもあった。

また、式部家信が重傷を負ったので、藩医師宗庵と細井主殿を付け、有馬へ湯治に行かせたが、良くならないと聞き、二条城へ出向いて家康に目通りを願い出た。

「高虎、倅から願いがあると聞いたが、何じゃ?」家康はどこか不安げな様子で尋ねた。

「は、恐れ入りまする。実は式部のことでお願いに参りました」

「おお、家信か。傷はどうじゃ?」

「は、有馬へ湯治に行かせておりますが、一向に良くならないと聞き、出来得れば、大御所様の御典医伯庵殿に診て貰えまいかと、お願いに参りました次第――」高虎は言葉を飾らず思いのままを伝えた。

「何じゃ、そのようなこと、た易いことじゃ。すぐに伯庵に申し付ける故、誰ぞに有馬まで案内（あない）させよ」

「は、忝う（かたじけのう）ござります。供の者に某の書状を持たせ案内させまする」

「あっ、それとな、ちょっと待て」と言って家康は奥に消えた。やがて、壺を抱えて現れ、

「これをな、家信に渡し、風呂から上がった時に毎日傷口に塗れと伝えて置け。刀傷や打ち身にも効く膏薬じゃ」

「畏れ多いことにござります。大御所様の大事な膏薬を頂戴するには、及びませぬ」

「構わぬ。膏薬は作ればよいのじゃ。しかし家信は二度と作れぬではないか」

「勿体のうござります。有難く頂戴いたしまする」高虎は、家康の配慮が嬉しく、思わず涙を零してしまった。

「家臣を大事にしてやる伜のそういうところが、良い家臣を集めるのであろう」

家康も目に涙を浮かべながら微笑んだ。

高虎は、家康から壺を拝みながら受け取り、有馬の宗庵と細井主殿宛に書状を認め、遣いに壺と書状、それに伯庵の宿賃として銀百五十匁を持たせて送り届けた。

家信は、膝に受けた刀傷が元で、一生杖がなければ歩けなくなったものの、家康の膏薬と伯庵の治療のお陰で気力を取り戻した。

高虎が家康に家信の為に『お願い』に行った二日後の五月二十八日、今度は家康が高虎を二条城へ呼んだ。井伊直孝も一緒である。二人は顔を見合わせ
「和泉守殿、何かお聞き及びか？」

この時、二十五歳の若き彦根藩二代藩主（正確には三代藩主）井伊掃部頭直孝は、恐る恐る高虎に尋ねた。

「いや、某も何も聞いてはおらぬ。じゃが、掃部頭殿とご一緒ということは悪い話ではあるまい」

そこへ、ニコニコしながら家康が現れた。

「頭を上げよ。本日伜達を呼び出したのは、褒美をやろうと思うての。これ、褒美を！」

と家康が奥へ声を掛けると、静々としかし重そうな板の上に載ったものを四人がかりで持ち運んで来た。

見れば金と銀の大きな分銅が、それぞれ二個ずつある。

「此度の戦さの褒美じゃ。金と銀それぞれ一つずつ持って帰れ」

「はは。有難き幸せにござります」二人揃って家康の前に平伏した。

「重いぞ！これは」相変わらず家康はニコニコして言った。

「これはな、此度の戦さで伜達は、家臣の多くを失ったであろう？その慰労金と思うてくれ。それに加えて、この前の伜達への儂の詫びじゃ。これは伜達に断られた大坂城から掘った金と銀で分銅にしたものじゃ。一つ一万両はあろう。全部で四万両を二人で分けられるようにしたものじゃ。取っておけ」

これも家康の悪戯の一つと言っていいかも知れないが、分銅型にするとは手の凝った悪戯であった。二人は顔を見合わせ、有難く受け取ったのは言うまでもない。

こうして上野城に戻った高虎は、梅原勝右衛門に纏めさせた報告を基に論功行賞を行った。

一方で、命を破り戦さに参じた弟出雲高清・内匠助正高と、長織部連房には蟄居を命じた。

残るは渡辺勘兵衛了(さとる)の処分である。

勘兵衛は伊賀上野に戻ると、頻りに藤堂家を退きたいと願い出ていた。

当然、高虎の耳にも入っていたが、高虎は無視していたのである。

高虎は、そもそも家臣が他家へ仕官することに寛容であった。高虎自身がそうであったから、「他家で修行すればよい」と思い、赦すだけでなく、餞別まで用意してやった程である。

また、一度出て行った者が、再び藤堂家に戻りたいと願えば、奉公先の許しを得る程であった。

しかし、勘兵衛に対する処分は違っていた。何しろ二万石の俸禄ではあるが、その力量は、重職に付ける程のものを持ち合わせていないことを、嫌という程、高虎自身が思い知った。

高虎は、勘兵衛の嫡男守をそのまま高虎の家臣として五千石で渡辺の家を継がせ、勘兵衛は改易。その上勘兵衛には『奉公構え』の触れを出した。

『奉公構え』とは他家への仕官は許さず、他家が召し抱えようとすれば、藤堂家の許可なくしては、召し抱えることが出来ないものであった。

従って、勘兵衛は浪人するしかないのである。

勘兵衛は、この処分が出るまでたかを括っていたが、これで内々に進めていた細川家への仕官の途も絶たれてしまい、京に『睡庵』と号して、細川家や黒田家などからの捨扶持で、隠遁生活をするしかなくなってしまったのである。

⑦家康と久　逝く

その年の暮れ、高虎は、五万石の加増目録を正式に授かった。

新たな知行地は、伊勢鈴鹿郡内・同菴芸郡内・同三重郡内・同一志郡内が加わり、これで高虎の知行は都合二七万三千九百五十石となった。五万石の加増で、加増した家臣に加え、また新たに召し抱える者も増え、藤堂家は更に大きくなったのである。

そして翌元和二年の正月を迎え、今度は長男高次が従五位下大学頭に任ぜられたので、高虎は、再び秀忠に礼の為に登城した際、

「和泉、実は大御所の御加減が少々悪いのじゃ」と秀忠から家康の容態を聞き、

「誠でござりますか？」と問い返した。

「うむ、一日臥せって居られると聞く」

「左様でござりますか。上様、これから駿府へ行かせて頂いてもよろしゅうござりますか？」高虎は、一刻も早く家康を見舞いたいと思った。

「構わぬが、駿府に登城した折には、伯庵の指示に従ってくれ。儂も後で参る」

「は、忝うござります。では、これにて駿府へ参らせて頂きまする」高虎は急ぎ江戸屋敷に戻り、供の者と馬で駿府に向かった。

家康は七十五歳となる。この当時としては長命である。

高虎は駿府に着くと、急いで家康の寝所へ出向いた。典医の伯庵が寝所の外で待って居り、

「和泉守様、今大御所様はお休みでございます」と声を潜めて話した。

「左様か。今日はご寝所に入るのを控えた方が良いか？」高虎も小声で話す。

「先程、薬を調合致しましたので、それでやっとお眠りになられ――」

「そ、そうか。で、大御所様のご容態は如何じゃ？」

「は、どうも、胃の腑にしこりがございますようで――」

「お苦しみか？」

「今日はそれ程でもござりませぬ。が、時折お苦しみなされます。それよりもお食べになると、お戻しになられますので、お身体に力が付きませぬ」

「なるほど。では今日は駿府の屋敷に戻る。何かあったら、報せを頼む！」

駿府の屋敷に戻った高虎は、駿府の浅間神社の瑞垣が傷んでいたので、直ぐに修復させたばかりでなく、宮司に毎朝、家康の病気平癒の祝詞（のりと）を上げさせ、天海僧正を始め延暦寺の僧を数十人呼び、自邸で二夜三日に亘り、家康の病気平癒を願って祈祷をさせた。高虎のこうした行動は、真に家康を思っての行動と誰もが頭の下がる思いであった。事実、高虎もこの頃は、家康に対する言動が、自然と当たり前のように行える様になっていた。その甲斐あってか、家康に生気が戻り、高虎を呼んでいるという報せが届いて、高虎は家康の寝所へ上がった。

「おお、高虎。よう来てくれたの。儂は、この通りじゃ。ちと食い過ぎての、寝た儘で済まぬ」

家康は声に力がなく、好々爺のような雰囲気さえあった。

「大御所様、お元気なお顔を見て安心致しました」高虎は、いつもより明るく振る舞って話し掛けた。

「高虎、体らしい気の遣いようじゃ。佐渡はの、鬼も倒れますのかと憎らしいことを申すのじゃ。あ奴らしいとは思わぬか？」

「佐州殿らしいお気の配りようでござります」

「体は正直者よ。明かるう振る舞うても、顔が心配じゃと言うて居る。じゃが、その正直な処が、この徳川を支えてくれたと思うて居る」いつしか家康は高虎の手を握っていた。

「戦さ続きで、伜のこの大きな手の指も欠けて居る。ようここまで儂に随いて来てくれたのう――」家康の眼から涙が溢れ、頬を伝って、枕を濡らしていた。

「大御所様、お礼が申し遅れ、申し訳ござりませぬ。某の嫡男高次がお蔭様で従五位下を授かり大学頭に叙せられました。これも大御所様のお蔭でござります。真（まこと）に忝うござります」

「ああ高次が従五位下にのう。いくつになった？」

「は、十五になり申す。また、この正月に次男高重も上様にお目通り願いました」

「良き後継ぎが出来、安心じゃのう？」

「いや、某の教えが行き届きませぬ故、まだまだ頼りになりませぬ」

「それは、いかんぞ高虎。伜の薫陶を受けてこそ、藤堂家があるのじゃ。じゃが、儂らがあちこちと伜を遣い回し、高次が伜から薫陶を受ける時もなかったのであろう。済まぬのう――」

「何を仰せでござりますか。大御所様が戦さの無い世をお造りになったではありませぬか。これからじっくりと教えてやれますする」

「頼むぞ、高虎。徳川は、先駆けの藤堂あっての徳川じゃ」

「畏れ多いことにござります。大御所様、気を強うお持ち下さりませ。弱気の虫を追い出されて、某にまた鷹狩りのお供をさせて下さりませ」

「そうじゃのう。伜とはあの世でも鷹狩りや茶の湯でも楽しんでみたいのう――」

「何を仰せられます。某は、この世もあの世も大御所様と共に居りまする」

「じゃがのう。あの世では伜は法華宗じゃ。儂は天台じゃから、あの世では一緒に楽しむことは出来ぬなあ――」

「ああ、それでは只今より天台に改宗致しまする。来世でも大御所様のお供が出来るよう致しまする。少々時を下さりませ」

と高虎は家康に挨拶をして、供をして来た藤堂兵庫と井上十右衛門を呼んだ。ここへは屋敷から輿で来たので、十右衛門の馬を借り、天海の宿泊する寺で、天台宗への改宗をして、その験(しるし)を持って、再び家康の寝所へ戻って来た。

「大御所様、高虎只今戻りましたぞ！」と言いながら寝所に入った。

「おお、高虎。戻ったか――」

「大御所様、只今より某も天台衆徒でござります。天海僧正より天台宗の験（しるし）も頂戴して参りました！」と天台宗の特徴である百八の珠が連なった数珠を二重にして家康に見せた。

「これで、来世も伜と一緒に暮らせるの。本に高虎は天下一の忠義者じゃ」と言って、家康は盃を持って来させて高虎に渡し、酒を注がせた後、改宗を祝って小原実盛の宝刀を手渡した。

「大御所様、高虎嬉しゅうござります。来世も鷹狩りのお供をさせて戴きまする」

高虎は溢れる涙も拭かず、家康の手を両手で握り返していた。

高虎の涙には、二つの意味があった。

秀吉の死後、藤堂家存続の為、早々と豊家から徳川に鞍替えし、家康に尽し続けて、とうとう家康が死後も供をしてくれと高虎に改宗までさせる程、誰よりも自分を信頼してくれた喜びと、家康の死に際に、枕頭に呼ばれて「天下一の忠義者」と言わせたことによって、家康からの信を得る為の戦いに勝てた喜びの涙だったのである。

高虎は、(儂は勝ったのじゃ。やっと家康に勝ったのじゃ）と心の中で叫び続けていた。

四月十四日、家康は諸侯を駿府に召した。

そこで、遺言同様の言葉を諸侯に示した三日後の十七日、家康は眠るように亡くなった。

辞世の句は二つと世間では紹介されている。

『嬉やと再び覚めて一眠り　浮世の夢は暁の空』

『先にゆき跡に残るも同じ事　つれて行ぬ（ゆかぬ）を別（わかれ）とぞ思ふ』

七十五歳の生涯であった。

高虎は、足利将軍義尚が愛用したという四聖坊の茶入れと中国元時代の名僧東陽徳輝（とうようてひ）の墨跡である掛け軸を家康の遺品として貰っている。いずれも天下の名品であった。高虎は家康の初七日を駿府で終えると、二十六日江戸へ向かい江戸城での家康の葬儀を務めてから夏の陣で亡くなった家臣達の一周忌を執り行う為、津・伊賀へ戻った。

伊賀では、一宮神社に神輿を寄贈している。柘植村の徳永寺には寺領を与え、城のすぐ傍の愛宕寺には寄進の外、行事復興の為に数々の寄贈も行った。

また、津と伊賀上野を結ぶ伊賀街道を整備して、往来はかなり便利になった。

伊賀には陶器に適した土が取れ、前城主の筒井定次も『伊賀焼』を奨励したが、高虎も奈良時代から続く『伊賀焼』を大いに奨励し、二代高次の代で『藤堂伊賀』と呼ばれるぐらいに珍重され、大いに発展した。

これらは、前の主君秀長から学んだものが多く、秀長が寺の領地が多い治政に難しい大和を治めた手法が大いに参考になった。

こうして、津と伊賀上野の所領をじっくりと見分出来、神社・仏閣を含め、街並みの整備にも手を付けることが出来たのである。

伊賀から津を経て、江戸へ発つ際、高虎は、妻久の調子が悪そうであったので、医師宗庵に様子を聞くと、今で言うと肺炎を患っている風であった。

「久、よく寝て、よく食べるのじゃ。滋養が何よりの病回復の元じゃ」

と言い残して、江戸へ発った。

江戸へ向かう途中、尾張を抜け、ゆっくりと馬の歩調に任せ、馬の背の上で揺られていたところ、豊川を渡ったところで、懐かしい「だんご　吉田屋」の幟が目に入った。もう四十年以上も前の幟であった。

　織田信澄の下を嫌になって出奔し、東海道を東へ目指したものの路銀を使い果たし、食うものも食えず、この団子屋で団子を二十皿以上平らげた記憶が蘇ってきた。

「止まれ！」高虎は手勢の行列を止めた。直ぐに、西島八兵衛が飛んで来た。

「殿、如何なされました？」

「いや、団子を食わぬか？」

「団子でございますか？」

「あの団子屋じゃ」と高虎は幟を指し示した。

「はあ、吉田屋でござりますな？では早速に――」八兵衛が吉田屋に向かおうとすると、

「待て、八兵衛。儂が行く。儂の所縁の団子屋じゃ」

と言って高虎は馬を向けた。後から八兵衛以下が付いて来る。

　高虎は構うことなく吉田屋の前で馬を降り、

「済まぬ、与左衛門は居らぬか？」と当時の亭主の名前を呼んだ。

「へーい！」奥から、若い声がして、夫婦らしい五十歳前の男女が現れた。

「これは、いらっしゃいませ」と丁重に高虎に声を掛けた。高虎の後ろには家臣達が追いつき、数十人程の人だかりとなっている。

「此処は与左衛門の店ではないのか？」と高虎が尋ねると
「父はもう亡くなりました――」

「母御はどうした？」

「母も去年亡くなり、今は私供が商いをしております」数十人の侍が、店の前で、この大男の後

ろに下肢付いているので、怖れと怯えで声も震えている。

「そうか、亡くなったか――」高虎は天を仰いだ。

「実はな、儂はお前達の父御と母御にいかい世話になったのじゃ」

「お殿様がでございますか？」吉田屋の前の亭主中西与左衛門の息子が、高虎の身なりから、どこかの『殿様』と察しがつき、思わず手をついて尋ねた。

高虎は、二十歳になる前の話をこの店の若夫婦と、家臣にも聞こえるように話出した。話し終えると、八兵衛がこの中年の夫婦に、

「殿は、藤堂和泉守高虎と申されて、伊勢伊賀二十七万石の大殿様で、神君様、将軍様のご相談にも預かるお方じゃ」と口を挟んだ。「ひえぇ――」と若夫婦はひれ伏した。

「八兵衛、よいよい。そこでじゃ、亭主。その折の借りを返さねばならぬ。亡くなられたのは残念じゃが、これを仏の前に手向けてくれぬか？」と言って高虎は、銀二十枚を懐紙に包んで差し出した。

「畏れ多いことにございます」夫婦は手も出さない。

「儂が今あるのは、伜達の両親のお陰じゃ。借りた路銀に、その時の食べた団子の代金じゃと思うてくれ」

「殿の仰せじゃ。受け取ってよいぞ」八兵衛が高虎からの懐紙に包まれた銀を袱紗に乗せてこの夫婦に手渡した。

「有難うございます」夫婦は顔も上げずに礼を言った。

「顔を上げてくれ。この家臣達にも団子を食わせたいのでな、店にある団子を全て買う故、与えてくれぬか？」

「へへえ。ありがとうございます」

「ささ、早う立って、団子を家臣達に分けてやってくれ。ひれ伏してばかりでは、団子を分けてやれぬではないか。儂にも一皿貰うぞ」

高虎に言われ若夫婦は、せっせと団子を配って回り、高虎に改めて、茶を用意した。

「殿、ここの団子が、我が藤堂の旗印でござりますか？」仁右衛門高刑の嫡男高経が、戦死した高刑からは聞いていたが、旗印となった団子屋が、この吉田屋と初めて知り、感慨深げに尋ねた。

「そうじゃ。ここじゃ。ここの団子は、串に三つ刺して出してくれるじゃろ？この白い団子三つが、あの頃から目に焼き付いてなあ。それで初めて粉河で城持ちになったおりに、新七郎達が、旗印が要ると申して、この団子を旗印にしたのじゃ。あ、そうじゃ。皆に言うて置くぞ。今後吉田宿を通る折は、必ずこの吉田屋に寄れ。店の団子を全て買うてやるのじゃ。良いな。申し渡したぞ」

以後、藤堂家の参勤交代の際、藩祖高虎の命で、必ずこの吉田屋の団子を買う習わしとなったという。

こうして江戸に着いた高虎は、家康の神号が『東照大権現』と決まって、ほっとしたところに、津から一方が届いた。

予て伏せっていた久が、看病空しく息を引き取ったというのである。

高虎は、津を発つ時から予感のようなものが働いていた。

「ひょっとすると、久とはこれが最後になるかも知れぬ」

そんな不吉な予感は旅立ちに不要だと自ら払拭して、江戸へ向かったのであるが、何か胸を騒がすものがずっと続いていた。

ただ、覚悟をしていたのか、家臣達には寂しさを見せることはなかった。高虎が唯一惚れた女性であった。

高虎は急ぎ津へ戻り、津城の郊外にある聖徳太子の建立と云われる四天王寺に墓を建て葬った。戒名は『久芳院殿桂月貞晶大姉』。今も津の四天王寺に眠っている。高虎は以後毎年八月の命日には、寺への月手当ての十倍のお布施を寺に納め久を弔った。

高虎は十月には江戸に戻り、秀忠から家康の遺言に基き、下野日光山に家康の霊を祭る東照宮の縄張りを命じられた。普請奉行には本多正純があたることになった。

余談であるが、正純の父正信は家康の後を追う様に、家康の死の翌月に他界していたが、死の間際正信は正純に、

「よいか、三万石以上の加増は受けてはならぬ。我らは徳川譜代に限らず外様からも恨まれておる。将軍の傍で武勇でなく知恵・才覚でここまで来たのじゃ。これ以上の欲は身を亡ぼすと思え」

と言い遺した。

だが、正純は家康・正信の死後二万石加増されこの時既に五万三千石で下野小山藩の藩主となっていた。これで、済めば良かったが、この後十万石の加増を一旦は固辞したもののこれを受け、十五万五千石で宇都宮へ転封となり、これが失脚の原因ともなるのであった。

さて、旧暦十一月と言っても暦の上ではもう冬である。寒さが応えたが、高虎は、天海と相談の上、二荒山に縄張りをして、正純とも打ち合わせを行い、江戸へ戻って来た。

高虎が二荒山に縄張りをしたところは、輪王寺と合わせ日光山と称せられるようになり、江戸城の鬼門の方角で、駿府の久能山からは、北極星の方角にあたる。これは家康が神となって、江戸と駿府を見守る位置に打って付けであるとの天海の申し出で、その通りに高虎は縄張りを終えたのである。翌年には、家康の霊柩を久能山から完成した日光東照宮の霊廟へ移すことになり、秀忠に随い日光東照宮へ出向くことになった。

四月十九日、秀忠・天海の供をして奥の院の廟塔に入り、家康の霊柩を納めるのを手伝い、天

海が祈祷を始めると、高虎は頭を下げ瞑目して霊を弔っていた。

天海が祈祷を終え、高虎は頭を上げて眼を開くと、三体の神像が祀られていた。

天海の弟子の僧侶達が、祈祷中に霊廟の奥の中央に祀ったものである。

「和泉、このご神体は誰を祀っておるか分かるか？」

秀忠が高虎に尋ねた。

「は、中央のご神体は、大御所様を意味するものと思われます。その左右にあるものは、大御所様をお守りする神であろうと思いまするが――」

「そうじゃ。左はこの山をお守りする山王権現、右は魔多羅神で大御所に罹る邪気を払う神じゃ。大御所は、日光に霊廟を建てよと言い残されたおり、左の山王権現を天海、右の魔多羅神を高虎の代わりにと申されたのじゃ」

「何と、――」と言ったまま高虎は、言葉を継ぐことが出来なくなった。

「大御所様、――」と言葉を発したが、高虎はその場で咽び泣いた。

(有難いことだ。今までの家康への忠節が、報われた）と高虎は改めて今までのことを思い返した。

(家康がここまで自分を信頼してくれたのを、二代秀忠も引き継いでくれているようだ）と、そんな思いが高虎の脳裏に去来したのである。すると、

「和泉守殿が、天台に改宗なさって、大御所は『これで来世も高虎が供をしてくれる』と涙を流されて喜んで居られた」天海が言葉を掛けて来た。

「左様でござりましたか――」

「和泉、来世も大御所を頼むぞ」秀忠の言葉は優しかった。

「ははあ」と秀忠に平伏すると、高虎は改めて経を唱え、ご神像を拝んだのであった。

この後、秀忠は日光東照宮建立の高虎の労に、銀を山盛りにして報いている。

加えて半年後の十月朔日、高虎は、南伊勢の田丸城五万石の加増を受け、総石高三十二万三千石余となり、外様では前田・島津・伊達・黒田らと共に、三十万石を超える数少ない大大名となった。新たに五万石の加増を受けたことにより、新規召し抱えにも力を注ぐ一方で、忠義を通してくれた田中林斎や浅井理右衛門らが亡くなり、嫡子に家督を相続させることも怠らなかった。

⑧和子入内

そうこうしている内に元和五年が明け夏が終わろうとしていた。

この時、江戸屋敷に居た高虎の下へ安芸広島で事件が起きたと報せが入った。

その事件とは、その年の台風による水害で広島城の本丸・二の丸・三の丸及び石垣等が崩れたので、正則はそれを幕府に無断で修繕したとして、武家諸法度違反に問われたというのである。

正則はその二ヶ月前から届けを出していたが、先年にも一国一城令発布後にもかかわらず新規に領内に築城を行ったとして、毛利家から報告を受けた幕府は該当の城の破却を命じたこともあったので、幕府は正式な許可を出していなかったのである。

これで秀忠側近達は、「正則謀反の証」として牧野忠成と花房正成を芝愛宕下の福島屋敷へ詰問使として派遣した。

高虎は
「市松らしいが些か無謀じゃ。八兵衛済まぬが上様に先触れを頼む。『これより至急上様にお目通りの上、お話したい儀がござる』とお願いして参れ」

と西島八兵衛に遣いを出して、身支度を始めた。

高虎は井上十右衛門達が「藤堂家に疑いの目が向きまする！」と止めるのも聞かずに江戸城へと登城して行ったのである。

江戸城には高虎が登城してくるというので、秀忠はじめ側近達が居並んで、高虎を待っていた。

そこへ高虎が現れ、秀忠に通り一遍の口上を述べるや、秀忠は
「左衛門大夫のことなら無駄じゃ」といきなり高虎の意図を汲んだ答えを吹っかけて来た。

「上様、市松、いえ正則という男は大それたことを企てるような男ではございませぬ。此度は自

然がもたらした災害でござる。石垣が崩れては、正則が申したかも知れませぬが、城の中に居る家臣の生命にも関わることでござる。そこに酌量の余地がござるのではないかと思い、上様にご再考をお願いしたく参上いたしました」

と高虎は昂る気持ちを抑えながら落ち着いて申し出た。

しかし、土井利勝や酒井忠世が『正則謀反の証』は、今度の事だけではなく、前の一国一城令発布後の出城築城の件や、大坂の陣の際、正則の三男正鎮（正成）と甥の正守は豊臣方に付いて大坂城に入城したこと、また大坂の蔵屋敷に在った八万石の米を大坂方に取るに任せて居ったことなどを挙げ連ねて、それでも幕府は咎めだてしなかったが仏の顔も三度までと反論したのである。

そして、詰問使に立った牧野・花房両名から
「福島家はいつまでも東照神君様に関ケ原で恩を売ったと思うておる。それを藩主左衛門大夫を始め家臣までが慢心して、幕府を蔑ろにしておるとしか思われぬ」と語気を強めて高虎に物申したのである。

大坂の陣でのことで高虎が知らなかったことまで言われて、高虎は言葉に窮してしまった。そこに助け舟を入れたのが秀忠であった。

「和泉、伜の言う通り左衛門大夫は軽率じゃ。じゃが、その軽率が幕府に弓をひこうとする者にとっては、大きな味方になり、天下を揺るがすことになるのじゃ。その為に法を定めた。それを二度も破ったのじゃ。この安寧の世を乱す種は法に従い罰せねばならぬ。なあ和泉、もうよかろう——。だれも左衛門大夫の為に弁明しようとする者は居らぬと思うている中、伜が敢えて立ったのじゃ。伜も幕府から疑われるかも知れぬとみなは思うであろう——。じゃが伜はそれでも左衛門大夫の人柄を良く知って、味方になってやらずに居られなかったのであろう？それが高虎じゃ。

儂はそんな和泉じゃから信頼し、相談にも載って貰うて来たのじゃ。じゃからよう分かっておる。もう十分じゃろう？倅はようやった」と一転秀忠は優しい言葉を高虎に掛けたのである。

「上様！有難いお言葉を賜りかたじけのうござります。この和泉、上様のお気持ちがよう分かり申した。皆々様お手間をとらし申し訳ござりませぬ」と高虎は涙を零しながら平伏した。

そして秀忠は

「倅の顔を立て罪一等は免じてやることにする」と言うと土井利勝が

「上様、それはなりませぬ。既に我等で左衛門大夫の処分は決しております」と口を尖らせた。

「大きな形（なり）の和泉守の涙を見せられたのじゃ。大炊、これも政（まつりごと）じゃ。のう雅樂？」と秀忠は酒井忠世に話を振った。

忠世は驚きを隠せなかったが、顔は一転にこりとして、

「和泉守殿が上様の言葉で涙を見せられたのじゃ。ここは上様の仰せの通りに――。ただ、和泉守殿、一点心配の種がござる。左衛門大夫の家臣達じゃ。左衛門大夫に似て一本気な者が多い。家臣達がどう出るかが心配でござる」と秀忠の処分を追認し、高虎の考えを尋ねた。

そこで高虎は

「上様、皆様かたじけのうござります。雅樂守殿の御懸念は確かにござります。なれど、そこは正則が抑えましょう――。正則は潔い男でござる。処分には素直に従い、家臣達には必ず正則自身が説得いたしまする」と高虎ははっきりと応えたのである。

それを聞いた秀忠は前もって処分を用意していたかのように

「左衛門大夫の所領、安芸四十九万八千石を召し上げ、信濃川中島四郡中の高井郡及び越後国魚沼郡の四万五千石に国替えとする。和泉、倅を味方にすると心強いのう。忠成・正成、今日のことしっかりと左衛門大夫に聞かせてやれ。その上で申し渡すと良い」

と言うと牧野忠成と花房正成は「畏まった！」と応え、高虎は「有難うございまする！」と只々平伏したのであった。

後日、愛宕下の福島正則は自らの切腹とお家取り潰しを覚悟していたが、牧野忠成と花房正成から高虎が助命嘆願に動いてくれたことを聞いて、敢えて高虎には形の上での礼を控え、神田方面に向かって手を合わせたのである。

その後血気立つ家老の福島正澄らを抑えて、広島城を明け渡し、赴任地の信濃高井野へと向かったのだった。

こうして浅野長晟が紀州から安芸へ国替えとなりその後の紀州和歌山へ遠州から頼宜が移って来た。すると頼宜から、紀州の隣国で高虎の支城田丸城五万石の領地と交換に、高虎の望みの処を等価交換して欲しいという申し出があった。

高虎は、重臣達と相談し、伊賀と大和の境地四万石と伊賀から京への途に至る山城相楽郡の一部一万石を替え地として申し出ると、秀忠は一も二もなく了承した。

赤土が多く、作物が育つには、良い土地ではない田丸と土が肥えて石高以上の作物が出来る土地との交換で家臣達と上手く行ったと喜び合ったのである。

夏が終わる頃秀忠が、二条城へ上洛してきた。

高虎が大坂の陣が始まる前に、「腹を斬る」とまで言って、宮家から取り付けた秀忠の五女和子の入内が、大坂の陣や家康の死去、それに家康の逝去の翌元和三年には後陽成上皇の崩御も重なり、延び延びとなっていたので、これを前に進める為である。

高虎は、武家伝奏の広橋兼勝が、後水尾天皇から『奸族』と疎まれていたので、後水尾天皇の弟にあたる近衛信尋に予てから働きかけ、この頃は

「遅くとも来春には、入内させたい」との後水尾天皇の勅書を近衛信尋（後水尾天皇の弟）から

秀忠宛に届けさせていた。そこには高虎への気遣いも書かれており、高虎が如何に近衛信尋を懐柔し、宮中へ深く関与していたかを窺わせるものであった。

二条城へ呼び出された高虎は、和子を二条城から宮入させる為に、二条城の修築を秀忠に命ぜられ、併せて伏見城を破却して、大坂城の復興も頼まれたのである。

高虎は、秀忠が江戸へ戻る前に、二条城の縄張り図を仕上げようと直ぐに取り掛かった。これには、古参の西島八兵衛之友や、近藤久右衛門ら五名が、高虎から縄張りの極意を盗み取ろうとしていた。

二条城を見て回った後、高虎が書院で作業を始めると、八兵衛以下五名が書院へ入り、高虎が縄張りを絵図に落としているのを黙って眺めていた。

やがて高虎が、丹精込めた縄張り図を仕上げて、脇に置くと
「殿、拝見してもよろしゅうござるか？」と八兵衛が聞くので、

「構わぬ」と高虎は、文机から離れず、筆を持った儘まだ作業の途中かのように生返事で応えた。

八兵衛以下が、怪訝そうな顔をしながらも出来上がった縄張り図を見て、

「ほう――」と一同が声を挙げると、

「これは、どうじゃ？」と高虎がもう一枚描き上げて、一同に見せた。

「殿、二枚も描かれて、どちらを選ばれますのか？」今度は近藤九衛門が尋ねると
「伜達はどう思う？」と高虎が聞き返す。

「某は、一枚目が良いように思われますが――。なあ？」と八兵衛は他の四人に同意を求めた。

一同も一枚目が良いと一致した考えである。

「その通りじゃ。一枚目が良いに決まって居る」

「ならば、何故二枚目をお描きになりましたのでございます？」と八兵衛が一同を代表して尋ね

た。

「よいか。二条城は上様が宮家に対しての、幕府の京屋敷として、伏見城をお潰しになってでも造り替えになる城じゃ。ならば、上様が御建てになった城にせねばならぬ。もし、最初の一枚のみをお渡しすれば、これしかない故この一枚に決まる。そこには、上様の御意志が働かぬ。二枚をお渡しすれば、上様がどちらかをお決めになるではないか。無論最初の一枚にお決めになるであろう。じゃが、結果は同じでも、上様がお決めになった城ということになるではないか。さすれば、上様の宮家に対しての顔も立つ。儂が決めたのではない。上様がお決めになった城になる。家臣というものは、上の者の顔が立つように常々考えて置かねばならぬ。それ故、無駄と知りつつも二枚用意したのじゃ」と高虎は、一同に家臣の在り方を教授したのである。

「なるほど、主君に仕える者の心得でございますな。よう分かり申した。我ら肝に銘じまする」

と八兵衛が代表して応えたのであった。

　こうしたことがあって、秀忠が江戸へ発つ直前に、高虎が二条城の縄張り図を見せた際、二枚の縄張り図を手渡された秀忠は、直ぐに高虎の意図を察知した。

「和泉、伜の存念が分かった。この最初の一枚に決めるが、わざわざ儂の顔を立てようと二枚用意したのであろう。伜の気持ちを有難くこの秀忠受けて置くぞ」と言って高虎に感謝した。

　ただ、秀忠から『和子入内』が大坂の陣や家康の死で延期された為、振り出し同然になり、宮中の風紀が乱れていることを聞かされた高虎は、またも宮中との周旋役を任されたのである。

　中でも驚いたことに、典侍四辻与津子に帝がまたも手を付け、内親王を懐妊していたことである。

　頭の痛いことにそれに加えて、京都所司代も板倉勝重から嫡男の重宗に代わり、重宗に腹の座ったところが無く、幕府の意向を盾に一方的に朝廷に伝えるだけの『伝書鳩』で、後水尾天皇以下を怒らせるだけで、京都所司代との間でも調整しなければならなくなったことであった。

高虎は朝廷の窓口を広橋兼勝とせず、帝の弟で関白近衛家の養子となった左大臣近衛信尋と直接交渉するようになった。

広橋兼勝は後水尾天皇から「奸臣」と思われていることや前回のこともあり、全く相手にすることは無かったのである。

いずれにせよ、『禁中並公家諸法度』違反は明らかで、何らかの処分が必要であったが、これには、高虎は直接秀忠に注文を付けたのである。

二条城で秀忠と謁見した折に
「上様、帝は幕府は何も出来ぬと多寡を括っておられる様でございます。それ故京に居られる間に将軍の威を示すような触れをお出し下さい。」と申し出たのである。

秀忠は「よいのか？」と当然尋ねたが、

「ただ、上様。和子様が晴れて入内が叶ったおりは、処罰を御解きになってくださいませぬか？」と条件を出したのである。

「和泉、それでも和子の入内が成らぬ時はどうするのじゃ？」と秀忠が問うと
「無論、帝を島流しの上、この和泉が首を差し出しまする。そのように朝廷にもお伝えする所存でございます」と応えたのである。それを聞いた秀忠は
「伜の存念よく分かった。和泉が言う通りにする。必ず来春には和子を帝の妃にするのじゃ。頼むぞ！」と言って典侍の四辻与津子は追放、権大納言万里小路充房（まりこうじみつふさ）入道は監督責任を問われて丹波篠山藩に配流、与津子の実兄である四辻季継（すえつぐ）、高倉嗣良（つぐよし）を豊後に配流、更に天皇側近の中御門宣衡（のぶひら）、堀河康胤（やすたね）、土御門久脩（ひさなが）を出仕停止にする処分を命じたのである。

これを取り付く島もない重宗から聞かされた近衛信尋は直ぐに高虎を呼びつけた。

「和泉守、えらいお上はお冠であらっしゃります。穏便なご処置を将軍がしはると思うておらっしゃったから、余計にお怒りで――。帝は、伊賀守はどこや、和泉守はどこやとえらいお怒りや。今度来た周防守は話にならん。何を聞いても応えてくれん。どうなさる？」といつもと違う口調で信尋は高虎に食って掛かった。

これに高虎は落ち着いた口調で
「左府様、此度の上様のご処置は穏便なものと帝はお心得あそばされていると思うておりました。何しろ、和子様のご入内が決まって居りますのに、与津子様にお手をお付けになられたご本人の帝へは不問となされておられるではありませぬか？」

「それはそうやが、権大納言に中将まで島流しやないか？」

「左府様、島流しではございませぬぞ。丹波や豊後で身柄をお預かりするだけではございませぬか？与津子様も追放で、御所のお近くの寺にでも行かれればよいことで、某からすれば、上様はよく我慢されたと思うております。そこを、左府様から帝へよくお話し戴けませぬか？」

と高虎は後水尾天皇を始め帝と信尋の母でもあり、前の関白近衛前久の娘で国母である中和門院前子が今回の処分を検討する時間を与えようとしたのである。

「そんなことお伺いせんでも分かる。それは今回の処分の取り下げや」と信尋が応えると
「帝は、先のご処分の方々の御赦免がお望みでございますな？」

「そうや」

「では、上皇になると仰せにならないようにして下さりませ。まず和子様のご入内を受けると先に仰せられますようお取り計らい下さりませ。」

と高虎は条件を出したのである。これには、

「それは幕府の言いなりになれということやないか？そんなことお上はお約束にはならっしゃりません。こちらが逆にお叱りを受けるわ」と信尋は突っぱねたが

「まあ、お聞き下され。幕府は和子様のご入内を滞りなく済ますことが第一にござります。それを済ませる前に帝が『譲位』したいと仰せられるので、幕府も立場上強硬にならざるを得ませぬ。それならば、まず帝にご入内を受けると仰せ戴くようお取り計らい下さいませぬか。ご入内なった後は、この高虎命に代えて、必ず御赦免についてはお取り計らいまする」と応えると

「和子の入内が終われば、幕府は赦免するという証が無いやないか？」と確たる証を信尋は求めた。

「証は某の腹にござります。このままでは、帝在位中の和子様のご入内は叶いませぬ。叶わなければ、幕府は帝を島流しにすることも厭いませぬ。そうなれば、上様にも、帝にも申し訳が立ち申さぬ故、御所の片隅をお借りして、たった今からでもこの皺腹を掻っ捌く所存にござります。どうか、この旨を帝にご奏上下さりませ。左府様、武士とはこういうものでござります。この高虎、腹切る覚悟でこの大役をお引き受けいたしました。成就せぬ時は、御所を少々汚すことになり申すが、腹を切り、腸（はらわた）を抉り出し、この存念を宮中の方々にお見せして、果てる所存にござります。それ程に帝と和子様のご婚儀を大事にしたいと思うて居りまする。何卒、この存念を帝にご奏上下されれ」と半ば脅すように信尋に願い出て、信尋は江戸へ高虎が戻った後、二月に中和門院を交え後水尾天皇と一昼夜にわたって対応を協議したのであった。

その協議の最後に漸く中和門院が口を開き

「お上、黙って聞いておりましたが、元はお上が蒔いた種。それを張本人のお上を秀忠は問うておりませぬ。代わりに可哀そうに大納言や中将が被ってくれた。それを入内の暁には高虎が死を賭けて赦免させるという。どこが不服かわらわには分かりませぬ。この母に分かるように話して

たも」と問いかけたのである。
「国母様、赦免が偽りならどうなさる？」と帝が問い返すと
「和子を宮中へ入れねばよい。高虎は腹を切るであろう。それだけではないのか？」と中和門院はあっさりと応えたのである。さらに帝が
「国母様、和子を迎えるということは、徳川に宮中を握られるということと同じこと」と言葉を繋ぐと
「それは今と変わりはない。受けねば、お上は島流しとなろうし、このように秀忠に回答を迫られ夜を徹して話しておることが何よりの証でありましょう？そうではないか信尋？」
と信尋に同意を求め、中和門院の言で帝は何も言えなくなり、これで朝廷の意志は決定したのである。
そしてその幕府にとっての『吉報』が江戸にもたらされ、秀忠は高虎に銀を山盛りにして労い、四か月後の六月十八日和子は新装なった二条城から晴れて宮中に輿入れすることになったのであった。
そして、高虎の言通り、『禁中並公家諸法度』違反に処せられた面々は全て赦されて宮中に復帰出来たのである。
高虎は改めて上洛して、近衛信尋邸に手土産を抱えて礼に伺った。そこには中和門院前子への山ほどの礼も忘れていなかった。
「いや、某の皺腹と首が繋がりましたのも左府様、国母様のお陰と存じております。土産の品は某の気持ちでございます」と高虎が挨拶すると
「和泉守の力もよう分かった。秀忠に赦免までさせる力があったとは――」と信尋が応えるのへ
「いえいえ、あれは上様のお気持ちでございます。それほど上様の喜びが尋常ではなかったとい

う証でございましょう」と高虎は返したのであった。信尋もほっとしたのか
「おかげでな、麿も関白の途が開けそうや。今日はな和泉守が来るというので、ちょっと引きあわせたい者が居るのや」と奥に声を掛け、奥から茶を盆に載せて、しずしずと歳は三十程の品の良い女御が現れた。
「幸せの乃と書いてゆきのと言うのや。実は幸乃はな、宮中取り締まりの、まあ武家で言うなら家老やな、その一人で沢野の娘でな。宮中と麿のところで色々と世話をしてくれておる。どや、なかなかの器量よしやろう？」と紹介した。高虎は
「このお方は、時折こちらでお会いしたお方でございます」と応えると
「そうや。沢野が申すには宮中に置いておくより、格式のある武家のいずれかで働かせた方が幸乃の見聞も広がり、ためにもなると常々言うておってな、麿に世話せいと言うておったのや。和泉守、これはな何もお返しが出来ん麿の和泉守への褒美や。預かりっぱなしでもええと沢野も言うておる。気に入ったらそのまま藤堂の家に置いてやってくれ。宮中の者を藤堂の家に置いておくだけでも藤堂の家に箔が付く。和泉守の身の回りの世話でもさせてやったらええ。女中もおるやろうが、宮中のしつけはちゃんとしておるから、女中頭にでもしてやって欲しい。ただ、虐められぬ様にしてくれることを約束してくれ」と、とうとう近衛信尋から女御を下げ渡されてしまったのである。
高虎は対処に困ったが、京の屋敷に置いて武家の所作を八兵衛や十右衛門に教え込ませた後、幸乃が京に近い伊賀で城住まいとしたいという希望を聞いて、伊賀へ連れて帰ることにしたのである。伊賀では京から宮中の女御が高虎の傍女中として来るというので、物珍しさも手伝って大騒ぎとなり、城代の采女元則までが、東大手門の外まで高虎一行の到着を出迎える程であった。
高虎は、幸乃本人の希望で女中と同じ扱いをして、幸乃は草鞋（わらじ）を履いて、高虎の駕

籠の後を伊賀まで歩いてついて来たが、旅慣れないせいか、草鞋で親指の付け根を痛めてとうとう途中で歩けなくなり、それを供の西島八兵衛が見つけて、馬に乗せて伊賀上野城迄連れてくるということがあり、采女や良精達が、

「草鞋負けするとはやはり、宮中の女御様じゃ」

と一様に一層幸乃に興味を持ったのであった。

そして、幸乃が城に着いた翌日、血で赤くなった足袋を履いて、茶を書院に運んで来たのを見て、娘のように思い、

「自分で出来る」と言うのを、高虎自ら幸乃の足を自分の膝に載せて、戦さで使う膏薬を塗ってやり、晒を丁寧に巻いてやると、幸乃は

「殿様。有難うございました。殿様自ら斯様な真似をさせて、申し訳ございませぬ。まるで宮中の典医のようでございます。殿様の様な殿方は宮中にはおりませぬ」と高虎に新鮮なものを感じて喜んだのであった。そして、

「あの、殿様。殿様に傷を診て戴いたことは、皆様にはどうか内緒に――。」と恥じらいも見せたのである。

三十過ぎとはいえ、親子以上の歳の差の幸乃に高虎は久が亡くなった後でもあったので、どこか久に似たものを感じていたのであった。

その後、藤堂家でも、嫡男高次に嫁が来ることになった。評定衆酒井雅樂頭忠世の嫡男河内守忠行の娘（後の後見院）が、忠世の養女となり、『和子入内』の翌月に輿入れして来たのである。高虎は江戸屋敷に戻ってこれを祝い、梅原勝右衛門ら重臣達は、世継ぎに室が出来たことを家臣挙げて喜び、太刀や馬を祝いの品として、高次に献上したのだった。

高虎は評定衆の重鎮酒井雅樂頭家と縁が出来たことを喜んだ。また、忠世の方も秀忠からの信任厚い藤堂家と縁戚となれたことを殊の外喜んだのである。

そんな喜びも、秀忠からまたも相談事が持ち込まれ、高虎は讃岐の生駒家の世継ぎ騒動を周旋することになった。その為に生駒一正が支城の丸亀城を築城する際に高虎の名代で行った西島八兵衛を連れて讃岐へ行くことになり、途中幸乃の様子をみるのも兼ね伊賀に寄ることにしたのであった。

幸乃は采女の計らいで奥向きの女中頭として健気に働いていた。高虎が伊賀上野の書院に入り着替えをしようとすると、

「殿様、お帰りなさいませ」と言いながら袴を高虎から受け取り、てきぱきと普段着の着物と帯を手渡した。

「随分と奥向きの仕事にも慣れたようじゃのう」と言うと
「はい。采女様が私を奥向きの筆頭にして戴きましたので、やりやすくなりました」と応えた。

そして、幸乃は奥へ一旦引き下がり、茶と落雁を持って現れ、

「殿様がお戻りになったので、直ぐに出せる用意をしておりました。京の落雁を取り寄せました。旅でお疲れでございましょう? 甘いものと一緒にお召し上がりくださいませ」

と気の利いたところを見せた。そして、高虎が落雁を口に放り込み茶を啜って
「うん旨い。疲れも飛んだようじゃ。伜の茶は久が淹れてくれた茶の様に旨い」と褒めて見せた。すると
「久芳院様が羨ましゅうござります。殿様は今でも久芳院様のことをお思いになって居られるのでございますか?」と幸乃が尋ねて来たので、

「まだ貧乏して居った時から、帰って来ると茶を出してくれてなあ。それが忘れられぬのじゃ。

それは酒より旨いように感じたものじゃが、幸乃の淹れてくれた茶も酒より旨い。儂を若返らせてくれる」と応えた。
「お褒めに預かり嬉しゅうございます。殿様、夕餉の準備は出来て居りますが、先に湯浴みをなさいますか？」
　高虎は先に夕餉を済ますと応え、幸乃のまかないで夕餉を済まし、湯殿へ入った。
　高虎が湯に浸かっていると湯殿の外で
「殿様、湯加減は？」と幸乃の声がした。
「おお丁度良い」と高虎が応えると
「ようござりました。殿様、お背中を御流しいたします」と言って幸乃が単衣の浴衣姿の襷掛けで入って来た。高虎は慌てて
「よいよい！一人で十分じゃ」と言ったが、幸乃は高虎の傷だらけの裸姿を見て
「殿様、そのお身体は——」と驚いた。
「驚いたか？これが戦さで刃と鉄砲を潜り抜けて来た武士の身体じゃ。（腹も見せて）これが鉄砲傷じゃ。まあ——。足も手も傷だらけじゃ——ははは」と高虎は照れもあって冗談事にしようと思ったのである。だが、幸乃は手を高虎の傷口をなぞるようにして
「武士というのはここまでせねばならぬのでございますか？」と涙ぐみながらつぶやいたのである。高虎は吹っ切るように
「入って来たのなら背中を流せ」と言うと
「は、はい」と言って幸乃は湯桶で湯を汲んで背中を流し出した。そして
「殿様、はしたないことを申します」と幸乃は思い切ったように高虎に話し掛けた。
「何じゃ？」

「幸乃は殿様のお子が欲しゅうございます」

「な、何を言う？」

「殿様はこの幸乃を御嫌いでございますか？」

「き、嫌いなら侍女にはせぬ――」

「殿様、幸乃はもう年増でございます。宮中に居れば一生子を産むことも出来ず朽ち果てたのでございます。それを殿様に拾って戴きました。子を産めるうちに、おなごとして、母としての喜びを教えてくださいませ」と言って、高虎の身体を後ろから抱きしめてきたのである。

高虎はどうしてよいか分らなくなって
「幸乃、阿呆なことをいうものではない」と言ったものの、幸乃は聞いていないかのように
「殿様！（と言って高虎に抱きつき）お願いでございます。わたし、いえ幸乃は殿様を宮中で見かけた時からずっと好いておりました。今宵だけは、我が儘をお聴き下さいませ。是非お情けを――」と言った幸乃にとうとう高虎は負けて、幸乃を大きな身体で包み込んでしまったのである。

次の日、高虎は八兵衛と手勢を連れて讃岐へと向かったが、幸乃は何事も無かったように振舞い、高虎を見送ったのだった。

高虎はそんな幸乃のおなごの強さを、亡き母や久と重ね合わせて、三人の面影を負う様に伊賀から堺へ出て船路で讃岐へと向かったのである。

その後、高虎は秀忠から越前松平忠直の乱行でとうとう忠直に豊後府内藩への改易と隠居の処分を下すのに一役買って、忠直が北ノ庄城に籠城した際には、秀忠に忠直がおとなしく開城する為の献策をし終えて、江戸屋敷に戻ると書院に幸乃からの文が届いていた。

中には次のようなことが書かれていたのである。

『殿様、幸乃の腹に殿のヤヤが出来た様でございます。幸乃の願いを聞いて下さり幸せでございます。父には伊賀で家臣の方々に大事にして頂いており、もう宮中には戻らないことを伝えました。女御として一生を送るより、おなごとしての途を選びたいと申したら、おなごとして当たり前のことじゃと承諾して、関白様にもご承引戴いた由にございます。幸乃は殿様の側室になることを望んでは居りませぬ。殿様にご迷惑はお掛けいたしませぬ。おのこになるか娘になるかどちらが出来ても、幸乃は伊賀の片隅で大事に育てるつもりでございます。ただ、腹が大きくなる前に、お城から下がりたいと思うておりますので、この願いをお聞き届け戴きますようお願い申し上げます』

これを読んで高虎は急に落ち着かなくなると同時に、自分に子種がまだあったことに驚いた。高虎は秀忠から家光の将軍宣下について相談されていたこともあり、

「京へ行かねばならない所用が出来た」と口実を作り、海路で尾張へ向かい、尾張から馬で伊賀へ向かうことにしたのである。

船中で（こういう時に新七郎がいてくれたら――）と何度も思い、幸乃の本当の気持ちを確かめた上で、希望通りにしてやることを第一にすると決めた。

側室にしてくれと言うなら側室にしようと決心したのである。

そして伊賀上野城に到着すると一通り挨拶を済ませ自室に戻った高虎の下へ、幸乃が茶を淹れて入って来たのである。

「お帰りなさいませ。茶を淹れました」という幸乃へ

「幸乃、伜の本心を聞きに戻って来たのじゃ。伜の言う通りにする故遠慮なく申せ」と高虎はいきなり本題に入った。

「この年増の幸乃をおなごにして頂き、その上母にまでして頂いた以上のことを求めるとおなか

のヤヤが生まれて来ぬような気がいたします。文に認めました通りでございます。後は以前からお世話をいたしております『さわ』に引継ぎ、お城を下がりたいと思うております」

「側室にならぬと申すか？」

「罰が当たります。それが私は恐い。殿様は宮中の女御のことをあまりご存じないのでしょうが、殿様もご存じの通り、乱れに乱れた時もございます。おなごとしての喜びを知らず我慢をして耐えて行かねばならなかったのでございます。宮中に比べればここは天国でございます。戦さの無い世をお造り戴き、普通の暮らしが出来る喜びを殿様が与えて下さいました。敢えて一つ申し上げれば、ご城下に家を見つけて戴けませぬか。それが願いでございます」と幸乃は嘘をついていないようであった。

　これを聞いて高虎は、

「分かった。悪いようにはせぬ。幸乃が落ち着けるように養女として儂の家臣のところに世話になれ」と高虎には心当たりがあった。

「身重のこの私を貰ってくれるようなところがございますか？」と幸乃が聞くと
「きっと快く引き受けてくれるじゃろう。そこで安心して子を産めばよい。そこなら、幸乃を娘として受け入れてくれるし、生まれて来る子供のことも儂と幸乃と貰う（もろう）てくれる家の秘密にしてくれるはずじゃ。それなら、家を見つけることも要らぬ。腹の子が娘なら、どこかそれなりの家に嫁にやるし、おのこなら儂の家臣に取り立てる。いずれにせよ、幸乃は武士の母となるのじゃ」

と、幸乃にとっては希望以上の回答を高虎は用意していたのである。

「有難うございます。きっと、殿様は伊賀に来るまで色々とお考えなさったのでございましょう。

やはり、お優しいお方でございます」と眼には涙を溜めて喜んだ。

「よし、決まった。済まぬが、良精をここへ呼んでくれ」と高虎は新七郎家に幸乃を預けることに決めたのである。

今は亡き良勝とは隠し事の無い中であったし、良勝の妻女となったさつきも良勝に似たのか、勘も働く才媛で腹も座っている。高虎はさつきを良勝同様信頼していたのである。

「殿様、幸乃はご家老の娘になるのでございますか？そんな格式の高い家に――」幸乃は驚いた。

「当り前じゃ。伜は新七郎家の養女になって貰う。良精の母も優しい母じゃ。良精の父新七郎良勝は儂の幼馴染で、従弟でな。大坂の陣で討ち死にしたが、家中で一番気心が知れて居る」

それからは、急に呼ばれた良精もすべてを察知して、城内の新七郎家に、高虎と幸乃を案内することになった。

新七郎邸の門の前では、さつき―良勝が亡くなり髪を下ろして永福院と名乗っていた―が出迎えていた。さつきは高虎に会うと
「殿様、お懐かしゅうございます。良勝の七回忌には真にお世話になり、有難うございました」

と挨拶をして、高虎が
「久しいのう、と言っても二年ぶりか。相変わらず新七郎が惚れただけに品のある美しさじゃ」

と冗談交じりに声を掛けた。

「殿様、あまりお揶揄いになると良勝が剣を持って出て参ります。ほほほほ」

と明るく応じたのである。

さつきは何で高虎が傍女中を連れて来たか、全てを察知した。

「こんな表で長々と――さ、奥へ案内いたしまする。さ、どうぞ。良精、殿様がずうっとお立ちじゃ。お付きの侍女殿もさ、中へお入りくだされ」と奥へ案内して落ち着くと、

「急に参られたのは侍女殿のことでございましょう？」とさつきから切り出した。
「流石じゃのう？」と高虎が応えると
「亡き良勝から殿様のことで鍛えられました」とさつきは笑って応えた。
「幸乃と申す。幸乃、前へ。宮中沢野家の娘で、女御であったが関白になられた近衛家から預かってもう二年近くになる」と高虎に言われて、幸乃は高虎の後ろに控えながら
「幸乃でございます。お初にお目にかかります」と挨拶をした。
「倅からお聞きしておりました。この方が幸乃様でございましたか――。良精の母さつきにございます」とさつきも応じて、高虎が
「そこでじゃ――」と言いかけると
「我が家の養女にお迎えすればよろしいのですね？」とさつきが勘の鋭いところを見せたのである。
「新七郎顔負けじゃな――。察しが良いぞ」と高虎が半ば驚いて言うと、
「畏まりました。良精の姉ということで我が家の娘にいたしまする。よいか？良精」
「もちろん、母上、幸乃のような姉が出来て嬉しゅうございます」と良精は快諾したのであった。
　こうして、後に幸乃は無事男の子（おのこ）を産み、大膳と名付けられた後、藤堂家の重臣渡辺掃部宗（はじめ）の養子として入り、成長して将監と名乗るようになると、藤堂家の二百石の徒士頭になった。この渡辺掃部家も高次の代に藤堂姓を与えられ、藤堂内膳家として津藩の重臣として続いたのである。

⑨蔦は枯れず―この世の仕上げ

元和九年は高虎にとって、幸乃のことをはじめ慌ただしい年となった。

六月に入り、秀忠の長男家光が、七月に将軍宣下をうけることになるというので、秀忠と共に上洛してくることになった。

高虎は幸乃を無事新七郎家の養女とした後、江戸にいる高次に連絡して、高虎と共に二条城で新将軍へお祝いの言上をするよう申し渡した。

秀忠と家光が六月に上洛すると、翌七月二十七日に家光は宮中で将軍宣下を受け、併せて正二位内大臣に昇った。

この日、二条城へ戻った秀忠と家光に、高虎達は太刀や馬、それに名物茶器等の祝いの品を献上したが、それに加えて高虎は高次を家光に拝謁させようと、常に傍らに高次を連れていた。

この時から秀忠は『大御所』として家光を後見し、家康時代と同様二頭政治を布くことになったのである。

高虎は、秀忠・家光が並ぶ二条城大広間の二の間に高次と共に通された。

二条城は秀忠からの命で、和子入内前に和子の嫁ぎ先である後水尾天皇が御幸されるに相応しい城に、高虎が自ら縄張りして工事にも関わって造り替えたのであるが、秀忠は二条城内の襖に、お気に入りの御用絵師狩野探幽に、何と都合三千六百枚もの絵を描かせたのであった。

この大広間の襖絵は全て『松』が描かれていて、何とも荘厳かつ優美ささえある広間に仕上がっていた。高虎と高次が二の間で平伏すると、

「高虎、高次。もそっと近う（ちこう）寄れ」と秀忠が一の間に上がる様に促した。

「は、されば」と高虎は高次に目で促し、一の間に上がり、再度平伏して恭しく祝いを述べた後、

家光に対し、

「上様、ここに控えておりますのが、不肖高次にござります。我が藤堂の後継ぎにござれば、何卒宜しくお引き回しの程お願い申し上げまする」

高虎が型通りの挨拶をすると
「大御所様から大学助の名を頂戴いたしました和泉守高虎の嫡男高次にござります。以後お見知り置き下されと高次も挨拶すると更に深く平伏したのである。

「うむ。両名面を挙げよ」と秀忠が言うので、
高虎と高次は顔を上げると、

「和泉の爺、伜は隠居するのか？」と十九歳で将軍となった家光が少々砕けた口ぶりで尋ねたので、高虎は一瞬ためらいを見せ、

「いえ、未だ身体も動きますので、暫くは『大御所』様、上様のお赦しがあれば、お傍近くでお仕え致しまする」

高虎は意外な家光の問いかけに慌てて取り繕うしかなかった。

「父上、和泉の爺を隠居させてはなりませぬぞ」

家光は秀忠に確認すると
「和泉、老けるのはまだ早い。家光には、まだまだ和泉の経験が必要じゃ。将軍が困らぬ様にして貰わねばならぬ。家光、和泉が何と言おうとまだまだ隠居はさせん。この徳川になくてはならぬ宝じゃ」

「ははあ。畏れ多いお言葉を賜り、誠に忝うござります。この高虎、まだまだ働きまする。この伜高次共々、徳川将軍家の御為、何なりとお申し付け下さりませ」

高虎は楽にしてくれぬなあと思いながら、将軍家が藤堂家を重宝と思って貰えれば、それに越

したことは無いと思い直し、自分の身体に今一度鞭打ったのであった。

しかし、高虎は若い頃からの戦さ傷と寄る年波が、体の自由を奪う様になって来ているのを、自覚するようになって来ていた。

その表れの一つが、ものが時折霞んで見えるようになっており、ものに躓くことがしばしばあって、また家臣の顔も呆けて見え、声で誰かを判断することが増えて来ていた。

秀忠は、この時の謁見で、高虎の眼が見え辛そうにしているのに気付き、謁見を終えた後、

「和泉、伜は眼が見えづらいのではないか？今まで、無理をさせて来たからのう。暫く京に残り養生致すが良い。暫く休んで居れ」と言って、名医を付け高虎を京で養生させた。

その甲斐あって、高虎は九月には幾分回復し、秀忠には感謝の書状を送っている。


高虎は翌年、年号が変わって寛永元年の正月を津城で迎えた。

もう数えで七十歳となり、

「よくもまあここまで生き永らえて来たものじゃ」

と伊賀から年賀の挨拶に来た藤堂采女や津の重臣達に本音を漏らした。

「殿、これからでございます」采女が応じる。

「権之佐(佐伯権之佐惟定)も先に逝ってしまいよった。儂より若い者が先に逝くのは寂しいものじゃ」

「殿、殿の若い時分の戦さの話を若い者に話して下され。それだけでもこれからの世を担う者には、ためになり申す」夏の陣で膝を斬られ膝が曲げられなくなった式部家信が言う。

「殿、父の話も聞きとうござる」と仁右衛門高刑の嫡男、高経も声を挙げた。

「そうじゃなあ、高刑や良勝、それに玄蕃に氏勝、弥次兵衛。藤堂軍は敵が二倍三倍の軍勢でも

意にも介さず、突き進む命知らずの武者揃いじゃった。この血は絶やしてはならぬぞ。高経、伜の父は強かったのじゃ。我が藤堂でも良精の父新七郎良勝と一、二を争う武者じゃった」

「殿、父を誇りに思うて居ります」

高経は藤堂仁右衛門家を継ぎ二代目仁右衛門を名乗っている。

「おお、良き手本じゃ。良いか、儂らは朝起きれば今日死ぬと思うて生きておるのじゃ。じゃから戦さになると死を恐れぬ。腹も座って居る。儂が敵の大将なら斯様な兵を相手にしとうない。戦さはな、敵が数倍の軍勢でも、敵に嫌がられれば、数で劣ろうとも勝てるのじゃ。儂は戦さに策を使わなんだ。策を使えば、もっと楽に戦さが出来たじゃろうと思う。これは儂の性分じゃった。戦さが上手かったのは、惟重（佐伯権之佐惟定の嫡男）、伜の父の権之佐じゃ。九州征伐のおりは、伜の父は大友方で僅か五百の兵であの精強で鳴る島津を伜の爺様と一緒に蹴散らしたのじゃ。儂は伜の父には敵わぬ」

「殿、亡き父があの世で、生きているうちに褒めてくれと言うておりまする」

と惟重が応えると一同がどっと笑った。こうして、この年は久々に賑やかな正月となったのである。

高虎は、毎年欠かさず亡き秀長の命日には大徳寺大光院に寄進しているが、その大光院も修復が必要になり、年が変わった寛永二年に本堂と書院を修復した。高虎は、徳川家への忠誠に変わることはないが、秀長に対しては、恩人として忘れることはなかった。亡くなった家康と、大御所秀忠も、このことを高虎の律儀な性格の表れとして、大光院に対する寄進については、全く気にすることなく、高虎の自由にさせてくれていたのである。

高虎は、大光院の修築が終わると、秀長の墓に修築後の視察を兼ね、古参の大木長右衛門や服部竹助、居相孫作を従え、『墓参り』に出向いた。

何しろ高虎が与吉、与右衛門と名乗っていた頃からの家臣で、長右衛門は老体に鞭打ちながら高虎の供をした。

「長右衛門、孫作、竹助、もう我等で大光院様を御参りするのも先が見えて参ったのう?」と高虎が、誰に言うこともなく呟いた。

「殿、もう誰が先に逝こうともおかしくない年になりましたなあ、ははは」長右衛門が言うと、

「長右衛門が一番先かも知れぬぞ、ははは」と、高虎が応える。

「殿、儂はまだまだ閻魔が呼びに来ませせぬぞ」

長右衛門はむきになって応えるが、この二年後に他界している。

「殿、先に逝った者が多すぎまする。新七郎殿様が居られないのは、やはり寂しゅうござりますなあ」竹助が言うと、高虎も新七郎を想い、黙り込んでしまった。

「竹助殿、その話をすると慌てて良勝様が、あの世から化けて駆け戻って来られるやも知れませぬぞ。ははは――」孫作がしんみりとなった雰囲気を和らげようと、冗談めかして言った。

「孫作の言う通りじゃ。新七郎は足も速いし、剣捌きも常人を超えた早業じゃった。あの世でも身体を持て余しておろう。あまり新七郎の話をすると直ぐに飛んで来るかも知れぬ故、これぐらいにして置け」

高虎は、良勝の話になると辛くなる為、話を切り上げて、秀長の墓の前に進み、経をあげてから徐に秀長の墓に語りだした。

「殿、某も古希を迎えました。そろそろ、高次に後を継がせようと思いまする。殿についてお教え戴いたことを、身をもって覚えたお陰で、全てが身になり申した。今の高虎があるのは、殿にお仕えしたからこそとつくづく思いまする。あの世に逝けば殿に加えて、大権現様と両君にお仕え申すことになり、忙しくなり申す。また、それも楽しみでござりまする」

高虎は秀長の墓の前で手を合わせながら昔を懐かしむのであるが、古参の家臣達は、高虎が墓の前で手を合わせると、そっと墓から離れ、高虎と秀長の霊の二人だけにするのである。

翌寛永三年を迎え、江戸に在った高虎は神田の江戸屋敷で正月を迎えた。この時、年賀に集まった一同に、伊勢・伊賀の領国経営を高次に譲ると宣言した。

高虎はこの一年前より、高次へ主君としての心構えを遺訓として残し始めていた。まず十八ヶ条の遺訓を認めたが、後に三ヶ条を加え二十一ヶ条としている。

その後、「早寝早起き」「時間厳守」「油断禁物」等々現在の社会人の常識にも通ずる高次への遺訓は、家臣への遺訓として二百ヶ条にも及ぶ遺文として発展し藤堂家に遺された。

高虎は、この後、秀忠から江戸でも『東照宮』を建立せよと命を受け、中屋敷の近くの忍ケ丘に縄張りをし、併せて自分の菩提寺—寒松院高山寺—を建立することも赦された。

高虎が、自らの寿命を悟り始めた頃の正月早々、高虎の娘の嫁ぎ先の会津藩主蒲生忠郷が、若くして亡くなった。

忠郷に世継ぎが無く、会津藩をどうするかで、三代将軍家光が、高虎を江戸城に呼んで相談することがあった。

「和泉の爺、聞いての通りじゃ。下野守(蒲生忠郷)に子が居らぬ故、幕府預かりとして居るが、奥州の要の地なれば、それなりの者を置かねばならぬ。皆は爺が良いというのじゃが、大御所の折にもそのような話があって、そちが断ったと聞いた。爺は誰が良いと思う?」

家光は高虎を『爺』と呼び、殊更親しみを持って接してくれている。高虎はやや考えて、

「はい。この爺がご加増を受けても国替えをお断り申したのは、東照神君様の遺言を守ったまでございます。東照神君様は、徳川の敵は西から来ると申され、その備えに勢伊に藤堂家、近江に井伊家を置かれたのでございます。これはどのようなことがあっても守らねばなりませぬ」

と先ず断った経緯を説明し、

「そうさなあ――。うん、予州松山の左馬介殿がよろしゅうござる。会津は背後に大藩を控え、奥州の要の地でござる。武勇に優れ、治政にも優れた者でなければ、かの要衝の地を到底治められますまい。左馬介殿はご承知のとおり、武勇に優れ、所領の松山においても、その治政は天下の知るところにござります。それに左馬介殿は上様の『具足親』。左馬介殿の他に、会津を治められる者は、まず居りますまい」高虎は朝鮮の役以来、仲違いしている加藤嘉明を推薦した。

「しかしながら、和泉守殿と予州殿とは、朝鮮の役以来の犬猿の仲と聞いておりまする。何故、予州殿を推されるのか？」と酒井忠世が怪訝そうに尋ねた。

「ははは。それは私事でござる。会津を治めることは、天下のことではござらぬか。天下のことを思えば私事を捨て、力量、治政も優れた者を推すのは当然のことにござる。上様、是非会津は左馬介殿にお任せなされ」

「爺、よう申した。なるほど爺の申す通りじゃ。雅樂（酒井忠世）、会津は予州と決めた。一同良いな！」

高虎の一言で、加藤嘉明は、所領も倍増の四十万石余で伊予松山から会津に転封されることになった。

嘉明の後の松山には、亡くなった蒲生忠郷の弟松平中務大輔忠知が、二十万石で移ることになった。

次の日、嘉明は登城して家光から正式に会津転封の命を受け、所領が四十万石と倍増し、欣喜雀躍の思いであった。

「予州。倅に、会津を任せと、儂に推したのは誰じゃと思う？」

家光は笑いを堪えて嘉明に尋ねた。

「さて、上様か或いは雅樂頭殿でござりましょうや？」

「ふふふ、何れも違う。和泉の爺じゃ」

「は？和泉守殿でござるか？」

「左様じゃ。爺はの、伜との遺恨は私事、会津を治めるは天下のことと申して、かの要衝の地は力量からいえば、伜を置いて他にはないときっぱりと申しよってな、立派な爺じゃ」

家光は、経緯を嘉明に解き明かした。

「畏れ多いことにござります。この上は、和泉守殿への遺恨は水に流し、天下の為、共に励みまする」と嘉明は応えて引き下がり、そのまま津藩江戸屋敷へ駕籠を向けた。

高虎は中屋敷の書院で休んでいたところ、

「ご免、大殿、予州様が、急なお越しで、大殿にご挨拶にお見えでござります」と井上十右衛門が声を掛けた。

「何、左馬介が参ったと？」高虎は直ぐに察しが付いた。

藤堂の家中の者は皆松山藩嫌いである。従って、取り次いだ十右衛門も滅多に来る筈の無い松山藩の、しかも藩主が直々に訪れたので、驚いたのである。

「十右衛門、二人きりの方が良い。この書院へ案内（あない）せい。それと茶と菓子も用意して置け」

「は、只今！」十右衛門は暫くして、嘉明を書院へ案内して来た。

「大殿、予州様にござります」襖の向こうで十右衛門の声がして、嘉明が入って来た。入って来るなり、

「和泉守殿、全て上様からお聞き申した。この左馬介、和泉守殿の度量の大きさに感服仕った。これまでのこと、我が加藤家は今日から全て水に流し申す」

と手をついて、高虎に一方的に話し出したのである。

「左馬介殿、まずお手を上げられよ。昔からの仲ではござらぬか。さ、お手を上げられよ」

高虎は内容が分かっているので、笑い出したい気持ちを堪えながら応対した。

「されば――」と言って嘉明は顔を上げ、

「この左馬介、今日と言う今日程、己の度量が小さきことを思い知らされ申した。お願いでござる。これまでの遺恨をきっぱりと忘れ、これより水魚の交わりをお願い申す」

「左馬介殿、よう分かり申した。この藤堂家も、これまでの遺恨を全て水にお流し申す。この両家で徳川をお支え致そうぞ」

「和泉守殿、お聞き入れ戴き忝うござる。家臣共にもこのこと隅の隅まで伝え、家臣同士も刎頸の交わりをさせとうござる」

「望むところでござる。十右衛門、酒を持てい！それに肴じゃ。左馬介殿、お手前の御家中も屋敷に入れ、共に酒を酌み交わそうではないか？」

「有難い、和泉守殿。直ぐに呼び入れまする」

この日、藤堂家中屋敷で高虎の家臣と加藤家の家臣は夜が更けるまで、昔話に花を咲かせて笑いに包まれていた。


高虎は、嘉明達が帰った後、情に薄いのではないかと唯一気掛かりな高次を中屋敷に呼び、

「左馬介とも和解が出来、お前達に残す禍根も無くなった。思えば実に儂は忙しい日々を過ごして来たが、あの時分は露程も忙しいと思わなんだ。懸命であったのじゃろう。これまでは、儂のように家臣が主を選ぶ時代じゃったが、それももう終わりじゃ。家臣は主を選べぬ時代となる。乱世が終わり、戦さの無い世になると、家臣はどんな愚鈍な主でも随（つ）いて行かねばならぬ

時代となる。じゃから主（あるじ）たるお前は、余計に家臣を家族と思い、大事にせねばならぬ。誰もお前に逆らわぬからと言うて、決して家臣の上に胡坐をかくようなことはしてはならぬぞ。領民在っての武士、家臣あっての藩主であることを忘れてはならぬ。忘れた藩主は必ず、お家取潰しの憂き目に遭うと思え。それとな、何かあったら高吉を頼れ。高吉を実の兄と思うて接するのじゃ。高吉は、修羅場を経験して知恵もある。決して高吉を蔑ろにしてはならぬぞ！」

「父上のお言葉を肝に銘じまする」

高次は神妙であった。高虎は高次への遺言のつもりで語り聞かせた後寝込んでしまった。

これを聞きつけた高吉が、数日して今治から駆けつけて来た。

高虎は井上十右衛門に無理やり身体を起して貰い高吉を迎えた。

「大殿、あのような書状を見れば来られずに居られませぬ」

と高吉は高虎の寝所に入って来るなり高虎に声を掛けた。

「おお、立派になったようじゃ」と高虎は焦点の定まらない目で高吉に応じた。

「大殿、眼が見えませぬか？殿は何にも教えて下さらぬ。今まで申し訳ござらぬ。もっと早く見舞いに来るべきでござった」

高吉には高次は遠慮したのか何も高虎のことを話してはいなかったようである。

これを聞いて高虎は
「高吉、苦労を掛けたのう。高次にはお前を兄と思えと言うて来たのじゃが――。済まぬ」

と素直に詫びた。

「大殿に詫びて貰うことではございませぬ。大殿、今治は心配要りませぬぞ。領内は安泰で、織物や塩で生計を立てる者も出て参りました。それに水軍を率いて居った者達も家臣になってくれております」と高吉は話題を変えた。

「お前のことは何も心配して居らぬ。出来た息子じゃ」
「今度は誉め言葉でございますか？大殿、気が弱っておりますぞ。気を強くお持ちなされ！ここを朝鮮じゃとお思いなされ！相手は李舜臣じゃとお思いなされ。あ奴に今度は勝たねばなりませぬぞ。大殿は忙しい方が性に合っております。ずっと働きどうしでござったから、お身体が休むと気を抜くのでござる。宮中でまたこの宮内を慌てさせるような芝居をして下され」
と高吉が励ますと
「ははは。あれは面白かったのう。高吉も芝居上手じゃった――」
「あれは慌てましたぞ。大殿の芝居は気が入っておりました」
「しかし、お前は大きな度量を持った良い領主になった。儂はお前には今治で一家を建てさせてやろうと思うておったが、それだけが心残りじゃ」と高虎がまた気弱なことを言うので、
「何を仰せじゃ。この宮内はいつまでも大殿の家臣でござる。大殿が安心なさると病に負けるなら、また隣国へ兵を出しますぞ。ははは」と景気づける高吉であった。
　そして高虎の身体を気遣った十右衛門から
「宮内様そろそろ大殿を休ませてあげて下さりませ」という声が掛かり、高吉は
「ああ、そうじゃな。大殿、気をしっかりお持ちなされ！今治から鯛の干物を持って参りましたから、懐かしんで下さりませ」と声を掛けて屋敷を後にした。

　それから、ひと月後の寛永七年十月五日、高虎は高次の手を握り、重臣達に見守られながら、七十五年の生涯を静かに終えたのである。
　高次や次男の高重それに重臣が、総出で高虎の遺体を拭いていると、手や足の指は欠け、身体は鉄砲傷や刀槍の傷だらけで、高虎が如何に数多くの戦さを潜り抜けて来たかを物語っていて、

一同は改めて高虎の壮絶な人生を思い知ったのである。

「大殿はご自分の身体を張って、我等にこの大藩を残されたのじゃ。我等は子々孫々に至るまで大殿のご遺言を伝えて行かねばならぬ」

と高虎の異母弟高清が涙ながらにその場にいた藤堂一門に語ると、高次やまつ達はまた涙にくれたのである。

高虎の死出の旅路には久が微笑み出迎えていた。

「殿様、皆がお待ちでございます」

「久、相変わらず美しいのう。儂は年老いてしもうた――」と高虎が語った先には久の後ろで良勝や高刑ら、戦さで死んで逝った者達が出迎え、その後方には虎高や兎羅が微笑んで出迎えていた。

余りに忙しい人生を送った高虎に、最後は静かな死を、あの世の秀長と家康が用意していたのであろう。『寒松院殿道賢高山権大僧都』の戒名で、東京上野のお山（東叡山）に自ら建てた寺―寒松院で今も眠っている。


藤堂高虎が造った『蔦紋』の家は、徳川の時代を生き抜き、戊辰戦争で主を徳川から帝へと替え、伯爵の爵位を頂戴して今も永々と続いている。『蔦』は落葉性のつる植物であるから、枯れて冬には葉も落ちる。

しかし、高虎が足軽同然の身から興した『蔦』の家は、枯れることを知らず、高虎が世に残したものは、城として或いは寺社として、現在でもなお日本のあちこちに息づいているのである。


【了】

【あとがき】

本著では、生涯七度の「主（あるじ）替え」をした高虎が、「真の主君」として神髄したのが、五番目の主君豊臣秀長で、、秀長の死後、次の主君に選んだのが家康として描いている。

巷間高虎は、七度の主を替えたことから「佞臣」「ゴマすり」などと呼ばれているが、「佞臣」や「ゴマすり」に有りがちな「讒言」などしたことはない。「浪人生活」を厭わず、高虎の眼に適わなかった「主君」の下から「出奔」を繰り返しただけである。

事実、もし高虎が「佞臣」や「ゴマすり」なら、秀長に仕えていた頃の権力者である秀吉に、阿る（おもねる）ようなこともしたであろうが、秀長の死後「秀吉は『真の主君』ではない」と思い、再三の秀吉からの誘いを断り、高野山に籠って、亡き主君秀長の霊を弔っている。

これこそが高虎が「佞臣」や「ゴマすり」ではない証左であろう。

高虎は己の信念に基づいて、『真の主君』探しをしていただけである。

そんな高虎の『主君を見る眼』は、二番目の主君阿閉貞征や四番目の主君津田信澄が『本能寺の変』後に滅び、その後秀吉の死後の『豊臣』が滅ぶということから間違ってはいなかったのである。

高虎は、己の信念に基づき『主君』を選び、選んだ『主君』には徹頭徹尾尽くす『忠義の士』だったのである。

この『忠義』こそが七番目に選んだ『主君』家康から三河以来の忠臣よりも信頼を勝ち得、高虎を徳川幕府の西への守りである伊賀・伊勢三十二万三千石の太守に出世させた大きな要因であろう。

本書「真説　蔦は枯れず」には、実は初版本がある。「蔦は枯れず」を取材から数えて約三年がかりで仕上げたものを、『藤堂高虎をドラマに！』の声を聞き、脚本化に取り組みだして、新たに資料を関係の方々から頂戴して脚色し始めると、どうしても初版本にも手を加えたくなって、本書を書き上げた。

初版本との相違点は大きく二点ほどあって、

一点は、初版本は紙面と字数の関係で、敢えて外した物語を、高虎の「人間臭さ」を表現する上で、必要であると考え直し、取り入れたこと。

二点目は、高虎には実は「落し胤」が二人いて、当然その母なる女性も二人いたことは、あまり知られていない。このことは初版本には触れていなかったので、紙面の関係で今回その内の一人の女性にスポットを当てて、書き込むことで、高虎の女性観がより浮き彫りになるのではないかと試みたことである。

その他にも初版本には思いつかなかった女性を登場させた。例えば正室久芳夫人には、乳母が居て、丹後から逃れる途中で、乳母とはぐれて、久芳夫人が但馬で高虎の下へ嫁いだ後に、再会を果たさせている。これは筆者の知る限り、史実にはどこにも記載がない。

しかし、久芳夫人は、丹後守護職一色家の『姫様』である。その『姫様』がたった一人で丹後から逃れることは考えにくい。当然、お付きの女中や乳母が同道していてしかるべしである。したがって、登場させたと言っても、史実に記載されていないだけで、実際に存在したたであろうと容易に想像出来る。

それが、乳母『八重』である。この『八重』に久芳夫人こと『久』と共に、時折高虎をいじめる役どころを与え、女性には弱いという高虎の女性観がより鮮明になったのではないかと思う。

これらを加筆したことで、より物語らしくなり、高虎の「人間臭さ」が描かれたように思う。

歴史はフィクションではない。戦国期の戦乱の時代に高虎が命を懸けて生き抜き、四国・九州・

近畿・関東のあちこちに、その頃に確かに高虎が生きていた『証』や『痕跡』が今も残っている。

現在の東京神田和泉町は高虎の江戸屋敷があって、高虎の官名『和泉守』から取ったものであり、屋敷の傍らは上野と呼ばれ、伊賀上野の地名から取ったのではないかという。また、二条城・大坂城・江戸城の現在の姿は、高虎が縄張りをし、普請にも携わったものである。城ばかりでなく日光東照宮の縄張りや、南禅寺三門などの神社仏閣の寄贈もしているから、日本人だけでなく海外の方も、高虎の生きた『証』に知らず知らず訪れている方も多い筈である。そんなことに想いを馳せながら、高虎の『痕跡』を訪れてみるだけでも興味が湧くのではないだろうか。


高虎は文武両道で武道はもとより、茶道、能、俳諧にも通じた文化人であり、建築設計技師であり、建築施工者であり、土木・鉱山技師でもある。まさに『器用』の域を超えたスーパー武士である。

本書は、高虎のそのような一面も描いたつもりであるが、そこに実直で努力家の人間「高虎」を見つけ、現代の日本人が忘れつつある『義』や『誠』を少しでも思い出して戴ければ幸いである。

最後に『高山公実録』『公室年譜略』を編纂なさった上野市古文献刊行会の皆様に敬意を表すると共に、資料の提供及びアドバイスを戴いた福井健二先生をはじめ伊賀の先生方にはこの場を借りてお礼申し上げたい。

著者　拝

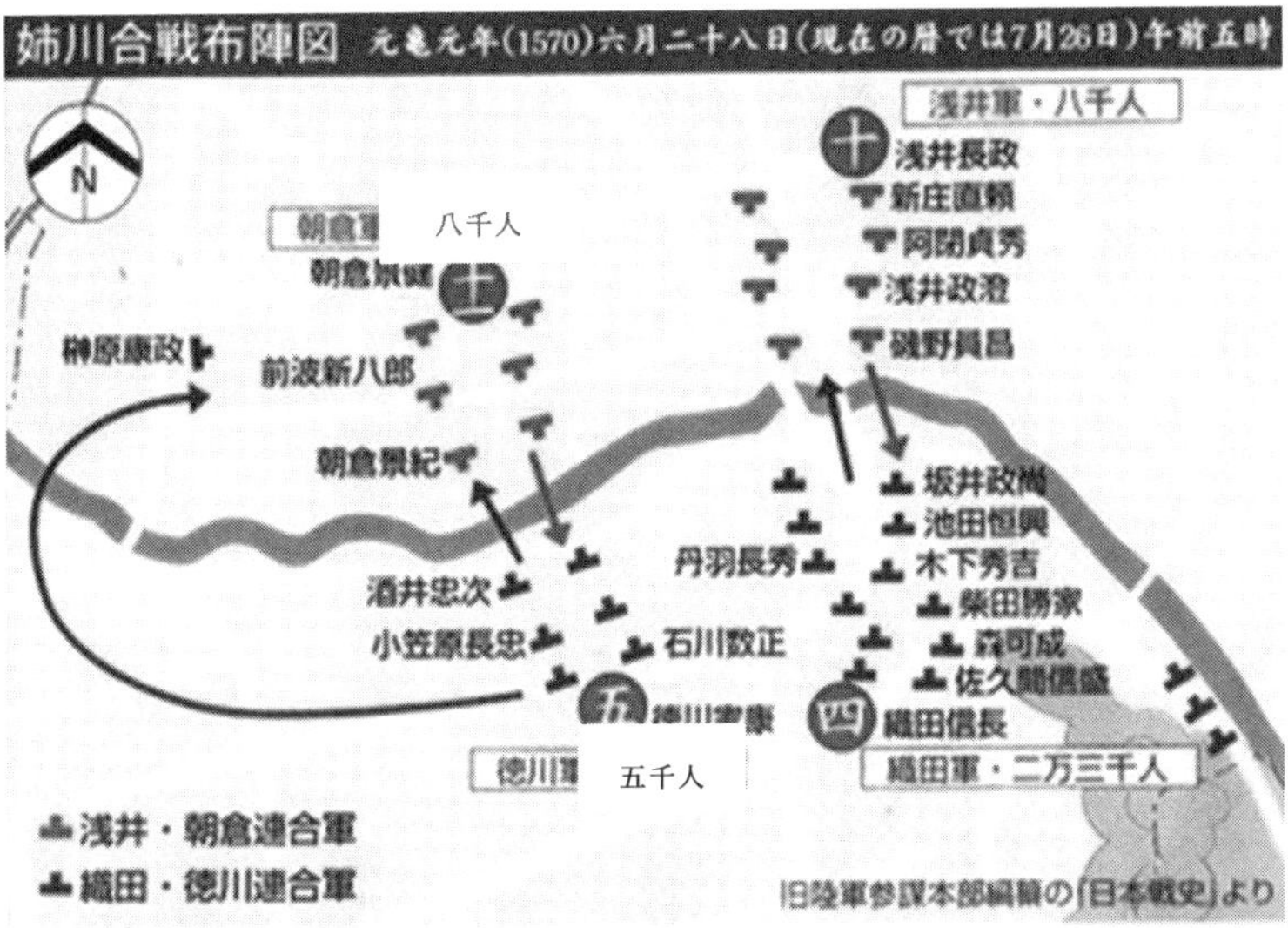

※パンフレットより抜粋

著者手書き

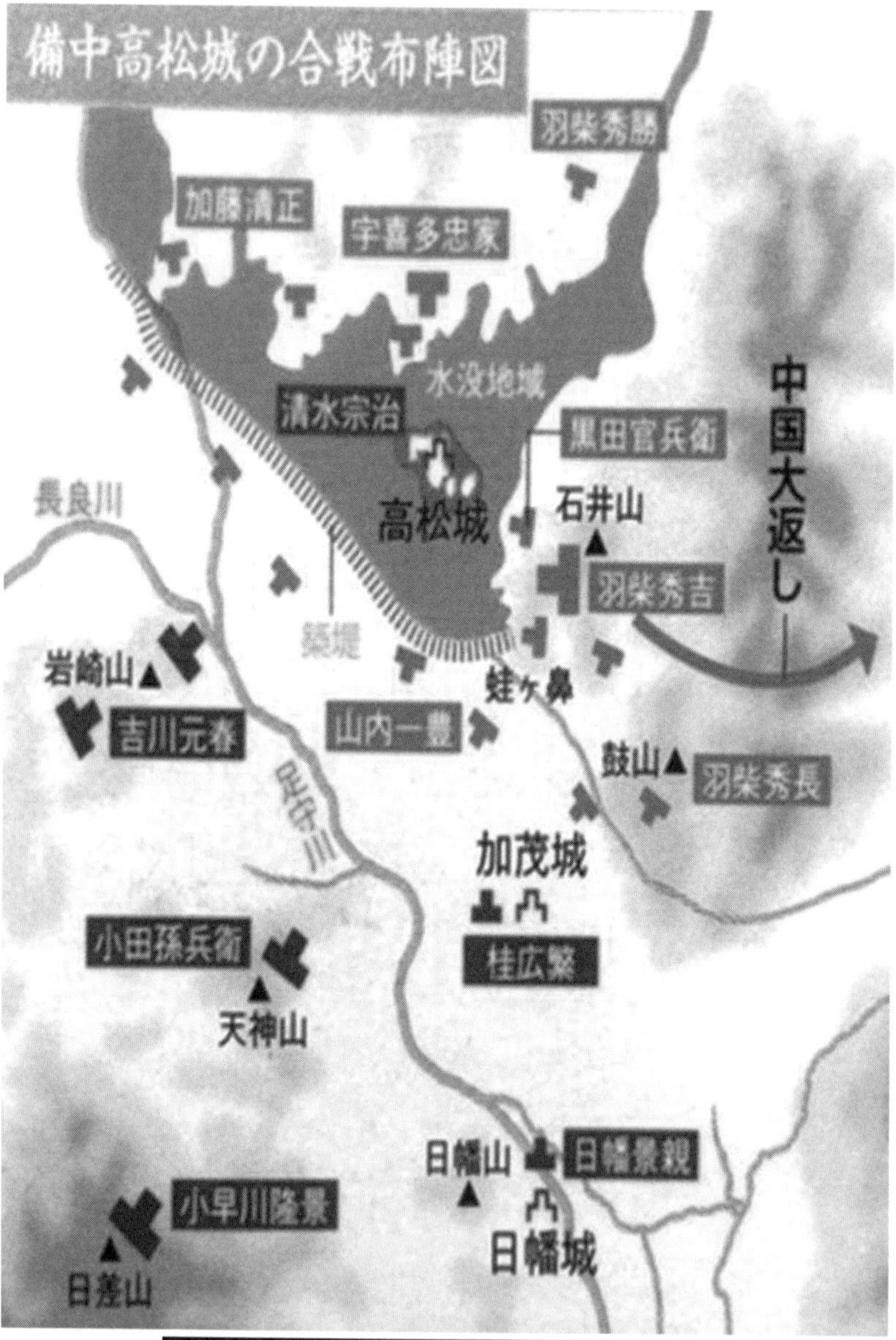
備中高松城の合戦布陣図
羽柴秀勝
加藤清正
宇喜多忠家
水没地域
清水宗治
黒田官兵衛
中国大返し
長良川
高松城
石井山
羽柴秀吉
築堤
岩崎山
蛙ヶ鼻
吉川元春
山内一豊
足守川
鼓山
羽柴秀長
加茂城
桂広繁
小田孫兵衛
天神山
日幡山
日幡景親
小早川隆景
日幡城
日差山

資料：戦国ヒストリー

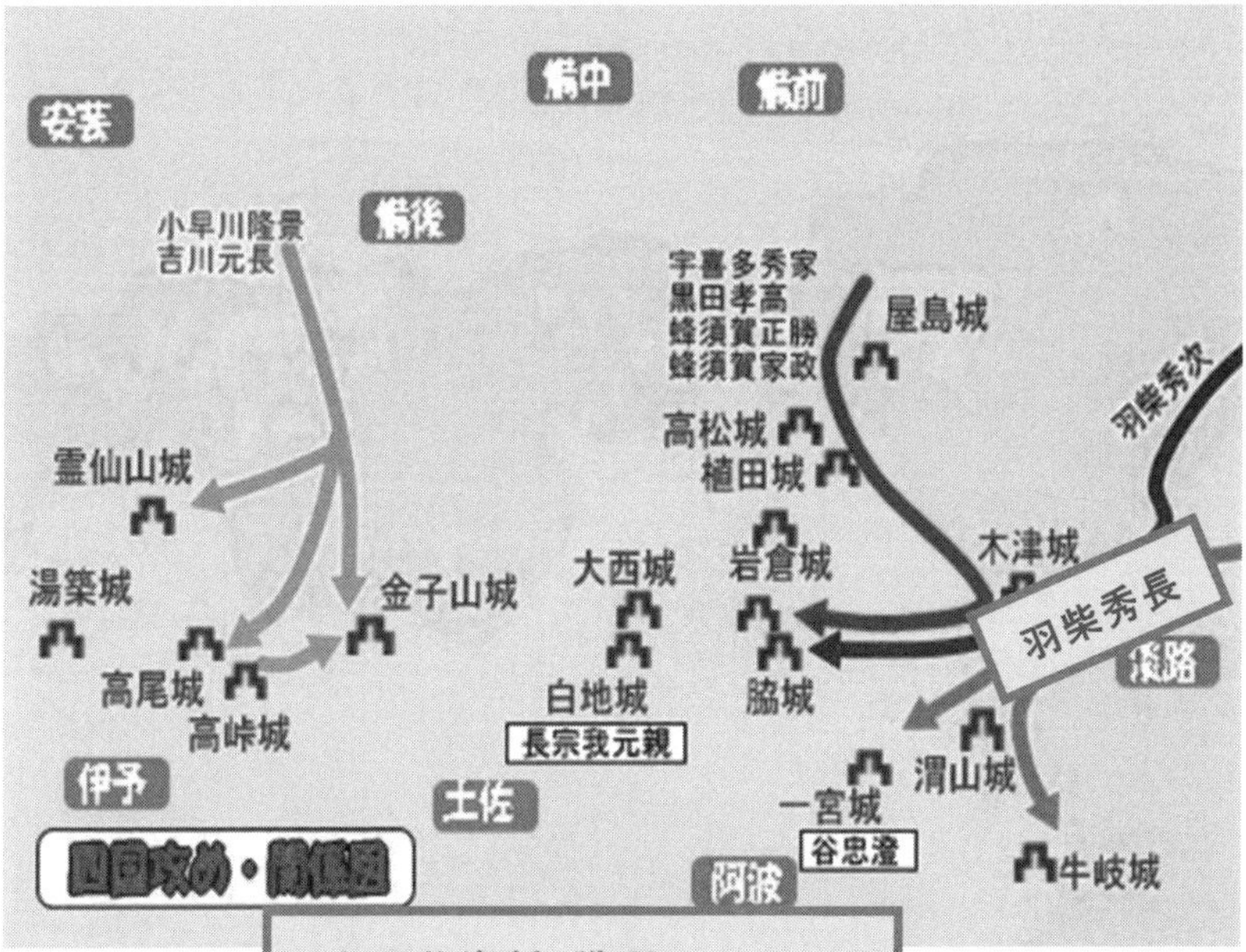

上下共資料:戦国ヒストリー

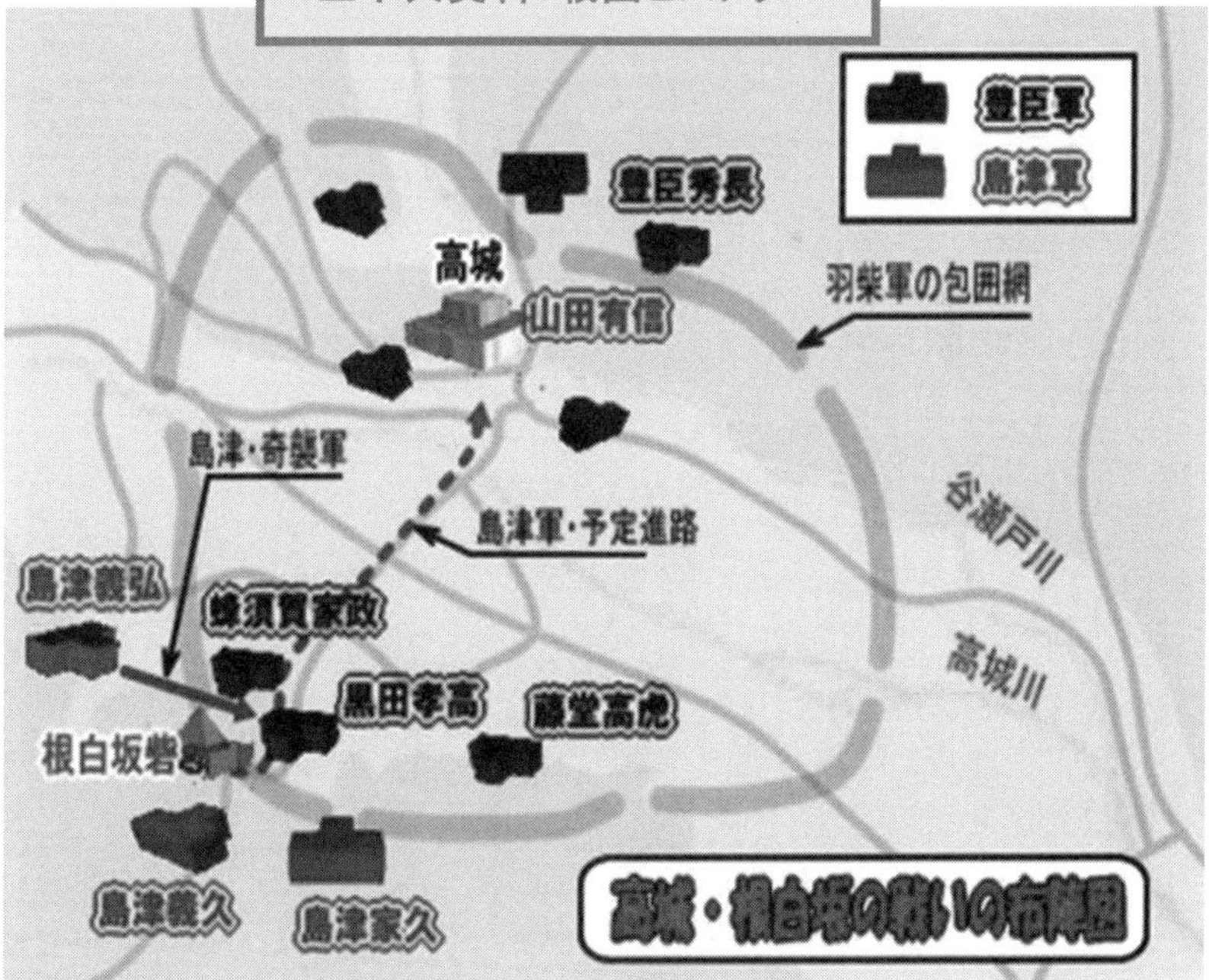

山崎合戦攻防図
勝竜寺城
明智光秀
伊勢貞興
藤堂与右衛門
羽柴秀吉
著者手書き

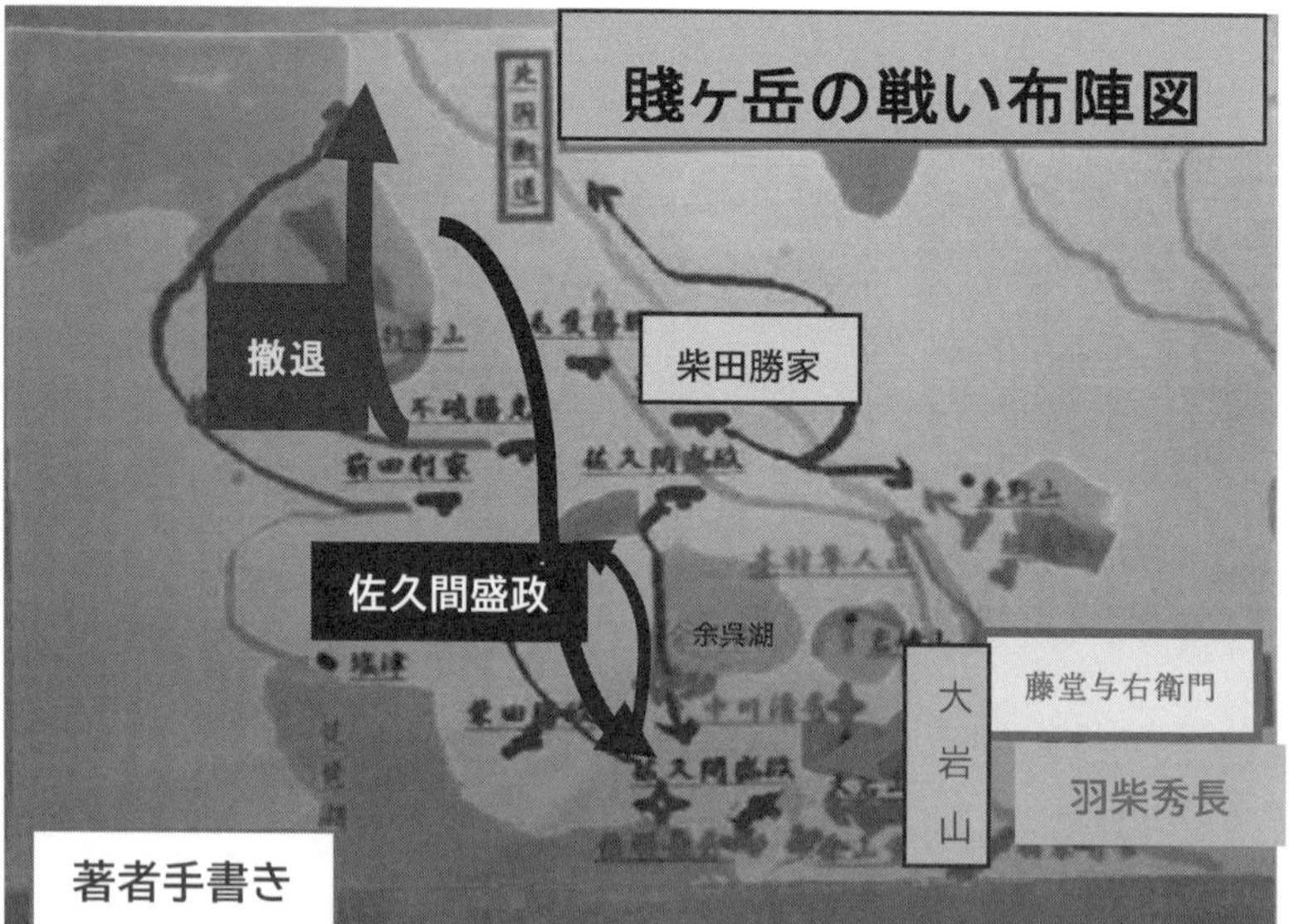
賤ヶ岳の戦い布陣図
撤退
柴田勝家
佐久間盛政
余呉湖
大岩山
藤堂与右衛門
羽柴秀長
著者手書き

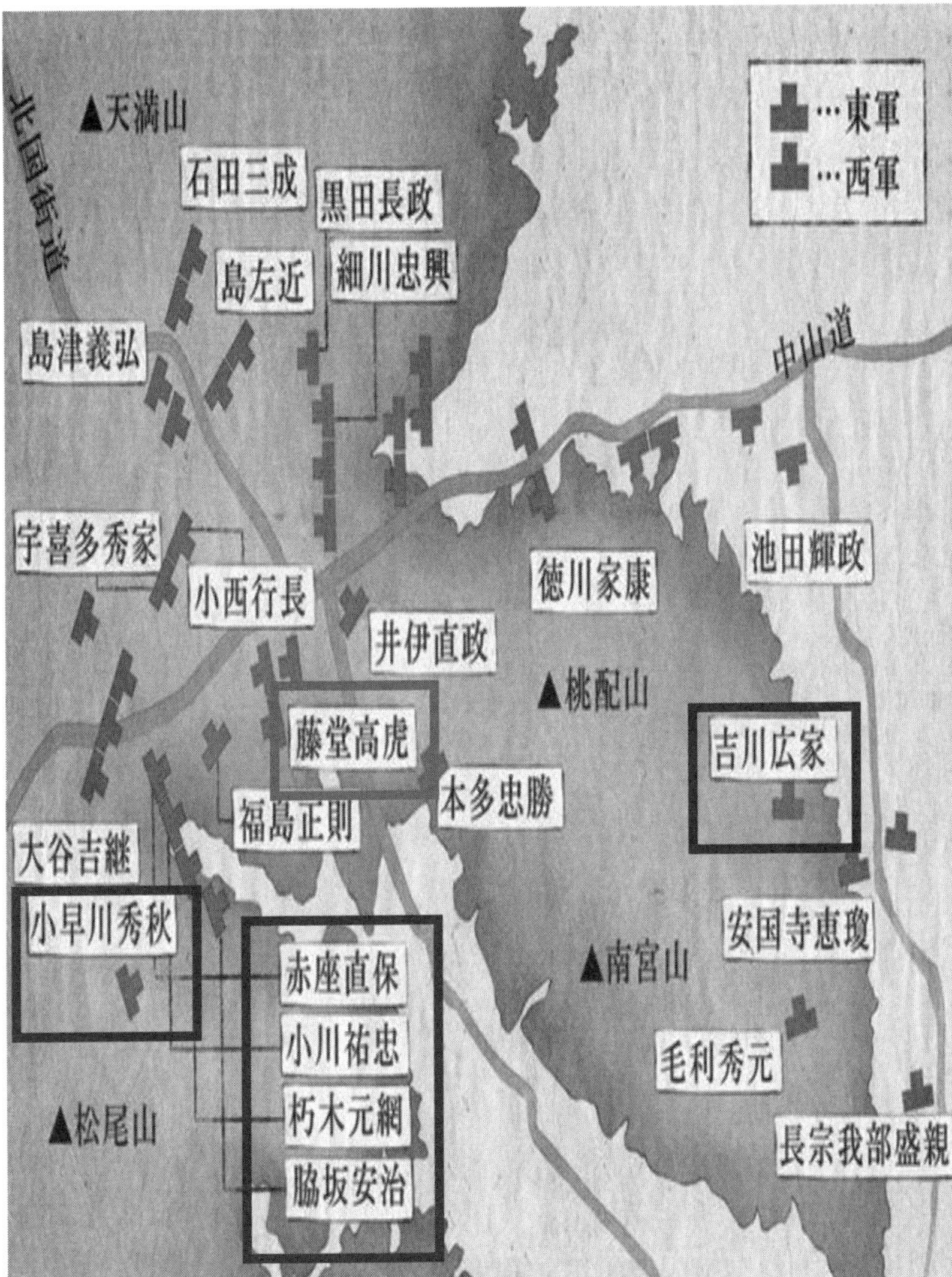

■ 紫色は西軍⇒東軍への寝返り組

関ヶ原合戦図　資料：刀剣ワールド

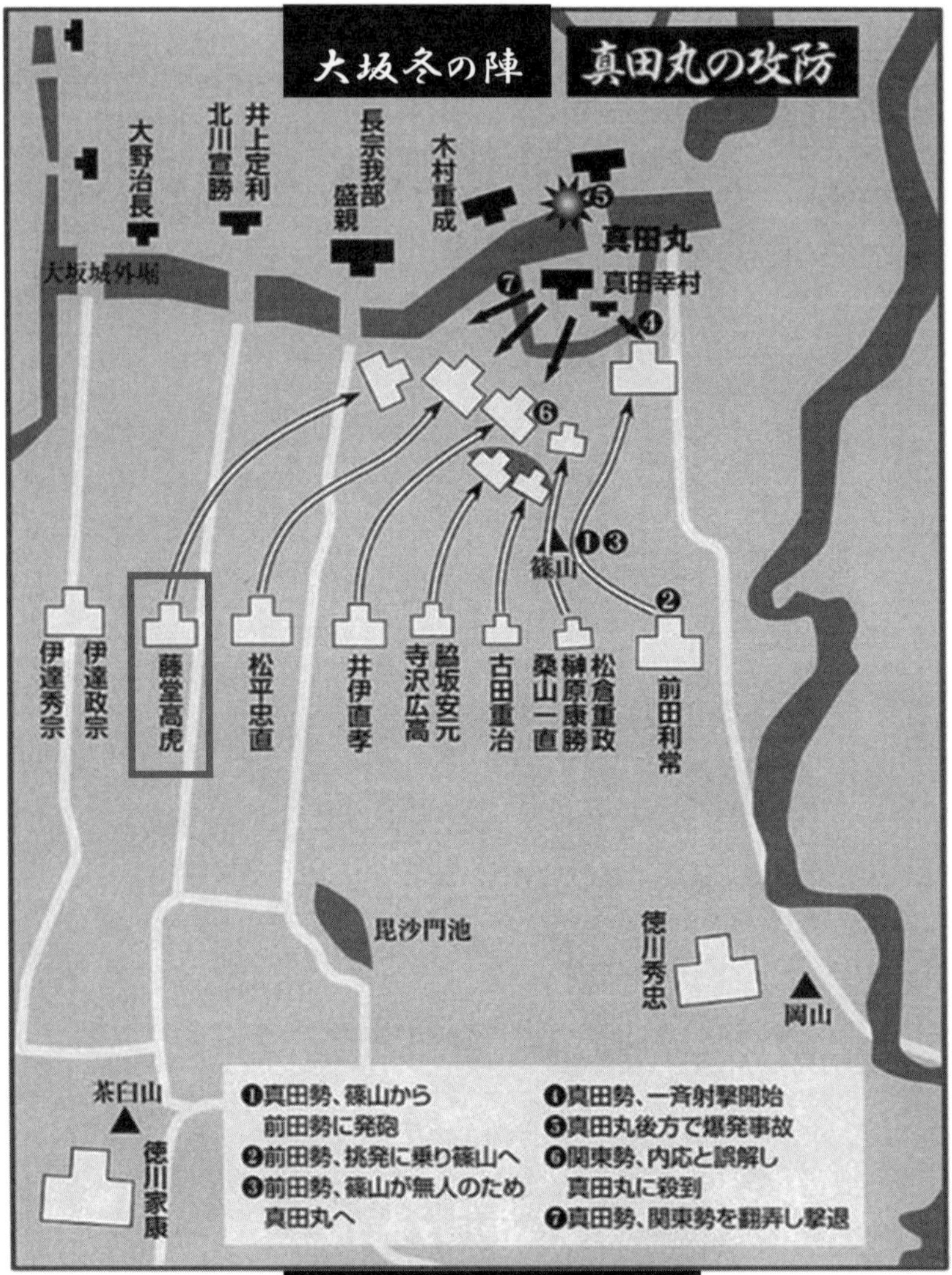
大坂冬の陣
真田丸の攻防
大野治長
北川宣勝
井上定利
長宗我部盛親
木村重成
真田丸
真田幸村
大坂城外堀
篠山
伊達秀宗
伊達政宗
藤堂高虎
松平忠直
井伊直孝
寺沢広高
脇坂安元
古田重治
桑山一直
榊原康勝
松倉重政
前田利常
毘沙門池
徳川秀忠
岡山
茶臼山
徳川家康
❶真田勢、篠山から前田勢に発砲
❷前田勢、挑発に乗り篠山へ
❸前田勢、篠山が無人のため真田丸へ
❹真田勢、一斉射撃開始
❺真田丸後方で爆発事故
❻関東勢、内応と誤解し真田丸に殺到
❼真田勢、関東勢を翻弄し撃退

資料：戦国ヒストリー

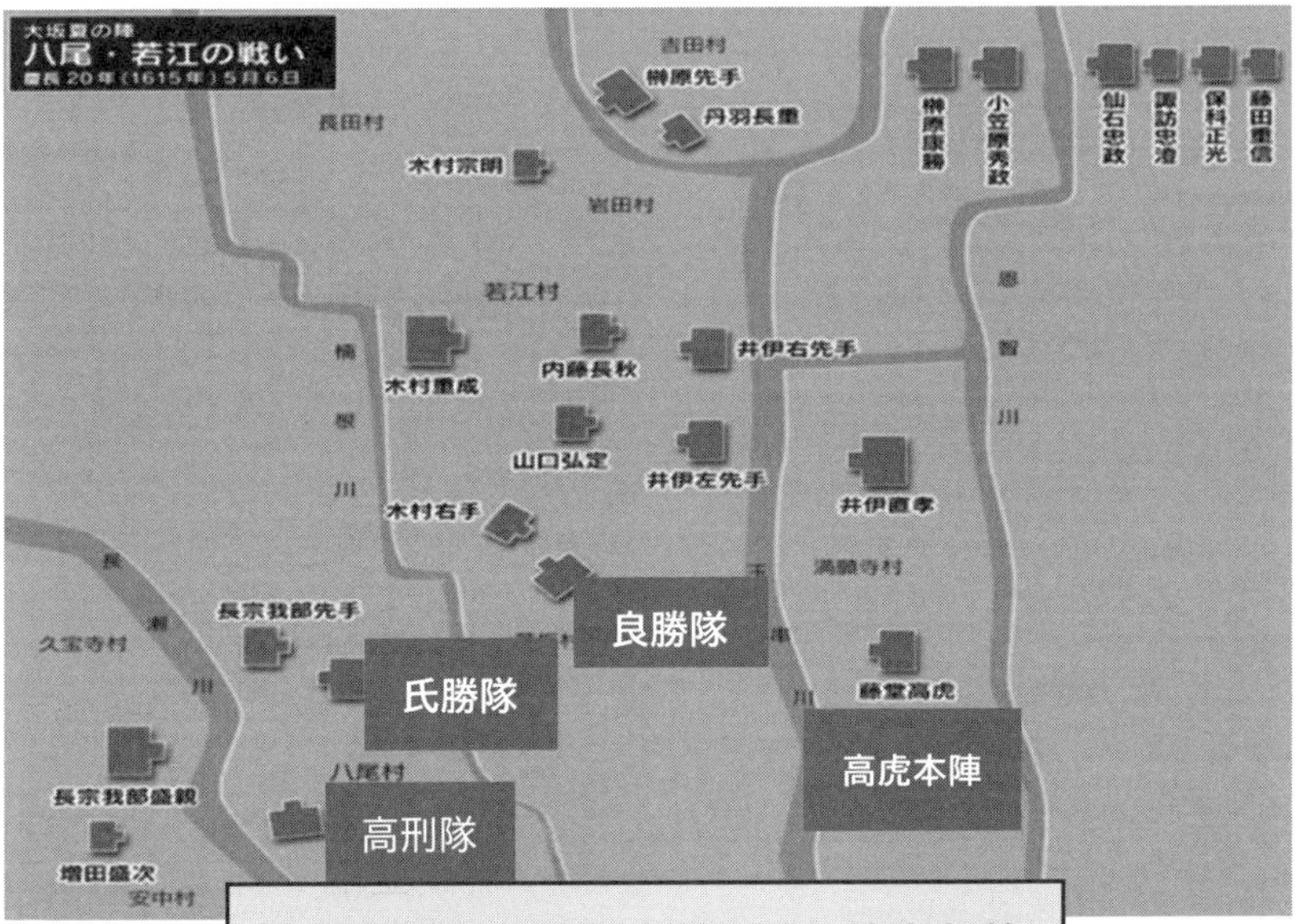

上下共資料：戦国ヒストリー＋筆者加筆

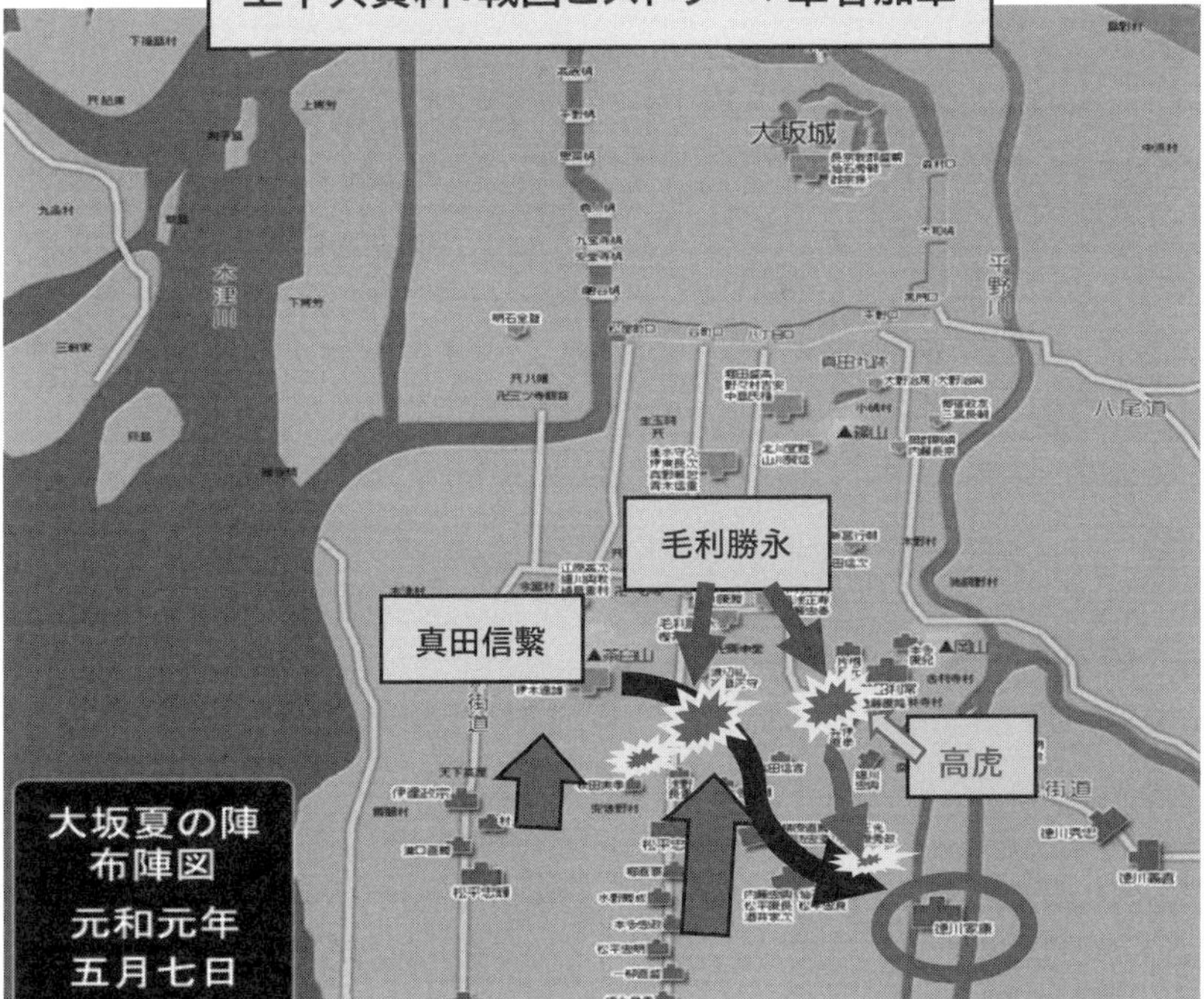

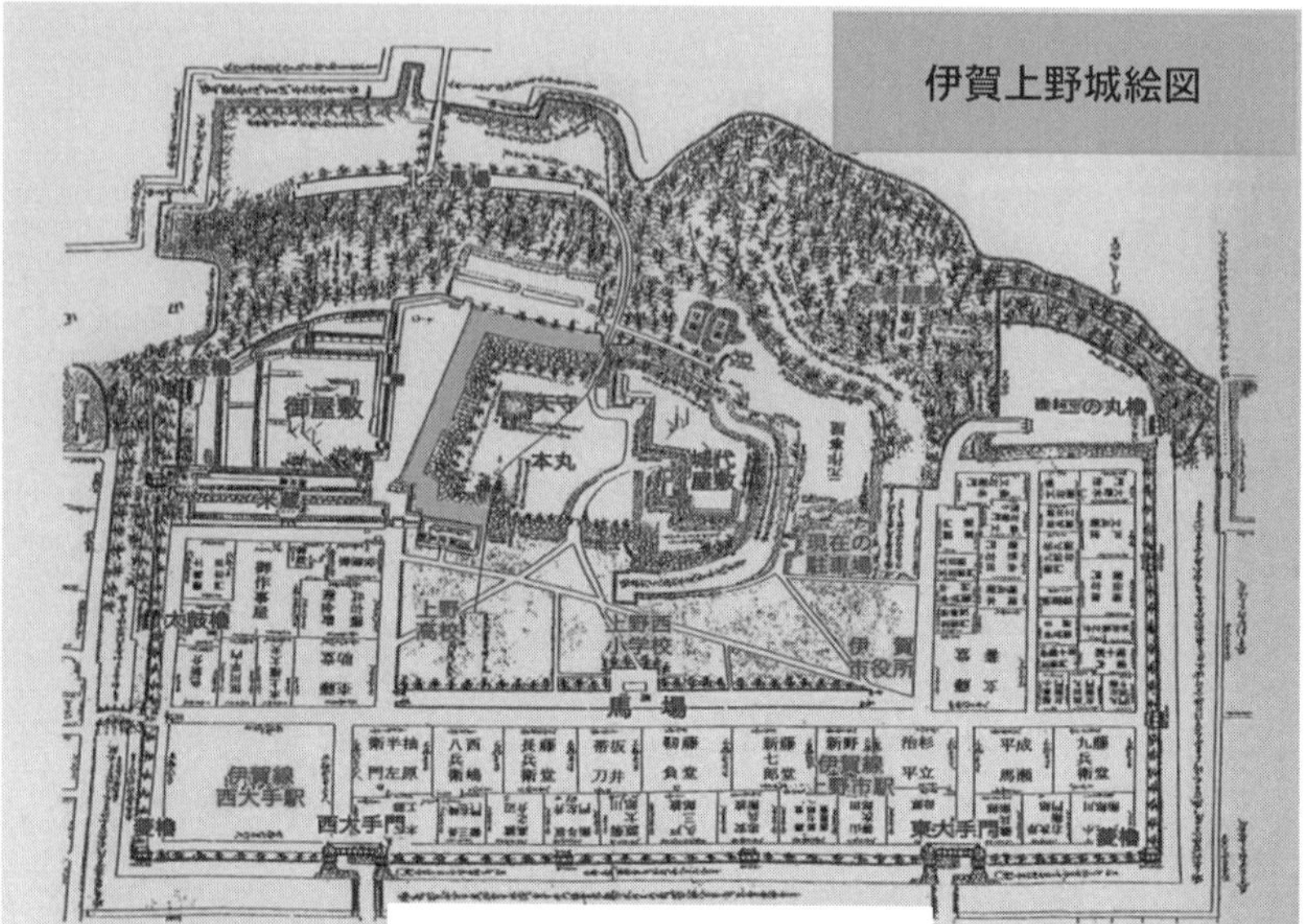

観光協会資料より

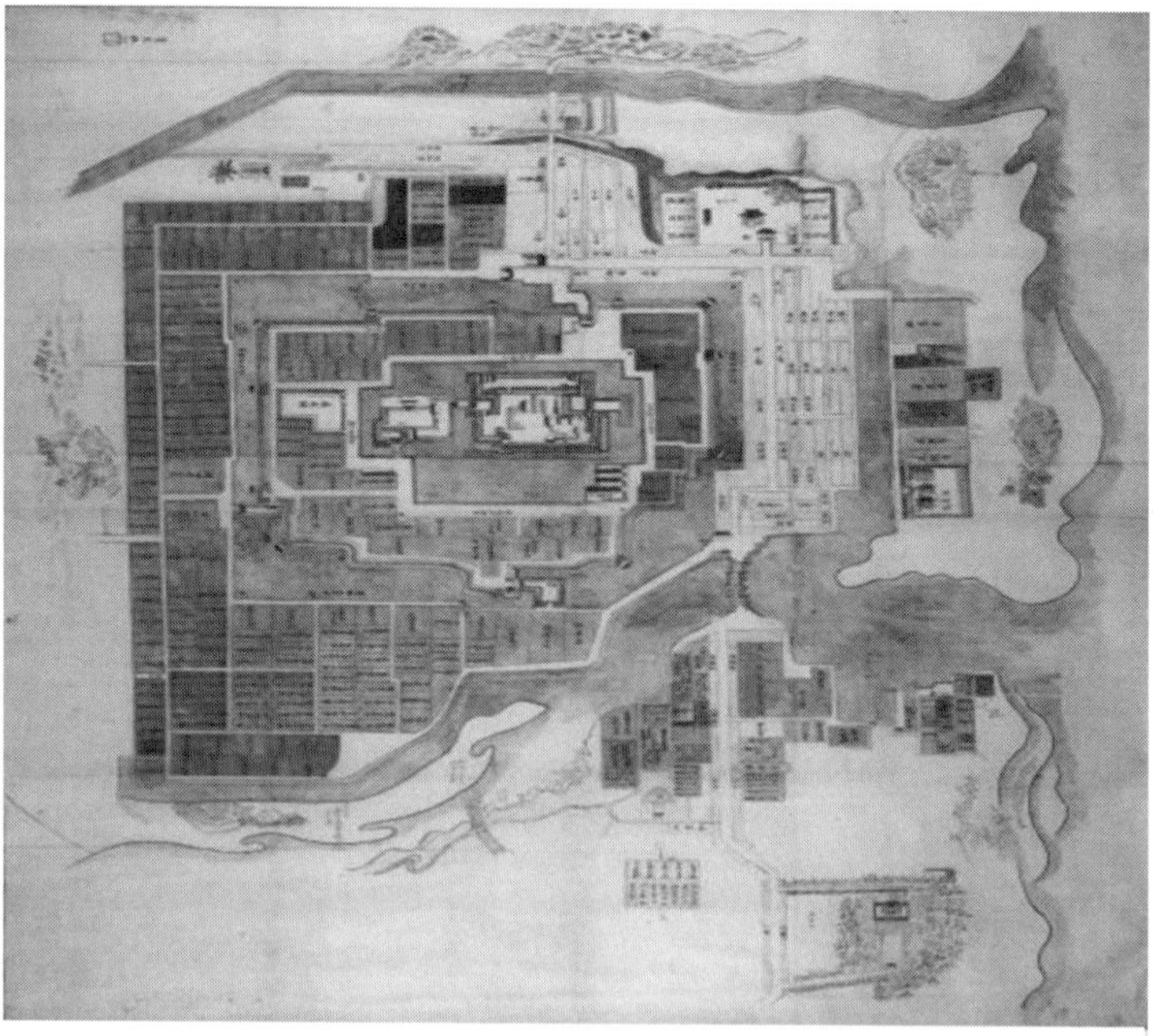

津城縄張り図（津市所蔵資料より）

【参考文献等】

上野市古文研刊行会『高山公実録　上巻・下巻』同『公室年譜略』
『家忠日記』『徳川実記』『但馬風土記』『甲陽軍鑑抜粋』
福原成雄『穴太衆石積みの歴史と技法』『三重県史』
『高山公遺文』『城郭探訪』『西国探訪』『戦国武将録』
『津城修築400年記念講演会　広島大学大学院教授　三浦正幸氏記録』
『亀山市歴史文化館資料抜粋』
『刀剣と刀工』佐伯惟直『高虎遺書録二百ヵ条』『戦国未満』合戦図抜粋
『戦国武将の愛刀・家紋』『戦国武将と家紋』
楠戸義昭『戦国武将名言録』
『和歌山城　資料-和歌山市観光協会-』和歌山県田辺観光協会『田辺探訪』
養父市教育委員会　資料抜粋『加保村の藤堂』『戦国武将列伝』
養父市教育委員会『-まちの文化財-』資料
『竹田城　資料』『宇和島城　資料』『大洲城　資料』『今治城　資料』
『伊賀上野城　資料』『郡山城　資料』『篠山城　資料』以上各市観光協会
『大和百万石』『津市　観光協会　資料』
安部龍太郎『下天を謀る』村上元三『藤堂高虎』
『刀剣ワールド　日本刀・甲冑を学ぶ』福井健二『高山公遺文二百ヶ条』
日本城郭協会『日本百名城』Wikipedia『藤堂高虎　家臣団』『大辞林』
『フリー百科事典』他多数

『真説　蔦は枯れず』

発行日　　2024年5月27日
著者　　　摂津 守
発行所　　三重大学出版会
〒514-0062　三重県津市観音寺町579-13
TEL　059-227-5715　Fax　059-202-5592
社長　濱　千春
印刷所　　モリモト印刷
〒162-0813　東京都新宿区東五軒町3-19
TEL　03-3268-6301　Fax　03-3268-6306

2024　Printed in Japan
ISBN　978-4-903866-44-4 C0193